吴建伟 著

深圳湾日记

上海文艺出版社

作者简介

吴建伟，苗族，艺术系列二级编剧。

1970年3月，在湖南湘西土家族苗族自治州文工团参加工作，1982年9月考入上海戏剧学院戏剧文学系，师从余秋雨教授和陈多教授，从事文学创作和文艺理论研究，1986年7月毕业。曾先后创作京剧《红枫寨》、《天星遗恨》、歌舞剧《山那边是海》、《喊山谣》、《金鞭岩》、电影《雾乡》、儿童剧《金鹿》等剧本，1993年在湖南省获艺术系列二级编剧高级职称。

1990年12月，到深圳锦绣中华工作，曾先后担任民俗艺术部、公关策划部主任、公关策划部副经理、市场部和发展策划部经理，完成大型舞蹈晚会《绿宝石》的文学撰稿。

2000年11月，调华侨城控股股份有限公司，先后在山东曲阜孔子国际旅游股份有限公司担任副总经理和总经理，完成大型广场乐舞《杏坛圣梦》的创作与演出。

2004年2月，在华侨城控股股份有限公司担任旅游管理部总监。

2005年1月，调任深圳锦绣中华担任副总经理，全面负责主题公园的营运管理和大型主题活动、演艺、文旅项目的策划与实施工作。

2015年至今，先后参与武汉《知音号》沉浸式演出的现场管理工作，张家界《魅力湘西》和凤凰古城《烟雨凤凰》的文学创作，四川绵阳欢乐碗水上公园、浙江嵊州越剧小镇的策划、建设、规划和管理顾问工作，牡丹江《威虎山传奇》和《记忆》的策划与创作，并完成文学纪实《十年日记》和电视连续剧《我不是土匪》的写作。

这个城市老总成灾，到处都是老总。有人讲了，8个男人在机场洗手间里尿尿，有7个是老总，还有一个是老总他爹。因此，没有哪个部门哪个人能够讲清楚，这个城市一共有多少个老总。每年，这个城市都有若干个公司消失，又有若干个公司成立。想当老总格外简单，成立一个公司就可以有一堆老总。轻而易举地当个老总，在中国曾经是想都不敢想的一件事情。好多人都是如此，越是一无所有，越会无所畏惧，越想去当老总。成立一个公司，当一个老总，印几盒名片，再加上几个国家级或省市级协会或学会的闲杂职务，中英文对照。虽然只管着几个人，而且永远是乙方，但走出去只要敢吹牛，鬼知道你是什么样的老总。这叫做"中国没见过，世界不可能"。再说了，现在大家都喜欢往水里跳，俗称下海，那是一种时尚。有人说了，当老总的人跳下去，人家有公司，身上就有了救生圈。当老百姓的就不一定，跳下去，光屁股，裸泳，常有淹死的。据说，海是个好地方，蓝海红海的，五颜六色，阳光灿烂，所以，大家都往海里跳，我也跟着跳下去了，能不能从海里爬上岸，只有天晓得。反正，人已经下去了，并且，在海里已经泡了十年。泡在海里，注定有不少的故事，大凡是海，不可能总是风平浪静，风里雨里，到处都有喜怒哀乐。穷人哪有什么牵挂？跳到海里，开个公司，当个老总，说不定真有什么诗和远方。

第一年

一九九二年是第一年，本来是在岸上的，那个岸，在湘西。我做事的那地方人不多，一个所谓的艺术研究所，正科级事业单位，钱很少，钱少了事情就少。一个星期六天班，五天半可以自己打发。闲暇之时，我们就会上街，穿过街头巷尾，见过三教九流，听过苗话土语。然后，还有爱好，喜欢去看人家叫卖老鼠药。在我们那个地方，大凡去卖老鼠药的汉子，多是社会名流，每个人都格外能够讲话。他们大多长得贼眉鼠眼，袒胸露腹，或蹲或坐的地方，都是垃圾和尘土。瘦瘦筋筋的脚手以及满头的乱发，从头到脚地覆盖着风尘。而在他们那些不大的或光或秃的脑壳里面，则装满了智慧和幽默。其中最有名的那人叫"猫胡子"，四十出头的年纪，从早到晚趿着一双烂布鞋子，秃顶，眼大，长相如猫，因留有一对八字胡而得名。猫胡子讲了，他们公司是正股级单位，他是副股级干部。他讲他是老干部了，虽然没有参加过解放战争和抗美援朝，但是，人家参加过除四害运动。当年除四害的时候，谁交的老鼠尾巴最多，谁就可以评为先进个人，所以，他给单位上交过100多根老鼠尾巴。那个时候，不论古稀，还是妇孺，乃至孩童，大家都动了手。高墙深院，古宅名楼，到处都成了战场。打老鼠，有好多战术和打法。什么声东击西，诱敌深入，无影手，迷踪拳，追风夺命十八掌，阴阳连环阵。一打起老鼠来，到处都可以听到尖叫声和喊杀声，此起彼伏地传得老远。打到最后，老鼠和老虎一样，被打成了珍稀动物。原本，在他们那个地方，是有老虎的，后来打的人多了，也就没有了老虎；现在这一打，人多力量大，连老鼠都没有了。没有老鼠，自然就没有了老鼠尾巴，为了争得第一，有人在老鼠尾巴里头，悄悄地放了四脚蛇的尾巴，单位领导粗心，分不到真假，不管是什么尾巴，一起计了数。最后，猫胡子做了总结："不过，再搞都搞不赢我，老子有高科技，祖传秘方，我那个药到老鼠眼睛里头就是肥腊肉，个个都抢到吃。我睡到床铺上玩耍，最后都成了灭鼠除害先进个人。"当地人讲了，猫胡子的那些话，那都是些卵话，那些卵话用到台上去，就是喜剧台词。

  每天一大早，卖药的人就把摊子摆好了。大大小小的十几只死老鼠和一大堆老鼠尾巴往地上一摆，老鼠药放在旁边，看到就有点嚇人。人家摊子一摆好，就打开了电喇叭。先请崔健开了头，吼了个《一无所有》，让围观的人安静下来,大哥大姐一阵喊,那就算是开了场。再放《何日君再来》,1937年的经典老歌。原唱是周璇,邓丽君后来一唱,软绵绵地在中国搞了个家喻户晓,那就让好多人喜欢了。看闹热的人站在那里听歌,就是不拿钱出来买药。有人站到那里讲了:"你那个药没有什么卵用,我们寨子里头有两口子吵架,他婆娘吃了你那个药,一点事都没有。"听了这些话,人家卖药的人就开始讲卵话了:"我这个药是专门闹老鼠的,又不是闹人的,我这个药到人肚子里头没有事,到老鼠肚子里头那就不得了,吃了三步倒。"话音刚落,电视剧《霍元甲》的音乐又响了起来,"昏睡百年,国人渐已醒……"。在音乐声里,人家指着地下的死老鼠又讲了话,这些死老鼠是一家人,祖孙五代。这两只老鼠是两口子,鼠老大和他婆娘,原来力气好,可以飞檐走壁。自从吃了他的阴阳断魂药,就没有了上床的力气,一角钱的药,不仅让他们搞了计划生育,而且还断了子绝了孙。

围观的人一听到这些话,就有性急的乡里老少,把手伸进了裤腰带里面往外取钱。只见那人在裤裆里头抠了半天,终于从短裤子里头抠出来一根帕子,打开一看,帕子里头卷了几张零钱,一角、两角和五角的纸币。那根帕子,黑麻打黢,早就看不到了原来的颜色,老远都可以闻到一股尿骚。就着那尿骚,那人把自己的两根手指头放到舌头上一摸,然后"呸"出声来,鼓起眼睛,开始数钱。怕人看见,又急忙背过身去，数好了，才昂起脑壳，把钱递了过来。递钱的时候，他的嘴巴和嘴巴上面的胡子都在得意。不过，话讲回来，胡子也要看长在谁的脸上，长错了地方，什么卵用都没有。那卖药的人一看到有人递过钱来，脸上就有了力气，两只手接过钱来，笑嘻嘻地把自己的眼睛挤成了一条线。

有时候，吃过中饭，和狐朋狗友们喝了半斤包谷烧以后，我们又可以到公园去看人家算命。什么李半仙、鬼脑壳、二麻子，在公园里头摆成了算命一条街。看相、卜卦、解签、算命，各显神通。这些人虽说不是扮相奇特、鹤发童颜，却也让公园里到处有了灵性，算得时间一久，树上和水里都有了动静。师傅们算命，大多有讲究，他们留着山羊胡子或是八字胡，对襟长袍，袖口和领子到处都是油腻，看得出来是修炼之人。尽管不是仙风道骨，但人家一根手指就可以请神，二根手指就可以捉鬼。脑壳一摇，就可以前知过去，后知未来。摸一下胡子，就可以遥知天机和定数。他们会根据人家的长相、年龄、性别和口袋里的钱，来决定看相时间的长短。尤其是有年轻女子来算命，师傅们就来了精神，那手相和面相看得不让人家走。每一根手指都反复斟酌，摸着那些细皮嫩肉舍不得放手。把《麻衣神相》从头讲到尾，什么气脉、天运、阴阳、八卦、玄机，一扯就是半天。要是碰到了外地女孩，特别是长沙小姐，人家还可以用长沙话来算命。一个卦象，他们就可以从湘西的龙凤呈祥一口气讲到长沙的四季花开。如若碰到疑难杂症，师傅们还可以化水治病，神药两解。要是没有钱，长得又老又丑的人来算命，人家师傅看都难得看一眼。

当然，湘西的民间艺术也是一道迷人的风景。歌舞、织锦、阳戏、辰河高腔、花灯、毛古司、猴儿鼓、梯玛跳神等等，让一个湘西目不暇接，精彩纷呈。一般来说，湘西的民间艺术与生活的关系十分紧密，很多艺术种类的产生都与过日子有关。比如土家族和苗族的情歌和山歌，因为年轻人谈情说爱的需要，因为要去赶边边场，去参加挑葱会，要去赶秋和赶四月八，因为祖祖辈辈的传承，已经成为歌海。老早的时候，没有妇联和工会的帮忙，也没有婚姻介绍所牵线，媒婆也不多，如果不会唱歌，那只能眼睁睁地看着别人把自己的意中人哄走。比如说去赶边边场，姑娘们从四面八方过来了，长得好的长得丑的都站在一起，而且长得好的又不多，有的还故意打着伞让你看不见。你不会唱，人家会唱，人家一唱把姑娘的心唱得痒痒的，你说你怎么办？湘西有山歌提醒："十七八岁爱打雀，身上背个火药角，妹像雁鹅站树上，再不开枪会打脱。"

湘西最有名的歌还有土家族的《哭嫁歌》，这是一首长歌，哭十天半个月都可以，只要你愿意，只要你哭得起。哭祖宗，哭父母，哭姊妹，骂媒人，总之要会哭，边哭边唱，边唱边哭，说是要哭得山摇地动，才能感人至深。实际上这是一件大喜事，故意搞得撕心裂肺的。这人聪明了就没有办法，大喜的日子，悲喜交加，让观者感动。但要是不会哭，出嫁就冷清了。

湘西的戏剧也是多姿多彩，阳戏、辰河高腔、花灯、苗剧都十分好看。以前的湘西人都喜欢看戏，尤其是过年过节，那时候很多演员在当地都是明星，就像现在的年轻人看迪丽热巴和赵丽颖。花垣县以前有个汉剧团，这个团演出了汉剧《三打白骨精》，当地著名的汉剧表演艺术家吴宗汉先生塑造的猪八戒形象，成了当地人心中的标准形象。以后的许多年，不管谁演猪八戒，演得像不像，都以吴宗汉先生为准。据说，电视剧《西游记》出来以后，那地方有人说，马德华没有吴宗汉像猪八戒。

人只要走进湘西，身边就会有歌舞。土家族有摆手舞，苗族有接龙舞，这两种舞蹈都是大型的群体性舞蹈。让我们去想象那样的情景，湘西台地的坝子上，成千上万的男女老少，穿着节日盛装，花伞花衣花鞋，满身的银饰，伴随着鼓声起舞，只舞得斗转星移，山摇地动，从远古一直舞动到今天。

湘西有专业的民族歌舞团，创作和演出了许多优秀的歌舞节目，培养了一大批优秀的艺术人才。歌舞团不仅演出歌舞节日，也演出歌剧、话剧和歌舞剧，还有芭蕾舞。难以想象，从原始舞蹈毛古司到芭蕾舞，那是怎样的一次跨越。当然，湘西人很聪明，他们总是可以从容地去做出自己的读解。因为在湘西，歌舞与情感有关，与过日子有关，自然与生命有关。几千年来，节庆活动，宗教祭祀，娶亲嫁女，都要唱歌跳舞。即使是丧葬仪式，讨喜钱，打围鼓，湘西人也会用歌舞与逝者去告别。让我们再去看看湘西的神兵，他们在打仗的时候，一碗酒装进肚子，也是手舞足蹈冲出去的。打仗也用得着歌舞，我不知道湘西人最早是如何审视这个世界的，竟然让湘西的歌舞变得如此神奇和精彩。

一个星期玩下来，我们就算是完成了采访和深入生活，完成了收集创作素材的任务。剩下半天就要去研究所上班，不然发工资都找不到人。一般人没办公室，有几间简陋的办公室里面坐着所长和副所长，那叫待遇。说是去上班不如说是去见面，没有办公室大家就坐在会议室里，见见面，聊聊天，一个星期不见，真还有不少话讲。高兴的日子多，讲着讲着，就成了兄弟。无所谓年龄，老的小的都搞成了兄弟一场，那叫忘年交。翻脸的日子也有，一句话没讲好，就有人会急。也难怪，都是专家教授的，五六十的人了，那个脸经常不好摆放。研究所这种地方，人混得时间长了，容易嫉妒也容易计较，容易拍桌子打板凳，也容易骂娘。研究所不大，但门类齐全，剧协、舞协、影协和音协，自有分工，几十年的光阴，经过好多地风吹雨打，每个人都有了一大堆的本事和关系，各有所谓不同的成就，走出去都是专家和老师，谁也就不服气谁。有人自费出书，本来没有大事。在书店里面，可以堆成山来。时间一久，无人去买，也就成了垃圾。但是，自古文人容易相轻，出书也就成为一门学问，里面有好多讲究，不能乱来。你不仅出了书，而且还出得一屁股的劲，这就叫犯了忌。今天用皮箱装书，明天用背笼背书，累得满头大汗，到处送人。那扉页上写着"张兄指教""李兄雅正"的，还盖着大红的印章，叫什么"旧情难忘"。看起来谦虚恭敬，其实，人家早就看清楚你狗肠子里面装了什么东西，不就是想让我们脑壳痛血压高吗？你想显骚，老子才不上你的当。当然，这些老兄弟们都不是等闲之辈，人越老，火气越大。哪个都有一肚子的智慧和脾气，哪个都有一辈子的江湖和岁月，哪个都不是好惹的。只因这出书的老兄毕业于音乐学院，其他的老兄弟们就讲了，"你把一头猪送到莫斯科音乐学院，转来他还是一头猪"，"没见过从音乐学院毕业的人，用一根手指头弹钢琴"。在一片难以捉摸的嘲笑声中，所有的人都获得了快感，如同刚刚吃完湘西的干锅，腊肉炖黄鳝，加上莴麻菜，那是一嘴巴的舒服。这些老专家只要把话讲完了，情绪表达到位了，把人家的专业位置和社会地位摆好了，他们的心里就快活了。不过，出书的人不管这些，他只管送自己的书。在研究所这种地方，一个人只要出过书，那就会有很多故事和很多情节，就会有好多光芒。下次晋升职称，这本书就是最重要的研究成果，人生就会精彩纷呈。尽管那些没有送出去的书堆在家里已经开始发黄，三千本书还剩下二千多本，几个书架上放的是同一本书。外头的人看了肯定要脑壳晕，可他看到喜欢。

实际上，我在那里很好。研究所这种单位，你只要年纪小就没有事。那老专家老教授专和年纪大的搞，和资格老的拼，开会的牌子摆错了地方，老人家都会骂娘。人到了一定年纪，拼的就是资格，年纪小，人家看不上。哪晓得就在这个时候，老彭来了。老彭也是湘西人，土家族，人很好，有牛脾气。人家胆子大，早就跳到了海里，人家是从海里爬上来的，一身都是水，钱多。他来只有一件事，叫我也往海里跳。这人也怪，人家一讲，我就想跳。当然，老彭下的海在深圳，据说那海里面到处是人民币和港币，所以，到深圳下海的人格外多。不过，人家老彭也讲了，你愿意跳就跳，不愿意就当我们花钱让你到深圳玩一趟，够兄弟了，你还不去。

我很快就答应了，拖了两口旅行箱，这箱子是新买的，是妻子在商场里那一大堆箱子里用心挑选出来的，只怕男人拖出去不太好看，所以，选了很久。拖着那样的箱子，把妻子和孩子留在了湘西，在圣诞节那天上了南下的火车。那时候，电视连续剧《外来妹》正在热播，不注意就能听到那首歌，"我不想说，我很亲切……"。

火车拖着这么多的人费力地跑了一夜，不晓得钻了好多个山洞，终于天亮了。尽管火车还没到广东，但是，那精神好的人早起了床，已经在开始讲广东了。

那人秃顶得厉害，差不多就是一个光脑壳，往前头找不到发际线，只看到有几根头发在脑壳上飞。正讲得兴奋，口水到处在乱喷："广东的东西好贵，一碗稀饭五块钱！"这人肯定到过广东，牛逼正大着呢！但眼睛里面东西少，智商不高，肯定被宰过。看到他让人难过，白秃了那个脑壳。早上的阳光透过车窗照射过来，那个光脑壳格外晃眼。

另一个戴眼镜的中年人把话插了进来："我们那个夏局长去了广东，那广东人热情，大清早请他去喝早茶。夏局长一想，这广东人也是，早上不吃早餐叫我去喝茶，不行，我先吃一碗方便面。吃饱了，夏局长去喝茶，走到那里一看，全是吃的。夏局长暗暗骂了一句，卵，搞错了！"

那个秃头又讲了："广东没有铁饭碗了，连泥巴做的饭碗都没有了。到处都是台湾和香港老板开的公司，日本人开的工厂也不少。不要档案，不要介绍信，不分居民还是农民，不管是干部还是职工，只要有力气都可以打工，到处都是钱。"

这些人讲得越来越多，秃头又闹了起来："广东什么都有，住在酒店半夜有小姐打电话，声音软绵绵得让你难过，50块钱就可以上床，搞得人睡不着瞌睡。"看那卵样子，他肯定找过小姐。

戴眼镜的中年男子又来了几句:"那广东话不好懂,猪脚喊猪手,汽油喊火水,一喊成牙,二喊成一,不晓得喊母鸡,丢你个老母。"

这些人还讲些什么已经记不住了,总之,广东已经朦朦胧胧地出现在眼前,那是一个极其陌生的地方,广州深圳,香港澳门,鸦片战争,虎门炮台,伶仃洋和黄埔军校,那一连串的名字,虽然早就知道,但此时此刻却充满了未知、诱惑和压力。

火车继续在跑,继续在崇山峻岭中爬行,前面仍然是山,山那边到底是什么?心里真没底。卖饭的服务员过来了,推着小车一路叫喊着,这时才想起来该吃早饭了。早饭是面条,十块钱一份。把钱递过去,一个歪歪扭扭的饭盒递了过来,打开一看,面条成了面糊。有人在叫喊:"这也是面?""这不是面是什么?这么大的人未必连面也不认识?"哪个叫你坐人家的车,人家讲是面它就是面。还没下海,站在岸边就有点吓人了。那个秃顶在骂:"这些狗日的,火车上的东西比广东还贵。"那眼镜嘟哝着:"你以为你是谁?"秃顶说:"还没到广东,这吃的东西就干净了,没有辣子没有油。"眼镜说了:"比我还近视,这菜叫干净?"

终于,火车把这些人拉到了广州,往站台上一扔,火车走了,人流开始往前涌动。一个穿着火车站制服的中年女人在高喊:"去深圳的到这边上车!"声音从电喇叭里传出来,大家都听见了。站台上的人又挤了过去,火车很快又被挤满了。这里面恐怕只有少数人是去深圳玩耍,大多数去深圳的人恐怕都是为了赚钱,大家相信,深圳有钱,听人讲,深圳到处可以捡钱。于是,大家都拼命地往深圳挤,一火车一火车地挤进深圳,挤得大街小巷都是人。这让我想起人们把中华鲟放进长江,一桶一桶地往水里倒,十万条一百万条地倒,可是,长江至今看不到一条中华鲟,而深圳已被挤得水泄不通。这也怪了,希望它多的它不多,不希望它多的它却多得让人脑壳痛。我老家植树造林也是一样的,我老家那个乡,每年都植树造林,每年都要把造林的面积报到县里去,十年二十年过去了,造林的面积已经超过了全乡的总面积。照乡长的话讲,按这个面积算下来,我们乡的岩头上都要长树,而且还要长两层。可是我那个乡到现在都没有好多树。有几个寨子一直到现在,到处都还是光秃秃的。只有寨子门口有几根枫香树,说是祖宗留下来的风水树,动不得,所以才没招砍。那几根树远远看过去,就像一个秃顶脑壳上,最后剩的那几根头发。

就这样,我也被火车倒进了深圳,终于下水了。深圳,只要你想去,你就可以去,不管你拖什么箱子去,人家都无所谓。未来是什么样子?那里是没有答案的。来接我的人叫刘能,这名字据说全中国有几万人用。但是他不同,这个刘能之后十年成为我最重要的朋友。刘能头发掉得早,少年老成,戴副小眼镜,看起来阴险狡诈,实际上格外善良。见了面,刘能忙着介绍深圳。

"这水里面到处都是人。最早下海的人已经有十几年了,肯定有淹死的,也有上岸的,那算幸运。游得好的是少数,大多数人还在挣扎,我都快筋疲力尽了。"

刘能身边还站着一个人,个子不高,身长腿短,一套极不合身的廉价西装格外凌乱地挂在身上,一看就知道这是湘西来的。"哦,我忘了,这是二狗,你的湘西老乡,陪我来接你。"刘能忙着介绍。

"大哥好!"二狗伸手就来接我手上的箱子,算是熟人了。

"二狗是个好兄弟。"

"我知道。"

"二狗书读的少,可故事不少。"

"那都是些什么卵故事,湘西那个地方的故事才多!"二狗嘟哝着。

公交车来了,那是一部破得不能再破的中巴,我们和很多人一起挤了上去,穿得好的和穿得不好的,戴眼镜的和不戴眼镜的,读过书的和没读过书的都挤在一起,二狗挤在两个漂亮姑娘的中间,笑嘻嘻地在悄悄快活。中巴摇摇晃晃地往前开去,卖票的汉子还在拍打着车门高喊着:"买票,买票!"我们就这样挤进深圳了。

几天后,我和二狗坐在深南路边的石头上,抽着烟,喝着矿泉水,开始听二狗讲故事。

二狗离开寨子的那个晚上,月亮故意躲着,只露出半个脸,给二狗的眼前搞了一个朦朦胧胧的夜景。

他趿着一双解放鞋,刚剪了一个油光光的西式头,稀稀拉拉的几根胡子,还是随随便便地插在脸皮上。这是一张从未洗干净过的脸,带着这张脸,沿着当年他老子打光胴胴进城做工,想吃餐坨坨肉的那条小路,他闯深圳去了。

二狗敢不去吗?他老子当年从县城里拿回来的那个铜脸盆,还摆在他屋里那个泥糊糊的地下,只要这个铜脸盆在,他就不敢不去。这是一个让他老子得意了一辈子的铜脸盆。

那是个多事之秋,若没错,该是一九四八年。在这个挤满了岩头的山沟里,已经隐隐约约听到了淮海大地上的炮声。那些月黑风高杀人放火的土匪们,几十年杀下来,胆子越杀越大,土匪越来越多,他们早就瞧不起再干那些打家劫舍的勾当了,准备开始攻打湘西的一些重镇。

终于有一天,在麂子洞占山为王的贾辣子,身披国民党将军服,肩挎两根盒子炮,脚穿细麻耳草鞋,带着他的二十五百人马,沿沿汤汤下了山。在一个太阳就要落山的时候,贾辣子的一些话把他部下们的火点燃了,到处可以听到他们在骂朝天娘。

"兄弟们，老子有几句话要问你们，这个地方是哪个的？是老子们的，是我贾辣子的。凭什么从长沙派个县长来管我们？从长沙来的那个县长姓什么卵，姓朱，他以为他是朱元璋，可以来管老子们。他坐到城里天天穿缎子，吃坨坨肉，快活得像卵形。哼，你姓什么朱，都是头猪。老子们是野猪，哪个都管不到。今天，我们就要打到城里去了，看看我们手上的东西，美国的卡宾枪，日本的歪把子，那不是柴棒棒，那是要命的家伙，是老子用了10坛上等金花换来的。老子们就要进城吃坨坨肉了，兄弟们，你们进城了，可以抢缎子，可以抢光洋和金戒指，运气好，还可以抢个城里婆娘转来……"

一想到可以抢个城里婆娘，这些人都来了力气，大火一燃，要熄就难了。

天亮时分，这些土包子与城里人交了火。城里人凭借着祖宗从道光年间留下来的城楼，打退了贾辣子的三次冲锋，正想喘口气的，可贾辣子又开始了第四次攻击。站在城墙上看去，只见无数黄旗挥动，山野里一片怪叫声，贾辣子的神兵队上阵了，赤膊大刀如潮水般涌动，高喊"刀枪不入！"杀奔而来。城里人眼睛都看直了，不等回过神，就有神兵爬上了城头。城里人没见过这架式，早有人弃城撒起豺狗趟子往内狂奔，一路惊叫"土匪进城了"！躲在城里的那些老弱妇孺们搞不清楚，自明清以来坚固无比的城墙，为什么就像一堆稀泥巴一样没有用了，挡不住那些抢犯们，只听得满城都是哭喊声。

杀红了眼的贾辣子哪顾得了这些，早宣布了命令，杀进城里，自由三天。这是湘西的一个重镇，自古繁华，有水路与汉口相连，老早就有了电灯，还有穿着旗袍的太太和小姐，以及可以放音乐的电喇叭。你说，面对着这些长年累月在山沟里打转转，偶尔只能听到豹子和野猪叫的人来说，这座城意味着什么。可国民党守军无能，没有守住这里，让这群杀人不眨眼的强盗进了城。谁进来都可以，唯独不能让这些人进来。

进了城，这些土包子就疯狂起来。他们用剪刀去剪电灯，准备带到山里头，说是夜头走路好照亮。电灯没有剪下来，人被麻翻了。年轻的女人们脸上都抹了锅烟子，可还是没有骗过这些土匪的眼睛，从来不看书的眼睛那硬是格外尖，没有一个近视。一个年轻的姨太太装成了60岁的老婆婆，一下就被一个剃到陆军头的小土匪看穿了，于是就一路追了过来。那姨太太慌不择路，跑进了自家的柴房。陆军头也跟了进来，一把就扯脱了那女人的裤子，让人家白花花的大腿露了出来。姨太太那一身细皮嫩肉可以惹死好多人，把陆军头的东西惹起来了，他上去就准备干那些事情。二狗他爹在这家做工，碰到土匪进城，无路可走的时候，也躲在这间柴屋里。他看到姨太太就要被糟蹋，拿把柴刀冲了出来。大喊着"你狗日的找死！"一刀砍了过去。那陆军头被这一吓，东西肯定软了，只见他一路狂奔了出去。二狗他爹拖着姨太太，一口气跑到后院那边的厨房，两个人躲到一个柜子后面。那婆娘胆子小，一直抱到二狗他爹不肯放手，直到抱湿了二狗他爹的裤子。二狗他爹都坐到地下了，她才把手松了下来。

土匪走了，二狗他爹因为救了人家姨太太，他爹临走的时候，那家的老爷给他送了这个铜脸盆。于是，二狗他爹就把这个铜脸盆背了回来。不过，在当时，二狗他爹还以为是个金盆子，至少值几百个光洋，让他老子实实在在地喜欢了大半年。

贾辣子早被枪毙了，可这铜脸盆却在二狗屋内摆过了四十年，人们早就忘记了这个铜脸盆，但二狗他老子却还在为这个东西得卵劲。这个铜脸盆在二狗他老子的心里就是一个八月十五的月亮，哪容得下灰尘。尤其是二狗已经要吃二十五岁的饭了，婆娘养到哪里都还无着落，老子哪看得儿子如此没有出息，少不得天天要骂他。

"二狗，你这个杂种，你哪像我的崽？老子十八岁就进城得了这个盆子，你二十五岁了还到这里守什么？哈得像筒猪！"

"你跟老子滚，有本事就出门去。下寨三狗都出了远门，下了广东,荷包里胀鼓鼓的,找了个城里婆娘,嫩得像豆腐。你要守到屋里,这一辈子恐怕连猪娘都找不到……"

"二狗,出去,也跟老子搬个铜脸盆转来!"

为了这个铜脸盆,二狗要下广东了。要出门的时候,二狗背着他老子对天发了誓。在他屋门口的核桃树上用柴刀狠狠砍了三刀,骂了几句娘,喝了一碗酒。他发誓到广东也要拿个铜脸盆回来,比他老子的那个更大,更像八月十五的月亮。从明天起开始讲普通话,不讲湘西话了。

就这样,二狗出了门。他那个寨子不通客车,二狗是坐在手扶拖拉机的顶棚上动身的。手扶拖拉机在山路上吼叫着,二狗的西式头早就乱了,并且落满了灰尘。可二狗顾不得这些,他感觉自己像齐秦,唱着"我是一匹来自北方的狼……",雄赳赳地到广东去。

到了县城的火车站,二狗去买票。走到售票口,二狗开始讲普通话,再说,火车站的人都是讲普通话的。可讲了半天,那卖票的女人竟然没理他,二狗气得用湘西话骂了一句娘,卖票的女人听懂了这句话:"你怎么骂人?"那女人身上的肉在抖动着。

"那我买票你为什么不理我?"

"我没听懂你在说什么!"

搞了半天,二狗才知道这婆娘没听懂他讲的话,这下完啦!我讲普通话她都听不懂,那到广东怎么办?二狗不知道广东人讲什么话，但肯定比湘西普通话或者铁路普通话更难懂。还没出门，二狗就隐隐约约感觉到，到广东去拿个铜脸盆回来并不是那么容易的。

不过，湘西人一旦出了门，就不太那么容易回头了，死活都得走出去。就像二狗他老子那辈人，为了吃饱饭就出门，出了门分不清好坏，见枪就拿，跟着贺龙成红军，跟着贾辣子成土匪，道理都是以后才懂的。

火车来了，二狗活蹦乱跳地上了车，那车不对号，二狗可以到处找座位。走了三节车厢，在一个靠窗口的座位上，一个漂亮姑娘坐在那里，旁边刚好有空位，二狗笑嘻嘻地坐了过去，他朝那姑娘点点头，人家没理他，车继续在走。

火车，像一头怪物，一天一夜，早就把二狗拖晕了。他已经不晓得湘西现在到底在哪个方向，他爹现在到搞什么。当月亮又从那远处山坳里爬上来的时候，二狗看见了它。那月亮很小，只一个月牙，在云层中时隐时现，二狗感到了月亮的遥远。否则，火车跑了这么久，那月亮怎么还挂在天边？未必半个月亮就不能爬到天上来？火车似乎在拼命地追赶着月亮，二狗觉得格外好玩。到长沙的时候，二狗第一回看到那么高的楼，让他花了眼睛。坐到车上，他数了半天，一直到车都开了，他还没数清楚那栋楼到底有好多层。二狗是第一次坐火车，那是一屁股的劲。唯一搞不清楚的是，这家伙为什么被叫成火车，又不燃火。

夜深了，只有火车不累，像一个摇篮，又把二狗摇迷糊了，一直摇到了梦里，二狗的梦开始了。……那是一个月光泻地的晚上，二狗和小翠坐在小溪旁边对歌。小翠是他们寨子里长得最好看的女孩，笑起来就像开了的龙虾花，可以惹死人。小翠一直在扯着路边的狗儿毛，那是一种软绵绵的小草，眼睛老是看着小溪里的流水，就是不讲话。二狗悄悄看过去，小翠的眼睛格外迷人，水汪汪的眼睛里面可以看见月亮。二狗一急，就开了口，"阿哥想妹想得惨，半夜起来打转转，又怕吵醒爹和娘，坛子烧火闷到燃。"二狗唱完，小翠就接了话，小翠嗓子好，那声音只往二狗心里钻："人家鼎罐你莫端，同边草鞋你莫穿，剪刀生锈难开口，锦鸡麻雀不相干。"正唱得起劲，一个马桶盖跑过来惹小翠，把二狗脾气惹上来了。二狗就骂了娘，只是骂了半天骂不出声，越骂不出来越想骂，二狗就更加地上火了，用了一身的牛力气。二狗想了，未必老子的西式头还搞不过你这个马桶盖，你和老子来抢婆娘。

"我日你娘！"二狗终于骂出来了，这一骂，不但骂醒了二狗，也骂醒了车上所有的人。那姑娘问二狗："你在骂什么？"二狗莫名其妙地："我在骂人？""是啊！"二狗用普通话回答："我可能在做梦……"那姑娘："你是湘西人？"二狗："是啊！"那姑娘没好气地："湘西人讲什么普通话？"二狗认真地:"我是怕你听不懂,才讲普通话。"那姑娘:"你讲普通话我才一个字都没听懂!"这一下把二狗搞晕了,他琢磨着,莫非我讲普通话女人都听不懂?车站卖票那个婆娘听不懂,这个小姐也听不懂?他嘟哝着冒出一句话:"哪个狗日的愿意讲普通话!"姑娘忍不住笑了。

在火车上开了这个头,二狗就管不住自己了,一路讨好姑娘。在二狗眼睛里头,这个姑娘越看越好看,越看越像小翠。也难怪,二狗讲的,我们公司的老总都见不得靓女,何况是我?所以,二狗一会儿给姑娘买饭,一会儿给姑娘打水,就是姑娘去上洗手间,也要用普通话问一句"你去干吗?"姑娘彻底服了。

不过,姑娘讲了,二狗人好。人家姑娘到深圳已经三年了,是一个公司的主管,见二狗举目无亲闯深圳,有了同情心,就把二狗带到自己打工的地方,让二狗做了一个保安。二狗戴上大盖帽的第一天,在大马路上见了姑娘,雄赳赳地就给姑娘磕了一个头,把姑娘吓跑了。

我给二狗说:"你搞什么不找人家做女朋友?"二狗瞪大了眼睛,"你讲卵话!人家让你看就不错了,你还想摸?"二狗接着又说:"人啊!什么事都可以急,就是男女之间的事不能急,要把人做好,首先就得把自己的那个东西管好,嘿……"二狗狡黠地笑了起来,他的故事就这样开头了。

第二天,老彭叫我去上班。绿树掩映之中,可以看见办公室。说是和国际接轨,那栋办公楼到处是玻璃,不像我在老家的办公室,四处通透着,让你像橱窗里的模特一样坐在那里,老总站在走廊上就可以看到所有的员工。用人家的话讲,怕你偷懒,人家要的是高效率。老彭又讲了,在这个地方上班,做好一万件事都是应该的,不能做错一件事,做错了一件事,就有可能被炒。特别是男人,而且是长得丑的男人在这里更要注意,除非你有大本事。

我上班的地方是一个公园,有两个景区。一个是微缩的风景名胜景区,一个是民俗文化景区,里面美女如云,到处让人眼花缭乱。老彭在那里做经理,办公室很大,坐了十几个人,仍然不嫌拥挤。走进办公室,所有的人都在用专家的眼光审视着我,看得出来,办公室里的人不管年龄大小,人家资格都比你老,在中国,老资格也是一种地位和待遇。吃饭的时候,资格老就可以坐到正中间,就可以先动筷子。人家讲了,不管以前你都做了什么,到这里来都得从头做起,所以,在这个办公室里,我是从每天拖地板开始的。用湘西人的话讲,这地方的东西比别的地方的东西大,过了一会儿,我去总务部领工装,马上就感觉到了。

发工装的是一个三十岁左右的女人,五官尺寸很乱,那是一种让人难以理解的组合。也许是上帝在造人的时候喝多了酒,稀里糊涂地捏了个什么东西出来,如同一只不耐烦的猩猩坐在那里:"领工装?"

"是。"

"领什么工装?"

我开始发懵,我不知道该领什么工装,好在同去的一个同事帮我圆了场,说是领文员工装,我顿时松了一口气。

还没回过神,那女人的深圳普通话又摔了过来:"你是文员吗?"

我是彻底糊涂了,站在旁边的同事也是一脸的茫然。我真不知道我是不是文员,再说了,文员是干什么的我都不知道。在我们原来的研究所里,有研究员、副研究员和助理研究员,还有一级编剧、二级编剧什么的,加上会计出纳,从来不知道还有什么文员。看来特区就是不一样,连说话都不一样,工装不是那么好领的,东西都有个大小,人家的东西比你的大,你就得看人家的脸色。

那女人又说了:"不知道是不是文员,找经理去签字!"

老彭是经理,自然签了字,在老彭的证明之下,我才知道我现在的身份是文员。同去的那位同事讲了,这个女人很窜,窜是什么意思,同事解释说,广东话,窜就是感觉好、张扬、瞧不起人、死八婆样、牛逼,意思很多,不容易解释清楚,总之是神经病,让人讨厌。我开始好奇,在这个公园里,又蠢又恶的女人是不是都放在这种地方,不让游客看见。

领了工装以后,老彭带我去见主任。主任是老彭的下属，是我的领导。我的主任是一个上海人，操着一口标准的上海普通话，恭迎老彭的到来。老彭告诉我，为了避嫌，你不要说自己是湘西人。那我说是哪里人？随便！于是，见了主任，开口就说我是从云南来的，一是湘西话与云南话很像，二是云南离上海很远，八竿子打不着，要避嫌就避得远一点。可哪晓得，主任虽然是上海人，可人家还是云南知青，在西双版纳吃过牛撒撇和百旺。牛撒撇和百旺是云南傣族的两种名吃，百旺是用熟鸡肉、牛肉丁、花生米、盐、辣椒、花椒、杂酱、葱、姜、蒜末、芫荽等食料与生猪血或生牛血、生鸡血勾兑搅拌而成；而牛撒撇则是用烤熟的牛肉拌上牛肚里尚未消化的草汁，再拌上各种配料做成。吃过这两种食物的人，肯定是老云南了。这下碰到了大麻烦，我连云南都没去过，该怎么跟人家讲？倒是人家上海人见识广，压根就不问，随便你是哪儿来的。大家都知道，最初来深圳的人胡说八道的多，就是你讲真话，未必就有人相信。人家主任点点头，微笑着，我在傻笑，而老彭已经热得满头大汗，昂首望着远处，压根就没看我俩。

据说，这个公园等级很严，像公司领导只接待国家领导人，比如尼克松，比如老布什；而像部门经理只负责接待省长或部长，一般的人不接待。难怪，这里的部门经理上班坐的都是真皮的人班椅，我是第一次看见这种椅子。在我们湘西，好像州长的办公椅都是木头做成的。主任无所谓我从哪儿来,只是毕恭毕敬地站在经理的面前,看起来,经理在这里就是大领导了。只是不太明白,经理到底有多大,那一下还是十分模糊的。

刚上班,人也不认识,事也不清楚,主任真不知道该安排我干什么。再说我是从哪儿来的,他都不清楚,他能安排我干什么呢!他也知道他的权力不大,也许我压根没把他当领导,闯深圳的人,没几个胆子小的。说不定哪天我把他会的那点东西学会了,老彭一不高兴把他撤了职,我当了主任,他该怎么办?

上班以后,公司给我安排了住房,叫我住金旋阁。我住的这个城区叫华侨城,里面住着很多东南亚归侨。这里有一句著名的口号,叫"规划就是财富",因此这里的规划是请新加坡的规划大师规划的。整个城区原有地形地貌没有任何改变,所有的交叉路口都是丁字路口,没有红绿灯,到处都是风景,格外人性和舒适。在这里,很多建筑组团不用编号,每栋楼都有一个好听的名字。除了金旋阁以外,还有滟翠阁、敛芳阁、春桃阁、樱花阁、红杏阁、牡丹阁、芙蓉阁、海棠阁以及依荔楼、枕荔楼等等。这些名称除了方便寻找以外,还让人有些小冲动,多了些色彩。在有意无意之间,搅动了风尘。金旋阁所在的建筑组群,是一片白色建筑,每栋楼都为异型设计,造型讲究,四周都是草地,和南方青翠欲滴的植物掩映在一起,有一种让人流连忘返的美丽。沿着弯曲的小路,穿过簕杜鹃、菠萝蜜、大王椰和紫荆花相拥而成的林子,就到了金旋阁。这种风景,对于刚从内地到特区的人来说,都不舍得离开,那是所谓的资本主义发达国家的环境。我住的房子不大,在五楼,两房一厅,全是高低铺。我住的那间房有两个高低铺,我住下铺,上铺也是一个湘西老乡,专打三棒鼓。对面两人来自贵州,上刀梯的师徒二人,据说师傅很是厉害,能通鬼神,驱污秽。隔壁房间住的人均来自江苏,都是制作无锡泥人的师傅。客厅里则住了三人,来自北京的八旗子弟,武功好生了得,尤其是师傅的响棍,在北京地坛那也是叫得响的绝活。除了我以外,里面住的全是民间艺人,我估计,总务部分房子的人肯定把我也当成了民间艺人,人家恐怕也想过这个问题,你原本不也在艺术研究所工作吗。就这样,我正式开始了在这个城市的生活。

第二天上班的时候,正闲得无聊,电话响了,拿起来一接,是二狗的。电话那头传来了二狗的普通话,我能听懂。"下班见面,我告诉你一个好消息!"那声音兴奋得有些颤抖,莫非是二狗把那姑娘搞到手了?"你以为我只有那么点出息,我告诉你,只要这件事情办成了,莫讲是一个铜脸盆,我可以拿一个金盆子转去!"我差点忘了二狗的铜脸盆,也是,来深圳的人恐怕心里都装着一个金盆子,都希望半个月亮能够爬上来,包括我。

下班后，我和二狗很快见了面。二狗的西装和衬衣都敞开着，可以看见肚皮，胸口在起伏着，说湘西话都开始结巴。"大哥，我明天回去！""搞什么？""收身份证？""收身份证搞什么？"二狗一句话就把我搞晕了。"深圳要发股票，凭身份证领抽签表抽签，一个人只让领10张表，要是中了签，你想想，我们不就发财了吗？我们一寨子人，随便搞几百个身份证来，可以领几千张表，怎么都可以抽到股票！"

"股票能发财吗？"我不懂。

"怎么不能？人家打麻将都能发财，股票还能不发财？那是国家发的。车公庙有个婆娘，早几年人家卖股票没人要，她买了，现在人家是几十万的身价。"

二狗的话让我更糊涂了，打麻将只看见发火的，没看见发财的。股票倒是不晓得，没见过那东西，没见过的东西倒是容易让人好奇。

就像我老家乡里以前有个哈宝，哈宝，湘西方言，即痴呆。三十岁没碰过女的，他兄弟同情他，在城里帮忙找了个小姐。不找便罢，找一回就有了瘾，天天要去找婆娘，不晓得股票是不是这种东西。

看我还到犹豫，二狗的话又飞了过来："大哥，你看，到街上捡钱，我们没有运气；你讲去偷吧？没有技术；要是去抢，没有胆子！你不去买股票，你去搞什么？一个人要是没有钱，就没有人把你当人看！"

我对二狗已经刮目相看了，这个狗日的，要是在解放前一定是个土匪头子，比他爹强多了。人啊！有时候书读少了反倒容易做成事。书读得少，胆子就大，胆子一大，事情就小，做什么事都简单，简单的事就好做。

二狗嘟哝着："老子这回要抱个金盆子回去，嚇死我爹。"第二天，二狗就回去了，我在心里为他祈祷。

终于等到第一个周末了，以为可以休息，一问主任，根本不行。主任说，在我们那微缩景区里，什么东西都小，游客多，一不留神，游客就会坐到屋顶上去照相，他们的屁股下面不是武侯祠，就是嘉峪关，搞坏了怎么了得，所以，我们得去守。就这样第一个周末没有了，我的任务是去守少林寺。

星期天的早上，公园的大门一打开，那数不清的游客就挤了进来。公园的一个助总就站在不远处，助总虽然是山沟沟里头长大的人，但人家搞得像香港的老板。脑壳上堆满了摩丝，开着蓝鸟，讲起话来总带点湾仔烧鹅的味道。面对着黑压压的人流，他得意洋洋地看着头上盛开的凤凰花，用手扒拉着脸上那几根稀疏的胡须，目不斜视，准备开始指点江山。几个部门经理正唯唯诺诺地站在他的旁边，一会点头，一会媚笑，肯定是在拍马屁，只是我听不见，才没有肉麻。我相信在人家助总的眼里，那些游客与其说是人在走，不如说是钱在滚。我在心里暗暗地骂了一句，你在景区里看得高兴了，害得我加班。骂完了心里也就舒服了，班还得上，不上班，说不定一转眼就被炒，炒个人对经理来说是小事，到老总那里就不是事了。前几天，一个副经理代人打卡，被老总抓住了，现在还在守洗手间，一想起这件事就让人有点毛骨悚然。

当然，游客是不晓得这些事的，就是晓得了人家也无所谓，老总在你眼里是老板，在人家眼里什么都不是。于是，到处都是游客在爬，少林寺、杜甫草堂、大理三塔、岳阳楼等等微缩的名胜古迹一下子都变成了板凳，被游客们坐在了屁股底下，大屁股坐在了小房子上面，这可把我们的领导惹急了。我的领导是一个上海男人，做事极其认真，他可以撅着屁股把掉在地毯上的头发一根一根捡起来，这样的一个人，如何能容忍这些来自北方的南方的大屁股肆意地蹂躏着祖国的大好河山。只见他高举着高音喇叭吼叫着，如同暴风雨中的李尔王大段独白，愤怒而无奈，他眼睁睁地看着晋祠的汉白玉栏杆倒了下来。

"你这个混蛋！"上海人骂人了，一定是愤怒到了极点。我的领导抓住了那个游客，用上海人特有的普通话和语速把这个游客搞晕了。"你给我赔，你给我赔！你知道这个汉白玉栏杆值多少钱吗？这不是买小菜，侬赔不起！"那游客是一个四川人，被忽悠晕了以后终于清醒了过来，他吼了起来："你个锤子，你嚇老子？那么一个小东西能卖好多钱？

你以为你是个真的乐山大佛？真东西老子都爬过。"四川人还没吼完，过来了几个广东保安。广东人讲什么那四川游客根本听不懂，就被人家带走了，这时候我的领导已经汗流浃背。我学着经理的样子去讨好领导，把纸巾递了过去。我的领导忙不赢地擦汗，还没擦完，只见几个游客把少林寺的和尚又掰了起来，其中一个中年男人手拿着少林寺的方丈正飞溅着口水："妈的，25块钱一张门票，这也太贵了，不搞个和尚回去不合算！"话说到此，那男人已经神采飞扬。我的领导已经被气得颠三倒四了："小赤佬！"他怒吼着把那个中年男人拖进了保卫科。

我们忙了一个星期，每个人都已经筋疲力尽。尽管如此，那些由中央美院大师们制作出来的许多小人，早就被游客装到口袋里，带到了中国的四面八方和千家万户，搞得小人国妻离子散家破人亡的。据中央美院的侯一民先生讲，这些小人都是有故事的，五万多个小人，该有多少个故事？光绪大婚的故事，文成公主和松赞干布的故事，昭君和番的故事，曲阜祭孔大典的故事，那达慕大会的故事……那些故事可以来来回回地讲好多个日子。现在倒好，人走了，故事也就走了，故事走了，风景也就走了。侯先生说这些话的时候，有好多的不舍。侯一民先生是中央美术学院的常务副院长，人民币1980年版的设计者之一。当初景区在建设施工的时候，景区里的小人都是他和周令钊先生带着学生们精心设计制作出来的。他们在南方夏天的大太阳下面，一个60岁，一个70岁，戴着草帽，坐在景区的地上或草地上，一组人物一组人物地摆放，一个故事一个故事地完成，把自己的心血和才华全部倾注在了这个景区里。

这是中国的第一个主题公园，也是中国最早的一批旅游大家和领导者的杰作。他们最初在构思中国最早的旅游产品的时候，就有过多次的兴奋和激动。他们说，我们国家有如此悠久的历史和丰富的文化，我们为什么不可以找到一个载体把它呈现出来。于是他们决定做一个微缩景区，在这个景区里，用15∶1、8∶1和3∶1的比例，把中国的名山大川、名胜古迹复制出来，让这个景区成为一个窗口，向世界展示中国的历史和文化。这是大家们的杰作，据说还是中国旅游的里程碑，实际上，很多游客并不知道珍惜，总以为那是别人家的东西。任何一种东西，在不同的人心里，标注着不同的价格。

稀里糊涂地，忙完了一个月，公司发工资了。这是我来深圳的第一个月工资，一共二千块钱，第一次看到这么多钱，让人亢奋。领完工资，我把二十张老人头装在衣服口袋里，在办公室里有点坐不住了，反反复复摸了好多次口袋。从来不晓得，摸衣服口袋还有那么舒服的时候，你要晓得我在内地的工资一个月只有一百多块，一年都拿不到两千块钱。那一下，感觉腰杆来了力气，脚杆格外有劲，突然想去逛街，下班以后，坐了个中巴，摇摇晃晃地去了东门。

中巴一路颠簸，走走停停，经过竹子林、香蜜湖，大约半小时以后，中巴开到了岗厦。岗厦是一个渔村，这里有一条著名的食街。中巴到那里的时候，夜幕已经降临，到处灯红酒绿的，格外引人注目。据说，这里的本地人绝大多数姓文，都是文天祥的后代。其实，从这里经深圳湾，到伶仃洋（零丁洋）不远。当年文天祥被俘过伶仃洋，到元大都就义，那一段历史感天动地。"惶恐滩头说惶恐，零丁洋里叹零丁。人生自古谁无死？留取丹心照汗青。"成为千古绝唱。他的后代几经辗转，然后又到了岗厦繁衍生息，其间应该有不少苦难和故事。有人说深圳是文化沙漠，我始终不能理解。深圳作为特区，历史很短，但作为广东省宝安县，历史却很长。深圳的东边是大鹏所城，深圳的西边是南头古城，北边是许多的客家围屋，两座古城和每一栋围屋都装满了历史和文化。深圳的南边则是香港和九龙，鸦片战争以前，两地同属于一个衙门。一个鸦片战争，这里就该有好多故事。而唐朝大诗人杜牧的绝句："一骑红尘妃子笑，无人知是荔枝来。"当年唐朝的快马送进长安的荔枝，就是南山的糯米糍和妃子笑。深圳以前叫宝安，以前的宝安现在叫深圳，难道换个名字，连几千年的文化都换跑了。说实话，一个地方改个名字，既中断不了文化传承，也中断不了历史记忆。在我们湘西好多地方原来也改过名字，大庸改成张家界，罗依溪改成猛洞河，王村改成芙蓉镇，但不管怎么改，当地人随便扯个乱谈，都有可能扯到清朝去。

深圳有自己的历史，也有自己的文化色彩，我们的景区就是深圳的文化色彩。从早到晚，中国民俗文化都以其特殊的组合方式在这里呈现出奇异的美色。从大门外的广场开始，威风锣鼓、陕北腰鼓、海城高跷、山西背阁等等这些北方民俗让南中国有了不一样的风景，游客们看得兴高采烈。同时，广场上还有来自河南的花轿，花轿原本是让游客坐的，但是人家老外来了，非要自己抬。四个老外抬着花轿，前面是河南老乡吹着唢呐，轿子里面坐的是广东女孩，那是格外喜庆。在成千上万的游客里面，还有不少明星。一个下午，赵本山坐在我们的草编作坊里，聚精会神地看着工艺大师编织草编制品，白鹤、蟋蟀、知了和锦鸡等制品让他爱不释手。而在我们的广场上，姜昆的女儿坐在花轿里，姜昆正忙着照相，神采飞扬。当然，在这个园子里，他们都是自己买票进来的，而且没人知道他们是什么时候进来的，这里没有明星，都是游客。我们的公园是中国文化展示的窗口，不仅好多老外从这里开始了解中国文化，好多中国人也是从这里更加了解中国文化的。

中巴终于到了东门。第一次去东门，而且是晚上，东门的街道两边都是骑楼，骑楼里都是商店。佐丹奴、堡狮龙、金利来、麦当劳、肯德基、日立、三洋、东芝、松下这些大品牌如雷贯耳，满目琳琅的商品以及音乐和霓虹灯让人眼花缭乱。当然，有钱人是不怕满目琳琅的，尤其是湘西来的男人，只要口袋里有点钱，就不太管得住脑壳。只要人家讲几句好听的话，口袋里的钱就容易送出去了。那晚上，我买了一个金利来的钱包，黑色的，香港名牌，假的，十块钱，有钱了嘛，总要有钱包来装。完了，还买了一件名牌T恤，佐丹奴，卖衣服的那个人讲，这是国际一线品牌，全棉的。在回来的路上，只感觉，那晚上，深圳的灯光格外晃眼。

没多久，又想起二狗了，我想，二狗那狗日的该回来了。二狗还没有消息，但这个城市已经开始骚动了。所有的人都在讲股票，尤其是那些男人们，每个人的眼里似乎都在发出一种光芒。这种光是从来没有见过的，就像从没有碰过女人的男人，突然和女人上了床，从早到晚都是高潮和快感。办公室里的许多男人和女人们都请了假，挤进了抢购股票的人流里。人山人海，把一座城挤得天昏地暗，那一阵子，每个人眼里都是股票，仿佛台风到了，席卷着大街小巷。直到这件事情如同男人和女人做了那种事，搞成了早泄和阳痿，这个城市才安静了下来。

城里安静了，二狗就来了，看得出来，二狗也阳痿了。他来的时候，身上的衬衣还是破的。

"衣服怎么破了？"我问。

"扯的，抢股票的时候，被后面那个狗日的扯破的！"

"抢到股票了吗？"

"抢到个卵！"

"那怎么办？"

"怎么办？我还得把人家的身份证寄回去，这些狗日的股票！"这句话，二狗是用湘西普通话骂的，很多时候，二狗已经不会讲湘西话了。也难怪，很多湘西人都有这个毛病，一出来就要讲普通话。从汽车站买票开始讲起，而且哪个都听不懂。

"金盆子没有了？"

"金盆子？刚开始的时候，我以为那里有个金盆子，挤了半天，到了最后我才晓得，那里有个卵盆子！有人讲了，机会面前，人人平等，世界上哪有这种事情。"

"没关系，我们还可以从头来。"我安慰着二狗。其实，后来我也是慢慢地有些懂了，股票这东西，要不是有那么多哈卵去抢那些什么抽签表，把自己口袋里的那几块钱都送给人家，这个世界上哪来那么多亿万富翁，难怪以后有人讲，这就是割韭菜。

"从头来？我回去还给我爹吹了牛，要给他拿个金盆子转去，我要不拿个金盆子转去，他要把我的脑壳揪下来！"

"那就不回去。"

"是啊！我也是这么想的，看到我爹那卵样子，我就不敢回去。先到这里混几年，万一出头了呢！老子不但要带个金盆子回去，还要带个靓女回去，怄死我爹。"二狗的心态让我感动，人啊！千万不要以为得过且过不好，有时候，就是因为得过且过才能过得下去。

"辛苦了，今天我请你吃夜饭。"

"好啊！"二狗就这样答应了。

很快我们就到了附近的大排档。那是在一大片荔枝林里，东倒西歪地摆放着许多圆桌。已经坐了很多人，人脑壳上面有霓虹灯，东倒西歪地扭了几个字："老二火锅"。到处热气腾腾的，有服务员在招呼着。我和二狗找地方坐了下来，邻桌是两个女孩，二狗的眼睛很快就掉在了她们那里，这个时候的二狗特别像湘西的土匪。你知道湘西土匪的样子吗？光头或陆军头，个子不高，力气很大，傻不拉叽的长相，老是穿着不合身的衣服，裤子的档总往下掉着，嘻皮笑脸的，一副若无其事的面孔，实际上非常聪明，一脑壳的主意，容易让女人喜欢。二狗就是这样，他一会就和邻桌的女孩聊上了。

"靓女，吃饭啦！"

"是。"

"我板凳这样放着，不影响你们吧？"

"没事，你尽管坐。"

"听口音，你们是四川老乡。"

在二狗的耳朵里，川普是很容易听出来的。

"是啊,你也是四川的?"

"哎呀,搞了半天,都是四川老乡,还讲什么普通话,来嘛,来嘛,我请你俩吃晚饭,坐过来,坐过来。"

二狗马上讲起了四川话,对湘西人来讲,说四川话是很容易的一件事情。在以后的好多日子里,二狗有时候是湘西人,有时候是四川人,从涪陵、重庆到万州,随意换了不少地方。

女孩们巴不得有人请客,二狗一喊,就坐了过来。就怕女孩不坐过来,只要坐过来,二狗的本事就上来了。

二狗指着我说:"这是我们公司老板,老板请客,想吃什么尽管说。"四川话是说,湘西话是讲,四川话是吃饭,湘西话是七饭,二狗已经搞得非常清楚。

说实话,这两个四川女孩长得很漂亮,看见过嘉陵江边盛开的桃花吗?就是那个样子。两个女孩子让荔枝林里的夜晚变得美丽了起来,原本已经阳痿的二狗又开始有了力气。

"这个广东菜硬和我们四川人对不到,你看我们的回锅肉、毛血旺,想到起就流口水。那天我和我们老板去香港,吃那个三文鱼,说是加拿大来的,那硬难吃得很。"

两个女孩子也热情了起来:"香港好耍吗?"

二狗得意忘形地:"好耍,好耍,尤其是油麻地好耍……"

二狗真是湘西出来的大角色,这个狗日的什么时候去过香港？肯定是从杂志上看来的。他为了证明自己去过香港，没多久又开始讲了白话，不晓得人家女孩子能不能听懂，反正我是听不懂。但是那个晚上他们玩得非常开心，到后来还留了联系电话。这个时候，我才看到二狗的皮带上挂了个BP机。BP机，而且是汉显的，挂在身上很时髦，留电话的时候，二狗得意地昂起了锅盖头。二狗讲，这个BP机是为了炒股票才买的，现在好了，股票没抢得，只剩下这个卵东西了。我跟他讲，这个东西好，可以找女朋友。二狗看到BP机，又笑了起来，一边笑一边讲："这是条狗链链，方便人家找我。"

晚上的单是我买的，为了装成老板，哄人家开心，二狗讲了好多普通话和卵话，这个杂种。其实，二狗那个卵样子不管怎么装，都装不成老板。话说回来，在深圳这个地方，到处都是老板，人见了人就喊老板，管你是不是老板。

在那片林子里，天一黑，孤男寡女们就容易兴奋。也难怪，林子里挤满了工棚，工棚形成了一条街市，东倒西歪的电视天线和乱七八糟的招牌，算是一道风景。里面有大排档，大排档的老板们或清蒸或爆炒或红烧，从早到晚，用川菜、湘菜、东北菜和广东菜，不断地诱惑着这里的男人和女人。再说了，这条街上还有录像厅、发廊，以及发廊里的小姐，还有卖烟卖酒的、卖录像带和磁带的，诱惑更人。一到晚上，录音机里的音乐就把这里的气氛推上了高潮。无数个年轻人拥挤在这里，这么好的身体和精力，吃饱喝足以后，不搞点什么事情，肯定都是不对的。《涛声依旧》《你看你看月亮的脸》《何日君再来》《路边的野花不要采》，一首又一首情歌，把他们的心里唱得软绵绵地管不住自己。感情四处在飘荡着，一直找不到落下来的地方。尤其是许多的男人们，如同荒原上的单身野狗，在夜色里贪婪地寻找着女人，到处发泄，直到瘫软下来。一般来说，在这个世界上，有些人是用脑壳赚钱的，有些人是用力气赚钱的，有些人是用身体赚钱的。而到了这种地方和这个晚上，那些用力气赚钱的人，本来钱就不多，还轻而易举地就被那些用脑壳赚钱的人，以及用身体赚钱的人把钱赚走了。用力气赚钱的男人容易寂寞，在寂寞的时候容易弱智。用身体赚钱的小姐让男人摸几下，娇滴滴地喊一声老板，男人的心一软，口袋里的钱就不见了。

不远处，是三家银行，一字地在路边排开。每家银行门口都有一对狮子，一对是英式狮子，勇猛；一对是中国的宫廷狮子，雄伟；一对是广东民间狮子，充满了喜感。那里是取钱的地方，但是，你得要有钱，没有钱，你取什么卵。

太阳一出来，那男人就安静了。坐在办公室里的男人都会西装革履，然后道貌岸然，新的一天开始了。

没多久，办公室里的电话响了起来，有人接了。没说两句话，接电话的人脸色就不对，只听他说着："什么，你是派出所？我们有两个女孩被你们抓了？为什么？做鸡？让我们派人去接，你等等，你和我们经理说吧！"

站在旁边的老总接过电话，到底人家是见过江湖的，见过大人的那些东西，话说得铿锵有力。"我们单位没有这两个人，你们可以随便处理！"说完人家就把电话放了，这才叫有魄力。也是，国家总统都见了这么多，派出所的人肯定不在人家的眼里，顿时让我佩服得五体投地。我从小在家里被老人吓得多，一不听话，老人们就讲警察来了，所以一直怕警察。

可是，没过多久，办公室外面来了一辆警车，两个漂亮的小女孩被警察带了下来。进了办公室，两个女孩站在角落里不敢看人，而办公室里的男人们就忙了。看到人家女孩长得好看，男人们的眼睛珠珠都发生了变化，办公室里有一股莫名的热情在涌动，到处色迷迷的。所有的男人都在从头到脚打量着这两个女孩，生怕哪个地方没有看清楚。这男人就怕女人长得好看，女人好看，男人就不太管得住自己的某些部位。男人可以穿得道貌岸然，却希望女人一丝不挂。警察说了："是你们的人吧？人家都交待了，就你们不承认，哪有这种单位？你们的人，你们看着办吧！"那个时候，这种事情也没有多大了不起，特区吗，刚开了个头，很多时候还不知道怎么处理，说不定卖淫将来也是合法的，大家都糊涂着呢。人家警察说完，撂下两个女孩就走了。警察一走，公司就通知两个小女孩,马上到人事部办离职手续。两个女孩当天就离开了公司,人家以后去了哪里,再没人晓得。倒是有人在感叹,当初怎么就不晓得这两个女孩可以干这种事情,还以为是哪里来的两个小土狗。要是早点晓得,那就方便好多,省得到处去找三陪小姐,这些嫖客。不过,你不要瞧不起嫖客,办公室里的嫖客文笔都很好,经常在报纸上发表文章。

办公室里又安静下来,大家仍然西装革履地坐着。这里面有教授、学者、专家、文员和嫖客,以前在内地应该还当过局长、科长什么的,现在坐在那里,好像什么事情都没有发生。只有老总还在骂警察:"这些混蛋,我说不是我们的人,还要送过来,妈的!"老总也有无能为力的时候,你接待过美国总统也没有用,人家警察不吃你那一套,办公室里有人在偷笑。我不知道办公室里的人昨晚都干了些什么,现在心里在想着什么。我一直相信,穿着裤子的都是好人。

海鸟从远处飞过来,深圳湾开始涨潮了。海水拍打着红树林和边防线上的岗亭,站在海岸边,远远可以看见香港天水围和元朗。那边是资本主义,那边有小姐,还有港币和铜脸盆。

没过几天,刘能来找我,说是有件小事要帮忙。我问什么事。

刘能说:"要是我老婆来问你,昨晚我在哪里,你就说我和你在一起吃晚饭。"

我问:"为什么?"

刘能狡黠地笑着:"你就这样说,其他不用管。"

我说:"那不行,我不能骗你老婆,这样做对不起人。再说了,你又没请我吃饭,到时候你老婆还以为我到你那里混吃混喝。"

刘能急了。实际上,我晓得刘能的老婆很聪明,聪明的女人是不可能开口问这些事情的。虽说刘能可以算命,但这一次刘能没有算准,被他老婆吓到了。我一直想知道,昨天晚上他到底和谁在一起。男人真是个莫名其妙的物种,什么坏事都干完了,反倒不怕老婆,怕老婆的男人反而是什么坏事都没做。其实,刘能很聪明,也很老实,不可能干什么坏事。人家原本是在拉萨工作的,后来来了深圳。茶余饭后,常常会和我说起西藏,看得出来,他这辈子走不出青藏高原。从布达拉宫到大昭寺、八角街,给他留下了说不完的记忆,唐卡、天珠和转经筒、玛尼堆都被他装在了心里。他说,你一定要去一次西藏,去看看那些叩长头朝圣的人,他们用身体去丈量朝圣的道路,那是一种震撼。他选择在深圳过日子,而把信仰留在了西藏。

我去过西藏,到过拉萨、山南和日喀则,从北面看过喜马拉雅山。以后,我又从香港飞加德满都,顺着喜马拉雅山,沿着印度教和佛教交织形成的历史文化长廊,走进了神秘的国度尼泊尔,从南面看过喜马拉雅山。

尼泊尔,这个由雪山、寺庙、佛塔和马拉王朝古建筑组成的国家,无时无刻都让人可以感受到她的古老、神圣和壮丽。我们曾经在纳加阔特看过喜马拉雅山的日出,在博克拉看过鱼尾峰的日出,也曾经坐飞机飞抵过喜马拉雅山去感受珠穆朗玛峰的雄伟。但是,最让我们忘不了的还是加德满都那满街的灰尘和垃圾,以及垃圾旁晾晒的衣服,小恒河边的葬礼,还有街两边坐着的无数个无所事事的人。街上看不到争吵,没有怒骂,你不时可以碰上双手合十的人向你问候。就连给我们开车的司机,一个尼泊尔的小男孩,还有我们的导游拉杰,整个眼睛里都是善良,看不到一丝狡黠。在巴德冈和帕坦古城,在马拉王朝留下的杜巴广场上,在那些已经有500多年历史的木质建筑里,寺庙仍然供奉着香火,门店仍然开门做着生意,人们仍然坐在这些世界遗产的门槛上晒着太阳。这些马拉王朝的古建筑,并没有因为是世界文化遗产而变得遥远和高不可攀,而是和这里的人们一起活着走进当代,让当代人跟随这些古建筑一起回到久远。虽然,尼泊尔还有很多地方很脏很乱,但尼泊尔人的心里却格外干净。当然,尼泊尔的脏乱还会存在下去,同样,尼泊尔的美丽和圣洁也会存在下去。有人说,规矩带来的是文明,而混乱带来的或许是文化,哪一个更生动和更重要,不得而知。总之,尼泊尔和西藏一样让我们难忘。

几天后，湖南来了电话，因我的户口还在湖南，说是我的副高职称评下来了，让我去长沙拿资格证书。湖南是老家，所以长沙去过很多次。好喜欢长沙的岳麓书院，因为一个故事，从此，这个书院给我留下了极深的印象。据说当年元兵攻陷长沙，院内几百书生，手无寸铁，以死相拼，无人投降，全部战死。就是这件悲壮往事，让我对书院仰望。嘉庆进士袁名曜先生与门生张中阶合撰的对联"唯楚有才，于斯为盛"八个大字，对湖南儿女，不是包装，而是鞭策。长沙，历史文化名城，三千年时间，留下了好多惊心动魄的故事。我的爷爷，当年随新六军参加了长沙会战，因为打过日本人，他在我的家族里有很高威望。我的爷爷曾经说过，人在生死关头，哪有什么慷慨悲歌，只能是以死相拼。从小听了他的故事，我便一直认了这个死理。所以，我佩服，听到枪响以后，敢于往前走的人。在那些出生入死的岁月，三湘大地，好多文弱书生最后都成了军人和将领。我和我的爷爷，有了完全不同的人生，他拿着"汉阳造"走进了枪林弹雨，而我拿着高级职称走进了深圳特区。感谢祖先，让我们有了不屈的性格。在这个世界上，有的人可以拼颜值，有的人可以拼智商，有的人可以拼关系，有的人可以拼家庭，而有的人什么都没有，只能拼命。但是后来发现，在中国很多时候还可以拼职称。拿着职称证书,我上了南下的火车,和平年代,当要努力追求事业。

　　这一年,我记住了一句话,不管今晚有过多大的风雨,明天依然会出太阳。

第二年

一九九三年就这样来了,这一年是鸡年。

鸡年就要有鸡,没有鸡,那就不叫鸡年。正在伤脑筋如何找鸡的事,珠海的一家工艺品公司主动送上门来两只工艺鸡,而且是免费的,大家顿时兴高采烈。那是一个下午,鸡是一辆人货车运来的。送鸡来的老板,虽然穿着西装,但十分廉价,一看也是刚下水的那一类角色。看他的眼神,恐怕脑壳里头装的东西不会太多。不过,话说回来,泡在海里的人也用不着晓得太多的东西,只要晓得从哪里爬上岸就行。这个老板虽然有点猥琐,但聪明,会胡扯。很多时候,一个人只要会一本正经地胡扯,就能办成事情。老板是带着两个小姐和两只鸡一起来的,一进办公室,人家就和我们的经理一见如故。从鸡讲起,开始讲鸡年,讲鸡文化,然后一直讲到唾沫横飞,讲到夕阳西下。这两只鸡是公鸡,高约两米,金光灿灿的,放到办公室里高大而雄伟。这两只鸡虽然不会叫,但会恭喜发财,老板接通了电源,鸡开始讲人话,就让经理喜欢了。用经理的话讲,放到民俗文化景区里面,就是中国民俗。民俗景区就要有文化,鸡年就要有鸡年文化,鸡年文化是什么?就是吉利、喜庆、红火和发财。游客只要投币,两只鸡就会拜年,拜年就是民俗,就是吉利、喜庆、红火。投几个硬币进去,那两只鸡就跟你点几次脑壳,喊几声恭喜发财,一看就是冲着钱去的鸡,好鸡。老板会扯卵谈,一直把那两只鸡的卵谈扯到了天上。说是如果一只鸡一天赚五千块,两只鸡一天就是一万,二十天就是二十万。老板把卵谈扯得神采飞扬,终于把经理的心扯痒了。鸡老板说:"古人论鸡,鸡有五德。头戴冠者文也,足搏距者武也,敌在前敢斗者勇也,见食相呼者仁也,守时不失者信也。"这几句话肯定是鸡老板背下来的,讲话的时候他的眼睛一直在发直。经理是民俗专家,随口加了一句,丁酉拜年者神也。办公室里皆大欢喜,有人鼓起掌来,这是神鸡。经理没想太多,手一挥就算同意了。一个要文化,一个要赚钱,两个人很快就一拍即合。同意了,鸡就来了,鸡来了,麻烦就来了。鸡每天可以赚钱,我们每天就要分成,经理说我是管工艺作坊的,分钱的事就归我管,因为这鸡是工艺鸡。

腊月二十八那天,我们就把鸡放好了。在离景区大门不远的地方,两只鸡站在一片花丛里面,红色的、黄色的菊花盛开着,格外引人注目。鸡老板站在旁边,时不时地像哈卵一样笑着，正摩拳擦掌地在等着游客，他肯定听到了硬币碰撞的金属声。大年初一，游客们如约而至，大门一开，游客就如同潮水一样往里头挤。一进门，游客就可以看见，那两个公鸡和两个小姐正热情洋溢地在等候着他们。游客们看见了这么漂亮的公鸡，大家都挤过去和公鸡合影，快门声不断，小姐倒是被晾在了一边。我和那老板站在不远的地方，两个小姐的眼睛看了过来。这时，只见鸡老板雄赳赳地一个示意，他那只短肥的手在大肚子前面晃了几下，两个小姐就把自己手中的硬币投进了公鸡的嘴巴里。神奇的一幕出现了，在广东"步步高"的音乐声中，两只鸡开始点头拜年。广东人和香港人哪见过这种东西，金鸡拜年，恭喜发财，触碰到了他们心里最舒服的地方，难得的新鲜和吉利，瞬间他们就照着小姐的样子开始投币了。在小姐和鸡的面前，游客们玩得手舞足蹈，兴高采烈，玩出了个个都要发财的样子，喜气洋溢。鸡老板则站在一边笑嘻嘻地，也许是他看多了硬币，从早到晚眼睛里都在发出金属的光泽。鸡年的鸡，让我格外佩服，不管什么样的鸡，包括珍珠鸡、野鸡、火鸡和泰国斗鸡，放到那里就可以赚钱。

一到晚上，那成千上万的游客走干净以后，我就忙着和人家珠海来的人把鸡肚子里的钱倒出来开始清点。那里面的钱都是硬币，像公交车收来的零钞。我们就像公交公司数钱的那些人，每个人都数成了斗鸡眼。看过法国喜剧电影《虎口脱险》吗？里面有个斗鸡眼，把三架飞机看成了六架，我们就是那个样子。这里面有真币有假币还有游戏币，不是拜菩萨，游客什么东西都敢往里面扔，反正只要鸡拜年了就行。乱七八糟一大堆，看起来多，其实不多，拿到手上还格外重，存到银行人家还不要。比不上人家千手观音那里的钱，那是开过光的菩萨，格外灵验，没有人敢往里面扔假币。千手观音前面功德箱里的钱也是我去收，一天下来，可以收两大皮箱，除了一百五十的，还有很多港币黄牛，一千块钱一张，那才叫多，容易让人花眼睛。鸡老板后悔不已，后悔当初为什么就没有想到设计制作可以投纸币的鸡，一直骂自己是哈卵。卵，在湘西方言里面，算不了什么瘆话。这是一个万能形容词，表示某种事物到了一种极致状态。哈卵，大概是最蠢的人。

过了元宵节，据说两只鸡还没有赚够制作的本钱，这两只鸡就要回珠海了。鸡老板临走的时候，满脸的失望。钱本来就不多，还要和我们分成，钱到他手上的时候，就和到街上讨来的钱差不多。他拿着一口袋硬币对我讲："以后再也不来深圳赚钱了，这地方看起来钱多，实际上也不太好赚。搞了半天，只得了一口袋这种东西。"不过，鸡老板手上的口袋倒是好看，大红的颜色，上面印着烫金的大字，恭喜发财。

鸡老板又说了："昨天去大排档吃晚饭，我拿这些钱去买单，大排档的老板还问我这些钱是从哪里捡来的。"这倒是一句大实话，要是深圳这么好赚钱，二狗恐怕早就有了铜脸盆。不过，你要是在这里做一个大财神拜年，而且只收一百、五百和黄牛那些大钱的，那你就赚大了，这么好的创意，我不会告诉你。人容易做梦，而且梦做得都贪婪。在深圳这个地方，钱很多，而且，钱一直都在你的周围，但不是你的。

两只鸡和鸡老板走了。那两个小姐没有跟他去珠海，那是他在深圳临时聘用的，人家挥挥手就算再见了。看着鸡老板孤独远去的背影，皱皱巴巴的西装在微风里摇摆着，那两只鸡东倒西歪地斜靠在车厢里，总感觉到有些凄凉。公园里挂满了大红的灯笼，鲜花仍然在怒放，远远传来的唢呐声一如既往地热烈。回到办公室，不晓得是哪个家伙在我的办公桌上用信签纸写了一段话。那段话是这样写的，锑是一种金属，化学符号"Sb"。中国是世界上发现和利用Sb较早的国家之一。在世界已探明的Sb储量中，中国占一半以上，目前中国Sb储量和产量均居世界首位。这段话让我想到了很多人，包括二狗和鸡老板，这是哪个狗日写的？

没有好久，老彭来了通知，叫我和老总出差，坐飞机飞成都。接到通知的那天晚上，我有点睡不着。四川其实离湘西很近，在我的老家，过条河就是四川，沈从义先生写的《边城》，就是那个地方。不过，四川很近，但成都很远。

在我的青少年的那个时候，从湘西到重庆都需要两三天，何况成都，那是天边的一个城市。从小到大，老人们总是这么讲，少不入川，老不入广，我一直不太懂其中的意思。大概都是些好地方，怕人去了不想回来。所以，我们从小都认为，成都一定是天底下最好的地方，要不然，大人们都喊我们不要去四川。搞得我们只能在四川的边边上看一眼，成都在哪里都不晓得。茶余饭后，成都只是一个故事和传说。当然，只要是人，越是看不见的东西越是想看。而且是坐飞机去看，加上从来没有坐过飞机，让你不花钱坐飞机去成都，你要睡得着，你都不是人。再说了，我估计在我家祖宗八代里头，我是第一个坐飞机的人。第一个坐飞机，是不是一件光宗耀祖的事情？然后就不晓得自己姓什么了，难怪湘西人经常自己骂自己是哈卵。

坐飞机的人很少，安检很快很简单，没多久飞机就起飞了。飞机是波音737机型，比起麦道、雅克42、图154，这是最好的飞机。在飞机上，感觉空姐很热情，飞机很干净，这让我想起了地面上的火车和中巴的那种脏乱差，这恐怕就是天上和地下的区别。窗外的风景很美，从来没见过，只想往外看。但是，在我看来，坐飞机的人，那都是有身份的人，有身份的人不随便往外看，管你下面是峨眉山还是乐山或者是大足石刻。只有坐大巴的人才往外头到处乱看，而且到处找熟人。看着周围的人，很少有人往外看的，往外看的恐怕都是乡里人。大多数人要么在看报纸，要么在闭目养神，尤其是我们老总，一直保持着派头。我暗暗地在感叹，大公司的老总就是不同。我也开始注意自己的一举一动，生怕影响了公司的形象。不过，人只要一装，那就会很累，如果装不像，那就更累。

　　飞机一直往西飞去，窗外的阳光和云海，那从未见过的风景，让人一直在兴奋着。大概是有点时间了，突然意识到，现在的飞机有可能正飞在湘西的上空。湘西的上空，也有好多故事，可以扯好多乱谈。那是抗日战争刚刚打响的时候，国民党政府从南京撤退到重庆。一架国民党的飞机，上面装满了金条和光洋，飞过湘西的时候，掉在了一个叫崇寨的地方。据说，当地的老百姓捡到了好多光洋，是不是真的，没人晓得。但是，人家讲你捡到了，你就是捡到了。于是，一个晚上，这个寨子遭到了土匪的洗劫，土匪杀光了寨子里的人，制造了骇人听闻的大惨案。土匪抢到了多少光洋，也没人晓得，只晓得这个寨子里的男女老少都被杀完了，这些狗日的杂种。后来的老人都讲，有些钱是不能随便捡的。尤其是本来没有钱，人家讲有钱，而且钱越讲越多，那就更麻烦了。就像人家二狗，在深圳当个保安，一个月八百块钱，回到老家过年，哪个都把他当成老板。他也不敢讲他不是老板，亲戚朋友都等着他送压岁钱，送少了人家还要讲卵话，他咬着牙齿装有钱。回到深圳现在穷得像卵形，天天混饭吃。到深圳混真的不容易，你讲你没有钱，人家讲你装苕；你讲你有钱，人家讲你充骚。窗外的云海越来越漂亮，老板实在装不下去，让人家去装老板，我还是看风景。飞机开始广播，四川盆地就在下面，应接不暇的风景让人看了个饱，成都已经不远了。

飞机降落了，机场的跑道在震动。从深圳飞过来的人，好像大多数都是老板。人家西装革履地走下飞机，脑壳上是大背头，堆满了摩丝，提着密码箱，显示着与众不同的身份。然后昂首挺胸，目不斜视地走进了成都。也难怪，因为买机票是需要单位证明的，不是什么人都可以坐飞机，自然有了不同的派头。成都人倒是无所谓，随便你怎么来，人家从早到晚打麻将、喝茶、摆龙门阵，根本不晓得什么人到了成都。

我们下了飞机，有专车来接，2.8排量的皇冠，应该是成都最好的车。我跟着老总住进了成都最好的宾馆，从来没住过这么好的宾馆，我是浑身的不自在。前台漂亮的女经理格外热情，是宾馆大堂里面的风景，一口的成都话像音乐一样地飘过来。我们的老总和她微微点点头，算是打过了招呼。一举一动之间，老总把分寸都搞得格外到位。和女经理交换名片以后，我们上得楼去，有服务员在前面给老总拖着行李。我们出了电梯，长长的走廊里，铺着鲜艳的地毯，可以听见轻音乐。进了房间，看着窗外的成都，天府之国就在眼前。

　　四川，这是李白、苏轼和陈子昂的故里。李白的故居在江油，苏东坡的故居在眉山，陈子昂的故居在射洪，加上杜甫草堂在成都，这里的文化等级让人仰望。杜甫草堂和武侯祠离宾馆不远，鳞次栉比的四川民居，小桥流水，万千人家，一片的美丽。闲暇之余，我抽空去了杜甫草堂和武侯祠。杜甫草堂位于成都的青羊区，是杜甫客居成都时的居所。杜甫在这里住了四年，成诗240首。历史上曾经多次修葺，至今还保留着明清时的格局，成为中国文学的一块圣地。著名景点有少陵草堂、大雅堂和万佛楼，让人流连忘返。武侯祠则位于武侯区，走进祠内，君臣合庙，让人景仰。桃园结义、三顾茅庐、火烧赤壁、六出祁山、斩马谡、定军山、《出师表》、五丈原，一段波澜壮阔的历史，感动了中国两千年。第一次去成都，成都让我肃然起敬。

　　第二天，老总找到我，让我去自贡。找一个合作伙伴，到深圳去做个灯会。我当然愿意，马上坐火车动了身。一路上还在想着，到自贡以后住到哪里，去找什么人？谁知到了自贡，一走出车站，远远就看见有人举着个纸牌子，那牌子上竟然歪歪斜斜地乱划着我的大名。拿牌子的人从来没见过，不认识。人家是长头发，应该是搞艺术的，在我的脑壳里面，光头和长头发大多是艺术家。我到自贡，是谁告诉他的？他如何会来接我？这件事，若干年以后还是一个谜。有人接站，我求之不得。

打过招呼，就算认识了。接我的人姓王，叫王自贡，后来也成了我的好朋友。一天下来，管吃管住还管陪着你四处旅游。让我住在自贡最好的宾馆，还带我去看什么恐龙博物馆、井盐博物馆，十米二十米长的恐龙化石和西秦会馆让你看得眼花缭乱。就是不让你去见其他的人，怕人家抢了他的生意。晚上等你睡觉了，人家才离开宾馆，第二天一早，你一打开房门，人家就坐在房门口。虽然合作的事情还没有开始商量，但我已经感受到了王自贡的热情。两天以后，王自贡成了我最佩服的自贡人之一，我成了他的粉丝。最早的时候，还有一个自贡人是我的偶像，叫魏明伦，写了一个川剧《巴山秀才》，轰动过全国，王自贡是第二个。

四川这地方了不起，四川人不搞就不搞，一搞就会惊天动地。广汉的三星堆遗址，自贡大山铺恐龙化石遗址，成都的金沙遗址，三个遗址一出来，就让人看得目瞪口呆，半天不晓得闭嘴巴。恐龙遗址博物馆，距自贡市区11公里。1.7万平方米的化石富集区，层层叠叠的恐龙化石，让整个世界叹为观止。大自然太强悍了，如此多的庞然大物，竟然一夜之间在地球上消失得无影无踪。不管是9米高、20米长的天府峨嵋龙，还是凶猛的5米长的建设气龙，是跑的恐龙还是飞的翼龙，排山倒海般地一起被掩埋下去，然后在二亿年以后让我们震撼。

看完恐龙博物馆以后，王自贡又带我去看西秦会馆，这是自贡的井盐博物馆。在明清时期，西秦会馆是陕西盐商的同乡会馆，融明清两朝宫廷和民间建筑风格为一体，成为自贡历史和文化建筑的结晶。从东汉开始，自贡就有了井盐。两千年的时间，一共开凿了13000多口盐井，累计生产食盐7000多万吨。"东源井"深达千米，开采时间长达200年。自贡的每口盐井都有一部天车，或独脚或三脚或多脚，用于采卤或冶井。其中"达德井"的天车高达113米，云端上的劳作，蔚为大观，成为非遗。川滇黔湘鄂诸省皆食用自贡井盐，作为湘人，两千年的繁衍生息，真应该好好感谢自贡。

自贡灯会自然也不得了，唐宋时期这里就有了新年燃灯的习俗。到清代时，自贡就有了"灯竿节"。到了二十世纪初叶，自贡又有了"提灯会"和放天灯、舞龙灯、戏狮灯、闹花灯等活动。在中国古代，没有电的时候，自贡都把灯会搞得灯火辉煌的。现在有了电，一不注意，人家就能搞出个天上人间来。浪漫是四川特别的色彩，人家说话都像唱歌，风趣生动，难怪四川出了那么多大诗人。李白和苏轼把月亮都写到了极致，何况是过年张灯结彩，万紫千红。四川人应该不要费什么力气，就可以把灯会描写得精彩绝伦。"一曲笙歌春如海，千门灯火夜似昼。""灯火家家有，笙歌处处楼。"因此，谁都知道自贡灯会。再说这个工自贡，什么灯会人家都可以做，纸的、瓷的、玻璃的，机械的、旋转的，都可以，只是要让他来做。说到底，人家也想往深圳那条河里跳，而且拼着命想跳下去，就怕你不带他去跳，又是一个不怕下水的人。我从此服了他，并且一服很多年。

回到成都，给老总一说，老总就把这件事定了。回到深圳不久，王自贡就来了。150万费用，过年的时候，在民俗文化景区里做一个中国神话灯会，说是迎接狗年，那是后话。不过，从狗年开始，王自贡在深圳注册了公司。从此，王自贡再也没有离开过深圳，深圳又多了一个老板，而我仍然在打工。

我又上班了，刚刚坐下，又有湘西老乡的电话打了过来。电话是从苗族银饰作坊打来的，那个作坊，也是一个满目琳琅的地方。作坊的板壁上挂满了苗族的银饰，有银角、银扇、银帽、银项圈、童帽银饰、胸前银吊饰等等，人走进去，容易花眼睛。因为老彭是湘西人，又在公司当经理，所以在民俗文化景区里，有很多湘西老乡都在这里开工艺作坊。其中有土家族织锦、竹编、木工等等作坊，最好玩的工艺作坊要算苗族银饰作坊了。当然，不是作坊好玩，而是作坊里的人好玩。在苗族银饰作坊里，有一个小老板，也是我的湘西老乡。人家不会做银饰，只会做老板，姓刘，字素者。本来人家是正规的重点大学的毕业生，可以在老家找到一份像样的工作。可是人家不愿意留在老家，非要跑到深圳来，非要往深圳这条河里跳，而且跳下去就没有打算上来。

刘素者从老家请来了一个老银匠和一个小男孩，算是员工。老银匠每天在作坊里敲打和制作银饰，镶嵌、拉丝和清洗银质制品，让作坊从早到晚都有了动静。而小男孩则在作坊里售卖银饰和打理生意，他的口头禅就是每天在苗寨卖银，和卖淫发音是一样的。刘素者就更忙了，又要进货，小男孩休息的时候，又要亲自卖银。那天正在亲自卖银的时候，来了一个漂亮的女孩。女孩在一大堆银饰里挑选了半天，她看中了一对龙形耳环，说是要买。但是女孩问了，这一对耳环为什么不是一样大的？刘素者心里明白，这一定是两对耳环搞混了，就马上在作坊里找了起来。他找了一阵没有找到，刘素者脑壳一转，湘西人的聪明就来了。他给人家女孩讲了，大的是公龙，小的是母龙，所以不是一样大。女孩想想也对，公的和母的不可能一样大，于是掏钱就买了。刚刚买完，刘素者找到了一样大的那只耳环，就告诉女孩，这只耳环是一样大的。可是，这个时候的女孩就是要一个公的一个母的，不要两个公的，刘素者只能卖了。不过，后来刘素者又卖了一公一母两只耳环，不晓得又哄了哪个女孩，让人家又喜欢了一公一母。从那时候起，我就晓得了刘素者，他以后一定会成为一个大老板。

　　二狗这种人就不同，他们那地方的人做什么事都简单，读书少，经常容易忘记事。两天不见，东莞樟木头那边又打来电话，说是二狗上街没带暂住证，跑到发廊去洗头，碰到警察查证件，一查，没有，就被警察送到了二线关外的樟木头，叫人去取。这个二狗，不晓得又发了什么神经，上街不带暂住证，变成了三无人员。深圳特区是有二线关的，所有来深圳的人必须要有边防证才能入关。长期在深圳打工的人，都要到公安局办一个深圳特区的暂住证，这个暂住证大概相当于美国的绿卡，上街必须带着。你不带暂住证上街，没有证件在身上，在人家警察眼里，你就是三无人员。所谓的三无人员，就是没有身份证，没有暂住证，没有单位的人。清理三无人员是人家警察重要的工作，而且是在发廊里头，一不留神，二狗就被清出去了。

我请了假，跑到二狗的宿舍，拿到了二狗的暂住证，急急忙忙去了樟木头。手续办得很快，没多久二狗就出来了，还是那个老样子。见了面就找我要烟抽，在里头没烟抽，早就走了神。和二狗出来的还有好多小姐，长得好看的不少，而且穿得性感。有几个小姐长得好乖，白得像石灰，嫩得像豆腐。我问二狗，昨天晚上和她们关在一起的，早晓得，让你到里头多关几天，找个爱人。二狗急了，你讲卵话，她们关到哪里我都没看到，就我这个卵样子，她们哪个都不会多看我一眼。和我关到一间房的那些人，估计都是些坏人，还有几个纹了身的，吓死个卵人。

二狗刚剪了头发，我问："你怎么一剪头发，脑壳就像锅盖？"

二狗坏笑着："我也不晓得，找哪个剃头匠剪头发都差不多，可能是我这个脑壳长得像口锅子。"

二狗又讲了，锅盖脑壳简单，不怕死。我们那里的人都是锅盖脑壳，村长是锅盖脑壳，乡长也是锅盖脑壳。乡长的名字叫李雄野，他第一回到我们村里来，村长到大会上介绍他。

村长激动得像卵形："大家鼓掌，让我们热烈欢迎李乡长。李乡长叫李雄野，李是李逵的李，雄是飞卵雄的雄，野是野卵日的野。"村长的话还没讲完，老子们就鼓掌了，寨子里头从来没有发出过那么大的声音。

那天晚上，一寨子的锅盖脑壳都记住了李乡长。二狗越讲越有劲，这个狗日的，格外聪明。

也难怪，湘西人不管走到哪里，都是那个卵样子，好多人都会剪成个锅盖脑壳。即使是到北京和上海工作，身上穿着金利来西装，也会土里吧叽的。裤子垮垮的，裤脚挽起来，高一只矮一只，见人就是笑，让人容易亲近。不像人家其他地方的人，到北京和上海去工作，人家就装成了北京人和上海人。好多外地人都晓得，湘西的酒鬼酒，那是湘西最好的酒。装酒的罐子就是泥巴做的，那个酒罐子，由湘西著名画家黄永玉设计，矮而粗犷，格外像湘西的好多男人，典型的湘西人形象。摆在那里，结实稳当，里面装满了酒。湘西男人从小都喜欢玩泥巴，长大了，就喜欢喝酒和当兵，装了一肚子酒到处骂娘。不过，不要瞧不起锅盖脑壳，没有多久，剪锅盖脑壳在广东成为时尚，锅盖脑壳在广东产生了美感。

　　二狗又上班去了，我也走进了我的办公室。一到办公室就是好事情，经理叫我又出差，回老家湘西招演员，明天就走。听完经理安排，我搞了两根烟，才稳住了神，望着窗外远处的云层，那一刻好想回家。又怕经理变卦，赶紧去买了票。其实，在我的记忆里，湘西有好多让我不喜欢的人和事。不过怪了，即使是再苦再难过，我还是离不开湘西。直到自己成了家，那就更是如此了。湘西，对于湘西人来说，无论有好多的痛苦与记忆，那都是最初最美和最让人怀念的地方，永远都有无穷无尽的牵挂。这次出来就没有回去过，算算已有半年多的时间。妻子和孩子在老家，平时想家的时候，只能在路边的小商店里打个公用电话。夫妻两地分居，总有好多牵挂。牵挂多了，话就多了，话多了，话费就多了。在公用电话旁边，永远都有一个守电话的女人，龅牙，眼睛近视。看起来无精打采的，实际上坐在一边很认真地听你打电话，格外好奇。所以，打起电话来，只能快点讲，讲那些可以讲的话，不然，人家好奇了不说，收电话费的时候你还会脑壳大。回去见面了，夫妻之间就可以无忧无虑地免费讲话。以前讲话都是不要钱的，可以从月亮出来讲到月亮落山，我们两个好像一直都有讲不完的话。

我和妻子是青梅竹马，从小一起在湘西的文工团里长大。一个长得漂亮，一个长得丑，竟然成了一对。妻子长在有家教的人家，可能人家看我不一样，虽然丑，但不难看，虽然穷，但人好玩，这才跟了我。成家以后，我从来就没有碰到过有钱的时候，又不是什么主要演员，所以，文工团的老师们都讲她不会找对象。我们先有女儿，有了女儿才去上大学。大学是在上海念的，而且一去几年。读书期间我没有钱给她，她是靠自己的工资带着女儿过日子的。毕业以后，又有了儿子，我把女儿和儿子又一起甩送她，跑到深圳下了海。胆子小的人，特别是女人，哪敢做这种事？半年多没见面，真想她们。

在广州转车，火车在崇山峻岭之间跑了一天一夜以后，我到家了。火车进站的时候，我看到了一家人在站台上等着我。妻子带着两个未成年的儿女站在那里，使整个站台变得温馨。下了车，我抱着儿子，牵着女儿，和妻子一起回家的时候，才发现自己的心从来就没有离开过这座小城。虽然妻子不像二狗他爹，不需要我从深圳拿一个铜脸盆回来，但我一定要让她们过上更好的日子，我相信天上不可能永远只有半个月亮。

到家了，一家人亲热得不行，妻子准备了我最喜欢吃的饭菜，老家的腊肉、香肠和湘西干锅，春节我在深圳，现在才和妻子、女儿、儿子一起过年。快乐，无所谓是什么日子,也无所谓贫穷,而是和谁在一起。

好啦,一家人团聚了,经理交待的事也得开始做了。到湘西招七个土家族演员,能歌善舞的,要漂亮,越漂亮越好,一定要改变原来那些湘西人在深圳的形象。原来的那些人大多像土匪,其貌不扬的,再聪明有卵用,狗肉上不得正席,人家要跳舞的。民族歌舞团要人,民族服饰团也要人。要人我当然不怕,湘西有专门的舞蹈学校,长得好看的都在那里。我在那里当过老师,老师难看点不要紧,只要学生好看就行。从校长开始我都认识,想都没想我就去了。我相信,这次肯定可以带几个好看的演员去深圳。哪晓得,我想错了。湘西人有好玩的,也有不好玩的。我这回碰到的是几个外地来湘西工作的人,不太像湘西人,人家比湘西人聪明,不像湘西人哈卵。一见面,人家热情得很,一碗一碗的米汤跟你灌,灌得你稀里糊涂的。人家都讲,你在深圳,以后肯定会成为大老板、大专家,你是我们湘西的骄傲。几碗米汤一下去,整个人好像飘到了天上。湘西人就怕人家讲好听的话,听到好听的话分不到真假,容易上当。人家讲了,学校全力支持这件事,只要学生和家长愿意,他们就放人,这几句话让我感动了好久。

只是和学生见面以后,我才晓得,只有两个女孩愿意跟我去深圳。而且到了最后,其中一个女孩的父母死活不放人,狗日的,就只剩下一个了。学校有老师偷偷告诉我,剩下的这一个基本功不行，恐怕达不到你们的要求。也有人偷偷跟我讲，人家早就在背后做了家长和学生的工作。讲你回来招人，恐怕是骗人的，深圳那是个乱七八糟的地方，不晓得你要把这些女孩子骗到哪里去。说实话，人家当地歌舞团要人，就是不想让你把孩子们带走。学校领导讲了，说不定你是打着招工的名义，把人家学生骗到夜总会去当小姐，浓妆艳抹地坐在男人的大腿上，跟着那些老男人一起去唱《迟来的爱》和《心雨》。学校校长都喜欢唱这些歌，何况深圳那些土豪。不搞点莺歌燕舞、颠鸾倒凤的事情，对不起那里的歌舞厅和夜总会。另外还有好多发廊，里面没有剪子，只有避孕套，发廊不理发，专门卖淫，到处都是小姐，你们还敢去深圳？学校领导到深圳考察的时候亲眼看到过，一到晚上，街上站满了小姐，四处拉客。漂亮的小姐不少，把校长的东西都拉痒了。校长也想去嫖娼，只是不敢去，怕被抓。

搞艺术的人从来不缺少想象力，何况是校长讲的话，家长和学生哪有不相信的道理。面对着家长和自己的学生，校长轻而易举地就讲了这么一个惊心动魄的故事，深圳到处都是小姐和夜总会，你们还敢去。有了悬念，就容易演戏，没有任何人会怀疑，校长其实讲的是假话。但是，好多人在校长的身上是分不出真假的，所以，家长们都相信了校长讲的话。家长们相信，你一定是把这些女孩骗去做小姐，自然没有家长会让自己的女儿跟你去深圳，虽然你曾经是学生们的老师，但老师总是没有校长那么可靠，因为校长是上级领导审查以后任命的，老师则不是。在家长们的面前，校长的身份可以十分轻松地形成假象，一个教书育人的园丁，而且是校长，要么春蚕到死，要么蜡炬成灰，怎么会骗人？当然，领导们还是会去深圳的，还要不断地到特区去学习，去学习广东先进的管理经验。

后来，又有领导出去考察，并且在外地嫖娼，被人家公安抓进了派出所，领导变成了嫖客，终于没有管住自己的家伙，成为湘西人茶余饭后的笑话。其实，嫖客是不分职业和职务的，当然还不分年龄。很多时候，湘西好多的人和事会让人骂娘，但让人骂娘的不一定是湘西人做的事，很多刻骨铭心的事情都与湘西人无关。湘西人就是搞阴谋，也容易被人看穿。如果是湘西人，都喜欢当面搞。所以，从古到今，湘西人最佩服那些拦路抢劫的死卵，不喜欢小偷小摸的强盗。动刀动枪你都当着面来，那才是汉子。

骂了几天娘以后，我的事情也快搞好了。湘西人没有几个怕死的，再说了，人家死都不怕，还怕特区和资本主义。"要吃辣子不怕辣，要当红军不怕杀。"湘西人当红军当土匪，喊一声都走了，还怕这种事情？从古到今，湘西人都不糊涂，而是喜欢装糊涂，俗话讲，喜欢装苕。这让我想起了当年湘西的那些大土匪，哪个不是成千上万的人马。古丈一个大土匪，八个大队人枪，一律美式装备。一战灭了国民党正规军一个团,震动了湖南。当初从长沙来的国军还以为这些土匪都是土包子,根本没把他们放到眼里。以前,在湘西拉杆子上山,那也就是喊几声的事情。再说了,当年红军北上长征的时候,一个县就有两万多青壮男子跟着贺龙走了。1949年他们打回来的时候,活着回到家的只有几十个人,那是一部史诗,感天动地。

没几天,兄弟们一帮忙,五个女孩和两个男孩就跟我走了。我问她们怕不怕,她们讲了,怕我不要她们去深圳。走的那天,我跟朋友们讲,从此我不会再到这个学校招人。五个女孩都长得很漂亮,像春天的栀子花,那是湘西的作品。二狗看到她们,眼睛一直是亮的。二狗明白,漂亮的女孩他只能看,不会有人喜欢他。二狗讲了,看漂亮女孩,就像到酒楼看菜单,虽然没有钱,吃不起海鲜,但可以免费看菜单。他像他爹,他爹也找不到好看的,所以他娘也长得丑。

湘西人在深圳的队伍越来越大,跳到河里的人也越来越多。刚来的人,那都是一屁股的劲。到这里的时间长了,被泼的冷水多了,才慢慢没有力气的。突然有一天,我在京剧团的一个老师也找上门来。老师比我早来深圳,在深圳又找了一个太太。太太是深圳土著,有下海证,随时可以划船进深圳湾,很有钱,那一刻,老师让我刮目相看。老师还在唱京剧,并且把京剧和藏传佛教结合在了一起。红光满面的,几年的功夫成了"法师",太太也是他的徒弟,经常开开光摸摸顶的,很是滋润。

老师的太太自然是我们的师母,师母有钱,在深圳开着歌舞厅,我们有空就去唱K。因为是这种关系,人家师母不要钱。时间长了,有时候下班以后,我的很多同事也去唱了。老师好客,不怕人多,来了就好。每次一去,大家抢着话筒,有的唱《把根留住》,有的唱《一剪梅》,女同事坐在旁边,都是一屁股的劲。还有人唱着唱着就哭了,一哭还不能自己,只觉得来深圳真的不容易。

闲暇下来,老师也会找我聊天。说是他现在不仅是活佛,而且是无量佛,有时候,恐怕偷偷摸摸地还是欢喜佛。无量佛有多厉害我不晓得,只晓得他现在唱京剧也是在发功,听他唱上几句也可以加持。说是那天他一发功,香港总督彭定康就病了,香港报纸有报道可以证明真假。看了香港的《苹果日报》新闻,彭定康那几天确实是感冒了,只是不晓得是不是他发的功。以前老师在京剧团只是唱花脸,演个什么角色还是B角,是来深圳以后才厉害的。现在,不但可以自我完善,而且可以普度众生。深圳不仅有钱,而且出人物。

第一个老师的功夫还没搞明白,另一个老师又从湘西来深圳了。这个老师也是我在京剧团时候的老师,也是一身的功夫。中国有句老话,士别三日,当刮目相看,从那个时候开始,这句话已经让我刻骨铭心。第一个老师的功力源自佛家，第二个老师的功力则来自道家。一个功德无量，一个仙风道骨，总之，几年不见，凡人都成就了神话。新来的老师也是想来闯深圳的，人家擅长算命，算方位，算时辰。打个麻将都可以算出来，什么时间，坐在什么方位一定会赢。同时也可以算出来，什么时候买什么股票可以赚钱。二狗哪见过这种高人和这种本事，一见面就佩服得五体投地。他整天都在羡慕我，你为什么会有这么厉害的老师，个个可以叱咤风云。我这个老师不仅能够神算，而且还有不少神药。其中一种神药是专治刀伤的，听他说是砍断了动脉，也能止血。一年中间，只有一天可以配这种药，那就是端午，因为这一天阳气最盛。入药还要用一种虫子，这种虫子外形与蜜蜂相似。只能用公虫，不能用母虫。如何区分公母，说是头天晚上，若是抓到这种虫子，拦腰用刀把虫切断，用碗盖住。第二天，打开碗来看时，如果是公虫，就会自己从断开处接好，如果是母的，就会死去。只是这么多年来，一直没有人砍断动脉，无法证明了真假，所以，大家都讲他那个药是扯卵谈。

　　没隔好久，我的第三个京剧团的老师也来深圳了。也有功夫，主要是玄学，三个老师，三大门派。人家可以遥控治病，遥控距离大概在两千公里，可以从湘西遥控到北京。最早我是相信的，还在湘西的时候，有一次我的牙齿痛，从半夜开始，痛得我一直想打人。好不容易熬到了天亮，就跑到老师家里去敲门。老师问我是哪里痛,我讲完了以后,老师讲了,没有事,你转到屋里就会不痛了。老师就是老师,睡到床上都可以整病,而且不要药,太厉害了。我喜出望外地就往屋里跑,到了屋里,牙齿还在痛。我想是不是没有这么快,所以,从早上又熬到了下午,牙痛始终不能缓解,终于让人狂暴。到最后我是想清楚了,我又碰到了一个卵谈客。

京剧团出了几个半仙,并且几个半仙都到了深圳,深圳真的不愧是特区,什么人都能包容,你看,湘西的大师都到深圳来了。没多久,我的活佛老师又来了。这次不一样,他带来了一批气功大师,说是来民俗文化景区免费表演,只要个地方就行。老彭喜欢硬气功,人家又不要钱,他脑壳一点,大师们就进来了。那是个下午,游客不少,听说是中国著名的气功大师的表演,早早地就围满了人。场地中间,大师们出场了。只见得他们拱手作揖,自我一番介绍以后,开始了硬气功的表演。腹卧钢叉,银枪刺喉,已经让游客们看得心惊胆战。到了胸部穿针和胸口碎大石的时候,现场的女游客们已经跑得无影无踪。

胸部穿针,那是一种恐怖的表演。两根粗大的别针,要穿过气功大师的皮肤,分左右两边别在胸前。当别针穿过大师胸前皮肤的时候,只见气功大师光着膀子,咬着牙齿在运气发功,如同湘西暴怒的公水牛,眼睛鼓得滚圆。两声大喊以后,双手一用力,别针便穿了过去。

二狗站在旁边讲了："那个大师眼睛鼓得像牛卵籽籽那么大，不运气恐怕那个别针穿不过去。"

别针穿好以后，大师的肌肉在扭动着，身上没有流出一滴血来，那功夫不是一般的厉害。站在旁边看的人都一身发麻，而大师却好像没有痛感，二狗已经佩服得五体投地。

然后，又有人拿来两根棉绳，棉绳约有一米多长，筷子头大小。棉绳的一头系在大师胸前的别针上面，另一头则绑着一块砖头，砖头约有五斤重。两块砖头靠着别针和棉绳的拉扯，吊在大师的胸前。表演开始，大师打开双手，开始原地旋转，面部表情粗野和木讷，二狗讲，师父这个时候的表情有点像哈卵。三五秒以后，只见大师越转越快，在离心力的作用下，砖头把胸前的棉绳和皮肤一起拉直成水平线，搞成了排山倒海和叱咤风云的样子。虽然这个动作极为难看，但据说人家把这个动作叫做磨鹰展翅。这个时候，表演就到了高潮，旁边有人喊到，看，看啊，师傅已经展开了翅膀，那喊话的人有些结巴，于是声音有点格外大，顿时，有了山摇地动的感觉，四周看客响起了稀稀拉拉的掌声。二狗晃动着锅盖脑壳，两只手拍得格外有劲。大师在表演的时候，期间，会不断地大声吼叫。他靠着身上的蛮力去控制胸前旋转的砖块，以此去展示气功大师与众不同的特异功能和气功秘境，常人是肯定不能完成的。一番表演以后，只见那大师开始收功，气沉丹田，慢慢收拢砖块，取下别针，大汗淋漓，目光咄咄逼人。这种野蛮的表演不晓得起源于什么时候,让好多人看得惊心动魄,提心吊胆,有两个香港年老者在吃硝酸甘油。原来,中国民俗并不都是好看的东西,也有好多让人害怕的内容。

那一刻,突然让我想起了当年打县城的神兵,说不定就是这个样子。赤裸上身,刀枪不入,漫山遍野地冲杀过来,嘴巴在怪叫着,没有人能够听得懂,应该是喊杀声。一不留神,深圳是不是也有了湘西神兵。那天看气功表演的时候,二狗的口水都看得流了出来。他喜欢看这种东西,而且看得一屁股的劲。可能有他爹的遗传,看完以后,他好羡慕这些大师们,只恨自己不会气功,少了好多本事。尤其是听讲里面的大师兄还是公安局特警的武术教官,那一下人家已经成了他的偶像。看他那卵样子,猫跳狗跳的,好像是要去学硬气功了。磨鹰展翅,饿狗扑食,蛤蟆闹塘,猛虎下山,那一连串精彩纷呈的动作,让二狗格外喜欢了。也难怪,中国正在野生和包装各种各样的大师,到处都是高人。后来有人做了归纳,说是骗子像大师,大师像骗子,真有点道理。

我再次看见二狗的时候,他打着光胴胴,俗称光膀子,正在发功。肚子胀得鼓鼓的,像个癞克蟆。他的旁边站着一个人,正看着二狗在笑。我认不到那个人,个子不高,西装不合身,衣服长,裤子短,一看就晓得,这也是个湘西人。二狗见了我,就忙着介绍,说是老乡,现也在深圳,做分拣垃圾的事，是深圳的垃圾大王，叫向老大，人家叫他向老板。二狗情不自禁地来了一句："狗日的，到深圳拣渣渣都可以发财。"

那天跟着二狗和向老大去了垃圾场，那是向老大的地盘。这个垃圾场在二线关里面，离我上班的地方并不远。汽车没开好久，就进了一片山林，七弯八拐的，很快就让人失去了方向。二狗雄赳赳地不晓得累，一路上都在跟我讲向老大，让我对老大有了最初的印象。老大也是从湘西农村来的，从小也是一个厌物卵。喜欢下河洗澡，打架，日娘骂老子。他爹也管不到他，后来也就不愿意再管他。他原来在乡里专门替人杀羊子，手脚麻利得很，三分钟就能剥好一整张羊皮。从早到晚，一身都是油乎乎的，喜欢喝酒，从小就是油腻男。平时不擅言辞，喝了酒以后，话就格外多，湘西人讲，那是"啷尿罐"。啷尿罐，就是用水洗马桶，然后发出的声音，形容话多。他听人家讲，深圳是个好地方，想都没想，就跟着几个老乡来了。最早也是当保安，后来认了个大哥，人家帮了忙，让他占了一片山，搞了个垃圾场。话还没讲完，垃圾场就到了。只见眼睛前头是一片山谷，那里面堆满了垃圾，有几处地方在冒烟，里面有不少人在分拣着可以卖钱的废品。据说都是湘西来的老乡，他们到这里一个月赚的钱，转到湘西可以买一头大肥猪，所以，哪个都愿意跟着向老大干。因此，向老大拉了个杆子，占了这个山头。透过烟雾往远处看去，山林边有一排低矮的工棚，那是向老大的别墅。我们往工棚走去，难闻的气味不断地向我们扑过来，不晓得向老大的日子是怎么过的。走到工棚门口，一个贤淑的女人从里面迎了出来。不用问，这肯定是向老大的压寨夫人。向老大憨憨地冒了一句话："这是我婆娘。"一朵花又插在了牛屎上，也难怪，湘西女人常常是这样去配男人的。到了这个时候，我是越来越佩服向老大了，在深圳这个地方，人家处理垃圾也能当大王。现在看来，深圳原本也是有很多垃圾的，只是很多时候我们看不见，垃圾都堆在了这种地方。人到了垃圾场，才晓得深圳的垃圾有好多，深圳这座城市就是由高楼、灯彩、宽阔的马路，还有大王椰、海湾、金钱、珠宝和垃圾组成的。

向老大要留我们吃晚饭，说是有湘西腊肉和腊猪脚，而且是三年的肥腊肉，让人有点动了心。说实话，湘西人不管走到哪里，即使是到了伦敦和纽约，心里都会装着一碗肥腊肉。但是要人坐在垃圾上头吃腊肉，那还是有点吃不下去。我们没吃那餐饭，很快就离开了垃圾场。那地方一般人是搞不到好久的，天底下最难闻的味道都到那里，向老大让我开始敬仰。只是那晚上，湘西的腊肉一直在折磨着我，又搅动了我那些已经深藏的记忆。

我们的童年，就是一直都会想着什么时候吃腊肉的童年。每到腊月，湘西人就会杀年猪，就会腌腊肉，熏腊肉。

听到猪拼命叫的时候，小孩们就晓得又到了杀年猪的时候了。杀了年猪，大人们就会用盐和花椒把猪肉腌起来，然后密封在水缸或坛子里。闻到腌肉的香味，口水就开始往外流。等猪肉腌好以后，大人们又会把猪肉挂在灶门口上头，让煮饭的烟子来熏，那就更加惹人。坐在灶门口，天天看着腊肉在变颜色，直到看到那些肥肉已经熏得透亮，想到一口可以咬出油来，从脑壳就可以一直舒服到脚底下。想到腊猪脚、腊猪脑壳和腊猪耳朵，湘西人心里都会痒。一碗腊肉，就是一个年。

我的一个老同学在老家当乡长，最近县里要换届，他成了副县长人选，搞得他天天睡不着，一兴奋就给我打电话。昨天终于选完了，他当了副县长。一个电话又打了过来，一开口就跟我讲，兄弟，从今天开始，轮到老子开始吃腊肉、肚片和腰花了。这个狗日的，在他的心里头，县长恐怕是专门吃腊肉、肚片和腰花的。他又到惹我，又拿腊肉来惹我。要放电话了，还冒了句话，我跟你留得有腊猪脚，乡里熏的，腰花肚片，天天见面，好吃像卵形。

在湘西人的童年记忆里，吃腊肉的时候是过年的时候，也是落雪的时候，石板街上到处白茫茫的一片，到处可以听到爆竹声。穿着老人们亲手做的棉鞋、棉衣和棉裤，那些衣裤都被老人们一针一线缝得密密麻麻的，老人们把自己的感情一起缝了进去，格外温暖。我们在雪地上端着一碗饭，里面放着几片肥腊肉,到处跑来跑去,一边跑一边吃,一点都不晓得冷。

正想到腊肉的时候,腊肉就来了。二狗从他老家带来的,一共带了三块大腊肉,五指厚的膘,用他的话讲,背恼火了,累得像卵形。打开装着腊肉的蛇皮袋一看,只见红红的一片,腊肉上面涂满了辣子粉,站到近处,就可以闻到那种特别辣和刺鼻的味道,看得人一身出汗。二狗讲他们那里都是这么做的腊肉,上头要放好多土匪辣子。恐怕这就是湘西的土匪腊肉,二狗他爹就像土匪。那天夜头,我们四个人搞了一块腊肉,吃了十包方便面,方便面里头又放了好多干辣子和两斤鸡蛋。几个人都帮衣服脱了,打起光胴胴吃了起来。二狗讲了,我们那里,好多乡干部吃公家东西的时候,就是那么吃的,可以吃出一身汗水,又讲普通话又骂娘,不要钱,只管吃,就是要钱,也可以报销,所以,越吃越快活。那一锅子面又辣又热,让我们几个吃得一身大汗。第一天嘴巴辣恼火了,第二天屁股辣恼火了。沈从文在《湘西》一文中写到,湘西女人喜欢放蛊,湘西男人喜欢杀人。其实,湘西人喜欢吃辣子和骂娘。深圳,湘西人来了。

有腊肉来了,1993年就要过去了。还没有过年,正是鸡年尾巴的时候,美国前总统老布什从太平洋那边过来了。那是一个下午,深南大道上洒满了阳光,一路的加长奔驰,车头上分别插着中美两国国旗,开进了公园里。车停了下来，西装革履的特工们下了车。他们戴着墨镜，拿着对讲机，警惕地注视着周围，有人打开了车门，老布什走了出来。围观的游客开始骚动，中国警察在维持着秩序。这个刚刚打完伊拉克的美国总统，很友好地在微笑着，难以想象，他会让一个国家成为废墟。老布什的兴致很高，在傣族的村寨里和姑娘们合了影，在微缩景区里种了树。那是一株雪松，若干年以后仍然没有长大。两个小时以后，老布什匆匆忙忙地走了。尽管时间很短，但只要他来过，就将在这里被载入史册。在他之前，美国前总统尼克松和新加坡前总理李光耀也到过这里，并且，中国的国家领导人邓小平南方谈话时到过这里，江泽民、李鹏、朱镕基也分别到过这里，基辛格博士也来过，这是中国很重要的一个主题公园。

在这个公园里，到处都可以看见中国大家们的作品。李可染、费新我、启功和张汀先生的题词，侯一民、周令钊、钱绍武和罗哲文先生的设计与制作，千姿百态，叹为观止。公园里有一个微缩的长城，有1100米长，用了600多万块火柴盒大小的砖砌筑而成。西起嘉峪关，东至山海关，由罗哲文先生监制，后来，这座长城成为了公园里的标志。同时，景区里微缩的苗寨、布依寨、侗寨是贵州来的施工队，傣族村寨、白族民居、大理三塔是云南来的施工队，而苏州园林、江南民居、瘦西湖、寒山寺、豫园、孔庙、故宫、颐和园、避暑山庄、天坛等等微缩景区则是来自苏州、北京和曲阜的古建筑施工队，一砖一瓦，一丝不苟，精美绝伦，都是大国工匠们的得意之作。并且，这个公园里还有很多很好看的歌舞演出，那也是中国许多优秀艺术家的作品。这个公园开业的时候，是时任国务院副总理吴学谦剪的彩。在中国，一个这么大的官员来为一个主题公园剪彩，这也会空前绝后，所以，这里又成为中国主题公园的摇篮，一大批旅游管理专家从这个公园走了出去。当然，这个公园同时又出现了一批所谓的艺术家和旅游专家。包括那些敲锣打鼓的、放音响的、闸口检票的和外请团队的老板，因为他们和那些真正的大家们同过事，甚至吃过饭，于是，他们或者把自己剃了个大光头，或者留着大胡子和长头发，然后使自己成为艺术家和旅游专家，五年八年以后，在中国的很多旅游景区都能看到他们闯荡江湖的身影，在好多旅游讲座上面可以看见他们口若悬河。

　　微缩景区在中国影响很大，老板们一高兴，他们在美国奥兰多又建了一个，就在迪士尼旁边。奥兰多的公园比深圳公园建得更好，老板们坚信，美国人一定会喜欢，公园明年开业。

　　这一年记住了一句话，这句话就是，做蠢事往往是动作太快造成的。

第三年

1994年来了,这一年是狗年,王自贡开始在民俗文化景区做自贡灯会。这个灯会的策划文案是我负责完成的,叫"中国神话灯会"。灯会,据史料记载,南北朝时元宵张灯也渐成风俗,隋唐以后,元宵灯节更加隆重。南朝梁简文帝目睹元宵张灯之景,写下了著名的《列灯赋》;隋炀帝在《元夕于通衢建灯夜升南楼》诗中,也记录了隋代元宵灯节的盛况:"法轮天上转,梵声天上来。灯树千光照,花焰七枝开。"而南宋著名诗人辛弃疾,激动于灯会的奇景,则为我们留下了"东风夜放花千树。更吹落,星如雨,宝马雕车香满路。凤箫声动,玉壶光转,一夜鱼龙舞"的著名辞章。什么"八仙过海""水漫金山""哪吒闹海""西天取经""嫦娥奔月""鹊桥相会",搞得民俗文化景区里到处是神仙出没。也难怪,中国容易出神话,也容易出神仙,狗年就这样热热闹闹地跟着神仙们来了。

年来了，亲人也该来了。妻子带着两个孩子要来深圳过年，这是她们第一次在深圳过年，盼了好多天，终于等到了去广州接车的那个日子，一大早，我就赶到了广州火车站。春运时候的广州火车站，可以惊动中国。站在车站的广场上，就会让人胆战心惊。成千上万的湖南人、四川人、贵州人、湖北人以及来自四面八方的外地人，早就把广州火车站挤得水泄不通。我非常佩服广州火车站的工作人员，难以想象，他们是如何把那么多的人平安送到家的。他们要声嘶力竭地骂好多人，还要挨好多骂，才能把那个年过完。

在这个火车站里，从早到晚，所有的外地人都在拼命地往里挤。人们背着大包小包，背着一年的祝福和等待，背着一年的思念和深情，在那些大大小小的蛇皮袋里和牛仔包里，装满了广东的糖果和广东的新衣服，还有广东的故事和见闻，挤满了所有北上的火车和车站里的月台。我跟着人流一起挤进了火车站，站在月台上。我要等的车还没来，正好看热闹。一列歪斜的货车开了过来，停在我们面前的站台上。正想着这个时候一个破货车跑来广州火车站凑什么热闹，站台的人就开始往那个破箱子里面拼命地挤了。原来这也是运人的车，普快，两天以后到重庆。我从货车车厢那个很小的窗口往里面看过去，在那个密闭的空间里面，已经坐满了回家的人。里面的人目光呆滞，静静地坐在地板上，估计已经坐了很长时间的火车，他们早就没有了声音。那么多的中国人坐在一起不讲话,那肯定是没有了讲话的力气。浑浊的空气从那个窄小的窗口里冒出来,让一个站台都有了难闻的气味。站台上的人倒是还有力气,还有人在那里大声地喊叫着,到处可以听到四川话和湖南话,多数是在骂娘。直到车站的工作人员把那个大铁门锁上,月台上的声音才小了一些。火车动了,往北而去,这些人最快应该是明天才能到家,这列火车平时是装货的,那里面的味道会越来越难闻。

又一列车开了进来,这是绿皮车,比刚走的那个车好了不少,恐怕是广州铁路局里最好的车了。特快,14个小时可以到长沙。更多的人涌了进来,月台开始震动。当车门打开的时候,不到两分钟,车厢里就挤不进一个人去。站台上的工作人员拼命地把站在门口的人往里推,车上的肉体越挤越紧。包括好多的男人体和女人体,也被紧紧地挤在一起,直到没有任何空间。没有空间,也就没有性骚扰,哪里都不能动,包括最敏感的地方。

好多门还没有关好,火车就动了起来。一个年轻人没有赶上火车,他在月台上拼命地追赶着,站台上一个肥胖的工作人员试图去阻止他,也跟着跑起来。火车越开越快,那个年轻人也跑得越来越快。到了最后,那个年轻人甩开了站台上追赶他的胖子,把身上的包从车窗里扔了进去,然后飞身窜进了车厢。他压在了两个人的身上,车上的人把他拉了进去。站台上的胖子无奈地看着人家走了,胖子的眼睛鼓得滚圆。

那边刚完，另一节车厢又有了惊险画面，一个中年男子要挤下车来，看那样子，他应该是送客的人。不晓得他当初是怎么挤进去的，反正现在是挤不出来了，即使他现在用了吃奶的力气，仍然没有什么卵用。火车已经很快了，情急之下，有人帮着他往外挤，他终于挤到了车门口。但是，他还没有挤出来，差点把别人挤了下去，又有人把他往里推。火车在不断加速，铁轨已经有节奏地开始震动。几个满头大汗的男人终于有了主意，大家一起用力把他推了出来。他摔在了站台上，沉闷的声音传到很远。他好久没有爬起来，其他的人回家过年去了。

终于接到了家人，南下的车厢很空，一路可以睡觉，真好。在广东过年，一定要和那个巨大的人流反着走。当我们回到深圳的时候，深圳已经变成了一座空城。感谢老祖宗，发明了过年，让外地人可以回家了。

没几天，公司开始年终评比，我被评为公司的先进个人，2000多人的一个公司，我被评为先进个人，那是破天荒的一件事情，我竟然是先进个人了。奖金虽然不多，但听说今年的先进个人可以去香港旅游，让好多人红了眼睛。那个时候能去香港，比当年二狗他爹被他娘的那一身肥肉诱惑还大。记得几年前，那还是我在湘西的时候，香港的一个社团组织到了那里。他们在迷人的山水之间转了一圈以后，土家族的摆手舞和毛古司，苗族的银饰和猴儿鼓，还有美丽的张家界、猛洞河和凤凰城，让他们好像被草鬼婆放了蛊，格外喜欢上了湘西的民俗和艺术。于是，他们热情地邀请我们的歌舞团去香港演出，在当时的那个小城里，去香港，这是惊天动地的一件大事情。所有与此相关的人都鼓起了眼睛，哪个都想去，哪个都怕不让自己去。名额当然是有限的，同时，还有领导要带队。平时下乡，这些领导是不会去的，但去香港，人家要加强领导，所以，又占去了几个位置。去的人那是一屁股的劲，从早到夜都是雄赳赳的神色，好像才刚刚打过鸡血，而且还是静脉注射；不能去的人也是一屁股的劲，哪个不让他们去，从早到夜就骂哪个的娘。那一年，所有人忙的都是这件事情。后来去的人从香港回来了，这些人其实到香港只有几天，据说一直住在沙田，连旺角和铜锣湾都找不到。到香港打个转，就感觉自己变成了香港人，格外有劲，见人讲的都是香港的事情。从尖沙咀讲到中环，从女人街讲到三级电影，还要讲关之琳、梅艳芳和张曼玉，偶尔还要冒一句香港方言，神经错乱了几个月，直到吃了半年的湘西腊肉才恢复正常。现在终于轮到我可以去香港了，用湘西人的老话讲，我屋里的祖坟开了眼睛。

好事情总是成双成对地来，去香港的事还没有完，公司的干部任命又下来了。红头文件上有了我的名字，我当主任了。虽然，后来发现当主任其实并没有什么卵用，人家可以随时撤了你,文件都不用,说句话就把你免了。但在当时,那也是一个重要的职务,至少很多同事不再喊你名字,而叫主任了。在中国,主任这个职务是可大可小的,有些主任大得可以吓死人。到总务部去领工装,没人再敢问你是不是文员。穿着皮鞋走在公园里,那叫检查工作。并且,主任一个月的工资有5000块,要知道在内地,一个高级职称专家,月工资才有200多块钱,那是人家的20倍。难怪有那么多的人往深圳这个海里跳,泡到水里还觉得格外舒服。走在路上,远处传来《春天的故事》,突然觉得,那歌声感动人。

又是一个大年初一,唱歌的,跳舞的,一片喧嚣。港澳台来的游客格外多,老祖宗的社火让他们流连忘返,背阁、高跷、陕北腰鼓、威风锣鼓让深圳湾从早到晚沸腾着。

二狗没有回去,他带着一个四川女孩,说是认识这里的老总,两个人到公园里过年来了。走进园子,不管认识不认识,二狗只管和里面的人打招呼,在四川女孩的眼里,二狗在这里到处都是熟人,也难怪,二狗从小就不认生,而且会讲天话,和陌生人打个招呼实在只是个小事。再说了,一般人碰到陌生人打招呼,即使不认识,也会有反应,也会点个头。说实话,在二狗的脑壳里头,有一种湘西人独有的智慧。那种智慧与生俱来,藏在憨憨厚厚的外套里面,即使不花一分钱,也会让很多女孩喜欢。尽管那个四川女孩很漂亮,二狗在她前面真像一堆牛屎。

这个公园很美，走进去，到处都是风景，即使是一间茅屋，那也是大师们的作品。沿着陕北窑洞一路走去，黎族的船型屋，高山族的太阳船，千手观音，还有佤族的茅草屋，哈尼族的蘑菇房，摩梭人的木楞房，白族的三坊一照壁，让人美不胜收，目不暇接，那是中国民居的建筑长廊。在二狗的花言巧语之中，四川女孩的感情已经开始摇晃。二狗花钱买了两个胶卷给女孩照相，两个胶卷很快就要照完了。二狗正盘算着还买不买胶卷的时候，他俩走进了傣族村寨。那里面有一条云南美食街，饵丝、紫米饭、泼水粑粑、香茅草烤鱼、油鸡枞、竹筒饭、菠萝饭的香味扑面而来，有人在热情地招呼着他们。

女孩走了过去，二狗跟在后面。他俩站在摊位前，一个傣族汉子微笑着："买点什么吧？饵丝、紫米饭和油鸡枞，都是从云南空运来的，广东没有，好吃！"

女孩甜甜地看了过来："我们买点香茅草烤鱼和油鸡枞？好吧？"

二狗殷勤地："好啊，好啊。"

四川女孩很漂亮，二狗有点管不住自己了。他做梦都没有想到，会有漂亮的女孩喜欢他，他终于等到了半个月亮爬到天上来。

二狗买了一大堆云南小吃，一个傣族姑娘给他们端了过去。二狗和四川女孩找了一个靠窗的座位，看着窗外的流水和美人蕉,二狗和四川女孩一起陶醉了。

二狗一直在看着女孩,女孩抬起头来,他俩的眼睛突然对视在一起,二狗有点发懵。女孩微笑着,轻轻地说了一声:"你真好!"女孩说话的声音虽然很轻,但二狗还是听见了,他对着窗外傻笑了好久。二狗傻笑起来,有时候会像哈卵。

在傣寨吃过中饭,二狗带着女孩来到海边。那里是一片草地和椰林,两人在草地上坐下来,背靠着一棵高大的椰树,看着海湾的潮水一排一排地打过来,心里的骚动更加剧烈了。二狗装着若无其事的样子用脚去碰女孩的脚,其实心里早就像野狗一样地在乱跳。女孩并没有把自己的脚挪开,看得出来,那女孩比二狗老辣,见过不少场合,她等着二狗的脚过来。二狗相信,这男人爱女人,可以从头爱到脚,说不定一个男人的脚碰几下女人的脚,就可以碰出个山盟海誓。

二狗躁动起来,他和四川女孩终于在草地上滚在了一起。二狗这辈子是第一回摸女人,他第一回晓得在这个世界上还有这么好摸的东西,摸一下,可以从头麻到脚。也许,蓝天下的大海和草地容易让男人和女人亢奋,二狗想到了好多电影明星。恍惚之间,二狗觉得他抱的不是四川女孩,而是香港的什么芝。这男人旁边有了漂亮女孩就容易忘乎所以,人一忘乎所以身上就容易有力气,用湘西话讲,这就叫得卵劲。这个卵劲上来了，还得找地方把卵劲用出去，二狗现正到用劲。二狗有女朋友了，而且比他娘长得乖得多。他已经隐隐约约地感到，他爹的本事其实不是太大。

隔着海湾，二狗和四川女孩远远地看见了香港。白鹭从海面上飞过来，成双成对地嬉戏，让二狗有了好多浪漫的想法。他要当老板，他要让半个月亮变成一轮圆月。

夕阳已经西下，公园里的民俗大游行就要开始了。二狗拖着女孩的手跑了过去，我远远地看见了他们。他俩找到了座位，紧紧地靠在一起。

在喜气洋洋的音乐声中，山西威风锣鼓过来了，大游行开始了。接着而来的还有维吾尔族的歌舞和手鼓，藏族的弦子舞和热巴鼓，佤族的甩发舞和木鼓，苗族的反拍木鼓和芦笙舞，白族的八角鼓，还有汉族的炮杆、高跷、矮人、七星鼓、五禿戏、背阁、花灯、舞狮舞龙和陕北腰鼓，见过的没见过的，玩过的没玩过的，在那个夜晚掀起了高潮，让所有的人都格外激动。见过大海涨潮吗？就是那个样子，二狗第二天都还劲鼓鼓的，用不完的力气。

二狗那天一直没来找我，他怕我影响他。后来他告诉我，从小到大，那天他才知道，年还可以这样过，那才真的是叫过年。

狗年旺财，凤凰花又开了。而且这年的凤凰花开得格外早，还格外红，一树一树地开在天地之间，在蓝色和绿色之间平添了一抹艳丽的色彩，我们要去香港了。听说我要去香港，二狗嫉妒得像卵形。他说他曾经想偷渡去香港，但是他不敢。他爹跟他讲过，子弹是不长眼睛的，湘西神兵都被子弹打翻了。

我们是从罗湖过去的，没走多久就到了那里。终于可以看见罗湖桥了，那是很多中国人一直都想看见的桥。罗湖桥始建于清光绪十六年，即1890年。这座桥和我老家那条小河上的浮桥差不多大小，但是赫赫有名。想想也是，深圳河本来只是一条很不起眼的小河，不是长江黄河，不是珠江，但是，这座桥为什么在中国就这么有名呢？在中国，好多事情都是如此奇特，东西大，不一定就会出名。罗湖桥不大，其实，赵州桥和卢沟桥也不大，但是这些桥在中国却是格外闻名遐迩。赵州桥因为古老，卢沟桥因为惨烈，罗湖桥因为屈辱与尊严，所以，很多时候出不出名与东西大小无关，与长短也无关。东西大不一定名气大，有些小东西的名字反倒如雷贯耳。罗湖桥，就是如此。那是一座装满了伤痛、酸楚和传说的桥，连接着世界的东方和西方。看过电影《羊城暗哨》吗？好多美蒋特务都是从那里过来的。一过来，就会发生惊心动魄的故事。

站在桥的一侧，远远地看过去，桥的这头是五星红旗，桥的那头是英国的米字旗。海风吹过来，两面旗帜都在飘扬着，格外刺眼。香港，这块不大的土地离开中国已经有

100 多年,鸦片战争,让中国人刻骨铭心。在我的祖宗八代里面,我是第一个看见罗湖桥的,我的祖宗们都没有到过这里。此时此刻,我的祖宗一定在保佑我,让我从这里走进了香港。

在香港我住在上环附近,那是香港中旅集团的招待所。那栋楼靠在海边,站在窗口远远望去,可以看见维多利亚海湾和尖沙咀,每当夜幕降临,波光鳞影之中,那是一片的璀璨和繁华。香港如何能有这么多的灯彩,尽管我的大学是在上海念的,那一刻仍然眼花缭乱。

这让我回想起我当农民的那些日子,我在湘西的那个寨子还没有通电。进屋点煤油灯,出门照手电筒,那年我15岁。那是一个夜晚,山野里一片漆黑,寨子里早就没有了声音。忙了一天回来,才发现炒菜没有了盐。我住的寨子很小,只是一个生产队,买不到任何东西。要买日用品必须去一个大的寨子,那是大队所在地。两个寨子相距两三华里地,要翻过一个山坳。夜格外黑,住户不放心我一个人去,便叫了他的大儿子给我作陪。他的儿子小我1岁,那年14,读小学四年级。吃完晚饭,我俩拿着一个手电筒就出门了。有伴,也不怕,我们在田埂上走得很快。一会儿就到了山坳上,这时候已经看不见前后的两个寨子。突然,我俩看见离我们不远的棉花地里,有两个手电筒人小的光在对打,上下翻飞着,顿时让我们紧张地站在了田埂上,不敢有半点声音。不一会,棉花地里传来了"啊!啊!"的喊叫声,很凄惨,而且传得很远,让人毛骨悚然。我们的右侧是一条山谷,绵延几华里地。就在山谷的最远处,也瞬间传来了"啊!啊!"的回音,并且又出现了一个手电筒大小的亮光。只见这团亮光随着山谷里的声音,以极快的速度飞到了棉花地里。那里不通公路,没有汽车,也不通电,那个亮光移动的速度比飞机起飞还快。三团亮光又打在了起来,喊叫的声音更加惨烈,我们确信,那一定是鬼的叫声。我和住户的儿子已经被吓得魂不守舍,在山路上拼命地朝着远处的大寨子狂奔起来。

终于跑到了大寨子跟前,我俩瘫坐在地上。稍稍地缓过神了,只见我们左侧的一条山谷的不远处,又有一个巨大的灯泡在发出亮光。我们是一脸的茫然,在没有通电的地方,那个巨大的光是如何出现的。站在寨子前面,我俩已经不太害怕,于是,用手电筒对着那团亮光照射过去。那一刻,出现了不可思议的事情。在那团亮光的地方,瞬间发出很大的喷气声,如同波音飞机起飞时的声音,在那里吼叫着。随着一阵又一阵的喷气声,那个亮光在山谷里向远处快速移动。亮光忽明忽暗,最亮的时候,把整个山谷照得透亮,我们可以看清楚满山的马尾松。最后,这团亮光一直在我们的惊叫声中,消失在远处的山谷里。那一晚,也许是传说中的鬼,或者是外星人,让我们不敢回家。香港的灯依然在亮着,这是我们一直熟悉的灯。

早上,太阳从海面上跑过来,把香港吵醒了。这一天,老板请我们去集团总部参观。香港中旅集团总部在中环,那是香港最繁华的地方。我们坐电梯到了28楼,集团总部会客的大厅就在这个楼层。站在大厅靠窗的地方,可以俯瞰整个维多利亚海湾。海面上,往来穿梭的海轮、游艇、渡船和各种小船,让我们感觉到了香港的繁忙。会客厅正面的背景墙上,是一幅很大的中国画,一群白鹭在水面掠过,让整个会客厅变得生动活泼。认真一看,那是黄永玉的作品,黄永玉,湘西的大画家。在远离湘西的地方,仍然与湘西有关,让人感到格外亲切。实际上,湘西人不光会玩枪,而且会画画,并且是一边骂娘,一边画画。有些人长得不好看,但是画得好。

从大楼里出来,街上已经是车水马龙了。香港的车是左向行驶,让人感觉怪怪的,横马路老是看错了方向。双层巴士摇着铃铛从街上过去,那是一道景色。上午,我们还要去参观青马大桥。那个时候的青马大桥,还是海面上的一个工地,有工人在塔吊和桥墩上作业,一片繁忙。在那里,有专业人员给我们作了介绍。这是一座上下两层的悬索桥,上层是双向六车道的一个桥面,下层是一个封闭式的行车通道,可走从市区到机场的轻轨。刮台风的时候,还可以走汽车。据说,这座桥由英国公司施工,代表着世界最高水平。当时让我们不断地感叹，中国什么时候也可以建造如此了不起的大桥。谁知18年以后，在我的湘西老家，一座矮寨大桥竟然创造了4项世界第一。在高山峡谷之间，当年出没土匪的地方，一座悬索大桥，在垂直高度300多米的地方，一跨1100多米，把三湘大地和云贵高原之间的天堑变为通途。

晚上，老板请我们去鲤鱼门吃海鲜。鲤鱼门的夜晚，门庭若市，热闹非凡。日落以后，坐在海鲜夜市里，望着波光鳞影的海面，璀璨的灯火。吃着龙虾伊面、东星斑、九节虾和鹦鹉螺，喝着法国红酒，那是东方之珠独有的魅力。那一晚，香港给人留下了难以磨灭的印象，从此开始喜欢香港的美食。湘西人不光喜欢吃猪脚、腊肉和油渣，也可以吃三文鱼和牛排，吃夏威夷大餐，那是后话。

第三天，我们去参观香港海洋公园。海洋公园，那是香港马会投资建设的景区。马会有钱，沿着海湾，占了一大片山头，规模很大。这里三面环海，在蓝色海水的映衬下，公园里的色彩格外艳丽。站在山上，可以远眺浅水湾和深水湾，那是香港的富人区之一。一栋栋的别墅，都藏在山野里，在风景掩映之中，多了一点神秘。

因为是同行，公园很热情地接待了我们。他们规范的管理与服务，对于刚刚才有主题公园的我们，那是标杆。这是亚洲最大的海洋公园，公园里的项目十分丰富，都与海洋有关。到处散落着童话，星星点点的，让人入迷。我是在那里第一次看见豹纹鲨、魔鬼鱼、苏眉、海豚和海狮的，以前在湘西，能够看到海里的东西只有带鱼和墨鱼，那还都是些冰冻的东西和干的东西，那天，湘西人的眼睛有点看花了。

我的老家是湘西的一座小城，在湘鄂川黔交界处的那一片崇山峻岭之中。老早的时候，那里很少有人看见过大海，海在那座小城里只是一个传说。老人们总在说，山那边是海。只是没有人走到过山的尽头，所以一直没有人看到过海。在我们的小城旁边，有一条小河，我们把小河叫成大河。这条河顺着一条峡谷往东流去，南岸叫翠隐山，山不高，上面有寺庙，有古柏掩映，格外清静。北岸是悬崖，叫磨鹰嘴，崖上有鹰筑巢，天上有鹰在飞。峡谷里地势险峻，水流在这里或缓或急，于是，这里就有了芭蕉潭和大、小滩。河边是女人们洗衣洗菜的地方，一整天都有棒槌声在峡谷里回荡。入川的船队从这里路过的时候，就会听到纤夫的号子。拉纤的汉子光着屁股，若无其事地从女人面前走过，男人的那个家伙前后摇晃着，十分轻松。有时候，船队也会在这里停泊过夜。黄昏时分，船老板们就会在船上生火做饭。这个时候，很多小孩就会站在翠隐山上，对着船老板喊起来。"船老板，勾勾卵，没有婆娘日岩板，日不进去打眼眼。"那是一首古歌谣，不知是从什么时候传下来的，每个小孩都会。

因为我们那里的河太小了，因此我们那里的鱼也就很小。河里最大的鱼恐怕就是鲤鱼，最小的鱼就是巴岩鱼。巴岩鱼，如同人的眼睛般大小，通常躲在石头下。孩子们如果在河里抓到它，就会把巴岩鱼贴在自己的额头上。像《西游记》里的二郎神，三只眼，走在街上就有了雄赳赳的表情。走进香港海洋公园，我们终于知道了什么鱼才叫大鱼。杀人鲸的表演，让我们感受到了海洋的巨大和浩瀚。站在公园的山坡上，南海就在眼前，远远望去，海浪不断从天边拍打过来，把一个海岸打得波涛汹涌。海里应该有更多的故事，海明威笔下的《老人与海》，安徒生笔下的《美人鱼》，让这个世界多了好多神话和童话。这些神秘的深蓝里面，到底还有多少人类未知的秘密。

晚上，我们去了旺角，去了旺角的女人街，街上人山人海。见过的，没见过的，满目琳琅，一条街都是好东西。电子表是用手推车装的，一车一车地推到街上来卖，好像我们老家卖板栗。我的一个摩梭兄弟，给他村寨里的兄弟姐妹每人买了一块15港币的手表。给他自己则买了一块50港币的手表，说是下次接待什么外国总统好戴着显示身份。这哥们当时是村寨里的领班，管着十几个人。看那神态，有点干部的样子，格外自豪。有了这些兄弟一起逛街，那街就逛得生动。走在街上，只感觉到波鞋扔了一条街，音乐磁带扔了一条街，手表和录音机也扔了一条街。还有色情杂志、成人用品、三级片电影院，让我们几个人看得目瞪口呆。两个香港警察穿着短裤和大皮鞋，腰杆上挂了根警棍，雄赳赳地从街上走过去，那根警棍在腰上一摇一摇的，摇成了大街上的嬉皮。远处传来罗大佑的歌声，"皇后大道西，皇后大道东……"低沉嘶哑的声音，让那个夜晚一直在亢奋。

天亮以后，我们离开了香港。香港那是有钱人玩耍的地方，穷人到那里不会好玩。离开香港以前，陪同人员又带我们去了浅水湾。在一片绿树掩映之中，专门去看了一栋别墅。别墅是进不去的，只是让我们站在门口，看了外面的院子。院子里有一排车库，其中一个车库里停着一辆劳斯莱斯。车头上悬挂着香港的4个8的车牌，人家说，那个车牌市值1500万。人家的话音未落，在场的人已经目瞪口呆。难以理解，什么样的车牌可以卖这么多钱？

到家的那个晚上，素者在等我，约我们一起吃晚饭，素者住在白石洲，离我住的地方不远。白石洲，这是一个装满民间传说和梦想的地方。在这里，一条深南大道把白石洲分成两半。北边，上白石，靠山，多为农民；南边，下白石，靠海，可看见香港，多为渔民。都是五六层高的水泥楼房，握手楼，挤在一起，不怕台风。三五百块钱的一套租金，租给外来打工者。走进去，七弯八拐的巷子通向四面八方，让人分不清东南西北。楼顶上插满了电视天线，对着香港，收看翡翠和本港台。东北人、四川人，湖南和湖北人，还有广东人让这里变得拥挤和嘈杂。到处是大排档、地摊、发廊、录像厅和小姐。相互之间谁也不知道是谁,不知道来自哪里,不知道姓甚名谁。别人就是告诉你,你也不会相信,尤其是小姐,没有一个名字是真的。所有人都学会一个字,"丢",在广东,这个字特别好用,尤其是看中国男足比赛的时候。好多人都把这里当成赌场,然后把自己当成筹码扔了进去。一个又一个外来人,拼着命都想在深圳长大,都想有自己的房子,湘西人同样如此。你喜欢这里的什么?黄昏吗?在拥挤的人流里,孤独地往前走着,而且不知道会走到哪里。

那晚上,我和素者坐在路边的大排档里面,吃着晚餐。海风吹过来,昏暗的灯光在摇晃着,把夜色摇得更加斑驳。大排档里吃饭的人不少,一片嘈杂,讲话特别地要力气。这边刚听到有人在骂"锤子!",那边又有人吼起来"老子削你!"。这里的电视机永远看的都是翡翠台,电视剧《包青天》正火着,没有人敢换台。不管是哪里的人都在一起听白话,其实很多人一个字都听不懂,我就是其中之一。从小我的语言能力就不行,和好多湘西老乡一样,一讲普通话就变成了智障。在上海听不懂上海话,在深圳听不懂广东话,所以,很多时候不愿意讲话,外地人很难理解湘西人讲普通话的麻烦和痛苦。我的一个湘西老乡在北京待了20年,他讲了这么一段话:"我性子急,涵养不好,但是心不坏,任何事情都能做到过期不计较。如果说我这辈子也有仇人的话,就应该是普通话说得很标准的人。"我晓得，湘西人最怕北京的卷舌音，在北京住个三五年，有时候舌头都还是卷不过来。在北京，湘西人可以当教授，当将军，当画家，当舞蹈家和歌唱家，什么都可以做得好，就是普通话讲不好。你就是讲普通话，北京人仍然以为你讲的是湖南话。人家湖南省话剧团当年去北京演出，人家北京人都认为他们讲的是湖南话，何况我们这些湘西人。

当然，在深圳听不懂白话不要紧，广东人在深圳都得讲普通话。反正，电视机上面有字幕，金超群演的包拯，何家劲演的展昭，成了很多人的偶像。很多人都希望能够碰上包大人，要不自己就是展昭。在座的这些人，看着《包青天》，喝着冰镇啤酒，吃着花甲、扇贝和炒牛河，打发了好多个夜晚。真实的生活大多平淡，没有好多的波澜壮阔。

不过，千万不要小看了一些坐在这里的人，这些人虽然还是一些小人物，虽然还默默无闻。但不知道十年二十年以后，他们会把这个城市整出个什么样子来，然后让这个城市惊天动地。深圳已经有了一批龙头老大，在中国开始有了名气，特发集团、南油集团、蛇口招商、赛格、华强、华侨城、康佳、万科和平安保险。说不定在他们的手上还会整出些什么东西，深圳的想象空间太大。他们都知道这里一定有机会，在这个浪潮里可以改变命运。人的梦想不可能都是笑话，好多公司所谓的战略目标都是从做梦和讲胡话开始的。

当然，在深圳这个地方只有勤奋和吃苦耐劳是远远不够的，在这里还需要颜值、性别、天赋和胆量。那一夜，我们喝了不少啤酒。临走的时候，素者知道我第二天要去昆明出差。托我看看那里有没有便宜的少数民族银饰，或者是便宜的其他金属首饰，我答应了他。

第二天，飞机往昆明飞去。第一次去云南，让人兴奋，看过《五朵金花》和《阿诗玛》吗？云南还有泼水节、火把节，还有过桥米线和佛跳墙，那里有七彩。

一到昆明，就给大学同学打了电话。我这个同学很厉害，人家是云南省著名的电影编剧。一接到我的电话，他就放下了手上所有的事情，陪我去逛昆明。那是一个阳光明媚的日子，云贵高原上的天空很蓝，到处有花盛开。我俩决定用一天时间，沿着滇池玩上西山。我的这位同学很热情也很负责任，生怕让我遗漏了昆明最重要的风景，然后造成遗憾，因此，一路上介绍得格外仔细。我们最早去了大观公园里面的大观楼，这是滇池边上很有名的风景。180字的天下第一长联，让大观楼闻名于世。"五百里滇池，奔来眼底"，"数千年往事，注到心头"。气势磅礴，情景交融，当初清代名士孙髯翁在撰写这一长联的时候，该是如何的心境与胸怀。在中国，很多名胜古迹之所以闻名中外，常常是因为许多名人的到来而变得更加了不起。我们湖南岳阳楼的名气，一定与范仲淹有关，"先天下之忧而忧，后天下之乐而乐"，一副对联让岳阳楼在中国有了一千年的影响。我们湘西凤凰古城的名气，一定与沈从文有关，《边城》《湘西》《从文自传》到处都有这座小城的影子。大观楼真应该感谢孙髯翁，因为人家是陕西人，原本应该是为华清池或大雁塔去写长联的。

再往前走，又到了一处更加安静的地方。走进去，那里没有一个游人。正前方的地上，有一个汉白玉的雕塑，是一个雕刻极为讲究的花环。花环不远，一个高大的墓碑后面，就是聂耳的墓地，聂耳静静地长眠在那里。聂耳是玉溪人，云南是他的故里。聂耳去世以后，他家乡的人民把他安葬在西山脚下，让他永远和故乡在一起。站在聂耳的墓前，远远看去，前面是滇池，滇池的那一边，是翠湖和云南大学，那里曾经是著名的西南联大。西南联大，与好多了不起的名字有关，蒋梦麟、梅贻琦、张伯苓、朱自清、胡适、闻一多、吴宓、钱钟书、陈寅恪、朱光潜、陈省身、华罗庚、吴大猷、吴有训、叶企孙、周培源、潘光旦、费孝通等大家让无数人仰望。战火中的西南联大，只存在了8年。堪称世界上条件最差的大学之一，却成为了中国高等教育的一座巅峰。那里一共走出了168位共和国两院院士，他们制造了中国的第一颗原子弹和氢弹。在文学、数学、物理学、生物学、地质学、动力学等方面，让中国取得了世界级的突破。翠湖旁边还有云南讲武堂，朱德元帅、叶剑英元帅和蔡锷都毕业于这个学校，在中国，云南讲武堂同样惊动过天地。滇池之上,到处可见翱翔的海鸥,可以听到天空中有音乐在回旋,那首一往无前的旋律从来不曾停止。

再上去,就是峭壁。峭壁之上,古人刀劈斧凿,开辟了一条登顶之路。一路爬上去是石道、石室、石窟、石佛,满目斑驳,饱经沧桑。路到头,有一石门,上书"龙门",过了龙门,就是三清阁,那是一片道家圣地。到了山顶,往下看去,滇池迎面扑来,烟波浩淼,波澜壮阔,一眼看不到尽头。难怪人说滇池五百里,到处精彩纷呈,蔚为大观。

离开昆明,只身一人去了石林。虽说是第一次去石林,其实我对石林是非常熟悉的。在我上班的那个公园里就有石林,只不过那个石林是个假的,是人造的。而今天去的这个石林是真的,是老天爷做的,那是鬼斧神工的杰作。在这个石林里,有莲花峰、剑锋池、千钧一发、象距石台、幽兰深谷、凤凰梳翅等风景名胜。入口处,还有龙云题词"石林"的石林胜境和望峰亭。难以想象,大自然竟然留下了如此神奇的风景,加上这里还有阿诗玛和阿黑哥的传说,石林美得让人陶醉。并且,石林里还有彝族火把节,火把节是石林里最盛大的节日。撒尼人的跳乐、阿细人的跳月、白彝人的架子乐、黑彝人的祝酒歌,还有斗牛、摔跤和耍火把,让整个石林热闹非凡,精彩纷呈。彝族的歌舞多用大三弦和月琴伴奏,据说月琴的声音是月亮里的声音,可以通达神灵。远远地就听到了《远方的客人请你留下来》那首歌,让我感受到了石林的热情。

不过，石林对我来说，以前电影看得多了，加上我的办公室外面还有个人造的每天看着，因此少了好多兴奋。再说，我生在湘西，湘西地处武陵山脉，喀斯特地貌，奇峰异石，瀑布溶洞，绵延不绝。有名的风景是张家界，其实，袁家界、杨家界、八大公山、八面山、吕洞山、小溪原始森林、古丈红石林、矮寨德夯风景区，那都是天下的美景。在山里头长大的人，从小爬山，从小就怕山。让我去看山，是看不出好多风景的，看到山脑壳容易痛。从小上山砍柴的人，从小在山里头抬岩头的人，累得筋疲力尽的时候，眼睛里头哪里还会有风景。后来长大了，到外面去看山，也就更喜欢看人文。例如泰山上的摩崖石刻，恒山上的悬空寺，阿佤山上的沧源崖画，梵净山上的红云金顶、梵天净土。原以为这天底下都是山，后来才知道还有大海、平原、沙漠和草原。在上海读完大学一激动，还写了个歌舞剧，叫《山那边是海》，只想着跑到海边去。也难怪，大海对山里头长大的孩子来说，吸引力太大了。海子最著名的抒情诗就是，面朝大海，春暖花开。

就这样匆匆忙忙地把石林看完了，心里始终还放着素者托付的事，于是沿着石林外的小路向远处卖旅游品的人群走去。石林没有什么集市和摊档，只有三三两两的彝家妇女在路边售卖民族小饰品。女人们把背来的背篓放在草地上，然后在背篓上放一个竹编的小簸箕，她们把小饰品放在簸箕里让游人挑选。游人不多，只有我一个人走了过去，大家都在注视着我。一个彝族中年妇女在热情地打着招呼，我走到了她的跟前。在她的簸箕里，一对银质的儿童小手镯格外显眼。银手镯可以收缩，可大可小，上面吊着两个银白色的小铃铛，拿在手上叮叮当当地作响。传统、精美，一看就是彝族沉甸甸的文化传承。

我开口问了价，她说："五角钱一个。"

我没有还价，想都没想，指着簸箕里的四个小手镯说："我都买了。"一共才两块钱，价格便宜得让人惊讶。

中年妇女又问了："你还要吗？"

我说："你还有吗？"

只见她用彝语向周围的女人们招呼了一声，我不知道她说了什么，所有的女人都走了过来，大家都要把她们手里的小手镯卖给我。直到这个时候，我才晓得五角钱在她们心里的大概价值。一个精美的手镯，即使是普通的金属做成，也难以想象在石林里只要五角钱。五角钱，在深圳不够时间成本。

这些女人大都不太善于说话，只是默默无声地站在我的面前，她们把手镯放在自己粗糙的手上，小心翼翼地在等待着我的回答。她们的眼睛里不时流露出迫切和焦急的神情，生怕我不会买走全部手镯。然而，在深圳的大街小巷，五角钱几乎买不到任何东西，即使是一瓶水，那也要一块钱。根本用不着还价，我用四十块钱买光了女人们手上的小手镯，一共八十个，我觉得太值了。人家卖东西都卖得那么善良和真诚，彝族人让我感动。听说，很多游客不敢在旅游景区买旅游纪念品，那都是以后的事。走了不远，回头望去，彝族女人们头上的彩虹帽和她们的撒尼服饰在阳光的映衬下十分圣洁，如同百合花一般在盛开。记住了石林，那里有阿诗玛。

回到深圳，我把八十个小手镯都给了素者。他在他的银饰作坊里，最初他卖十块钱一个，后来卖二十块钱一个，而且很快就卖完了。素者后来说了好几次："买少了，买少了。"听得出来，他声音里有不少遗憾和懊悔。

在我们民俗文化景区里，有很多从云南来工作的少数民族员工，其中有佤族、彝族、白族、傣族、哈尼族、景颇族、纳西族等民族的员工。他们从澜沧江畔，阿佤山寨，从苍山洱海，怒江峡谷，来到这个车水马龙的城市，有人站在洗手间里面，面对着洁白的瓷砖和马桶，竟然找不到厕所，成为这个城市最为纯朴美丽的景色和传说。他们都说，在他们那里只要有一个人来深圳打工，一家人就可以脱贫。在深圳一个月的工资拿回去，在他们那里可以买一头牛。一头牛，在他们那里就是一辆奔驰车。从石林回来，我彻底相信了这些话。在好多人的眼里，包括我们这些在深圳的湘西人,深圳是一条流金溢彩的河。

不久,在我们景区的旁边,一个以世界文化为主题的公园开业了。对我们来说,这是1994年的大事件。公园里面有法国凯旋门和埃菲尔铁塔、美国总统山和纽约曼哈顿、埃及金字塔、荷兰风车村和意大利的比萨斜塔、比利时的小尿童,还有东南亚水乡和日本桂离宫,以及尼亚加拉大瀑布,东西小是小了点,但人家是外国的。人家的主题口号是,你给我一天时间,我给你一个世界。一天可以看全世界,这样的吸引力太大了。再说了,中国人出国还不是十分方便,于是,国内游客蜂拥而至,里面整天人山人海。我们景区里的很多人都跳槽过去了,云南来的佤族员工到了人家那里变成了毛利人,黝黑的皮肤,在游客面前乱了真假,毛利人,原本是新西兰的土著。我们的景区是让世界了解中国,隔壁的景区是让中国了解世界,从我们的景区走到隔壁景区,就是从中国走向世界。虽然,东西都是假的,但对市场的影响却是真的,没多久我们就感受到了来自市场的压力。每天的营业日报表让总经理们的脸色越来越难看,公司对部门架构进行了调整。民俗艺术部变成了公关策划部,简称"公策部",听起来和洗手间差不多,我不幸成了其中的一员。民俗研究少了,对外宣传多了,从此开始学会一本正经地胡说八道。

我们的微缩景区是中国的第一个主题公园,1989年开业的时候,曾经有一个日本旅游专家说过,按照目前中国旅游的管理水平，中国主题公园的寿命最多五年，因为我们连洗手间都管不好，在中国找不到一个像样的洗手间，不管我们服不服气，当时的旅游景区就是如此。1994年，我们的公园刚好开业5周年，莫非真要寿终正寝了？妈的，难道日本人料事如神。去找点中国的理论依据吧，真还找不到。中国旅游理论的研究起步晚，而且做理论研究的人是不做旅游的人，很多时候是靠猜测和推断，想当然的地方多。没有办法，还是自己干吧，靠自己，比什么都可靠。五年时间，我们已经接待了2000万游客。从国内市场到港台市场、日韩市场以及东南亚市场，我们的产品和品质已经得到了检验。产品结构、产品形态与产品规模已经获得了游客结构和市场规模的支撑，基本的收益模式和服务模式得到了游客的接受和认同，景区内璀璨夺目的民族文化产品仍然是我们的卖点和亮点，由此，我们从上到下统一了认识。

　　面对眼前的困难，我们相信仍然可以克服。在开过若干次会议以后，方案出来了，一大堆的事情，让总经理拍了板。在两大景区里增加圆明园微缩景区和室内歌舞演出剧场，增强景区竞争力。加强景区演艺项目和节庆活动的策划与实施，加强与媒体的合作和市场宣传力度。与中国知名广告公司合作，写一本书，书名是《家·中国人的故事》，为了强化景区品牌推广。我不懂工程，景点施工的事情轮不到我，而剩下的事我一件也没有跑掉。我开始写书了，这本书从窑洞开始写起。中国人的家应该是从山洞开始的，山洞是人类最早的家，也是人类最早的居住方式。书的开头是这样写的："无论是百姓的家园，还是天子的宫殿，是祖宗的庙宇，还是神佛的殿堂，都深烙着东方古国文明文化的印记，共同绘织出锦绣中华大地。默默演绎着中华民族的历史，组成了中国人的故土家园，是千千万万炎黄子孙魂归命依的根。"家，对于中国人来说，那是一辈子都不能离开的地方。中国人走到哪里，首先就要有家。古有家训，成家才能立业，有了家，才有父母、夫妻和儿女，才有亲情与归宿。写完了家，我才开始写中国人的故事，包括民居民俗、名胜古迹、衣食住行、宗教信仰、语言文字、婚丧嫁娶、节庆歌舞，洋洋洒洒写了十余万字，讨论修改，历时两个月之久，然后定了稿，这本书一共有三册。

　　书写完了，公司很满意。领导们一研究，要保护和留住人才，给了我一个小单间，让我搬出了集体宿舍。我走了以后，我住的那个集体宿舍里，还住着三个硕士和一个本科毕业生，其中一个是费孝通先生的硕士，还有一个原来是西藏文联的秘书长。后来有两个硕士去了澳大利亚，一直在悉尼，没有再回来。这是一栋白色的多层建筑，靠山。分给我的单间在5楼，约有30平米，有一个小阳台、一个小厨房和洗手间。站在阳台上，可以看见后山的风景，山不高，上面长满了荔枝树、樟树、紫荆和簕杜鹃，空气格外好。上了楼顶，在8层上面，可以看见深圳湾和珠江口，视野开阔。

这本书很快就交付印刷了。精装1500本，简装1500本。该书只限于赠送高端客人，国内赠送省市级以上的领导，外宾只赠送总统或总理等国家大员。一般人只能赠送公司用于市场推广的宣传画册，那是很牛逼的一本书。而公司给我分了房子，这是很多人梦寐以求的待遇。有了房子，这本书印不印刷就不重要了。重要的是，可以把妻子和孩子们接来了，两年以后，我们在深圳有了一个家。说实话，在深圳，如何安家，是每一个打工者的大事，也是难事。后来，这本书一直没有送完，压在仓库里终于成了垃圾。其实很多书都是垃圾，包括很多人都成了垃圾。

在这个家里，我安上了一台科龙空调，这是我们家的第一台空调。记得小时候在湘西老家，一到大夏天很热的时候，外婆就会说要是有个地方能躲起来就好，那时候，总感觉外婆的这句话只是一个梦。现在好了，夏天终于有了可以躲起来的地方，但是外婆早已经带着她的梦想离开了这个世界。然后，我又买了冰箱和音响，从朋友那里整来了一台18寸的东芝彩电，家开始有了一个样子。没过多久，我找好了孩子们读书的学校，一个电话打到湘西，妻子带着孩子坐上了南下的火车。

一家人终于走进深圳了。到家的第一个晚上，虽然大家都觉得这个地方还格外陌生，但也感觉这个地方格外温馨，全家人在这个小房子里装满了快乐。女儿忙着到楼顶调试电视机的天线,儿子帮忙看着电视机的清晰度。他们把天线对准香港方向,调好了翡翠台和本港台,那一晚,看到半夜还不愿意睡觉。深圳又多了几个湘西人,而且是第二代。

奥兰多的微缩景区就要开业了,公司在忙着安排相关人员去美国工作,那是一些让好多人兴奋的日子。说实话,在我们这个公司里,没有好多人去过美国。虽然大洋彼岸的那个资本主义国家,只给人留下一些支零破碎的印象。但是,星条旗、美国大兵、自由女神、华盛顿、米老鼠和唐老鸭,朦朦胧胧地总让人入迷。尤其是美元,1比8点多的汇率,黑市更高,1比11或者12,有人说是大钱。口袋里有几张大钱的人,讲话都喜欢带英语,开口闭口都是"索瑞",不太标准的发音,老外不容易听清楚。再说了,出国人员还要发出国服装,回国的时候还可以带回来免税的大件电器。因此,在不少人的心里,美国是天堂。当然,很多人做梦是可以的,去美国是不可能的。没多久,人员就定下来了,奥兰多只需要表演人员,至于保安、景区售货人员、检票员和司机等等工作人员,人家那边有的是。于是,公司安排民族服饰团、民族歌舞团、土风歌舞团和民俗歌舞团去奥兰多,同时去的还有一批民间工艺表演人员,剩下的人就留在深圳做梦了。我从湘西带来的两个跳舞的女孩和一个表演土家族织锦的女孩要去美国了,让二狗羡慕地成了个哈卵。二狗语无伦次地讲了好几回,要是老子能够去美国,我爹硬要被吓死。

公司的明星员工岩喊也要去美国了。岩喊是从云南来的,佤族,黝黑的皮肤,结实、粗犷。他们那里的男孩子还有叫岩刀、岩砍的。每天晚上的大游行少了他是不行的,好多香港的女游客每到周末都会过来看他的表演。岩喊在香港女游客们的眼里,我相信一定是一尊铜像,如同大卫和思想者。佤族,那是如火的民族,岩喊就是最旺的那团火。站在他们身边,人就可以感受到温暖和炽热。魁梧的身材,飘逸的长发,如火在燃烧,让香港来的女游客们看得如痴如醉。岩喊找的女朋友,不管是汉族的还是少数民族的,都是白白净净的女孩,一个比一个漂亮。闲暇之时,岩喊喜欢骑着摩托车带女朋友兜风。远远看去,一大堆黑色的肌肉包围着一个很白很美很纤细的姑娘,白色的女孩喜欢黑色的汉子,那是一种奇异的搭配,格外引人注目。岩喊从香港起飞,十几个小时以后到了美国。美国海关人员不让岩喊入境,他们不相信中国有这样的民族,他们坚定地认为,岩喊一定是从非洲去的。

佤族,这是一个位于我国西南边陲的少数民族,聚居在云南省境内。这个民族从原始社会一步迈进了社会主义社会,因此在他们的身上到处都在闪烁着奇异的色彩。在深圳这个开放的窗口里,他们试图用阿佤山独有的语言去讲好自己古老的故事，这些故事关于司岗里的传说，关于辣椒和树叶的故事，关于在牛皮碉堡里与英国侵略者战斗的故事，关于沧源崖画的故事，所有的故事都会让人好奇和感动。在阿佤山上，只要有寨子，山上就有神树林。神树林只有男人才可以走进去，因此，神树下的祭祀是由男人完成的。只要举行仪式，人们就会敲响木鼓，木鼓，是佤族人通天的神器。敲响木鼓，用鼓声与鬼神去对话。在牛头桩上挂上牛头，去祭神和祭鬼。木鼓是要用神树来制作的，每逢砍伐神树，他们就要载歌载舞，念咒语，做法事，从山里拉来神木，他们叫做拉木鼓。而木鼓，又分公鼓和母鼓，母鼓大，公鼓小，不难看出，其中有女性崇拜的遗存。他们神秘的原始宗教信仰，充满了浪漫与神奇。他们从西盟、沧源、从双江和耿马的莽原上走来，带着剽牛的粗犷和豪放，带着甩发舞的线条和节拍，今天，这个民族不仅走进了深圳，而且走进了美国，在东半球和西半球，去展示他们民族的风采。他们的县长从阿佤山里专门跑到深圳来看他们，说他们的肩上肩负着民族的使命，因此鼓励他们和感谢他们，从此，他们说，我们责无旁贷。

没多久，去美国的员工有人写信回来，说是迈阿密半岛上的夜晚，光怪陆离的灯火，酒吧夜店的音乐，脱衣舞厅里的表演，裸体海滩的肉体，总是让人心神不定。一到晚上，奥兰多就会成为一个难以抵拒的诱惑，看一眼远处的灯光，那也是一种折磨。留在深圳的人终于笑了，原来去美国的人也会难受。

素者要去新疆出差了，他的生意越做越大。听朋友介绍，印尼产的地球牌三夹板在乌鲁木齐卖得很便宜，比深圳便宜得多，每一块三夹板有几十块钱的差价。再说了，朋友还可以帮忙贷款1个亿的美元，资金没有任何问题，乌鲁木齐还有关系。这个消息让素者心动了，笑嘻嘻的他决定马上去新疆，争取买一批三夹板到深圳来卖，我为他感到高兴。只是大家一直都知道新疆的哈密瓜、红枣和葡萄干便宜，从来不知道还有印尼的三夹板很便宜，心里老是没底。素者的飞机起飞了，我为他祝福。

老家来了电话，岳父病得很重，癌症到了晚期，我和妻子带着孩子马上得赶回湘西去。妻子的老家是一个湘西的重镇，叫里耶。里耶背靠八面山，前面是酉水河，依山傍水，古镇充满了灵性。后面的八面山高耸入云，险峻挺拔；前面的酉水河，则是土家族历史和文化的摇篮。在这片闪烁着人文光辉的山水之中，里耶自古就有了小南京的称谓。

到家的那一晚，和岳父聊了很久。虽然全家人谁也没有告诉他的检查结果，但他一定知道他的病情。我们从深圳聊到了全世界，聊到了他的孙子们，聊到了伊拉克和海湾战争，聊到了电视连续剧《红楼梦》和《西游记》。岳父的眼睛里还是一如既往的平静，若无其事地和我聊天，虽然他的呼吸已经十分困难。在生死关头，湘西的好多男人都会如此。

夜深了，岳母陪着岳父，我们回去休息。里耶很安静，入夜就没有了声音。还以为可以好好睡一觉，可谁知大约在凌晨三点的时候，鸡就开始叫了。镇子里养的鸡应该很多，所以鸡叫声不断。离我最近的有两只，听声音是一大一小，都是民族唱法。一个像陈佩斯，一个像郭达。远处又有很好的美声和通俗唱法传来，不时还可以听到阳雀、布谷鸟和不知是什么小鸟的叫声。这让我想到了电视里的综艺节目，想到了《东西南北中》，想到了《艺苑风景线》。还想到了春晚那些亢奋的表情和莫名的神态，只是始终没有听到李谷一的《难忘今宵》，天就要亮了。

窗口终于有了光亮透了进来，躺在床上可以看见外面高大的风火墙。这是一个古镇，不少于两千年的历史。小镇里的人崇文重教，知书达礼，水运发达，商贸繁荣，上通川黔诸省，下达常德、汉口，自古就是湘西重镇。石板长街，吊脚木楼，古朴民风，依山傍水，常常成为影视剧组拍摄的外景地。我曾经陪着电影导演萧风，表演艺术家蓝天野，演员宋佳、陈炜和李玉生在这里拍过电影，电影的名字叫《寡妇十日谈》。故事讲述了当地的一个寡妇和一个老郎中，还有外地来的一个年轻的鸬鹚客以及北京来的一个女大学生，在十天的时间里，他们之间发生的许多事情。也许涉及寡妇或者其他的内容，电影上映遇到了一些麻烦，若干年后才在电视机里看到了这部电影。小镇是有很多故事的，让我们慢慢去聊。

陪了岳父几天以后，看他的病情还算稳定。公司里的工作很忙，和老人们告别以后，我们又匆匆忙忙地赶回了深圳。好朋友素者也从新疆回来了，见面以后，我就问到了新疆的事情。素者还是那个样子，笑嘻嘻地跟我讲了起来："有个卵三夹板，花了两万多块钱，我只看到了葡萄沟和火焰山，一块三夹板都没看到，全部是到扯卵谈。"没被骗就好，就当是到新疆去玩一趟，那里有丝绸之路上最美的风景。湘西好多人都如此，碰到什么烦人的事，喝几杯酒，就把情绪调过来了，骂几句娘，人就快活了。那天晚上，素者请客，我们又到白石洲的大排档里喝了酒。大排档里的电视机开始放电视连续剧《三国演义》了，吸引了很多人。那晚上讲的是《赤壁之战》的故事，孙权和刘备，诸葛亮和周瑜、鲁肃，既有联手，又有斗争，跌宕起伏，波澜壮阔。素者讲了一句话，好多情节都像我们做生意。

没几天，我又去上海了。回母校参加同学聚会，同时观摩第二届上海国际莎士比亚戏剧节。好久没看到老师和同学了，心情格外好。戏剧学院，学校不大，但格外洋气。学校那地方叫美丽园，听名字就迷人。一式的小洋楼，熊佛西楼、顾毓琇楼、端钧剧场都有了不短的历史。房子维修得很好，里面是学校的办公室，什么时候看见小洋楼，都感到亲切，和老师们一样，和蔼慈祥。我们在学校的时候，学生只有200多人，而老师和学校工作人员却有800多，四个人守着一个学生，那是何等的无微不至。入学的时候，我的老师陈多先生告诉我们，希望同学们清醒地走进来，然后毕业的时候，能够糊涂地走出去。当时不太理解，以后知道了，在戏剧学院学戏剧，只会越学越糊涂，戏剧会越来越神奇。

莎士比亚戏剧节开幕了，我们又走进那座熟悉的实验剧场。剧场不大，但地位很高，许多顶级的艺术家在这里完成过重要的演出，那是艺术的圣殿。1985年，戏剧学院40周年校庆的时候，里面是高朋满座。台上坐的是曹禺、贺绿汀、黄佐临、刘海粟、袁雪芬，还有上海戏剧学院院长陈恭敏和中央戏剧学院院长徐晓钟。台下坐的是孙道临、秦怡、谢芳、杨在葆、祝希娟、俞振飞、徐玉兰、王文娟、范瑞娟、仲星火、焦晃、沙叶新、杨村彬等等大艺术家们。在他们的身后，那也是明星云集，璀璨夺目，潘虹、奚美娟她们都坐在后面，我的班主任余秋雨先生也坐在后面。

在这里我看了两场演出，一是英国利兹大学戏剧系演出的《麦克白》，二是德国纽伦堡青年剧团演出的《罗密欧与朱丽叶》，这是莎士比亚最有影响的作品。英国和德国的艺术家们对莎翁的作品进行了新的注解，既有古典戏剧的严谨，又有布莱希特间离戏剧的处理，那是一种享受。莎士比亚的故居我去过，那是在英格兰斯特拉福地区的一个小镇上。小镇有一条亨利街，北侧是莎翁的故居，南侧则是约翰·哈佛牧师的故居。哈佛虽然出生在伦敦，但老家在这里。哈佛毕业于剑桥大学，以后去了美国。曾任哈佛大学伊曼纽尔学院院长，哈佛大学后来以他而命名。这是一个了不起的小镇，莎士比亚和约翰·哈佛让这个小镇光彩夺目。有人说，莎士比亚不只属于英国，而是属于全世界；不只属于文艺复兴时期，而是属于永远。在这个世界上，很多人都知道《哈姆雷特》《李尔王》《麦克白》和《罗密欧与朱丽叶》，即使莎士比亚已经离开这个世界三个多世纪。

时间过得很快，一晃就是几天，戏也看了，旧也叙了，和老师同学们告别以后，我离开了上海。回到深圳，也到年末，事情又来了，公司决定和中央电视台联合拍摄专题片《东西南北中》。拍摄方案完成以后，中央台的人马就到了。导演是张凯华，制片是侯洪涛，节目主持人是朱军和许戈辉，演员是克里木、宋祖英、曲比阿乌等等，这是一个很强的阵容。大家一阵忙乱以后，在《掀起你的盖头来》《小背篓》《远方的客人请你留下来》的音乐声中，我们的景区很快将迎来新的一年。宋祖英是湘西人，她的一首《小背篓》，让中国对湘西人有了更多的了解。当然，湘西不光有小背篓，还有好多种背篓。湘西背篓，是湘西的符号。姑娘出嫁，有"洗衣背篓"作陪嫁。洗衣背篓小巧玲珑，图案精美。女儿生孩子，娘家要送"娘背篓"。娘背篓呈长筒形，做工讲究，方便背孩子。背包谷则用"扎笼"，这是一种高背篓，口径大，腰细，底部呈方形，高过头顶，一背篓包谷可以有100多斤，翻山越岭，十分方便。砍柴、打猪草用"柴背篓"，篾粗肚大，经得起摔打。还有一种专供男人挑包谷棒的"撑篓"，用扁担将两只撑篓串起来，沿着山路把包谷挑回家。另有一种木制背篓，专背原木、石头或肥猪。还有就是"水背篓"，腰长口小，内外刷桐油，专供背水。住在山里的人们从峡谷中取水，背回山顶上的寨子。湘西人离不开背篓，背篓背出了湘西。现在，有湘西人还把背篓背进了深圳，背篓里面还装着湘西的故事和风情。

这一年，我记住了一句话，很多时候，最怕有人一本正经地胡说八道。

第四年

1995年是第四年，这一年是猪年。一到猪年，公司换领导了。新官上任三把火，第一把火在景区大门外面建了两个大水车，成为深圳的地标；第二把火在深南大道路边种上了一大排大王椰，成为北方游客眼里的一道风景；第三把火就是我的户口要进深圳了。

猪憨厚、安静，我相信猪年也会憨厚安静。高高兴兴地过了年，大年初十，新领导要我们去山西考察元宵节，看山西的乡亲们是如何地闹社火。从南国穿着西装起飞，到太原还是冰天雪地。接待我们的是山西省文联和太原锣鼓协会，人家文联主席是山西的大作家。锣鼓协会的韩主席也是锣鼓权威，他们的安排周到热情，而且还有不低的规格。社火还没开始，我们去了晋祠。在我们的微缩景区里，小晋祠我看过很多次，今天去看大的了，这是原版。

晋祠位于太原近郊，原名为晋王祠，最早叫唐叔虞祠。

为晋国宗祠，是中国现存最早的皇家园林。出了太原城区，三晋大地一片白色，雾凇一直延伸到远处，格外冷。走进大门，隋唐古槐参天，虬劲苍老，看一眼，都是千年的岁月。再走进去，一株周代的古柏，硕大的躯干，横卧在圣母殿旁边，正在为我们讲述春秋，默默无声，但人能够听见。西周时，这里就有了晋祠。从南北朝开始，经唐宋元明清历代帝王扩建维修，终于有了今天的规模。南北朝文宣帝建读书台、望川亭和难老泉，唐太宗李世民撰写碑文《晋祠之铭并序》，宋太宗时修建了圣母殿，宋哲宗时铸造铁人、筑莲花台，宋徽宗时铸鱼沼飞梁铁狮子，现存难老泉、唐侍女像、圣母像成为晋祠三绝，让我们这些后人仰望。晋祠的历史实在是太过悠久了，里面的故事早的是春秋战国的，晚的是唐宋元明的。在里面说不定一屁股坐下去，就坐到了唐朝。

第二天，我们去了清徐。清徐，太原的郊县，罗贯中的家乡，山西的老陈醋就出自这里。这是一个艺术之乡，太原锣鼓、清徐背棍和抬阁名闻中外。这一天是清徐的锣鼓大赛，天一亮，乡村公路上就挤满了车马，农用车、拖拉机装满了大鼓和鼓手，人山人海地往县城涌来。参赛的鼓手年纪最大的有80岁，最小的才9岁。每个参赛队都有150人到200人左右，阵容庞大。而且参赛不仅有男子队，还有女子队。比赛在县城里的体育场举行，比造型、比服装、比阵容、比技巧、比风采，一场比赛山摇地动。赤壁大战是那天的高潮，罗贯中的家乡，一定会与三国有关。一个红队，一个黄队，400人的阵容，一敲起来就是排山倒海。长江上的生死大战，激越的鼓声，战船起伏，万箭齐发，让所有人看得心情激荡。评选结果我不知道，那是评委们的事。这不是一件好差事，怎么评都会挨骂的。

　　第三天，我们到小店。小店是太原的郊区，闹社火就在这里。一到小店，只见到处张灯结彩。古代人物造型灯、动物灯、神话故事灯、民间童话灯，五颜六色，造型各异，组成了让人流连忘返的风景，这让我想到了自贡和大同的灯会，笑傲中国南北。闹社火是上午开始的，小店的大街上早就被挤得水泄不通。游行的队伍过来了，前面是十几个巨大的抬阁，作为南方人，我是第一次看到，十分惭愧。抬阁气势磅礴，白蛇传、天女散花、八仙过海、西厢记、梁山伯与祝英台……题材多样，五彩缤纷，看的人早就眼花缭乱了。抬阁上半部造型如同彩车，上面人物多为三人，表现历史故事或神话故事。色彩艳丽，造型精美绝伦。人物或站在枪尖上，或站在伞檐上，或站在波浪和悬崖上，构思奇巧。下面则是由人力扛抬，一般为16人。随着音乐节奏，下面抬的人手舞足蹈，整个抬阁上下起伏，形成壮观。后面过来的就是背阁、高跷、旱船、舞狮、大头娃娃和炮杆等等。背阁也是类似处理手法，一个汉子把一到两个孩子背在头上，载歌载舞，生动活泼，喜气洋溢。再后面就是震耳欲聋的鼓队。

山西的锣鼓实在是太过丰富了，太原锣鼓、威风锣鼓、绛州鼓乐、黄河锣鼓和花敲敲把元宵节推向了高潮。古老的黄河文化，铸就了动人心魄的民间艺术。其粗犷、剽悍、雄浑，淋漓尽致地展现了三晋儿女淳朴、豪迈的情怀，山西的鼓，被誉为"中国第一鼓"。如果有时间，可以到山西去过年，去听听《秦王点兵》《老鼠娶亲》和《滚核桃》，去看看斗鼓和锣鼓大赛。去了，就终身难忘。

主人又陪我们去了乔家大院，那里没有什么游人。乔家大院像一个老人，安静地在等待着我们，为我们静静地讲述晋商的故事，深沉而遥远。外面的庄稼地里，白茫茫的一片，天寒地冻的时节，在晋中平原上，垂柳挂上了雾凇，成为美景。有乌鸦飞到近处，算是有了动静。

乔家大院又名在中堂，位于祁县乔家堡村，始建于1756年，整个院落呈双喜字形，分为6个大院，内套20个小院，是中国北方传统民居建筑的结晶。我们走进乔家大院，乔家的后人也不住在这里。人家远离了这片土地，只给我们留下了一个空荡荡的院落，任凭我们用想象去填满这个空间。张艺谋曾经在这里拍过电影《大红灯笼高高挂》，让我们开始知道了这个地方。虽然我们在电影里听到过"二院掌灯"的声音，但其实那完全不是人家乔家的故事。很遗憾，我们再也找不到当初的那些影像，那些影像是遥远的历史感和文化感。包括苍凉的唢呐声，以及黄土高原上远去的马车，还有晋商的背影。晋商，那是一些让我们仰视的身影。明清时期，在俄罗斯和日本，都可以看见山西的钱庄和票号。

依依不舍地告别了太原，告别了一直陪同我们山西之行的两位主人，然后去了北京和天津。离开了山西，才发现，山西已经让我们难忘。山西的醋和山西的面让我们难忘，山西的年和山西的人更让我们难忘。山西的锣鼓只要听一次，就会记住一辈子。这次过年，山西让我们过得欢天喜地。

回到深圳，年过完了，户口是大事，开始去办。说实话，户口这种东西，你不用的时候，你会忘了这种东西的存在。你要用的时候，你才晓得这个本本的强大。没有这个本本，你会发现自己是多么的无能和无助，有时候，你连自己是谁都讲不清楚。把户口迁进深圳，对好多人来说都是难以企及的事情，让好多人羡慕。户口来了，一个人就可以从水里爬上岸。岸上有了你的位置，这个位置就是立足之地。至于以后你能不能买得起房子，买的房子有好大，那都是听天由命的事情。记得苏联有一部电影，叫《莫斯科不相信眼泪》，深圳和莫斯科一样。

在深圳办好商调手续以后，我又匆匆忙忙地回了湘西。第一站就到了人事局，到了那里才晓得，副高职称调出要经过常委会讨论。常委们都是日理万机的人，一个月开一次常委会，要讨论的大事很多，什么时候才能抽出时间讨论一个人的调出问题。人家医院有一个医生要调出，就因为是副高职称，很不幸被上了常委会。听说半年过去了，到现在还没有半点消息。还没开始办手续，惊堂木就有点吓人了。这让我想到了小时候看汉戏，堂上的衙役一喊"威武"，下边的人都不敢有了声音。当然，好多时候，办公室里讲的话是不能完全当真的。好多话都可能吓倒人，但不会吓倒所有的人。总有胆子大的，我们那个乡里就有这等人物，走出去敢冒充少将，到监狱里去提人。

听说有两个小地方的人，挑着两大挑板栗到人家大办公室里去办事。满头大汗挑了进去，还没喘口气，刚讲了一句："我们硬累恼火了！"就被人家从办公室里轰了出来。这两个人真的被吓着了，湘西人讲，这是两个死卵，你不把板栗悄悄送到人家屋里去，你挑到人家办公室里来搞什么卵，人家还不把你们两个撵出去。

办公室里的话还没有讲完，走廊里传来了鹅的叫声。不晓得人家送来的是溆浦的鹅还是浦市的鹅，肯定是优良品种，不然叫的声音不会那么大。加上老办公楼的走廊回音很大，走到近处，鹅的叫声可以震耳欲聋。有人拿着两只鹅走进了办公室，准备送礼，狗日的，又来了一个死卵要办事。局长愤怒了，大吼着："喊传达室的龙老苕到我这里来！什么卵人都跑到办公室来了！"

晚上我又去了局长家，局长是个好人，也不为难我，人家倒是想通了。局长说了:"你们去深圳打工不容易,再说了,你的专业和人家医生不一样。我们这里缺医生,尤其是好医生,救命的场合,开不得玩笑。像你们这种搞艺术的人,我们这里多的是。唱歌跳舞,只要有手有脚,哪个地方都可以找出几个人来。你的事就不上常委会了,明天你来办手续吧!"

那天晚上,天上好像出了太阳,出了大太阳。

拿着人事局的复函,我很快回到了深圳。中国有句俗话,夜路走多了容易碰到鬼,因此我得抓紧时间办完调动。从华侨城到深圳市,从深圳市到湘西,哪个地方都是不能出事的。据说,从原单位调出来还有搬迁费,人家没说送,我也不敢要。放人走就不错了,你还敢要钱,要是人家脾气一来,不盖那个章,天恐怕都会垮下来。拿着户口本、身份证、毕业证、职称证、结婚证、计划生育证明以及调出单位的复函,我急急忙忙地就上了南下的火车。一大堆证件和证明,少一样东西,调动就办不成。为此,在火车上我又清理了大半天。有人讲了,只有证件才能证明这个人是个什么东西。

因为有了高级职称,调动手续很快就办完了。人到了这个时候,才晓得职称也是个厉害的东西。按照市里的人才引进政策规定,副高以上职称调进深圳,市里单独解决调动指标,不要排队,不要考试,并且放宽入户年龄,免缴二万块钱的城市增容费。去年，两万块钱可以在深圳买一套70平方米的福利房。难怪有人为了评上职称，可以与人拼命。

当我在派出所办好户口本和身份证以后，我知道我在深圳快要爬上岸了，我已经踩到了水里的岩头。泥菩萨过河，上岸是最重要的。

就在这个时候，我的同事老董离婚了。老董是北方人，夫妻俩长得漂亮，养有一双儿女，幸福一家人，让好多人羡慕。好好的一对夫妻，恩爱得很，怎么说离就离了呢？让人百思不得其解。也难怪，老董夫妻俩也是一对过河的泥菩萨，为了过河，离婚恐怕也是迫不得已的事情。老董离婚以后，他老婆很快就找了一个美国老头。没好久，美国老头就来了。老董搬出来了，老董的老婆变成了美国老头的老婆。老董的床上已经没有了老董的位置，美国的老头上床了。办公室里的同事都十分愤怒，反倒是老董没有多大的事情。有人说是为了移民假离婚，牺牲了老董的老婆。有人说是真离婚，牺牲了老董。

很快，老董的老婆和儿女就移民美国了，然后，没多久老董也移民美国了。然后我们就听说老董的老婆又离婚了，美国的老头又变成光棍了。老董他们一家不仅过河了，而且漂洋过海了。美国的诱惑太大了，让老董变成了神话人物。我从此佩服老董，并且佩服得五体投地。

老董走了，但美国的事情并没有完结，去美国微缩景区工作的演员有人往美国跑了。让人不解的是，平时吊儿郎当的演员跑了，先进个人也跑了。懂英语的跑了，不懂英语的也跑了。没有护照的跑了，管理护照的也跑了。正常的跑了，不正常的也跑了。老总们好像得了脑膜炎，开始发烧和脑壳痛。在深圳跑个人，对老总来说，那都不是事，而在美国跑个人，那就是大事了。他们发现，在美国这个花花绿绿的资本主义世界里，所谓的思想教育、纪律约束、情感拉拢、工资福利和护照管理，几乎所有的努力都无济于事。每天，在景区的大门外，在那些来来往往的车流里，不知道哪一辆车又是来接演员的。坦帕的落日，迈阿密的海滩，奥兰多的夜色，诱惑着演员们不断外逃。在这些演员的眼睛里，只要能留在美国，即使是活在社会的最底层，那也是天堂。到处都是躁动不安的情绪，至此，高层决定让没有跑的演员尽快回国。让人惊讶的是，去美国工作的湘西人全部回来了。在这个让人眼花缭乱的国家里，有纽约、华盛顿和拉斯维加斯，还有美元和脱衣舞，湘西人没有动心，他们竟然一起回国了。回国了，也就是回家了，从古至今，湘西人都喜欢回家。即使是死在外面，就是赶尸，都要赶回来。不是因为胆子小，也不是因为听话，在我认到的湘西人里面，湘西特别听话的人很少，怕死的人也很少。他们回来，一定是因为家里有祖宗，还有无法割舍的亲情。

　　老乡们从美国回来了，二狗、向老大和素者他们都来看老乡。一年不见面,还真有好多话要讲。见面的第一天,大家喝了好多酒,二狗的话又格外多了起来,开始啷尿罐。二狗对美国格外好奇,尤其是对脱衣舞好奇。大兵刚从美国回来,人家鼓打得好,代表湘西人把鼓打到了美国。听说大兵去过脱衣舞厅,那晚上二狗和大兵格外亲热,总想听大兵讲一点脱衣舞厅里头的事情。二狗两杯酒进了肚子,看到大兵要讲话了,他从头到脚地来了力气。大兵不善言谈,讲不了好多话。虽然看过脱衣舞,看过那些黑色的白色的女人,在男人面前脱光了自己身上的衣服,但实在讲不清楚脱衣舞厅里头的那些事情。脱衣舞厅分楼上和楼下,听说楼上的包房里头更加好看。但是大兵不敢上楼,有人曾经偷偷上楼看过,什么都没看到,就被楼上的黑人保镖扔了下来。那些保镖都是彪形大汉,扔二狗那么大的人,就像扔个狗崽崽那么容易。大兵想不通,脱衣服有什么了不起。到我们那里,脱了衣服就上床,到他们这里,脱衣服还脱成了舞蹈。一根三角裤都要脱半天,性子急的人根本等不起,这个卵东西未必也是艺术。抓到根钢管到那里用劲,一点卵不好看。我们那个舞才是舞,他们这个是卵舞。和大兵讲不清楚,二狗只好自己来想了,二狗没看过脱衣舞,不过人家看过色情录像。他讲他第一回看色情录像以后,他那个东西一个月都没老实过。那天晚上,色情录像里的画面就变成了二狗脑壳里头的脱衣舞厅。从来没见过二狗喝酒这么反常,只见他一边喝酒,一边在讲:"怎么今天这个酒有点打脑壳?"还没喝完酒,二狗就跑了,他去找他的女朋友。在我们湘西开春的时候,猫会爬瓦屋,到处乱叫,牛会打牛栏,到处乱撞,湘西人讲,那叫"猫爬瓦屋牛打栏,发情了"。那天夜头,二狗就是那个样子。

一大早,微缩景区这边又有了事。闸口检票员工发现有游客在使用假票入园,被现场抓住了。被抓的游客是一对夫妻,年龄不大,两个人很快就被安保人员带到了保卫科。没多久公安人员也赶到了现场,看那架势,有点如临大敌。也难怪,新年以来,景区每天的售票量和游客的入园量相差很大,节假日更是如此,每天都有几千张之差。景区里面倒是人山人海的,钱却是少了不少。到底有什么问题,是公司暗中关注了很久的一件事情。两个游客原本是不当一回事的,他们只想敷衍完了尽快走人。谁知到了最后,他俩发现根本无法脱身,这才老老实实开始讲了假票的来由。他们讲是我们公司到他们厂里印刷门票,他俩乘人不注意偷偷地拿了几张。他们讲得倒是轻描淡写的,公司的锅却已经炸了。

公司的门票一直都是在香港印刷的,从来没有在深圳印过门票。当这两个人说他们的厂里在印刷我们的门票时,公司在场的高层已经听得目瞪口呆,公司出了大事。很快,警察扑向了那个印刷厂。印刷厂的老板被控制,车间被封了,清点下来,现场成品和半成品的票面价格已达数百万元。警察对印刷厂的老板进行了突审，据老板交待，这是我们公司游客部的一个副经理和两个主任委托他印的。在中国这个最著名的主题公园里，出现了让人震惊的假票案，这是一件不能容忍的事情，是一种耻辱。因为这个公园不仅是中国旅游胜地四十佳，而且还创造了中国主题公园的洗手间文化和全跟踪清扫的服务模式，拥有许许多多的荣誉。警察很快就抓了人，那个副经理和一个主任进了监狱，还有一个主任跑掉了。从闸口到票房，没人知道还有多少人与这件事有关，这些人到底已经使用了多少假票，捞了多少钱。副经理被判了11年，那个主任被判了10年，只要有人顶住了，事情也就过去了。没有人愿意再纠缠这件事，尤其是公司的领导们。公司对游客部进行了改组，老总们都希望快点把这一页翻过去。除了员工还在偷偷摸摸地津津乐道，在领导那里好像从来就没有发生过这件事情。改组游客部，公司领导开了专题会，经过慎重研究，公司决定由老彭来管游客部。虽然好多人不喜欢老彭，因为老彭喜欢发火和骂人，尤其是喜欢骂领导。但大家都知道只有这个湘西人才能管好游客部，所有的人都相信，老彭打死都不会去印假票。在湘西人的脑壳里头，做事就是做人，做人就不能无耻，就不能让人家骂娘。

没多久，古巴的卡斯特罗来中国访问了，卡斯特罗要来微缩景区参观，这是深圳市的一件大事。为此，老彭满头大汗地已经忙了好几天。他管的闸口已经焕然一新，鲜花盛开着，在迎接着贵宾们的到来。老彭是湘西的名人，做了不少学问，写了不少书，擅长书法、对联和木刻，但同样讲不好普通话，经常穿得西装革履地在景区里头锯木头。景区在建村寨的时候，老彭在办公室里坐不住，拿着个工具箱整天在寨子里头跑，这里看一下，那里敲一下，不像经理，像湘西来的老师傅。一天下午，老彭拿着他的工具箱到了傣寨。有新来的管理干部坐在那里监工，架子不小。而且人家也认不到老彭，看到来了个一脑壳汗水的老木匠，就叫老彭过去钉两个钉子。老彭没讲话，过去就准备钉。钉钉子的地方高了，老彭就拖了一把凳子过来，他站在凳子上把钉子钉好后。老彭下了凳子，就问那个管理干部："可以走了吗？"新来的管理干部爱理不理地来了一句："那个凳子是放在那里的吗？"接着吼了起来："把凳子放到原处去！"老彭钉了钉子还挨了骂，终于发了飙。他本来眼睛就大，发了脾气，眼睛一鼓起来就更像《水浒传》里头的李逵。他手上的钉锤就像斧头一样在抖动，一个傣寨都听到了他的骂声。那是典型的湘西普通话："你把老子的这个板凳乖乖地晃（放）回去！"新来的管理干部被老彭骂晕了，他不晓得面前的这个老木匠究竟是个什么人，这时候，不远处有人喊了："那是彭经理。"新来的管理干部一听说是彭经理，尿都要吓了出来。彭经理，那是一个让人又恨又怕的名字，昨天才炒了一个从东北来的艺术家，好多人都怕他。那个管理干部毕恭毕敬地把凳子搬回原处，老彭雄赳赳地走出了傣寨。

卡斯特罗来了，人家是穿着一身军装来的。老彭虽然没有军装，但老彭把自己搞得西装革履的，笔挺的衬衣，上好的领带，一丝不苟的神情。在南中国的阳光下面，他的皮鞋和头发显得格外亮，有些晃眼。那天，天气很热，大门外的花开得格外好看，有好多人在忙碌，导游、摄影和检票员都是他的部下。老彭非常认真地站在公园的大门口迎接卡斯特罗，他在不断地擦着汗水。伴随着一路的警笛声，卡斯特罗的车队鱼贯而来，有人打开车门，这位闻名于世的首脑在高大的保镖们的簇拥下走进了公园，老彭也雄赳赳地走了进去。卡斯特罗看了公园，然后在世界名人植树园里种了一棵柏树，种树的事情也是老彭负责安排的。这棵树就种在老布什原来种的雪松旁边，两棵树十分地亲近。虽然美国和古巴在地球的那一边是敌对双方，但是在东方的这个公园里，有了湘西人的处理，两棵树长在这里倒是非常和谐。

卡斯特罗走了以后，老彭又来找我了。他写了一本书，《花巫术之谜》，出版社要出版，让我帮他终校，一共有十几万字，我开始了工作。终校，相当于读书，相当于认真地读书，包括标点符号都得读进去，老彭的书让人掉进了充满灵性的花草里。湘西是个神神秘秘的地方，鬼鬼怪怪的东西太多，到老彭那里，一根草都能搞出个鬼故事。对老彭来讲，管游客部那实在是一件小事，人家还有时间写书。跟着老彭，我们走进了中国神秘的花巫术。从屋梁太极图讲起，老彭开始扯卵谈了。他讲到了梁木、神树和上梁辞，讲到红进黑出与莲花，然后讲到莲花与太极鱼、半坡鱼、白巫术与黑巫术、太极眼与巫眼、原始宗教信仰与巫傩文化现象。书还没有校完，办公室开始灵动起来，尤其是到了夜深人静的时候，好像四处都有了动静。

　　以后，老彭又讲到了竹叶草、眉毛草、盘藤盘菜和盘葱，还有白茅的巫术意义，讲到了神鬼莫属的中介区域。然后还有挑葱、采桑、摘薪与插柴，苗族的招魂、彝族的祖灵，屈原与《橘颂》，以及《诗经》。天上地下的卵谈，被老彭扯了个遍。老彭以湘西人特有的智慧和独特的视觉，把中国人的植物崇拜民俗又认真地梳理了一遍，占有了一个新的文化高度。其实，老彭还写了好多书，《梯玛神歌》也是其中一本。梯玛，土家语，即土家族巫师，亦称土老司。从古到今，梯玛跳神，一定载歌载舞，手舞足蹈，《梯玛神歌》就出自其中。在土老司那里，他们把天上人间划为了十四层，最上面是日月，下来是皇帝，最下面则是地狱，奈何桥、睡钉板、下油锅都在那里。他们用铜铃、师刀以及牛角等法器与神鬼去对话，除污驱邪，治病许愿，神药两解。他们可以上刀山、下火海、念咒、画符、吞筷子和定鸡等等。在土家族坐师们看来，上是天界，为阳，下是地界，为阴，中间为人界。因此，新娘出嫁，辞别娘家祖宗以后，一定要由其兄弟背出屋门，然后坐轿。在没有拜过婆家祖宗之前，双脚绝不可以沾地。如果双脚沾地，没有祖宗护佑，地下的阴气就有可能缠上身来，不得吉利。老彭的卵谈越扯越多，但极有学术价值。不知道这些巫术在深圳灵不灵验，如果灵验，老彭应该在他刚买的高层新房里也挂上一个木悬鱼，家族兴旺，吉祥平安。

老彭是我们这群湘西人第一个在深圳买高层楼房的，那里环境极好，是国家级旅游度假区，鸟语花香的，让老彭从早到晚地心旷神怡。在老彭的影响下，我估计深圳的花草也有了巫术意义。不管在哪里，只要是湘西人，脑壳里头都装满了鬼故事。老彭住在高层里面，花花草草可以看得更多。特区的花草，同样可以丰富老彭的花巫术。《花巫术之谜》终于校完了，不久，新华书店里有了这本书。老彭是不能认真的，他不认真的时候是经理，一认真了就是学者。

隔壁的世界公园里仍然是人山人海的，去年国庆黄金周，10月1日一天进了10万游客。我们的新领导坐不住了，他决定在民俗文化景区里做一台大型广场演出，这台演出叫"中华百艺盛会"，这是新官上任烧得最大的一把火。一夜纵览五千年文化，一台荟萃八万里风情，新领导希望这台演出能够在深圳乃至全国引起轰动。从美国回来的演出队伍得到了迅速地补充，兵强马壮，美女如云，一台大戏就要拉开帷幕了。

不过，就和过去看戏一样，主角还没出来，就得先打闹台，让台下的人注意和安静，戏要开演了。这打闹台的事，也是老彭负责。当然，这种小事是难不倒老彭的，他把脑壳上的汗水一擦干净，广告词就出来了："中国没见过，世界不可能。"见没见过，大家不知道，但经理讲没见过，那就没见过。老彭越想越兴奋，他在办公室跳起了摆手舞。摆手舞，土家族舞蹈。一会儿插秧，一会儿梳头，老彭先搞了个百艺盛会。舞跳完了，老彭邀我们去打保龄球。我们的办公室对面就是一个保龄球馆，36条球道，是深圳的球王。老彭力气大，进去就拿了个13磅的球。老彭球打得好，经常一局打过200分。就是动作不太好看，有点像摔岩头，不过湘西人打保龄球都像摔岩头。也难怪，当初英国那些贵族发明保龄球的时候，哪有人会想到湘西有人要打保龄球。球打完了，老彭又搞了一身汗水，他雄赳赳地往家里走去。前面是新建的高层住宅，好多人都讲，那是有钱人住的地方。

"中华百艺盛会"开始排练了，总导演是从东北来的庞志阳先生和王曼丽女士，他们是一对夫妻，也是大型音乐舞蹈史诗《东方红》和《中国革命之歌》的导演。彩车巡游、广场表演、空中舞台、实景互动，立体时空的多层次呈现，隐隐约约地让老彭的那句话慢慢成了名言。中国没见过，世界不可能，老彭越来越权威。这以后，民俗文化景区里面搞了一个放河灯活动，老彭又来了一句："万人放灯会，千年等一回。"大家都服了。

人家在抓紧排练，我们在抓紧写稿，深圳、广州和香港，很多报纸都需要我们的新闻通稿。还没看过连排，稿子就写完了，很多时候，对外宣传都是这样干的。湘西有句名言，吹牛不犯法。不过，"中华百艺盛会"第一次连排，还是让很多人兴奋了。我们的新闻稿是这样写的，晚会从大巡游开始，流光溢彩的彩车和盛装云集的民族方队，瞬间在广场上掀起了演出的第一个高潮。中华百艺，大概与汉代的百戏相关。汉代的角骶、杂耍、歌舞……在中国文化史上留下了一个壮观的景象。得益于当代声光电技术的运用与发展，今天，中国的广场艺术更加璀璨夺目。三条腾飞的巨龙组成的"华夏鼓王"彩车，十二名武士敲响巨型大鼓，鼓声撼人心魄。金光灿灿的凤凰船，七彩光环里端坐着慈祥的妈祖，"天上圣母"彩车使游客恍若仙境。"万象更新"彩车造型奇特，白色大象，高贵圣洁，驮着招财童子，拉来两台彩车。一台是聚宝盆，珊瑚、珍珠、翡翠、玛瑙璀璨夺目；一台福禄寿三星，金光四射，喜气盈门。春夏秋冬四季组成了"绝代佳人"彩车的四个空间。富贵牡丹衬托贵妃出浴，淡雅荷花掩映西施浣纱，怒放的菊花陪伴貂蝉拜月，高洁的红梅远送昭君出塞。沉月落雁，闭月羞花，一辆彩车承载了中国古代最美的颜色。"钟馗赐福"彩车，青铜灯高悬。在一个神秘的世界里，威震八方的钟馗为天下的百姓驱邪纳吉，护佑平安。浩瀚银河，鹊桥飞渡，牛郎织女七夕相会，一个神话故事组成了动人的"鹊桥相会"彩车。喜鹊传情，以身相接，鹊桥之上，牛郎织女的相会，让人感动。银河之上，千年相守，彩车上在涌动忠贞不渝的爱情，美的传说和美的彩车让游客陶醉。"敦煌神韵"彩车，构筑了金碧辉煌的佛教天堂。菩萨端坐莲台，天国乐伎吹奏笙管，曼舞婆娑，古声古韵，千年佛教文化精美绝伦。"火眼金睛"彩车取材于《西游记》"孙悟空大闹天宫"的故事，只见彩车之上，祥云环绕，孙悟空炼就火眼金睛，跳出炼丹炉来，戏弄太上老君，杀向天宫，诙谐有趣，神采飞扬。"嫦娥奔月"彩车运来一轮皎洁的月亮。广寒宫里，亭台楼阁，桂花掩映，嫦娥手提大红灯笼在云海里飞翔。嫦娥奔月，彩练当空，一个美丽的传说幻化出一个迷人的意境。镶金镂银的波斯城，奇异的海市蜃楼和唐朝的驼队，组成了"丝绸之路"彩车。波斯公主，唐代仕女，中外商贾，丝绸，瓷器，唐三彩为游客展示了中国盛唐的辉煌。还有高低错落、奇妙组合的杂技彩车"九州一绝"，雍容华贵的花鸟彩车"百鸟朝凤"。一辆车，一种感觉，一辆车，一种风韵，广场上的彩车组成了应接不暇的美丽。让游客在这里眼眨不得，心静不得，任凭情感的浪潮去撞击。

彩车刚刚过去，那边威风锣鼓又响了起来，热闹滑稽的社火表演开始了。迎面而来的是活泼的跑驴、蚌壳灯和旱船,风趣的两面人和傀儡舞,憨态可掬的猪八戒背媳妇,不分胜负的二鬼摔跤和鹬蚌相争,炮杆和鸭子拉车,老鼠嫁女和安徽花鼓灯,山西背阁和舞狮,小矮人的集体婚礼和海城高跷,最后走过来的是陕北腰鼓,陕北高原上的鼓声,让整个广场变成了欢乐的海洋。

社火表演结束,楼顶舞台上的表演开始了。这是阿凡提与维吾尔族姑娘们的互动表演,维吾尔的唢呐和手鼓一下把游客们带到了天山南北。浓郁的风情,遥远的民俗,吐鲁番的葡萄,达坂城的姑娘,让我们如痴如醉。楼顶上的灯光暗了下来,广场上的灯光和激光又开始璀璨夺目。在如诗如梦的画面里,我们看到了《梁祝化蝶》。如胶似漆,十八相送,生死相依,千古绝唱。

晚会最后是中国龙的表演。代表东西南北中、金木水火土的五色龙腾空而来,黄白青蓝红五条龙翻江倒海。然后,两条更长的金龙又舞动过来,七条龙上下起伏,吞云吐雾,蔚为大观。广场上所有的大鼓一起敲了起来,彝族的阿细跳月跳过来了,高山族的丰年祭跳过来了,藏族的弦子舞跳过来了,佤族的甩发舞跳过来了……晚会的谢幕成为最后的高潮。

演出结束以后,几乎所有的人都给了很高的评价。我们的新闻稿就这样写完了,《羊城晚报》《南方日报》《粤港信息报》《深圳特区报》《深圳商报》《深圳晚报》和香港《大公报》

《文汇报》《商报》都发了我们的通稿。广东电视台,深圳电视台,香港无线和翡翠台,还有各地的广播电台都进行了报道。看起来几个傻里巴叽的湘西土匪,其貌不扬的肚子里除了装酒,还装了不少的笔墨。一次成功的市场推广,竟然让记者们刮目相看了。老彭的那句广告词成了名言,在深圳的上空不断地回荡。一天,在深圳的大街上和一个老朋友见了面,刚开口说话,人家就问了:"你们那里搞了个什么东西,中国没见过,世界不可能?"牛逼差不多就要吹破了。

刚刚忙完"中华百艺盛会"的事情,湘西传来噩耗,老岳父匆匆忙忙地走了。那个遥远的晴天霹雳,让夫人悲痛欲绝。夫人是老岳父的宝贝,岳父一辈子都不晓得该把这个宝贝放到哪里才让他放心。我们急急忙忙地找各种关系买好了车票,中途转了两次车,终于回到家的时候,只剩下最后一个晚上了。第二天就会是那个撕心裂肺的日子,出殡送葬,那个日子叫生离死别。

家里的亲人们和街坊邻居们已经忙了三天三夜。道士先生扎好了灵堂,摆开了道场,打着绕棺,唱丧堂歌,讨喜钱,送亡灵。孝子们披麻戴孝,磕头作揖,捉道士,祭拜去世的亲人,湘西的丧葬习俗让一个里耶变得悲痛。里耶其实是没变的,只是那些日子格外阴沉,让人看到里耶容易伤心。

岳父一辈子喜欢唱戏。他从小拜当地有名的汉剧表演艺术家"烂棉絮"为师学唱汉戏,以后自己也成了当地最有名的汉剧表演艺术家。他一生还喜欢喝酒,但从不喝醉。一辈子养了五个儿女,后来唱戏不能养家,就学会了打铁,做了铁匠。在里耶,岳父的铁匠铺里永远都是那么红火,从早到晚,叮叮当当的声音可以震动半条街。岳父后来又成了里耶最好的铁匠,坚硬的铁块到了他的手里就变成了泥巴。四乡八村的人都来找他打菜刀、柴刀或镰刀和锄头,他打出来的东西是当地的"王麻子"和"张小泉",大家都喜欢。里耶是湘西名镇,旧时是酉水沿岸最大的水码头。据记载,雍正以后,里耶就成为湘鄂川黔边区商贸中心,有"四川街""江西街"等九街十八巷。沿酉水而下,生意通达上海、武汉等大中城市。二十世纪三十年代,里耶有商号420户,其中大户20家,仅富商李同发一家就有70多万斤桐油的流动资本。岳父的家就在酉水河边,四川街头,离李同发家不远。里耶是岳父眷恋了一辈子的地方,明天他就要走了,相信他是舍不得离开这里的。他的老朋友们又为他唱了大半夜的戏,十分悲痛地与他告别。难以想象,一个打铁的汉子,怎么说走就走了。后来,我的一位老兄写了一部电视连续剧《血色湘西》,这个电视剧就是在里耶拍的。里面有一首主题歌,其中有两句歌词"高山有好水,甘泉酿痴情",好像就是为岳父写的。岳父走了,他说过,他要把儿女们身上所有不好的东西都带走。他被安葬在河对门的山上,远远地可以看到里耶。看不到里耶，大家怕他难过。夫人快垮了，我们一直在陪着她，不晓得该讲些什么。虽然湘西人对生死有不一样的理解，但湘西人要是伤心了，就很难找得到安慰的理由。

这里又是一个湘西的故事。1937年，上海的淞沪会战打响了，国民党军128师在浙江嘉善与日寇展开了激战。128师师长顾家齐是湘西凤凰人，128师五千多将士大多也是湘西凤凰人。一场血战下来，一共阵亡2600多人。凤凰县城为阵亡的将士们举行了公祭大会，全县的父老乡亲一起为他们披麻戴孝，一座城插满了白幡。白发苍苍的老人为他们的儿孙和后生们戴孝，在这个世界上能有几回？有一回，就能让天地大恸。谁也用不着安慰谁，呼天抢地地大哭一场以后，剩下的就是骂娘，就是要上去和鬼子们拼命。

湘西，地处湘鄂川黔交汇之地。春秋时期，隶属楚国，楚风楚韵，与巫与傩相生。自古以来，又与古巴蜀国、古夜郎国相依，更是神奇。崇山峻岭之间，其一草一木，皆有灵性和故事。八部大神、梯玛神歌、傩公傩母、放蛊赶尸，出生入死，灭倭抗日，抵抗外侮，视死如归，一个又一个让人惊叹的往事，被湘西人刻在了石头上，泡进了美酒中，绣进了花带里。

回到深圳，好久没有缓过神来。老是看见灰白色的山野里那支送葬的队伍，满眼的白幡和一路抛洒的纸钱，老是听到震耳欲聋的鞭炮声和哭声。老是想到葬礼完成后的第三个傍晚,家人去给老岳父送灯,说是老岳父那天晚上会回来。虽然谁也没看到老岳父回家,但家里人说,他一定回来过了,因为家里有东西被挪了位置。湘西的葬礼是人和鬼神一起完成的,那里的灵魂不死,我又想起了老彭的《花巫术之谜》。

素者来看我们,他带来了一个好消息。素者有女朋友了,是他的大学同学,人家是湘江边上长大的女孩,是大城市里的人。不像我们湘西,到处都是小地方,最厉害的也就是个街上人。素者和我都是街上人,那天,素者又在作坊里卖银,女孩走进了他的作坊里。谁也没有相约,莫名地一次相遇,湘江边长大的女孩,就喜欢了湘西长大的这个街上人,居然要白头到老,让素者那几天高兴得像卵形。一天普通话讲到夜,已经不讲湘西话了,他怕他讲普通话人家听不懂,影响他谈恋爱。看起来还是二狗好,找了个四川女孩,人家现在天天讲的是四川话,方便得很。

深圳的湘西人变了,他们的普通话讲得越来越好,讲话开始卷舌,试图像北京人一样,卷得自然而流畅,不过,时间一长,他们已经不知道哪个字该卷舌,哪个字不该卷,反正乱卷,倒也自然。在他们的脑壳上头已经看不到锅盖头了,他们已经不是李雄野了。他们开始变得时髦,脑壳上头有了刘德华的发型、张学友的发型和周润发的发型,还有了摩丝。他们到景区里面卖旅游纪念品,卖湘西的小吃米豆腐、糍粑和油粑粑，还有赶马车游览景区。在这个"一步迈进历史，一日畅游中国"的主题公园里，湘西人不仅可以从容不迫地向香港同胞、台湾同胞和韩国、日本的游客介绍苗族和土家族的风情，还可以介绍黎族的打竹竿、高山族的飞陀螺、佤族的拉木鼓和哈尼族的新米节。在这个展示中国文化的窗口里，湘西人成为了一道风景。他们一边吹着木叶和咚咚喹，打着溜子和猴儿鼓，一边在吊脚楼上和摆手堂前为来自世界各地的游客展示自己的民族文化和风采。在深圳，湘西人对这个世界有了不一样的解读。

人家买了他们不少的东西，他们收了不少的港币和美金，花花绿绿地装在金利来钱包里格外好看。赶马车的老乡用湘西的普通话为游客们介绍中国民俗，也不知道游客们到底能听懂多少。也许在游客们看来，湘西普通话就是中国民俗最重要的组成部分，你要把普通话讲得很标准，那就不是中国民俗。在他们中间，有些人开始当二级部主任了，有些人开始当经理了，但不管这些人怎么变，脑壳上放好多摩丝，只要一讲普通话，人家就晓得是湘西人。古往今来，包装湘西人都不是一件容易的事情。

当然，二狗讲的普通话，让好多人都能够听懂了。有时候，二狗还可以讲广东的白话和英语，已经让好多人分不清楚他到底是四川人、贵州人还是湖南人。他再也不会像他的老一辈在天安门广场上问路："同志，请问茅室在哪里？"回话的也是湘西人，憋了半天来了一句："我也正在挪。"挪，湘西话就是找的意思。湘西人碰到湘西人，两人哈笑，又来了一句，"都是湘西人，讲什么卵普通话"。但是，不管二狗怎么搞，人家一看就晓得他是个乡里人。

这个乡里人有一段时间没来了，但深圳的秋天来了。深圳的秋天是深圳最好的季节，好多的花都选在这个时候开放，争先恐后地在这一片山海之间放上自己的颜色。好喜欢这个时候的味道，我又跑进了景区。正在哈尼族的蘑菇房前面看游客玩着秋千，公司的电话打了过来，领导找我。很快，我和领导见了面，领导说，公司打算和深圳电视台合作，拍摄50集民俗专题片，需要我来完成专题片文稿。看看时间，也近岁尾年末，手上的事情还有不少，再来个50集的专题片，那一定是个天大的苦差事。没有半年八个月的时间根本完不成，聪明人一般是不会干这种事的。但湘西人不是这样，湘西人一下聪明，一下又是猪脑壳，经常找不到推脱的理由。有时候一激动，还会出想法，谈构思，自己跟自己过不去。那天也是这样，一不注意又成了猪脑壳。领导话音未落，湘西人那个猪脑壳里面就装满了中国民俗的影像，茶马古道上的汉子，青藏高原上的酥油，丝绸之路上的驼铃，还有我们湘西四月八的椎牛、接龙舞和赶秋，大漠、峡谷和草原上的风情让自己兴奋了，所以，当场就把这件事情答应了下来。等到想后悔的时候，已经来不及了。拍一个

50集的电视专题片，谈何容易。很可能就是人家领导脑壳里头刚刚冒出来的一个想法，湘西人就把它当成了工作，我的同学刘能一定躲在哪里冷笑。没有任何策划和创意，也没有结构和创作提纲，更没有专题会议的讨论。同时，也不知道谁是导演，谁是摄像和制片，和电视台的人也没见过面，我就开始动笔了。在深圳，好多时候，有好多单位的好多人会假装开会和假装上班，但湘西人不懂，会用心工作。

专题片的第一集是从《东巴字画》开头的。我从虎跳峡和玉龙雪山写起，刚动笔，纳西族的东巴文化就不断地奔涌过来。东巴，纳西族的巫师，也是这个民族的智者，用他们的智慧创造了纳西族的象形文字、纳西古乐和纳西的木牌画。在金沙江两岸，东巴文化作为纳西族文化的结晶，成为了丽江的灵魂，随便放在哪里，都会璀璨夺目。

在世界文化史上，每一个民族对这个世界都有自己独特的认识，从而创造出表达各种意义的方式和符号，当然，纳西族也不会例外。那么这个民族象形文字的符号意义是什么呢？据考证，纳西象形文字大约出现在公元七世纪以前，与古埃及的圣书字、巴比伦的楔形文字以及我国的古文字一样，他们的文字都是以象形符号为基础发展而来的。纳西象形文字的本名很有意思，纳西语叫"森究鲁究"，意思是"木石之标记"，即见木画木，见石画石。树木的木，一根粗大的树干上，长出六根枝桠；白鹤的鹤，就是一只仙鹤挺立；

虎为虎头；鸡为鸡头；羊头为羊，四撇就是羊毛的毛了；男人持棍赶羊为牧；牛奶流入桶里为挤。一千多个不同的象形单字符号，像字又像画，形象生动而有趣。特殊的结构，奇妙的组合，使许多文字学家如痴如醉。沿着这个思路，文学稿就往下延伸了，并且一发而不可收。

接下来就是描述东巴画的内容了，东巴画是纳西族古绘画中最原始最有代表性的艺术品种。纳西族东巴们每逢祭神驱鬼的时候，除了念经、跳舞、占卜、打卦以外，就是要绘制不少的纸牌画和木牌画，在上面描绘出各种各样的佛神、人物、动物、植物以及妖魔鬼怪的形象，布置在祭祀场所周围。这些东巴画有的钉在墙柱上，有的插在祭台上，有的固定在树枝上，有的插在泥地上。高矮不一，五颜六色，狰狞慈祥，烘托氛围，用以祭龙王、祭风神、赶秽和延寿等等。

东巴画作为一种宗教绘画艺术，不仅有绘制在纸牌和木牌上的竹笔画，而且还有富丽堂皇的卷轴画。卷轴画内容更加丰富，结构更加复杂，工笔更加精美，色彩更加艳丽，东巴画和东巴象形文字形成了纳西族灿烂的历史文化长河。

写完了第一集，第二集我们就触碰到了中国的《竹文化》。我国的竹子种类繁多，有楠竹、水竹、毛竹、紫竹、方形竹、罗汉竹种种。我们住的有竹子，玩的有竹子，用的有竹子，吃的也有竹子。傣族的竹楼，瑶族的竹楼，景颇族、佤族、黎族、苗族等许多民族的民居都与竹子有关。人们用的有竹椅子、竹桌子、筛子、背篓、篮子、鱼篓等等，天上放的有风筝，水上走的有竹筏，吹的有竹笛，吃的有竹笋、傣族竹筒饭和瑶族竹板鸡，跳的有黎族竹竿舞，佤族姑娘背水用竹筒，我们过年用竹子扎彩灯，文房四宝里用竹子做毛笔。在中国古代，我们的祖先发明了竹简，从春秋战国开始，秦简、汉简构成了我国古代绵延不绝的文化景观。中国的竹文化不碰不知道，一碰就碰出个精彩纷呈。精彩的电视画面一个接着一个，让我们应接不暇。

　　写了几集以后，专题片文稿送到了深圳电视台。过了几天，电视台来了两个编导，见面就问公司领导："你们公司里怎么有这么专业的人？"在他们看来，有点不可思议。其实，我的很多同学对我早就不可思议了，湘西土匪怎么是这样乱七八糟出来打工的？当年考上海戏剧学院干什么？你拿戏剧在开玩笑。

　　过了国庆节，元旦的活动方案就要策划了，民俗专题片的事情放了下来，《中国鼓文化节方案》摆上了日程。

　　鼓文化节的活动方案很快就完成了。在这个方案中，我们用兰州太平鼓、陕北腰鼓、山西威风锣鼓、绛州鼓乐、河南开封盘鼓去展现中国锣鼓的气派，用维吾尔族手鼓、彝族的烟盒鼓和羊皮鼓、白族的八角鼓、蒙古族单鼓、佤族的木鼓、壮族和水族的铜鼓、土家族的渔鼓和二棒鼓、苗族的花鼓和反排木鼓、瑶族和朝鲜族的长鼓去丰富中国锣鼓的色彩。最后又选取了人们不太常见的几种鼓种来增加鼓文化节的观赏性和文化特色，例如藏族除了有热巴鼓以外，还有山南地区的拶鼓，一种由男子用头上长辫子击打的鼓，独具特色。当然还有我们湘西的肚皮鼓，那是男人们赤裸着上身，用双手拍打肚皮，发出皮肉响声的人体鼓。这种鼓，可以让二狗这种人去拍打，只有他们才能打得生动。

景区又开始忙碌起来，新年就要到了。这一年我记住了萧伯纳的一句话，历史的经验教训告诉我们，人们不会从历史的经验中吸取教训。

第五年

我们终于听到了1996年的新年鞭炮,新年的菊、兰花、杜鹃花一起在鞭炮声中怒放了。老舍说过,不管过去的一年有好多伤心的事情,这个城市又有了欢天喜地的颜色。

春天常常会有好多消息,公司换了总经理。新来的总经理姓张,原来是美国锦绣中华的总裁,缅甸归侨,据说,这是一个和蔼慈祥的老总。虽然还不认识新来的老总,但只要姓张,对我来说,就值得期待。在我的工作经历中,张姓是一个重要的姓氏,这个姓氏让我敬重。

在我最初从事戏剧文学创作的时候,带我入门的人就是姓张。那是在湘西,戏剧工作室来了一个张主任。这是一个志愿军老战士,也是一个才子,他既是领导又是老师,还是一个亦兄亦父的长者。张主任是一个曾经身居高位的人,也是一个与省军区司令拍过桌子的人。个子大,在湘西人里头不太多见。喜欢吃腊肉,喝包谷烧,喜欢和上头的人骂娘。

对一些人脾气特别地好，对一些人脾气特别地丑。下面的人喜欢他，上面的人怕他。他最终被贬回湘西，成了戏工室里的头，那要拍好多桌子，骂好多娘，才能搞成这个样子。这个戏工室只有五个人，我成了他的兵，跟着他开始写了戏。

我写的第一个剧本是京剧，而且是所谓的大戏。戏不大，胆子大，湘西普通话都讲不清楚，竟然来玩京剧。西皮二黄，导板流水，到处乱来。一不注意，台词还上了韵，一共八场，讲的是湘西的情仇，苗族的故事。舞台上，没有蟒靠和甩发，没有髯口和翎子，没有厚底和盔头。只有银饰与芦笙，花鼓和牛角。还有几句苗歌的歌词："阿妹见我笑嘻嘻，好比媒子逗野鸡，逗得野鸡拍双翅，一天忘记吃东西。"并且，几段武戏，急急风还用了不少。说不定京剧团里的哪位大爷看得不耐烦了，来一句，这是哪里来的外行写的戏？那就完了。好在有张主任，人家见过枪林弹雨，也见过梅兰芳，知道平仄和唱做念打，京剧团的大爷们都服他。我曾经给京剧写过一段话：谁的京剧，如梦青衣，古韵古歌，圆场轻移，水袖低垂，一地流水，几处原板诉离别，泪眼朦胧多悲泣，声声慢，断肠时二黄西皮。虽然写不好京剧，但喜欢京剧。

这个剧本是冲着省里的会演去的，人家京剧团要了这个剧本。只是左改右改总有些问题，这个时候，张主任亲自动手来改剧本了。一个星期以后，新本子出来了，工工整整的几万字，那是张主任的手稿。剧本已经完全变了个样子，但剧本上的编剧却还是我一个人的名字，我要把张主任的名字加上去，他坚决不准。人家剧本帮你改完了，还不署名，这在文艺界是很难想象的一件事情。有的导演对剧本没改过一个字，只是提了一点修改意见，排了这个戏，就在编剧里面把名字加了上去。这个戏演出以后，张主任很认真地看完了，看完以后，他说了一句："这小子将来肯定会有出息。"

后来我去了上海读书，张主任是格外高兴，好像是他家里有人去读了大学，言谈举止之间总有一些骄傲。我从小父母离异，与父亲在一起的时间很少，时间长了以后，我反倒在张主任的身上有了一些依赖。每逢寒暑假回到湘西，最早看的人一定是他。到了放假的时候，他会等着我们回来，我们在他的心里都有着自己的位置。

说实话，让我去从事戏剧艺术，实在是一件阴差阳错的事情。我从小就没有任何爱好，初中时，班上的合唱队都不要的人。谁知道，一次业余汇演，就到了县文工队，再一次专业汇演，就到了湘西的文工团。终于有一天，到上海去考戏剧学院。我考的是戏剧文学系，班主任是余秋雨先生。四门文化课，语文、政治、历史、地理，不要考数学，对没有上过高中的人，这是一种恩赐。四门专业课，文学艺术基本常识、戏剧理论、戏剧评论、戏剧片段写作。文学艺术基本常识，100个空，40个空倒扣分，上午考完，中午就有人哭了。听说，哭的人不管对错，一共填了17个空。戏剧评论，首先用两个半小时看一个话剧录像，然后用三个小时写一篇不少于3000字的评论文章，后来知道，这篇文章少于70分不予录取。戏剧片段写作，给了一句话：当亲人高兴的时候，你要告诉他一件悲痛的事情。然后我编了一个故事，写了一个话剧片段。八门课考完以后，就是面试。面试不可张扬，老师们就高抬了贵手，让我过了。不久，收到了录取通知书。我考进了一个和尚班，全班22个男生，没有一个女生。在这所学校里绝无仅有，上课的时候，教室里没有一点柔美的色彩。我的一个发小说，我去上海戏剧学院读书，那是一个传奇。

我在上海终于把书念完了，然后又回到了湘西。戏工室已经改成了民族艺术创作研究所，张主任成了张所长，我又回到了他的身边。然后，湘西又成立了戏剧家协会，德高望重的张所长全票当选主席，我被选为理事。我们都喜欢跟着张所长，一年四季出没于湘西的山林。不过，从这个时候开始，张所长的身体越来越差。他除了因肥胖引起的心脑血管病痛以外，他的痛风也越来越严重。那个时候没人知道这是血尿酸过高引起的痛风，最早每年痛一到两次，到这个时候每个月都会痛，那是种煎熬。医生说是类风湿，吃药打针总不见效，50多岁的人就挂了拐杖。

没多久，我的儿子出生了。我住五楼，张所长住另外一个单元的二楼。一天中午,我们在家忙着,突然听到了敲门声。打开房门一看,张所长一手拄着拐杖,一手提着一篮鸡蛋站在房门口,让我们感动得半天讲不出话来。那个时候,老人家正在痛风,他竟然喘着粗气从二楼爬上五楼来看月子。人家是所长,还是老师,凭什么上门来看下面的人,这件事让我纠结了一辈子。我相信,好多时候,男人不愿意表达软弱的感情,只会让人看到他们的坚强。

这以后,他总希望我能当所长,上上下下地给我在帮忙。但我就是争不了这口气,总是稀泥巴糊不上墙。实在是没有什么办法了,张所长鼓动我去了深圳,用他的话讲:"我们所里只有这个小子可以去深圳。"为什么只有我可以去深圳?莫名地没有理由,只是一种感觉罢了。1995年,张所长因病去世,时年61岁。听到噩耗,我匆匆忙忙地赶了回去。回到湘西,见到的是灵堂,没有了老人家的音容笑貌,到处是哭声。老人家走得太早了,各个剧团来的下面的人,一边哭一边给他唱戏,汉戏、京剧、阳戏和辰河高腔轮着唱,把所有人的心都唱碎了。从此,张姓在我的心里变得极其重要,我相信新来的张总肯定也会是一个好人。

这个年我仍然是在深圳过的,但二狗回去过年了,他是带着女朋友一起回去的。全寨子的人都讲二狗的女朋友长得好乖,比他爹那个铜脸盆乖多了。就是他爹讲他女朋友屁股太小,不好生小孩,要像磨盘那么大才好生。还讲四川女孩聪明，像二狗这种哈卵搞不赢人家，二狗在心里暗暗地骂他爹："你晓得筒卵！"二狗是穿西装回去的，深圳做的纪德那西装，大家都讲他是香港来的老板。

二狗他们那里是土家族，过的是赶年。女朋友好奇："什么是赶年？"二狗讲了："就是腊月二十九过年，比汉族早一天。"女朋友又问，为什么过赶年？二狗讲不清楚，二狗他爹晓得。于是，过年那天晚上，他们一屋围到火坑开始听他爹讲赶年。二狗他爹那天喝了半斤多包谷烧，颠三倒四地乱扯了起来。赶年的来历大概是这样的，明朝嘉靖年间，东南沿海倭寇成患。明世宗嘉靖皇帝任命兵部尚书张经总督东南各省军务，下了征调湖广士兵平倭的圣旨。以湘西永保土司彭翼南为首的湘鄂各路土司组成了土家联军，于嘉靖三十三年（1554年），率兵三万余人，奔赴抗倭前线。出发日子定在大年三十，因此，家乡父老为自己的子弟兵送行，决定提前过年，于是土家族就有了过赶年的习俗。以后，土家联军在浙江沿海，历时四年大小战役，其中王江泾一战，斩敌1900余首，溺死敌者无数，终将倭寇全歼。嘉靖龙颜大悦，授予土家联军"东南第一功"。二狗他爹讲完了，人也就很快睡着了，但二狗睡不着。那天晚上，二狗又喝了不少的包谷烧，他感觉自己就是抗倭的土兵，格外地雄，他女朋友讲什么他也不听了。

第二天，二狗的酒醒了，他又格外听他女朋友的话了。

说是隔壁的芭茅溪要跳毛古司,他一早就把女朋友带了过去。毛古司,土家族原始的一种民俗活动,有人说是原始舞蹈,有人说是原始戏剧,有人说是巫傩仪式,总之是一种很古老的原始文化现象。表演者多为男子,偶尔有个别女性参与其中。老早是裸体,现在穿了衣服。他们用稻草扎成头饰和遮挡身体,古朴粗犷,在山野里是一道遥远的风景。毛古司多为表现土家先民渔猎、农耕、生活等场景,也有生殖崇拜等盛大仪式。那天,生殖崇拜的表演开始了,男人们的裤裆下都上翘着一根粗大的木棍。他们用双手扶掌着这根棍子,土家人说,那个棒棒是男人们的家伙哈。随着低沉的节奏和喊声,男人们把木棍舞动起来,把那一片山水都震动了。据说,那根木棒棒,可以与地相交,五谷丰登;与天相交,风调雨顺。听到那根棒棒这么厉害,二狗也想冲进表演的队伍里,被他女朋友一把拖了过去。二狗得意地看着自己的女朋友,好像自己裤裆底下也有一根,女朋友不敢看他,一脸通红。女朋友被那些木棒棒吓着了,一路骂他,你是个方脑壳。

大年初五,寨子里头有人出嫁,二狗又带着女朋友去看闹热。迎亲的队伍还没来,这里的新娘已经哭了好几天了,而且有自己的姊妹陪着新娘一起哭。亦悲亦喜,悲从喜来,撕心裂肺地哭爹娘、哭姊妹、骂媒婆。土家族的新娘是哭着出嫁的,这一哭不要紧,谁知竟然哭出了一首土家族的长歌

《哭嫁歌》，成为土家族文化中的瑰宝，这在中国的少数民族中间并不多见。

远处传来了土家族的溜子声，打溜子是土家族的一种打击乐，又叫"家伙哈"，曾经打到过日本、美国和欧洲。有头钹、二钹、溜子锣和马锣，由四人击打。其中可以打出"燕子拍翅""八哥洗澡""锦鸡出山""蛤蟆闹堂""鸡婆唱蛋"等好多牌子，还可以打出《喜迎火车穿山来》，有了现代的内容。过年过节，迎亲嫁娶，有了打溜子，就变得格外喜庆。远处的溜子声是男方家的迎亲队伍打过来的，女方家的溜子队早就拦在了寨子门口。按照当地的习俗，娶亲先要比溜子。所谓的比溜子，就是双方溜子队在寨门口对打，谁的节奏被打乱了，谁就输了。女方如若输了，就搬开拦路的桌子让男方的迎亲队伍进寨；男方如若输了，就要钻桌子进入寨子。那天是男方输了，人家迎亲是爬进寨子的，二狗的女朋友笑得已经喘不过气了。

在寨子里的摆手堂前面的坪坝上，新娘踩着豆腐箱子开始哭爹娘和骂媒婆。"脚踩豆腐箱，我要哭爹娘；脚踩四个角，我要骂媒婆……"哭了骂了以后，新娘就去辞别爹娘和祖宗，被自己的大哥背出了家门，然后上了花轿。迎亲的队伍就要出寨子了，打溜子和鞭炮是震天地响。送亲的人也不少，抬腊猪腿的，抬大衣柜和楠木箱的，挑碗筷的，挑碟子、盘子和调羹的，挑谷子的，背枕头和被子的，到处是大红的喜字，让那个新年更加喜庆。二狗带着女朋友跟着送亲的队伍到了新郎家，吃饱了肉，喝饱了酒，在转来的路上和女朋友亲热了半天。用他的话讲，那个年硬过得格外快活。

　　回到深圳，二狗讲起来还是一屁股的劲。二狗还讲了，湘西男人不怕死，不怕动刀动枪，就怕没有肉吃，没有酒喝，就怕婆娘。二狗讲完了，人也就不见了。我又开始电视专题片的写作，第三集我们涉及了中国《民族服饰》。服饰文化是中国民俗文化最重要的文化板块之一，我们只要走进中国民族村寨，就会被丰富多彩的民族盛装所吸引。早在汉代，我国就有好"五色衣裳"和"衣裳斑斓"的记载。在中国，每个民族都有自己独一无二的服饰，并且，同一个民族又因为地域不同自己的服饰又有所不同。据说，彝族和苗族服饰分支各有一百多种。例如彝族的头饰，凉山彝族头饰有英雄角，石林彝族头饰有彩虹帽，红河彝族头饰有鸡冠帽种种。而苗族在黔东南就有天苗、杨保苗、西苗、侬苗、花苗、红苗、黑苗、锅圈仡佬、东苗、蔡家苗、补笼苗、白苗、青苗等好多个支系。谁能想象，苗族姑娘衣裙上的某些花纹，竟是一部手绣的迁徙史。苗族的祖先在远古时代生活在黄河流域，由于战乱和寻找乐土，苗族先民沿着从北向南，从东往西的方向，完成了人类历史上以千年计时，以万里计程的大迁徙。直到今天，苗族的一些老人还能一点点译出绣在衣裙上的密码，并被那些惊天动地的日子所感动。同时，民族服饰还有很多讲究。例如满族、藏族、蒙古族的某些服饰与地位等级有关，因图案和色彩而形成差别。有的民族服饰则与智慧和富有相关，精美的刺绣，精心地缝制，证明了姑娘们的心灵手巧。而衣服上的金银珠宝等配饰则是财富的象征，看看藏族服饰上的天珠、松石，就会让人叹为观止。另外，许多民族中的僧侣服饰和巫师服饰则与职业、宗教和信仰有关，当然，所有的服饰都与美丽和文化有关。民族服饰上的图案色彩除了漂亮以外，许多图案都有美好的寓意。例如蒙古族服饰上的图案，犄纹，表示五畜兴旺；蝙蝠，表示福寿吉祥；云纹，象征吉祥如意；鱼纹，象征自由；等等。哈尼族姑娘身上的悬鱼银腰饰，不仅美丽，还有丰富的文化沉淀。悬鱼腰饰共有三个层次，由若干银悬鱼和银鱼泡组成，用三条脉线串联，挂在后腰上，象征家族、氏族和部落的繁衍兴旺。大自然对中国民族服饰的形成帮助是很大的，那些美丽的自然物象都已经成为民族服饰描绘的对象，再加上人的美好意愿，色彩图案因此而生动。人们穿着五彩斑斓的服饰，去赶"边边场"，去"亮彩"，去"转山"，去参加"赛装会"和"花会"，在崇山峻岭之间蔚为大观。一位民俗学专家曾经说过，服饰遮得住人体，遮不住人心，遮不住深处的灵与肉的世界，那是一方秘境，一方幻化着千古之梦的秘境。让我们走进每一个民族村寨，去品读中国民族服饰的精彩纷呈。玩着玩着，又玩出了一集花团锦簇的专题片。

第四集则是中国的《年节文化》。在中国，各民族的节日数不胜数，彝族有火把节，傣族有泼水节，苗族有芦笙节，景颇族有目脑节，壮族有三月三，藏族有雪顿节，蒙古族有拉达慕，维吾尔族有肉孜节、开斋节，傈僳族有刀杆节等等节日，我们就先说说中国的过年。过年，汉族叫春节，藏族有藏历新年，傣族有傣历新年，彝族有十月年，苗族有苗年，羌族有羌历新年，水族有端节种种。藏历，是公元九世纪初，藏族以内地的夏历和印度的时轮历法及藏族古老的《噶莫帕玛》历法为基础，创制出的传统历法。距今已有970多年的历史，藏历新年和春节基本在一个月，最早可以早一个月，有时差几天，甚至是同一天过年。我们的专题片沿着雅鲁藏布江一路走来，在雪山下，在草原上，展现了藏历新年的热闹景象。打酥油茶、跳锅庄和弦子舞、祭谷神和水神，还有草原上的大法会，在青藏高原上的辞旧迎新有着完全不同的风景。

傣族的傣历，又分大小傣历，大傣历始于公元前95年，小傣历始于公元638年。小傣历的新年为泼水节，约清明节后的第7天过年。小傣历平年是354天，闰年是384或385天，平年是12个月，闰年是13个月，19年闰7个月，闰月固定在9月。泼水节的采花、浴佛、赛龙舟、放高升、放孔明灯，跳孔雀舞、长甲舞、嘎光舞和盛大的泼水活动成为我们专题片重要的表现内容。

彝族十月太阳历，以十二属相为归记日，三个属相周期为一个月，即36天为一个月，30个属相周期为一年，1年10月，360天，10个月结束，另加5个过年日，俗称过10月年。北斗星斗柄正下南指为大寒，正上北指为大暑。大暑过火把节，大寒过年，一般在公历的一二月。羌历新年，因古羌人在秦汉之前使用太阳历，一年为10个月，所以，羌族在每年的农历十月初一过羌历年。苗年是苗族的传统节日，各地过节时间不一，每年分别在农历九月、十月或十一月的亥日、卯日或丑日过年。水族不仅有水书，还有水历。水历以农历九月为岁首，过去是农历八月下旬开始过端节，现在改为农历十一月的第一个亥日过端节，过端节就是水族的过年。林林总总，欢天喜地，辞别旧岁，喜迎新年。

第四集就这样写完了，我开始写第五集，第五集是《信仰民俗》。在中国我们到处可以看见汉族的寺庙、道观、佛塔和石刻造像，其实，我们还会看到很多高大的藏庙、金碧辉煌的傣庙、白塔、千手千眼观音铜像、简陋的土地庙、雄伟的清真寺、古朴的土家族摆手堂、侗族的萨岁庙和彝族的大白塔等等。毫无疑问，我们已经涉及了宗教民俗。中国的原始宗教，丰富多彩，千奇百怪。北方的萨满文化，南方的荆楚巫文化、傩巫文化，纵横上下五千年，覆盖东西南北中。即使是神鬼千种的道教，也源于原始宗教，与巫文化有关。巫文化的核心是万物有灵，一口水井、一座小桥、一棵树或一块石头都有可能成为崇拜物。在中国，龙是许多民族的崇拜对象，汉族、彝族等民族都崇拜龙，以至后来龙成为整个中华民族的象征。历朝历代的能工巧匠，无不竭尽自己的智慧和技艺，虔诚地去塑造龙的形象。其次，有虎、鸟、鱼以及两种以上动物结合体的崇拜。在纳西族的原始信仰里面，以虎为图腾不乏其例，东巴经卷头均画虎头，意为"上古之时"，或称其为人类始祖。土家族曾崇拜白虎，相传其祖为"魂魄世为白虎"。彝族毕摩头上的饰物或身上的法器，都有一对鹰爪。据说，不配鹰爪，向神的祈祷就不能通达天上。鱼和螺、贝也是许多民族的崇拜物。红河哈尼族喜饰鱼，在衣服上绣鱼或佩缀银鱼挂饰等，可能与神鱼创世的神话有关。蒙古族拜火，蒙古人认为火是最干净的、最纯洁的东西，火是创造人类的最伟大的神灵，因此崇拜。云南的沧源崖画，记载着舞蹈、狩猎、农牧的场面，沉淀了原始宗教的内容。少数民族的宗教崇拜内容还有侗族的"萨岁堆"、土家族的傩神、摩梭人的玛尼堆、彝族的白塔、瑶族的盘瓠崇拜、羌族的白石崇拜等等。总之，巫可以说是中国最早的教，道则源于巫，并与后来由国外传入中国的佛教并行为中国的两大宗教流派。而在少数民族中间，信仰佛教的民族较多。佛教虽是外来宗教，传入中国后却受到了中国文化的渗透，呈现出自身的特点。与宗教有关的神衣、法器也有着个凡的意义，黄色的袈裟和僧衣，象征佛光普照的金色光芒，穿上袈裟,即已进入佛的怀抱,而不再对尘世服装留存俗念。维吾尔族、回族等民族则信奉伊斯兰教。基督教、天主教在中国也有影响。

从莫高窟到龙门石窟、云冈石窟到沧源崖画,从悬空寺到峨眉金顶到布达拉宫,从大雁塔、应县木塔到曼飞龙塔,从青藏高原上的玛尼堆到侗族萨岁堆,我们的画面因为中国人的信仰已经变得精彩纷呈。

然后,我又完成了《背阁和抬阁》《土家族哭嫁》《民间纺织》《北方高跷》《铜鼓》《傩面具》《芦笙》《唢呐》《胡琴》《哈尼悬鱼》等专题。其实,中国少数民族的文化亮点数不胜数。蒙古族的那达慕,满族的旗袍,达斡尔族的萨满跳神,朝鲜族的舞蹈,鄂温克族的驯鹿,鄂伦春族的仙人柱,赫哲族的鱼皮衣,回族的葬礼,保安族的小刀,撒拉族的白石骆驼和骆驼戏,土族的花儿会,裕固族的服饰,维吾尔族的乐器和十二木卡姆,哈萨克族的赛马、叼羊和姑娘追,柯尔克孜族的长诗《玛纳斯》,锡伯族的喜利妈妈崇拜,塔吉克族的鹰笛与鹰舞,俄罗斯族的东正教,壮族的山歌、铜鼓,瑶族的盘王节,毛南族的花竹帽和花针鞋,京族的唱哈节,土家族的摆手舞,黎族的织锦,高山族的泰雅贝衣、排湾琉璃珠、雅美太阳船、布农木雕,苗族银饰、芦笙舞,布依族蜡染、石头房,侗族鼓楼、风雨桥、多声部民歌、琵琶歌,水族铜鼓、水书,仡佬族吹奏乐器"泡木筒",彝族服饰、火把节，羌族碉楼、白石崇拜，哈尼族梯田、长街宴，白族民居"三坊一照壁""四合五天井"，佤族拉木鼓、猎人头桩，拉祜族口弦，景颇族目瑙纵歌节，阿昌族户撒刀，德昂族竹篾腰箍，傣族竹楼、泼水节，布朗族婚俗，基诺族竹筒打击乐、成年礼，纳西族东巴文字、摩梭人走婚习俗，傈僳族射箭、刀杆节，独龙族剽牛祭天、纹面，藏族磕长头朝圣、晒大佛，珞巴族大弓箭等内容都进入了我的专题范围，我正在期待着早日完成的日子。

湘西人又有了动静，疤子二佬在世界文化景区里开了店，开张那天是个大日子，我们都去了。疤子二佬是疤子的弟弟，两兄弟都是湘西的犟卵，没有几个人晓得他们的名字，就喊他做疤子二佬。疤子二佬来深圳也有了几年的时间，开过黑的，当过中介，风生水起的现在终于当了老板。工商局都还没有搞清楚这是哪里来的人，深圳又多了一个野生的老板。看我们到了，疤子二佬赶紧拿出芙蓉王香烟招待大家。发了烟以后，只见他从西装的口袋里摸出一个打火机。这个打火机是新买的，佐罗牌打火机，从来没见疤子二佬用过，肯定是假的，看那神情他身上又来了力气。点了烟，素者问了，打火机哪里来的？疤子二佬得了卵劲："哪里来的，买的。"他接着又讲了："上回和这里的一个经理去越南旅游，到了边境，有人就卖这个打火机。那个经理到那边先买了，300块钱一个，走到这边碰到我们买打火机，一讲价。同样的东西，100块钱三个。那天，经理的脸到夜头都是稀烂的。"

讲到做生意，素者更懂。人家不仅是野生老板，还是野生模特。素者现在开始卖品牌服装了，所有的服装广告图片都是他自己做模特拍的，雄像卵形。接着疤子二佬的话，素者讲了："我们景区里头那个剪纸的，导游带旅行团到他那里去剪纸，导游和他对半分成，剪完以后，他们有暗号，一个好20块，三个好60块，游客根本不晓得。"也难怪，在我老家的那个小县城里，街上有人卖煮熟的玉米棒，你讲普通话买玉米，5块钱一根，你讲湘西话买包谷，1块钱一根。疤子二佬想不通，他们到底都是些什么脑壳，怎么可以装进去那么多东西。

疤子二佬脑壳有点开窍了，他的店专门卖字画，他讲这个店就是他的铜脸盆，比二狗他爹那个铜脸盆大多了。他的字画都是一捆一捆批发来的，整理好了然后再卖出去。来的时候是印刷品，走的时候他要让这些字画都变成艺术品。虽然没有米芾和颜正卿的字画，但有某些大画家关门弟子的字画，人家在上面还盖了印章。疤子二佬讲了，卖一张画，一个月就可以保本。开业当天，他就卖了第一张国画《牡丹迎春》，300块钱进的货，5000块钱卖了出去。疤子二佬收钱的时候，数都没数，就把钱塞进了裤子口袋里，他笑嘻嘻地看着远处。阳光从云层里洒下来，景区里的金字塔变得格外喜庆。二狗嫉妒地脸卵形，刚剪的西式头故意抬得高高的不看疤子二佬。其实他心里早已经跑过了千军万马，表面上看起来还没有动过声色。我们在景区里吃了个盒饭，疤子二佬的剪彩活动就结束了。

张总来了，果然平和，少了好多老总的气势，让人感到亲切，莫非姓张的人都如此？张总是缅甸归侨，在云南工作过不少时间，云南的文化应该在他的心里占据着十分重要的位置。摩梭人的泸沽湖，白族的苍山洱海，三江并流的迪庆藏族自治州，红河的梯田，在张总那里一定都是珍宝。再说了，张总刚从美国的奥兰多回来，迪士尼王国就在他的身边，天天看着迪士尼，看着那个闻名于世的童话王国，恐怕迪士尼早就被他装进了心里。云南丰富的民族文化和迪士尼王国的童话在同一个地方相遇的时候，那一定可以萌生出新的文化旅游形态，张总一定会是那个载体。果然，张总很快找到了我们，让我们去西双版纳看看泼水节，争取回来可以做点什么。

民俗文化景区原本就有泼水节。每年四月，即清明节后的一个星期，景区里的傣寨都会过泼水节。每到这个时候，傣族的员工们就会敲响象脚鼓和铓锣，跳起孔雀舞和长甲舞，吃泼水粑粑和泼水祝福。这个节日一般过三天，没有时间去做市场推广。节日以自娱自乐为主，游客碰上了就参加节日活动，碰不上也就过去了。再说深圳的四月，气温还不能泼水，因此很多游客碰上了也不敢参加。那个时候的泼水节就是一个传统民族节日的内容展示，还不是一个成熟的旅游产品。显然，张总需要我们做出改变，只是我们还不知道改变的方向在哪里。就这样我们登上了飞往昆明的飞机，天空一片湛蓝。

在昆明转了飞机，下午时分，我们到了西双版纳傣族自治州的州府所在地景洪。放下行李，我们在当地朋友的陪同下去吃晚饭。

吃饭的地方是在曼景兰大街，街的名字很美，街也很美。整条街由造型各异的傣家竹楼组成，各有风韵。一栋竹楼就是一个餐馆，原来这里是景洪市最有名的食街。我们围席而坐，主人要了傣味套餐，每人55元，酒楼竟然为我们送来了22个菜，烤的、蒸的、腌的、炒的，整栋楼都香了。这些菜当中，少数曾吃过，那是在深圳民俗文化景区里。个别听说过，略知一二，余下的就不知道了。真没想到，傣味竟然如此丰富多彩。

在傣族食品中，烤味食品是其中的一大特色。香茅草烤鱼，香味独特。据主人介绍，香茅草是西双版纳的特产，也是世界上著名的几大香料植物之一。不仅香，而且防腐，难怪烤鱼吃起来格外有味。烤牛肉又是一道美味，傣家的烤牛肉可不是我们常见的烤牛肉串，而是烤牛肉丝。盛在盘碟之中，金黄剔透，十分诱人，品尝起来，香软微辣，又是一番享受。

蒸制食品同样诱人。叶包蒸腊肉、蒸赶摆鸡、棕色蒸脑花、青芽蒸蛋等等，不一而足，各具特色。腌制食品，酸辣可口，腌牛脚筋、腌蟹黄、酸笋煮腌鱼，吃起来另有一种特别口感。最令人难忘的就是臭菜炒蛋了。臭菜是西双版纳特有的菜肴，用臭菜炒蛋，闻起来有点臭，吃起来格外香，犹如湖南的臭豆腐，难怪主人席间如此骄傲地为我们介绍这道菜。

接着，傣族的泼水粑粑、菠萝饭、竹筒饭又摆上了桌。泼水粑粑，傣语叫"毫糯索"，用糯米粉和石梓花粉，再配以芝麻、花生粉等蒸制而成，绝对是美味。只是吃起来要费点手脚，被我们戏称为"好啰嗦"。菠萝饭也是一种美食。把菠萝掏空，装上浸泡好的糯米，配以香料、红枣、蜂蜜等，然后蒸好。菠萝的天然香味与各种配料融合在一起的时候，其香、其甜，难以言表。吃到这个时候，我又想到了傣族名吃"牛撒撇"，这是牛吃进胃里尚未反刍的草料，配以辣椒和盐，拌制而成，说是美味。我肯定是不敢吃，所以一直也不敢问。老彭说他在西双版纳吃过，一讲到这件事，他的神色就很牛逼。

当我们喝够了芒果酒、荔枝酒，品够了美味佳肴以后，天已经黑了，整条曼景兰大街一片灯火，更是迷人。

泼水节是傣历新年，一到西双版纳，我们就被浓郁的傣族风情和节日氛围陶醉了。节日的第一天，澜沧江上有龙舟赛，澜沧江边有堆沙比赛。一早我们就赶了去，江边上也是人山人海。龙舟赛和堆沙比赛是泼水节的传统赛事，十分隆重。澜沧江上的龙舟赛是中国最壮观的龙舟赛之一，几十条傣族龙舟成为澜沧江上最盛大的风景。一条傣族龙舟可以坐100多个桨手，分男女龙舟。每条龙舟船头有3到4名压船手，没有比赛的时候，他们在船头舞蹈。一旦有了比赛，他们用双手压住船头，随着龙舟节奏和波浪起伏，快速推动船头。船尾则有3到4名舵手，他们也是随着节奏上下舞动，既为龙舟掌舵，也为龙舟加速。随着铓锣声和鼓声，龙舟比赛一旦划开了，一条江都会沸腾。再看澜沧江两岸，到处是傣族的花伞和穿着盛装的傣族姑娘，如同曼陀罗花在盛开，一直开到了我们每个人的心里。看完龙舟赛，就看堆沙。堆沙比赛，实际上就是沙雕比赛。在规定的时间里完成沙雕作品，既考体力，也考智慧。参赛者既要有很好的艺术修养，还要有扎实的雕塑功底，否则不能完成。比赛开始，没要好多功夫，就有造型神奇的孔雀、憨态可掬的大象、顽皮活泼的滇金丝猴、婀娜多姿的傣族姑娘等沙雕作品不断出现在我们的面前，让人目不暇接。傣家人巧夺天工的能力和技艺，令人叹为观止。既看龙舟赛，又看堆沙，既看江上的汉子，又看江边的姑娘，澜沧江让我们流连忘返。

第二天，我们又去赶摆。走进曼听公园，里面已经热闹非凡。成群结队的傣族姑娘穿着节日盛装，打着花伞，如花在移动。小和尚们也忙开了，他们忙着找姑娘们聊天，公园里到处可以看到骑着单车带着姑娘的"花和尚"。在美人蕉和椰子树的掩映之中，黄色的袈裟和美丽的衣裙飘动在一起，成为西南边陲特有的景色。草地上，花伞下，摆满了傣族的风味小吃。在这里，一块钱可以买一个很大的菠萝，而且，西双版纳的菠萝非常新鲜，不需要用盐水浸泡，香甜可口。西瓜就更便宜了，十几斤重的西瓜中午的时候一块钱一个，下午的时候五毛钱一个。不仅如此，草地上的长甲舞，凤尾竹旁的"三跺脚"（傣族的一种集体性舞蹈，场面可以十分盛大），以及优美的孔雀舞，格外迷人，那个摆把人赶得神魂颠倒。

赶摆之余，还可以去看抬高升巡游和放高升。高升，是傣族自制的土火箭。长约5至6米，由一根竹竿做成，竹竿一头绑尺余长竹管数根，里面装上火药，用竹制高升架发射。点燃后呼啸而去，可达200米之远。放得高和放得远，还可以讨喜钱。放高升前的抬高升巡游格外好看，人们抬着高升，多达百余根，一路载歌载舞。前面舞蹈者均为男子，其舞近似打傣拳，几分认真，几分滑稽，旁若无人，粗犷古朴。

入夜，人们又放起孔明灯。孔明灯用纸做成，类似于无人乘坐的小热气球，相传源于三国时诸葛亮的发明，因此而得名。用布条沾满牛油做燃料,点燃后放飞。点燃之初,上面还有鞭炮燃放,好不热闹。稍后,孔明灯带着放飞人的美好心愿越飞越高。最后,孔明灯在高空中若隐若现,向天祈福。

忙里偷闲,第三天我们去了中缅边境。一进缅甸,就被泼了水,去了才知道,泼水节是没有国界和海关的。不要护照和签证,一盆水泼进了两个国家。只要有小乘佛教,就有泼水节。边境上的小镇叫打洛,一色的缅式建筑,金顶飞檐,雕梁画栋,在阳光下格外耀眼。拿着身份证,交了100块钱,就过了边境。边境不远处,有一株大榕树,历经了百年沧桑,许多的气根都长成了粗大的树干,在那里"独木成林",形成了一道风景。再往前走,又见一尊巨大的卧佛,慈眉善目,横卧在青山绿水之中,在中缅边境上为人们赐福。卧佛的四周,有不少的小和尚,或站或蹲,或嬉戏打闹。微风吹过来,摇动着一片的黄颜色,格外引人注目。缅甸那边的小镇叫小勐腊,小镇里有一个不大的剧场,里面有人妖的表演。据说这些人妖都来自泰国的芭提雅,我们从没见过人妖,大家好奇,买了门票就进了剧场。一场演出看下来,只觉得就是一些胡闹。倒是他们的歌舞表演"血染的风采",给我们留下了长久的记忆。

回到西双版纳,泼水节到了高潮。在大佛爷的诵经声中,金色的龙槽开始浴佛,花瓣和清泉的洗浴,让白色的玉佛更加圣洁。泼水开始了，一座城沸腾。圣水从天而降，让所有人的身上都泼满了吉祥和幸福。一城如歌，满城如梦，那一天我们都被泼得透湿。如水的记忆格外透亮和清澈，让我们记住了泼水节，记住了泼水节的神话传说，记住了西双版纳。

第四天，沿着边境上的小路，朋友们用摩托车带我们走进了西双版纳的原始雨林。第一次走进这种地方，有一种莫名的冲动和好奇。到处是树与藤蔓，遮天蔽日，落叶满地，仿佛把整个世界都掩没了。在这个密密麻麻的林子里无路可走，要走，就要用刀开路。如若突然在眼前出现一条大路，就要格外小心，这些路通常都是野象群踩踏出来的通道。野象由于食量很大，其活动的范围也很大，每天在密林里要穿行几十公里。如果在森林里碰到野象，并且惊动它们，将非常危险。

据说，西双版纳的原始丛林里还有野牛，成年牛体重可达1200至1500公斤，是国家一类保护动物。野牛形似黄牛，所不同的是野牛四只脚膝盖以下均为白色。牛群奔跑起来，如同白色浪潮奔涌，成为丛林里的一道奇观。野牛喜群居，通常是几十头或上百头为一群，由一头强壮的公牛率领。在牛群里，牛王不能容忍其他公牛的存在。当小公牛长到四岁的时候，就会被牛王逐出牛群。直到小公牛长大并强壮到可打败牛王的时候，才可以回到牛群里来当上新牛王。如果不行,小公牛只能永远在丛林里流浪了,这很像非洲草原上的雄狮。

当然,丛林里最感人的故事要算犀鸟的恩爱了。犀鸟,又名钟情鸟,嘴壳坚硬,且大又长,羽毛艳丽,是世界上的珍稀鸟类。成双成对是犀鸟最典型的生活习性,雌雄十分钟情。外出觅食,若遇大型猎物,雄鸟和雌鸟就会联合攻击。吃饱后,还要亲热一番。雌鸟孵蛋,它们会一起在树洞里筑巢,储存粮食。雌鸟在洞里孵蛋,雄鸟会用泥把树洞封闭,留一个缝隙,由雄鸟每天给雌鸟喂食。据说,雄鸟每天运送食物达三四十次之多,并持续两个多月,直到小鸟出巢。犀鸟的恩爱,让人很容易想到召树屯和孔雀公主南吾罗娜的故事,那都是西双版纳爱的珍藏。

在这个动物王国里,还有许多珍稀动物。有猕猴、平顶猴、红面猴以及珍贵的滇金丝猴和灰叶猴,还有熊、鹿、老虎和美丽的孔雀。在这个神秘的大林子里不能迷路,据说一旦迷路,天上会出现很多太阳。太阳多了,人就找不到方向。这个林子里装满了惊险,装满了趣味,也装满了童话。

最后一天,经不住朋友们的热情邀请,我们去了西双版纳的热带植物园。热带植物园位于勐腊县的勐仑镇,这个小镇在凤尾竹的掩映之中,到处可见傣族美丽的竹楼。澜沧江蜿蜒而去,那是西双版纳如诗如画的一个地方。中国著名的植物学家蔡希陶教授在植物园里倾注了一生的心血,走进去，美人蕉、贝叶棕、火烧花、曼陀罗在里面构成了中国西南最美的风景。源于古印度的贝叶经，被誉为"佛教熊猫"，就是用贝叶棕的贝叶书写而成，距今也有2500多年的历史。在傣族人民的心里，贝叶也叫"戈兰叶"，是承载傣族文化走向光明的一片神。植物园里还有跳舞草、见血封喉的箭毒木、巨龙竹、佛肚竹、刺竹、糯米香竹和藤竹，认识的植物和不认识的植物让我们永远记住了那里。

我们依依不舍地告别了西双版纳，飞机起飞以后，大家开始讨论泼水节活动方案。首先我们把泼水节开始的时间定在了7月10号，即高考结束后的第二天，同时，泼水节的活动时间一共50天，一直到8月30号结束。用一个傣族的泼水节去对应珠三角的一个暑期，从文化色彩到成本到市场反应和品牌打造，都应该是一个不错的创意。我们相信，广东的游客在远离傣族传统文化习俗的地方，一定可以接受这样的泼水节。

回到深圳，张总很快批准了泼水节的活动方案。从这个时候开始，泼水节在深圳不仅是一个丰富多彩的民族节日，而且成为了一个重要的旅游产品。时间到了6月，我们的泼水节彩车就开进了市区，开始了泼水节的采花活动。傣族的姑娘们要把采来的花瓣放进龙槽，用花瓣和清泉为佛洗尘。

路上，傣族员工敲响了铓锣和象脚鼓，打着花伞，在车上载歌载舞。这既是一次精彩的傣族文化的展示，也是一次有效的市场推广，深圳越来越多的人知道了泼水节。到了7月10日这一天，是泼水节盛大开幕的日子。我们的表演以泼水节的神话传说为内容，吸引了成千上万的海内外游客，景区里人山人海，盛况空前。泼水节是一个参与性很强的节日，泼水狂欢，让人总有忘归的感觉。西双版纳有一首动人的歌《让我听懂你的语言》，凤尾竹林里的傣语，爱谁就泼谁，从此成为游客泼水的理由。在那些清凉的日子里，这样的景象一直持续到了8月底。

在广东，游客无所谓什么时候过泼水节，因为泼水节不是广东的节日。对于游客来说，没有好多人晓得傣历新年、小乘佛教、采花浴佛、笋塔缅寺、自我完善这一类民俗内容，只要有花伞、美女、盛装和歌舞，只要能够泼水和打水仗，那就是傣族的泼水节。傣族节日在这里没有形成传统的文化认同和文化障碍，因此，给我们的节日活动策划留下了极大的调整空间。只要开心和快乐，每天都是节日。没有民俗障碍的节日就可以穿越时空，成为让游客喜爱的产品。后来，西方的万圣节在这里也是乱过的，那里的鬼一闹就是一个月。一个暑假，因为有了泼水节，景区实现了2800万的利润，真应该感谢西双版纳和傣族的泼水节。

疤子二佬来了，一直在骂"这个狗日的"。以为出了什么事，一问才晓得，世界文化景区里的一个老板，和疤子二佬一样在里面卖字画，今天15万块钱卖了一幅《高山流水图》,买的人是一个境外游客,嚇的疤子二佬到现在还讲不清楚话。疤子二佬怎么都想不通,那种打捆来的东西有人敢要价15万,而且有人会买。疤子二佬讲了,他们就不怕人家晓得了会骂他们的娘。湘西人喜欢骂娘,喜欢骂人家的娘,不喜欢人家骂自己的娘。所以做起事来都晓得不要过分,不要做那些让人骂娘的事情。有人讲了这就是市场经济,疤子二佬讲这是卵市场经济,这是骗人的经济。卖画的老板今天夜头请客,请他们到白石洲去吃生蚝。疤子二佬找了个理由没去,他讲他要到香格里拉酒店去吃西餐。这个犟卵夜头到我这里吃了个盒饭,转去睡了。

第二天上班到了办公室,书记找我。书记从来就没找过我,书记管党务,管政工,他找我肯定是碰到了国家大事。原来是集团找他要我们公司的企业文化专题材料,他的人马都是总办和党办的大秘,几个人搞了二十几天,写了两稿,竟然在集团没有通过。正在我幸灾乐祸的时候,这件大事光荣地落在了我的脑壳上。两天时间,让我完成这份专题材料。说实话,企业文化是种什么东西我都还没搞清楚,就让我去写材料,真不晓得会写出什么东西来。现在到处都是文化,用二狗的话讲,什么卵都是文化,文化满天飞,把人的脑壳都搞晕了。这让我想起了塞缪尔·贝克特《等待戈多》里的那些荒诞情节,两个流浪汉一直在那里等戈多,谁也不晓得戈多在哪里,戈多是什么,反正要等。戈多也许明天会来，也许永远不会来。15万块钱卖一幅画是不是企业文化，不讲道理是不是企业文化，一想到有些企业老板那个卵样子，满脑壳的摩丝，叼着根牙签到处训人，我就讨厌企业文化这种东西。不过，书记不是这种人，我回家去写材料了。

趴在家里的茶几上，我开始胡说八道。找来了好多报纸做参考，有专题论文，有新闻报道，还有专家访谈和社论，没有一句话是从心里出来的，胡话、空话和大话在一起交相辉映。到第二天的下午，11000字的材料完成了，里面有文化、有情操，还有精神、色彩和使命。书记一口气把材料看完，他说这个材料让他很感动，看得出来，他讲的是真话。材料很快就被打印出来，送到集团以后，上级一次通过。没多久，集团报纸全文发了这份材料。书记把这件事记住了很多年，不过，我到现在还没搞明白什么是企业文化。

可能是企业文化材料写得好，景区里的千手观音显了灵，公司又给我调了房子。在深圳打工，一间房变成了两房一厅，这是好大的一件事情。我和夫人忙着整房子，买家具，一共忙了半个多月。在凤凰花又一次怒放的那些日子里，我们搬了家。当我们把所有的事情都忙完以后，看着新床、新沙发、新的电视机，尤其是新书柜的时候，我感觉到那是天底下最好的房子。趁着周末，我把所有的书整理好了，看着这些书，让人想起了好多往事。我从小喜欢书，是从看《三国演义》《水浒》和《西游记》连环画开始的。我出生的那个小县城，在我小的时候，只有一个很小的新华书店。我的一个表妹说话不清楚，总是把新华书店叫成"书拿虎店"。《三国演义》这些连环画虽然都是成套的书，但是在新华书店里却是一本一本零卖的，所以，买了一本，就要等下一本。因此，每天放学回家的路上，一定要到书店里去转一圈，看有没有新书到了。如果有了新书，就要找钱去买，要么去捡牙膏皮，要么摘金银花去卖，要么找大人去要。没有买到新书，总会有好多失望。到后来终于把书集齐了，这些连环画就成了我的宝贝。那时候没有电灯，我是在煤油灯底下把书看完的。就这样打开了历史和神话的大门，总是迫不及待地想知道更多的事情。没有人帮忙和提醒，一个人开始审视人类的美丑与善恶。好多人物我都不是太喜欢，那里面的人太过复杂，勾心斗角，尔虞我诈，独断专行，实在读不懂他们。只喜欢一个人，那就是孙悟空。一个跟头十万八千里，想做点什么就可以做点什么。我要有孙悟空的本事，最想做的第一件事就是把街上最恨的那几个人打一回。再后来到上海读书，上海的书店在我的眼睛里就是书的海。那时候，逛街就是逛书店，南京东路、福州路是我最喜欢去的地方。虽然钱不多，但还是买了不少书。有时候，可以不吃饭，但一定要买到那本书。有时候，可以把钱送给别人，但要把书留下来。书可以不看，但必须要有，放在书架上，就是享受。有空的时候，可以看看书名和作者的名字，看得久了，这些书就成了熟人。走到哪里什么都没有，就有一堆破书，搬家的时候用箩筐挑，心甘情愿啊！最早晓得刘备、诸葛亮、曹操和宋江，到了上海，知道了莎士比亚、茨威格和卡夫卡、弗洛伊德、《桃花扇》、《牡丹亭》、康德和黑格尔等等。这些书后来跟着我到湖南，再到深圳，然后一直到了今天，终于成了我的命根子。不过，喜欢骂娘的人，好多书看了也没有用，因为根本完不成所谓的哲学思考。

又到了秋高气爽的日子，家乡湖南来了省委领导。来的领导是湘西人，土家族，也是酉水河边的人。湘西那地方虽然有不少的锅盖脑壳，但也出了不少的名人。不仅有沈从文、黄永玉和贺龙元帅，还有民国第一任总理熊希龄，当然也出了现在的省委领导。湘西出的领导自然首先要去湘西人的寨子，在民俗文化景区里最大的湘西寨子就是土家水上街市，所以老彭一早就赶了过去。土家水上街市里面有摆手堂，供奉着土家族的神像傩公傩母和八部大神以及科斗毛人。老彭让人把那里打扫得干干净净，用我的话讲，湘西的"两个大人物"就要在这里会面了，一定要隆重热烈。土家族的员工们在迎接来自家乡的大领导，大家吹响了咚咚亏，跳起了摆手舞，省里来的领导高兴异常。一番问寒问暖以后，领导又讲了好多鼓励的话。土家水上街市已经成为土家族向世界展示自己文化的窗口，从此变得更加重要和精彩。

然后，领导们离开了土家街，乘坐电瓶车去编钟馆，到那里去看编钟乐舞。从美国回来的大兵，现在就在编钟乐团当乐手。大兵不仅鼓打得好，溜子也打得好，到美国看过脱衣舞以后，现在又学会了演奏编钟，那也是湘西来的大角色。省里领导到了以后，编钟乐舞就开始了。编钟馆里的编钟大小一共有49件，32音的编磬以及虎座凤鸟悬鼓、石排箫、鸣篪古埙等古代乐器。演奏内容有清新活泼的《梅花三弄》、低沉浑厚的《楚商》、委婉抒情的《橘颂》和优美恬静的《春江花月夜》等古曲。两千年前的楚人，一次了不起的创造，为我们的今天留下了千古绝响。领导们满意地走了，大兵他们还有当天的最后一场演出。大兵不爱讲话，他的话都在编钟里面，湘西话应该是楚国的一种方言。

又到了年末，开始策划过年的活动方案。这是一个大方案，搞旅游的人又喜欢过年又怕过年，年过好了，一年都开心，年没过好，一年都麻烦。忙了半个月，方案出来了，"华夏民族大庙会，村村寨寨过大年"。广告词还没想好，公司讲了，总之也要搞一句厉害的话，让人家一听就能够记得到，要做到"语不惊人死不休"。杜甫肯定想不到，他的话成了好多公司的策划标准。一千多年以后，好多人都是这样去玩广告的，也是这样去玩新闻的，到后米也是这样去玩微信的。于是，这个天底下，就有了更多的假话、空话、鬼话和笑话。

　　这一年,我记住了一句话,这个世界上原本是没有狗的,只有狼,是因为有了人以后才有了狗。

第六年

1997年来了。我不太喜欢7字头的年份,莫名地有种恐惧感。但是不管喜欢不喜欢,1997年还是来了。

这一年是牛年,好多人是喜欢牛的,尤其是企业的老板们,总希望自己的员工像牛一样地去上班,所以元旦一过,深圳这座城市到处都有了牛的形象。我不太喜欢牛,我总认为牛是比较蠢的一种动物。不管是哪里的牛,除了对红颜色反应敏感以外,都只剩下一身的牛力气,西班牙的斗牛,已经暴露了牛的全部弱点。所谓的喜欢牛,其实是希望别人像牛一样地去做事。

看完牛年的春晚,看完赵本山的《红高粱模特队》,在记住了赵本山的打农药表演和范伟的猫步以后,我们又开始做事了。从大年初一开始,我们景区推出了华夏民族大庙会。庙会,是中国岁时的宗教习俗,始于远古时期的祭祀,用于祭祀祖先神和自然神。最早的庙会是娱神,慢慢地就到了娱人和自娱，就有了灯市小吃和歌舞、杂耍的表演，就开始了逛庙会。一个逛字的出现，就说明人们开始看热闹了。不晓得深圳以前有没有庙会，反正我们的庙会就这么热热闹闹地开始了，广州、东莞、惠州、佛山、中山、珠海的游客都到我们的公园里来赶庙会。我们的庙会和北京、天津、上海的庙会是不一样的，和东南亚的庙会也是不一样的，我们的庙会汇聚了中国少数民族奇异的色彩。

走进我们的公园，就走进了一个热闹无比的天地。深圳湾畔，旗幡招展，原始作坊，美味佳肴，古老而又迷人的街市，不经意就会让人陶醉。

几十个民族以其独有的方式在这里闹大年。杂耍、抖空竹、武术、京剧表演、跑旱船、高跷、鸟市、风车、冰糖葫芦和大碗茶等等，集中展示了丰富多彩的北京庙会风情；祭祖、献哈达、马头琴弹唱、单鼓舞、顶碗舞、筷子舞、摔跤、唱长调带来了蒙古草原上的欢乐和喜悦；烤全羊、烤馕、十二木卡姆、手鼓舞、萨玛舞和赛乃姆则呈现出天山脚下特有的民俗；景颇人点燃篝火，跳起粗犷整齐的目瑙纵歌，用目瑙节的隆重仪式去迎接新年的到来，让南粤大地听到了西南坝子上的声音。目瑙节是景颇族最盛大的节日，也是每年正月举行。每到这个时候，景颇人就会在广场上围绕高大的目瑙柱举行节日仪式和载歌载舞。人们穿着盛装，男子身挎景颇长刀和象脚鼓，女人拿着手帕、鲜花或扇子，在两位德高望重的老人的带领下起舞。景颇女人身着黑色的筒裙，黑色对襟上衣缀有银泡和银片，颈上带有银项圈或银链，手上带有银手镯，在整齐划一的摇摆节奏里，白色的银饰在阳光下发出清脆悦耳的声音，成为节日里的大观。

民间风味小吃又是一条街，全国各地的美食让一个年过得有滋有味。哈尼族的烤鱼、烤肉、烤豆腐，是哈尼族吃新节和街心酒的风味；苗族的打糍粑和牛角酒，土家族的炸耳糕、炸糖馓，是过苗年和土家族过赶年的特色；还有彝族的米线、烤茶、炸酥肉，布依族的泡菜、凉粉，朝鲜族的打糕、冷面，傣族的泼水粑粑、竹筒饭，瑶族的竹板鸡、烤粑粑……见过的，没见过的，吃过的，没吃过的，走进食街的游客都吃得欢天喜地。

过年的时候，苗寨每天下午都有盛装表演，苗寨与湘西有关，因此，我常常过去，看看那里的竹编、蜡画和服饰，总是可以了却一些思乡之情。素者已经不在苗寨卖银了，他的生意越做越大，转行去做服装，有了自己的品牌。

苗族的服装丰富多彩，在我国就有100多个支系。贵州有西江式、岜沙式、施洞式、滚堂式等125式，云南有扎西式、双河式、楚雄式等22式，四川、重庆有7式，湖南有麻栗式等7式，广西有琴牙、月里等13式，海南、湖北和北京还各有一式，难怪人们都说苗族服饰是满目琳琅，美不胜收。

苗族的服饰表演，总与歌舞相关，不歌不舞，苗家人宁愿坐在火坑边喝酒和睡瞌睡。下午的表演准时开始，一个苗寨被挤得水泄不通。黔东南的芦笙舞开始了，芦笙和莽筒一下就把现场的气氛推向了高潮。接着是被誉为"东方迪斯科"的台江反排木鼓的表演，游客们更加兴奋起来，喊叫声不断。其实，反排木鼓与迪斯科风马牛不相及，鬼知道是什么人把这两种东西硬扯到了一起。再后来就是黔南的踩月亮，那舞蹈美得让人叹为观止，我们的祖先怎么可以创造出这么漂亮的舞蹈，竟然让以后的儿孙们每天都可以为之骄傲。

其实我们的景区还有很多的表演，摩梭人的跳锅庄，鼓楼里的侗族大歌，彝寨里的《寻找阿诗玛》，傣寨的孔雀舞，佤族的木鼓舞，黎族的跳竹竿，各有各的语言，各有各的灵性。在中国是看不见这种庙会的，这是主题公园里的创造，与庙里的菩萨无关。

年刚过完，不久又到了三八妇女节，公园里的花已经更加灿烂。樱花、木棉、簕杜鹃、桃花、茶花、玉兰、黄花风铃、洋紫荆先先后后都在怒放着，三色堇、一串红、凤仙花、万寿菊也在争奇斗艳。温暖的南风从海面上吹过来，蓝天白云下面，每天都是好日子。女游客越来越多，景区里开始了少数民族的赛装节。赛装节原本是彝族的节日，但在我们这里就成了多民族的赛装盛会。

彝族的服装多姿多彩，凉山彝族、红河彝族、楚雄彝族、昆明彝族、乌蒙彝族、大理和思茅彝族，让彝族的服饰蔚为大观。彝族崇尚黑色，青年男女服饰搭配色彩鲜艳，他们多用红、黄、绿、橙、粉色镶嵌色布和刺绣花边，其服饰有日、月、星、云等自然图案，也有鸡冠、羊角等动物图案，还有叶片、花卉等植物图案，很少使用中间的过渡色彩，对比强烈，呈现出别具一格的美感。彝族的装饰品大方庄重，花样繁多。多以金、银、铜、玉、石头、骨等为原料，采用铸造、打制、压制、镶嵌和雕刻而成。男子再配一些鹰爪子、英雄角、察尔瓦和披毡，刀啊剑的，就成了西南边陲的山鹰。

苗族服饰又是另一种风景。以苗族银饰为例，苗族阿雅头上的银帽就让人叹为观止，阿雅，湘西苗语，即大姐。我的同学孙文辉先生曾在《蛮野寻根》一书中写道："银帽需银子30至50两做一件，传统制作方法为：先用厚块布壳制成帽坯，上钉9块薄银片，然后用银制的鸟、兽、虫、鱼、牡丹、芍药、菊花、桂花等，用银丝连缀成银花，再植于帽上。帽顶上制有帽角，有的制成长羽一对，有的制成一支花束。帽沿上一般制成二龙戏珠或双凤朝阳，下面吊以飞蝶、花苞，并联成网状，吊至眉额。"可想而知，苗族银饰那是如何精细的一种工艺。

穿着苗族盛装去参加赛装节，当然是一种无与伦比的美丽。苗族文化学者曾丽曾在她的博客中写道："寨子里的苗姨妈叫我穿上她们苗家的盛装嫁衣,我迟疑了一下还是穿上了。我有很多很多的苗族盛装嫁衣,也许她们最好的嫁衣在我这里,眼下的这件嫁衣在我眼里肯定是无法和我的藏品相比的,可是我还是穿上了。两个姨妈帮我梳头穿衣忙了半天,旁边围了好几个苗家女子夸我漂亮,那会我真觉得自己是最漂亮的苗家新娘子。全身装扮停当后,我开始在寨子里游走。叮叮当当作响的银饰,一走一摇曳的裙摆,和羡慕我的目光中,我突然找到了这套盛装中的灵魂。我觉得一种高贵和典雅的气质突然降临我身,觉得自己被祖先的神灵关照着,让我非凡,让我无所不能,让我心神荡漾,我的每一个动作都开始变得优雅而从容,惊艳极致,我成了所有的焦点和中心,那是我盼望的所有时刻。走在寨子里的石头路上,我期盼这一刻停驻和永恒,那一定是每一个新娘、每一个女人的渴望。我顿时明白,为什么苗家女人在嫁衣上的极致付出了,我顿时理解了为什么一件绣衣嫁妆往往她们会付出4至5年的时间来制作,理解了为什么每一件绣衣盛装都美轮美奂,对祖宗神灵的虔诚让她们获得力量,获得永恒。这种力量和永恒令她们创造了服饰文化的绝世精品。"

赛装节还有藏族服饰、维吾尔族服饰、蒙古族服饰、傣族服饰、景颇族服饰和汉族服饰,每一种服饰都能让人获得感受,文化的、宗教的、艺术的或者是美的。

四月,这一年的干部任命文件又下来了,我成了公关策划部的副经理。当公司分管领导把这个消息告诉我的时候，我更加相信当年有个算命先生对我说过的话，东南方旺你，东方是上海，南方是深圳。我坐的地方从乳白色的普通办公桌椅变成了黑色的大班椅，月工资已经涨到了六千多人民币。从这个时候开始，我可以在部门员工报账的发票上签字了，虽然签字还是没有什么用，老总不签字，仍然一分钱都报不了。但是，人家经理还是牛逼的，在中国，签字也是一种待遇。我隔壁办公室里的那个老经理就很牛逼，人家坐在那把大班椅里面到处乱转，若无其事地听着下属的汇报。官不大，架子很大，只要是下属坐在他的前面，他就会用一双极为势利的眼睛看着办公室里的天花板，从来不看下属，急了还可以骂娘。在老总面前人家才会装孙子，那是让好多人求之不得的职位。当年我来这里求职的时候，人事部的经理就是坐在大班椅里面转着和我说话的。这个动作让我对企业文化有了最初的理解，在中国的许多企业里面，企业文化就是老板的玩具，如同赵本山的小品《扯蛋》，想扯多长扯多长，但扯出来的全是蛋。五年过去了，那个画面还是挥之不去，在好多企业里面，服装和凳子都是有等级的，不同的颜色和布料都变成了权力的符号，在那里炫耀着当事人的身份，下属是看不到什么好脸色的，所以我到现在仍然写不好企业义化的材料。

当经理了，就开始考察了，经理考察就是看，没有什么任务，虽然是副经理。第一站还是去香港，香港快要回归了，就想看看英国人要走了到底是什么表情。皇后像广场、立法会大楼、域多利监狱、中环街市、虎豹别墅还有香港的唐楼和围村，在经历了100多年的风雨以后，终于要回来了。深圳庆祝香港回归的晚会就在我们的景区里举行，我们已经开始在准备这个晚会。很多人从早到晚都在兴奋，每天我们都可以听到《东方之珠》的旋律，彭定康离开香港只剩下两个多月时间了。

我们一行六人，一个分管老总带着四个经理和一个主任去香港考察。还是从罗湖桥过关的，但已经没有了第一次去香港的兴奋，连二狗都麻木了。二狗讲了，收回香港以后，我们什么时候都可以过去。二狗准备到香港好生照一组照片寄转屋里，怄死他爹。

罗湖桥那头的米字旗还在飘着，已经飘了100多年，终于要到了降下来的时候。我们在那里没做更多停留，几个人很快就过了关，住进了铜锣湾的一个小酒店里。铜锣湾还是一如既往的繁华，虽然有人在忙着移民英国和爱尔兰，入夜还是有那么多的灯火。大排档里的叉烧和烧鹅的味道不断地从远处飘过来，人声鼎沸，让那里的夜更加热闹。晚上没有事，我们就在街上闲逛，喜欢看书，就在书店里不走了。香港的书、台湾的书、中文的书和英文的书，一堆一堆地堆在里面，印刷都十分讲究。香港的书都是繁体字，好在能看懂。那里面的书，内容繁多，纷繁复杂。写书的人关注着四面八方的事情，谈古论今，无所不及。许多莫名的题目，让人看得目瞪口呆。书太多，站在那里半天理不清头绪。也许，在许多的历史事件和许多的人物面前，金庸笔下的武侠人物反倒更加可靠。郭靖、黄蓉、杨康、穆念慈、洪七公、黄药师和梅超风，即使是神出鬼没，出神入化，也不会让人怀疑。看书看累了，我们走出了书店，走进了路边的茶餐厅，香港的美食是真实的。

第二天，在港中旅集团的安排下，我们上午去了香港旅游协会，到那里去了解香港的旅游情况。下午去了香港理工大学，在那一大堆红色的建筑物里面，让一个从牛津回来的教授给我们上课，专门讲旅游。人家从伦敦讲到香港，从大英博物馆的游客量、法国迪士尼的游客量以及香港海洋公园的游客量，讲到文化差异、市场运营和东西方的交流。在尖沙咀半岛上，我们开始了解来自西方的旅游理论。详实的数据，严谨的推理和论证，让我们看到了牛津和香港理工大学的学术高度。没有信口开河的结论、胡说八道的理由、荒谬的市场数据和乱七八糟的口号，认真的治学态度让我们敬佩。

第三天去了沙田马场，沙田马场隶属于香港马会，马会是非营利性质的慈善机构，香港海洋公园也是马会建的，赛马让马会很有钱，1996至1997马季投注总额高达118.7亿美元。沙田马场是世界上最大也是最现代化的马场之一，共有草、泥地跑道各一条，马道宽30.5米，一周长约1900米，可容纳70000名马迷。每年在这里会举行多项国际大型赛事，使其闻名于世。

人类博彩历史十分悠久，据记载最早可上溯至公元前3000年周朝的投骰子游戏。以后出现的六博，即投壶、弹棋、射箭、象棋、斗草、斗鸡，则更加丰富了博彩的内容，到了骨牌、麻将、赛马、赛狗、扑克和老虎机的出现，很多人已经玩得不亦乐乎了。也难怪，在冰河时代的洞穴里，在古埃及和中国帝王们的陵寝里，都有图形出现和赌具出土，博彩一定与人性相关。

我不懂赌马，也没有兴趣，无所谓博彩。只是马场如画的风景吸引了我们，让我们流连忘返，心里总在惦记，我们的公园什么时候可以出现如此的盛况。

匆匆忙忙的几天考察，虽然时间很短，香港仍然给我们留下了很深的印象。回到深圳，我们已经清楚地知道，国内的旅游还有很大的差距，不管是实操还是理论，我们要做的事情还非常多。什么时候把洗手间管好了，我们再去谈旅游的服务质量。

六月，是外婆去世的月份。因为父母离异，我是外婆带大的，所以与外婆感情极深，外婆是外婆，又是母亲，外婆走了，我的家就走了。外婆生于1904年，1977年去世，到1997年的6月,已经去世20年了。外婆也姓张,出身贫寒,一生坎坷,所以不是小脚。她比外公小17岁,肯定是包办婚姻,只是从来没有听她说过。外婆一生养育了6个儿女,她经历了中国最艰难的岁月。清末民初,军阀混战,抗日战争,解放战争,湘西匪患,三年困难时期和"文化大革命",一辈子没有过上几个安稳的日子,到处都是打打杀杀的事情。红军在这里打过仗,日本人的飞机轰炸过邻近的县城,土匪打来的时候,全家人一起逃难。"文化大革命"时期,6个儿女一次被抓走4个批斗。17岁的小儿子当兵去了越南,在抗美援越的战场上,每天都面临着美国飞机的轰炸。即使是这样,我从来没听见外婆说起过什么。大概在外婆的心里,原本这就是日子。只是外公要去世之前,家里请了城里的名医来给外公看病,号脉以后,医生说了,人不行了,还要不要药。外婆终于开了口,人还没走,怎么不要,那是我听外婆说过的最重要的几句话。在外婆家里,我妈是老三,大姨和二姨没有读过书,跟外婆一起织袜子养家糊口。从我妈开始读书,我妈是外婆家第一个识字的人。以前的湘西女人大多是不识字的,但是,她们好像更能够忍辱负重。我曾经写过这么一段话:"湘西女人温柔得像一条河,她们从出生到终老都在编织着自己的花带。她们把情感和日子编织在一起,把生命和色彩编织在一起,柔软的棉织品充满了力量,永远牵动着我的情感。不管我们走到哪里,都可以把我们呼唤回来。这就是湘西女人,虽然她们弱小和平凡,但是,她们却拥有河一样的情感,在崇山峻岭中绵延不绝。她们用花带把祖宗和子孙们连接在一起,把昨天的故事和今天的故事连接在一起,使自己的生命获得永恒。"

晚上睡不着,我和外婆说话了。二十年前的今天,您走了,我的外婆。您走的时候,我不在家,我到家的时候,您把我的家一起带走了。包括摇篮、灶台、大河边的捶衣声和您的笑容。

记得您是抽烟的,您抽的是旱烟,呛人。您走了以后,您留下的烟雾,变成了您的云彩和您的故事。

小时候,我是您带大的。晚上不睡的时候,喜欢打闹。您会说,河对门的癫子来了,然后我就会听到,癫子敲门的声音,那声音会让我躲进被子,很快地走进梦里。

以前我和您在一起的时候,是可以看见银河的。那银河很长,从天这边跨到了天那边。在银河下边,您让我猜了好多谜语。到了最后,您给我留下了一个好难猜的谜语,您是不是去了银河?

在老家,有一座坟,说是您在那里长眠。我一直不相信您会在那里,二十年了,我知道,我在哪里您就在哪里,我们常常会在梦里相会。

和外婆再见以后,6月30号,香港就要回归了。早早的我们的各民族员工就坐车到了罗湖桥头,7月1日凌晨,大家一起在那里欢送驻港部队进入香港，那是中国人扬眉吐气的日子。湘西好多人都去了罗湖海关，有的人是代表土家族和苗族去欢送驻港部队的，有的人就是去看热闹和打酱油的。打酱油这种事少不了二狗、疤子老二、向老大这种角色，大兵是代表土家族去送驻港部队的。驻港部队走过罗湖桥的时候，二狗那是看得一屁股的劲。驻港部队司令员是湖南人，只要是湖南人，在二狗的嘴巴里头，那就是他家里的人。那几天，二狗从贺龙讲到曾国藩，从曾国藩讲到左宗棠，从太平天国讲到抗美援朝，从湘军讲到红军，反正都是湖南人不怕死的故事。他还讲到他爹："从小就是个犟卵，打架不要命。那年，我爹去赶'边边场'，跑到个岩坎底下去对歌。人家会唱，阿哥想妹心里烦，抱到竹子哭一餐，旁人问我哭什么，我哭竹子无心肝。帮那些女的都惹癫了。我爹没有卵用，唱又不会唱，搞了半天，没有女的理他。脾气一上来，他就骂旁边那几个男的娘。最后到田里头和人家打起来了，一直打到裤子垮了都没有力气扯上来。人家女的都跑完了，就剩他们几个哈卵到那里打架。"

　　湘西人真的是在变了。从吊脚楼走出来以后，有人开始穿意大利皮鞋，哪怕是在这个城市里到处打酱油，身上也打出了法国香水的味道。虽然好多人回到乡里还会穿草鞋，还喜欢去赶"边边场"，拿着一把"勾勾伞"，到处去踩花鞋，惹得好多女孩子夜头不想睡瞌睡。但是到了深圳，吃腊肉的人开始去吃麦当劳和肯德基。每天吃惯猪肝炒辣子的土包子，上街去吃寿司和沙拉。尽管腊肉和酸菜一直是湘西人嘴巴里头最舒服的东西，但是为了改变自己的形象，他们还会到西餐店去喝人头马，吃牛排，旁边放一碟油辣子。在深圳的那些高档酒店里，常常有湘西人想吃油渣炒豆豉。这是一种让湘西人无法离开的生活方式，与生俱来的习俗，世世代代的传承，已经与生命连接。有些人有了深圳户口，成了深圳人；有的人开始和香港人谈恋爱，准备变成香港人。无所谓年龄大小，似乎所有的人都做好了准备，带着无法改变的湘西普通话和乡土气息，让自己真正地融入这个城市，以及走进那些车水马龙的街巷里。

下午，我和二狗站在深圳湾边上，太阳从珠江口照射过来，红树林变成了很美的风景。海鸥从南海上不断地飞过来，让红树林有了灵性。这里以前是偷渡的地方，曾经发生过几次大规模的偷渡潮。那些偷渡的人，半夜从这里的海滩下水。说是海滩，其实就是淤泥。天亮到元朗或天水围能不能上岸，是一种生死选择。这种选择很难，因为天堂和地狱在这里同时打开了大门，没有人可以预测结果。现在好了，香港回归了，我们可以昂首挺胸地从罗湖桥走过去。二狗讲了，他刚刚看完美国作家威廉·曼彻斯特的《光荣与梦想》，里面有一段话让他无法忘记，"哈里·杜鲁门听到自己当选总统，三步并作两步走上台阶，两只睾丸撞得叮当乱响。"

他说，从昨天到现在，二狗都感到自己裤裆底下的那些东西在动，他听到了响声。他准备很快就去香港打酱油，让中环能够听到他的声音。

记得1988年的时候，我的好兄弟从日本回来，跑到湘西。在连绵不断的山野里，我们有了最初的想法。山里面的人，是不是有人想知道山那边是什么，是不是有人想爬到山那边去看一看，哪怕山那边还是山。于是，我们跑进了张家界，那时候，没有缆车，也没有电梯。我们一路步行，爬上黄石寨和天子山，到了金鞭溪和水绕四门，看完了龙虾花和娃娃鱼以后，我俩住进了离天门山不远的一个酒店里，每天看着天门洞，完成了《山那边是海》的剧本。这是一个歌舞剧，由湘西土家族苗族自治州民族歌舞团演出。哥们任导演，上海戏剧学院的师长们分别担任艺术顾问、舞美和灯光设计。那时候，中国没有高铁，湘西也没有机场，我的老师们是坐着绿皮火车来到湘西的。从上海到怀化转车到湘西，一个单程要40个小时。外面的人进来不容易，里面的人出去就更难。我的哥们在日本大阪已经生活了两年的时间，不知道他在湘西生活是如何习惯的。还有上海人，离开黄浦江和苏州河，离开那些斯斯文文的风景以后，沿着湘黔铁路一路走进湘西。走到当年土匪出没的莽原和山野之间，以及挂满辣子和草烟的木楼里，坐在烟黑火燎的十锅旁。阿拉们满头大汗流着眼泪吃着辣子的时候，他们问了，这难道就是沈从文先生笔下的《边城》，竟然找不到一点柔软的痕迹。好在人家还是把日子熬过来了，知道和湘西人在一起就和土匪在一起差不多，只要心里快活就行。忙了大半年以后，上海的老师们都可以吃点辣子的时候，戏终于排好了。

为了规避某些风险，这个剧本把故事情节放进了一个原始部落，时间遥远，主要是为了安全。我们以为没有什么麻烦了，然后这个戏开始上演。没有想到，演出效果是出奇的好。当原始部落里的人们终于爬上山顶看到大海的时候，剧场里已经掌声雷动。很快，这个戏在湖南就有了动静，省里专家和各地市专家都跑到湘西来看戏，这在当时的湘西，倒是不太多见的。但是，刚刚演了 10 场，就有人提出了不同的意见。为了稳妥，领导召开了剧本讨论会。在剧本讨论会上，湘西的几个权威发了言，有导演也有编剧。这些人在湘西摸爬滚打了几十年，写过剧本，还写过三句半和大字报，见过了不少的大风浪，跳过忠字舞，好不容易成了专家，自然有了不凡的功力。在专家和小人之间，每个人都在淋漓尽致地演绎着不同的人物与角色。他们时而语重心长，和蔼可亲；时而义正词严，吹毛求疵。当然也有人在装聋卖傻，阴阳怪气地说上几句以后，然后又若无其事地在等待着最需要的那个结果。人家讲了，这个戏舞美不错，灯光也不错，但是，剧本有很大问题，山那边是海，海那边是什么？人家提出了这样的意见，恐怕是动了不少的脑筋，就是要置这个戏于死地。湘西的很多观众看过《山那边是海》以后说了，看了以后才知道什么叫戏，也才知道，原来的那些所谓的专家们写出来的是一些什么东西。只怪这个戏动摇了人家的地位，虽然，专家们写戏不行，但人家知道该从什么地方下手才能搞死这个戏，于是，他们从山那边一直讲到了海那边，海那边，自然就有了黑暗与罪恶。

领导一直在闭目养神，权衡利弊。终于，领导抽完了最后一口烟，他把烟头狠狠地摁在了烟灰缸里，喝了一口毛尖，开口表了态，这个戏不演了。领导很老辣，他不和你们讨论对与不对的问题，也不去讨论海那边是什么的问题，他只作出了演与不演的决定。这个下午，会议室里没有坏人，专家们只是在关心一个年轻编剧的成长，领导没有评价剧本，谁也没有过错。当然，人家的目的已经达到了，虽然这些人走出去什么也不是，但是在这个山里头，他们是专家和评委，到处混吃混喝，打分投票。

在人的一生中，很多人的名字都会让人忘记，但总有一些人的名字让人记忆犹新，这些人要么很好，要么很坏。只是辛苦了我的老师们，他们还得坐绿皮车返回上海，依依不舍地和老师们挥手告别。上海的东边就是浩瀚的大海，波澜壮阔。

站在深圳湾的边上，我给二狗讲完了这段往事。正是涨潮的时候，人的感情也有了起伏。

二狗站在一边自言自语，好像是讲给他自己听："海那边是什么，海那边不是香港吗？"

从1989年到1997年，才过去8年，我们每个人都发生了变化。晚上，深圳庆祝香港回归祖国的晚会开始了，站在海边，可以看见东方之珠璀璨的灯火。海那边，一样的美丽。

香港回来了，没几天，二狗的女朋友却走了。一个香港老板看中了这个女孩，那老板是开着大奔600来的，比二狗的铜脸盆厉害多了。人家见面就送了女孩1万港币，虽然那个香港老板长得有点像元谋猿人，但人家有钱，当天晚上，二狗就变成了光棍。

第二天，二狗来找我，就想找人说说话，骂几句娘。见了面，我还没说话，二狗就开了口。"那个烂东西走了，被老子玩烂了，又被那个狗日的老板搞走了！"看得出来，二狗伤心了。湘西人伤心，不要理他，越理越伤心，不理他，几天就好了。

我给二狗递了一根烟，三五牌香烟，混合型，呛人。二狗点了烟，扎实抽了两口，若有所思地又到那里自言自语了："她走了也好，上回我带她转去，我爹讲了，屁股太小，不好生儿，这回老子找个屁股大的婆娘带转去，嚇下我爹。"二狗又开始得了卵劲。

二狗："老子这回是大白天碰到鬼了。上回我转去到瞎子老二那里算了一卦，他讲老子今年有一难，我还不信。这个难讲来就来了，有点怕人。婆娘一下就没得了，二瞎子算得好准。"

我给二狗讲："瞎子老二也是乱讲的，上回他婆娘跟到人家跑了，他就没算到。"

也难怪，湘西到处都是鬼故事，虽然没有人看到过鬼，但好多人都相信有鬼，二狗就是相信这个世界上有鬼的人。在我们那里，万物有灵，一根草，一块岩头，梯玛老司画个符，就可能有了灵性。曾经有一个医生给我讲了一个故事，他说他是一个党员，原本不该讲这些鬼事的。那是1962年，三年困难时期，因为没有吃的，在他们那乡里就有了好多水肿病人。县里组成了医疗队，他去了，下到乡里去治病救人。医院设在一个当年地主留下来的四合院里，高大的风火墙、楼门和天井将院子隔成两进，里面空空荡荡的，没有人住，好多年的风吹雨打，大白天走进去都有些阴森。那晚上轮到他值班，半夜时分，他在马灯前写着值班记录，突然，马灯的光从红色变成了绿色。他莫名其妙，不得其解，那个时候他是不相信这个世界上是有鬼的，所以并不害怕。写好记录以后，他拿着马灯去看其他病房的病人，走到天井里，灯光又变红了，让他感到更加诧异。看完病人回到值班室，坐下来不到10分钟，那灯光又变绿了，直到鸡叫，天快亮了，灯光才又变成红色。他起身准备下班，躺在值班室的一个病人叫了他。那个病人问他:"医生,你昨天夜头看到了什么吗?""没有啊!""有个长头发的人,手上拿着一根索子,站在你旁边,你没看见吗?"医生吃惊地:"我真的什么都没看见。"病人又问了:"那你的灯绿了,你知道吗?""我知道。""他站在你旁边,你的灯就绿的,他走了,你的灯又红了。"这个时候,医生已经听得目瞪口呆。医生又问病人:"那个人后来又到哪里去了?"病人说:"他到拐角那间屋里去了一趟。"医生急忙走到那间屋一看,屋里的两个病人已经死了。医生给我讲完了这件事情,还在自言自语地说,我到现在还没想明白这件事情。

其实这些事情是想不明白的,想不明白没关系,我们祖宗们早就有了好多的办法,那就是祭祀驱鬼。在我们那里,莫说是死了人,就是修座桥、砌个屋,那也有很多的讲究。做人做事的好多规矩,都与鬼神有关。在屋门口挂个吞口,请师父搬个开山,还个傩愿,凶神恶煞的面孔可以赶走好多鬼。

鬼是鬼,人是人,二狗的婆娘没有了,那是真的。二狗临走的时候又来了几句名言:"这个世界上哪有什么天长地久的事,人只要怕死,什么日子都可以熬过去。"

二狗走了,看着他的背影,那是一身的难过。我好像听到了湘西的民歌"婆娘走了心里烦,新酿米酒没开坛,纸包黄连里面苦,火烧桐壳焖到燃"。这首歌,好像就是唱送二狗听的。

二狗那里刚走，向老大就来了。他刚买了一部车，国产富康，雄赳赳地开着新车来找我们。听到二狗刚走，拉着我就追了过去。没走好远，就追到了二狗。

看到车，二狗的眼睛就亮了。他把车里里外外摸了一遍，问了："这个车好多钱？"

向老大："15万。"

二狗有点吓着了："那么贵？"

向老大："法国原装的发动机，不是国产的。"

二狗羡慕地："这是个好东西，有这个东西，找婆娘都快当！"二狗又想到他女朋友了，恶狠狠地骂了起来："那个狗日的香港老板，开了个车来，就把那个哈卵婆娘哄走了。"

向老大得意地："怕卵，下回我开车陪你去找女朋友，找个更乖的婆娘转来。"

二狗难过地："我是找不到好看的婆娘了，我老兄讲了，千万不要去惹漂亮婆娘。漂亮婆娘惹不得，要是漂亮婆娘哪天成了你老板的情人，你要去惹，你怎么死的都不晓得，那是喊遭鬼打。"

向老大接了话："鬼？哪里有鬼？深圳怎么会有鬼？怕卵！"二狗有点糊涂了："是喔，深圳哪里有鬼。"也难怪，相信有鬼的人，到了深圳，到处灯火通明的，不晓得哪里有鬼了。

我们一起上了车，往东而去，说是到盐田那边去吃海鲜，二狗讲，有车了，要走就走远点。没走出好远，前面有人横路，向老大按了喇叭，正准备牛逼一把，可是人家不让，向老大开窗骂了一句："你想死啊！"那人也开骂了，看得出来，人家脾气也不小。向老大关了车窗，我们听不见，富康车疾驰而去。在这个城市里的好多人，开车的时候骂走路的人，走路的时候骂开车的人，总是自己有理。至于开什么车，根本没人在意，在二狗的眼睛里，今天，向老大的富康是深圳最好的车。

到了海边，天已经黑了，那里有食街，到处是灯火。海鲜多，人多，格外热闹。石斑、海虾、濑尿虾、东风螺、扇贝、龙虾……让人看得眼花缭乱。我们走到一家店前，一个胖胖的姑娘热情地迎了上来，二狗看了高兴，就跟了进去。找了个靠窗的桌子，我们就坐了下来。姑娘叫我们到海鲜档前面去点菜，晚上是向老大请客，二狗不客气，也跟了过去。菜是向老大点的，二狗过去主要是和人家姑娘聊天。点完菜，走过来，二狗悄悄说了："这个女孩要的，肥噜噜的。"向老大来了一句："狗日的，你又看上了。"二狗得意地："老子今天晚上就找她要电话。"

一大盘姜葱炒花甲和几只大虾端了上来，就着金威啤酒下了肚，二狗的话就被全部倒出来了。向老大翘着二郎腿，一只皮鞋在二狗的眼睛前面不断晃动着,二狗看见了,他好奇地问了起来:"老大,你这双皮鞋是新买的?"

向老大:"刚买的。"

二狗又问了:"好雄,哪里出的?"

向老大:"意大利。"

二狗若有所思地:"深圳这个地方真的不得了,出老板,出大老板,老大就是我们湘西的大老板,40码的光脚板,现在开始包意大利的牛皮了。"

向老大:"我算什么老板,卵老板。"向老大指着大厅里吃饭的人:"这里面不晓得有好多是老板,而且是大老板。你看下外面停的车,好多奔驰和皇冠,还有沃尔沃。"

二狗听到奔驰就来了气:"狗日的,我那个婆娘就是奔驰骗走的。"

向老大:"怕卵,再找个转来。"

湘西人经不得惹,一惹胆子就大,性子就急。二狗看到了那个胖姑娘,老远把人家喊了过来:"靓女,把菜单拿过来。"

胖姑娘走过来,微笑着站在二狗跟前,二狗笑嘻嘻地:"靓女,听你口音是湖南人。"

胖姑娘:"是,我是扶(湖)南人。"

二狗:"湖南哪里的?"

胖姑娘:"常德的。"

二狗故作惊讶地："那真的是老乡。"

胖姑娘："你们是哪里的？"

二狗开始发癫了："湘西的，挨到你们常德的，你们常德是我们湘西的大门。常德人讲话好听，骂人家的娘不是×他妈，是二他妈，来来来，留个电话，留个电话，下回我们又好来。"

就这样，胖姑娘给二狗留了她的联系电话。小说如此开了头，一定又是一个长篇，深圳有好多故事，一个比一个精彩。那晚上，我们离开酒楼的时候，胖姑娘一直把二狗送上车。

果然没多久，二狗就和胖姑娘好了。再见二狗的时候，二狗送我看了一封信，说是胖姑娘写给他的。我在看信的时候，二狗格外得意。

胖姑娘写了下面这段话："好想谈一次啰里巴嗦的恋爱，每天说甜死人的话，约你来我的房间里吃西瓜，和你一起在下完雨的半夜穿着拖鞋出门溜达，坐在马路牙子上喝冰啤酒，趁着半醉不醉靠在你身上问你爱不爱我，你说爱，我就再问一遍，一直问到你肯吻我为止。"

二狗笑嘻嘻地又开了口："怎么样，信写得好不好，我看了半天，舍不得放手。那个女孩肥是肥了点，但人家细皮嫩肉的，又聪明，在唐朝说不定还是个贵妃。"

二狗肯定是想到了杨贵妃，那是一个闭月羞花的美人。

虽然人家还在酒楼里端盘子，但是这个常德女孩在湘西的这个男人心里已经有了重要的位置。常德是湘西的大门，一条沅水把湘西和常德紧紧地连在了一起。以前，湘西没有公路的时候，沅水是湘西重要的交通水路。湘西人把木材、桐油、药材通过沅水运到常德，然后又打着光屁股拉着纤，把布匹、食盐运进了湘西。小孩晚上尿床了，老人就说，昨天夜头下了常德，可见常德在湘西人心里的位置。当这个常德姑娘成为二狗的女朋友以后，常德已经成为二狗心里的圣地。二狗讲了，以前是常德的烟让他离不开，现在是常德的女孩子也让他离不开了，这个狗×的常德。

　　送走二狗，回到办公室。素者来找我，还没有开口讲话，办公楼里突然有了好大的动静。我和素者跑过去看热闹，原来是一个经理的老婆和办公室里的一个小女孩吵了起来。经理老婆的声音很大，像深圳湾飞过来的海鸟，叫起来老远都能听见。小女孩倒是斯文，总想讲点什么道理，但是在那种场合，讲道理的声音是听不见的。如同打雷的时候，我们听不到雨的声音。不到一分钟，大家就知道了吵架的缘由。原来，经理老婆说这个女孩和她们家的经理暧昧，笑的时候，表情都和别人不一样，一看就不是个好东西。小女孩红着脸，她不知道该如何去解释。不过，话说回来，在中国有几个人能够解释清楚这种事情，一个可怜的小文员，鸡蛋撞到了岩头。正在吵着啦，经理从楼道那头走了过来，经理来了,高潮就应该来了。好多人都在暗暗期待,好想看到那些精彩纷呈的热闹以及剑拔弩张的情节。谁知道经理走过来把自己的老婆一顿臭骂,拖着自己的老婆走出了办公室。冲突已经出现高潮,故事却戛然而止,让好多人失望。莫非经理就是喜欢这个小女孩,只是不想让大家看到结尾。小女孩头也不回地走出了办公室,留下了一大堆看热闹的人。办公室瞬间安静极了,几分钟以后,有一个轻轻的声音传过来,也是一个女孩的声音,大家听得很清楚:"人家是从北京来的,人家的老豆是北京的领导。"搞了半天,大家才知道,经理和经理老婆才是鸡蛋,小女孩人家才是岩头,而且是湘西那种铁岩头。宰相家人七品官,在小女孩面前,经理知道自己是鸡蛋,他老婆不知道自己是鸡蛋,所以,经理老婆才往岩头上去碰。难怪有人讲,经理婆娘是个哈婆娘。深圳是岩头和鸡蛋混杂的地方,并且是我们常常分不清楚岩头和鸡蛋的地方。

"这个狗×的。"素者轻轻地骂了一句,里面有好多的无奈和感叹。素者自从当了老板以后,人家信奉了基督教,经常讲的都是上帝和耶稣,平等和友爱,格外有了教养。但是,素者有时候会忘记,忘记以后,就会骂湘西痞话。

很快又到了秋天,又到了天高云淡的季节。公司来了通知,让我做好准备。跟随公司张总和张副总,还有集团张总去美国、加拿大、墨西哥和日本考察。接到通知以后,深圳好像每天都是春暖花开的样子。第一次出国，三个老总都姓张，那一定又是前世的缘分。难怪藏传佛教信奉三世佛，其中一定有些道理。

到了出发的日子，我们一行8人，从香港启德机场起飞。全日空的航班，波音747机型，是目前世界上最大的飞机。我不会英语，日语同样听不懂。说实话，湘西人出去能讲外语的不多，即使会讲几句什么乱七八糟的爱母优，人家老外也听不懂。当年高考的时候，我的英语就是零分，不过话说回来，就是考个二三十分的也没有什么卵用。普通话都讲不好，还讲什么英语。飞机上的空姐很热情，但不晓得她们在讲什么。食品车推过来，花花绿绿一大堆瓶子，估计都是饮料和酒，但一个字也认不到。同事告诉我，可以要茶，茶的单词是tea，发音简单方便。所以后来一路上我喝的都是茶，其他的饮料和酒都是别人喝的。没事的时候，飞机最后几排座位可以抽烟，大多时间我都坐在那里，吞云吐雾地过足了瘾，那里不要讲外语。飞机飞过台湾海峡，4个小时以后，降落在东京的成田机场。我们在成田机场的贵宾厅要休息4个小时，晚上10点飞夏威夷。

夏威夷是一个群岛，降落的那个岛，日本人说是瓦胡岛，美国人说是火奴鲁鲁，中国人说是檀香山，一个名字就把人搞得晕乎乎的。后来才知道，一个是岛的名字，一个是城市的名字，都没错。飞机降落的时间是北京时间凌晨3

点，而夏威夷的时间已经是上午9点了。正是睡觉的时候，我们下了飞机，然后睡意朦胧地走出了机场。机场的出口处，阳光格外刺眼，几位夏威夷的侨领热情地迎了上来。寒暄过后，有两位姑娘给我们每个人都献上了花环，据说这是当地最隆重的礼节。夏威夷的花环有着南太平洋上特殊的香色，一下飞机，檀香山就给我们留下了美丽的印象。

吃过早餐，我们住进酒店。窗外就是浩瀚的太平洋，湛蓝的海水从眼前一直奔涌到天边。大景色让我们没有了睡意，稍作休息，我们出去参观，第一站就是珍珠港。夏威夷仍然是夏天，男人们都喜欢穿着花布短袖衬衣，开着加长的福特和林肯去兜风。银白色的沙滩、走在椰子树下的比基尼女郎和海面上的冲浪，成为一路上的风景。我们的酒店离珍珠港不远，主人们让我们也换上了花衬衫，坐上福特牌的大商务车，没多久就到了那里。我们去参观亚利桑那纪念馆，虽然珍珠港事件已经过去了56年，人一走进纪念馆，仍然感觉到了那段历史的沉重。在馆内那面白色大理石的纪念墙上，镌刻着1177名海军将士的名字，让人震撼。那些名字在默默地告诉着后人，一场战争，使多少父母失去了儿子，这让我想到了美国电影《阿甘正传》以及飘在空中的那一片孤单的羽毛。在人类的宣言里，人类是反对战争的，但人类的历史上为什么会有那么多的战争。很多国家纪念的所谓英雄，其实就是刽子手。刽子手竟然可以成为英雄，这个世界上一定有好多颠三倒四的道理。我只知道，人类多少妻离子散的悲剧，原本是不应该发生的。

离开珍珠港，我们去看大风口。这是一个古战场，据说是1795年卡美哈梅哈国王战胜瓦胡岛酋长的地方。大风口两边都是高山，中间只有一个不宽的通道，形成了一个峡谷。太平洋上的风从海面上连绵不断地吹过来，在这个山口挤成了一堆，于是，这个地方很多时候都有十几级的大风在狂吼着。我们一走到山口，不管你是什么职务，八个人就被吹变了形。风很大，大家脸上的皮肤在风中如同面团被揉搓着，体重轻的人随时都有可能飞起来，好像中国的八仙在过海。在一片欢声笑语里面，大家手拉着手，在风中舞动。我们的女张总被风一吹，没有了皱纹，年轻了30岁。随后，所有的笑声都被大风吹得无影无踪，消失在瓦胡岛的山野里。

离开大风口，回到酒店，也是黄昏。在酒店吃过晚饭，就去逛街，沿着海滩旁的街道，去看夏威夷的夜景。这里的街上行人不多，但是却有着璀璨的灯火，在深蓝色海水的映衬下，夏威夷的夜晚格外梦幻。在那个夜里，我们漫无目的地四处闲逛，到过电影院，也到过超市。由于不认识那些乱七八糟的美国字，檀香山的大街只给我留下了一些花花绿绿的印象。回来一路步行，准备走回酒店。拐过一处街口，突然看见，前面的街道上有很多站街女郎。她们不断晃动着自己身上最吸引男人的那些部位，让那里的夜晚多了好多柔柔软软的东西。我还没有反应过来，街上就有了动静，这应该是走到了夏威夷的红灯区。这些站街女大多穿着黑色的皮衣皮裤，黑色发亮的皮革包裹着那些白色的肉体，袒胸露乳地在霓虹灯光的照射下，形成了太平洋上的性感。那些站街女无所顾忌地在挑逗着路过的男人们，有几个日本男子停了下来，和那些女子在比划着什么。没比划几下，就有人开始搂抱，这让人想起了湘西的骚鸡公，扇几下翅膀就上去了，八戛牙路。

这时候，一个金发女朝我走过来，她穿着一身黑色的西装，极好的身材，像一个大学生，微笑着用英语向我打着招呼，听不懂她在讲什么，但把我嚇跑了。不是我胆子小，是以前我在湘西的一个老领导教导过我们："女的吧，哪个都想搞，就看归不归你搞。不归你搞，你搞了，那就叫犯错误。"这句话我一直没忘记，所以，在夏威夷的这个晚上，我跑回了酒店。肯定那个金发女想不通，这是哪里来的哈卵，竟然跑了。湘西有名言，哈人有哈福，但哈卵没有。

第二天，我们去了夏威夷波利尼西亚文化村，这个村和我们的景区是姊妹村，那里的主人热情地接待了我们。波利尼西亚文化村是杨百翰大学投资建设的公园，也是杨百翰大学夏威夷分校的学生实习园区。杨百翰大学是摩门教会办的学校，因此，这个文化村也是摩门教会建的公园。摩门教，是耶稣基督后期圣徒教会，成立于1830年，是美国第四大宗教团体，教会总部在犹他州盐湖城。

在这个景区里，有萨摩亚、毛利、斐济、夏威夷、东加、大溪地和瑟基瑟等7个村落，荟萃了南太平洋上的少数民族风情，草裙舞是这里最具代表性的舞蹈。摘椰子表演，水上风情巡游，诙谐的游客互动，让游人们流连忘返。同时在浓郁风情的包装之下，这里还使用了很多高科技的设备，把太平洋上的文化展示得更加精彩。高保真的电影《海底世界》，近乎垂直坡度的观众席，15米高20米宽的大银幕，呈半弧形往观众的脚下延伸，高清晰度的影片，在我们的面前打开了一个深邃的海底，那个海底有我们从未看见过的神秘和美妙。其制作技术和效果，让我们叹为观止。主环道上用火把照明，火把烧的都是真火，其燃料可燃而且温度很低，可以用手触碰，原始古朴，安全可靠。傍晚，吃过夏威夷大餐以后，我们去看演出。入夜的大型演出，是这里的高潮。夏威夷大餐不好吃，但演出很好看。里面座无虚席，演员全情投入，让我们感受到了海洋文化和夏威夷的热情。夏威夷的问候语是阿罗哈，据说是你好、再见、我爱你的意思。那天，我们喊了一整天的阿罗哈，不管是老的小的，胖的瘦的，白的黑的，见人就问好，直到晚上10点回到酒店，才安静下来。

第三天，我们去了夏威夷大岛，从檀香山机场飞夏威夷大岛上的希洛机场，飞机要飞大约1个小时。我们是早班飞机，没多久就到了那里。这个岛是一个火山岛，盛产夏威夷果。岛上的建筑材料大多使用火山石，因此，这个岛上的建筑呈现出一种特殊的美色。走进这些建筑物，室内特殊的颜色和质感，让人舒服，愿意亲近。岛上有一个巨大的火山口，那里是夏威夷火山国家公园。开车过去，一路上到处都在冒着热气，透过地面的裂缝，能够感觉到火山在地下的奔突和升腾。火山口实在是太大了，直径恐怕有两公里之多，站在火山口边上，才知道人的弱小。这里到处都是冷却以后的岩浆，这些岩浆在地面上留下了一条又一条奔涌的通道，如同河流的雕塑。虽然火山已经没有了太大的动静，但当初喷发出来的岩浆，却在这里留下了令人敬畏的痕迹。这是一座活火山，正在休息，一旦苏醒过来，又会惊天动地。这里的地上到处都是火山石，火山石很轻，深褐色的石头拿在手上就像拿着一块泡塑，那是一种奇妙的感觉。

离开火山国家公园，我们又来到了大岛上的黑色海滩。我是第一次看见这种颜色的海滩，蓝色的海水和黑色的沙滩组合在一起，让人惊叹大自然的神奇。海滩上到处都是嬉戏的人群，夕阳从海面上照射过来，在黑色的海滩上又涂抹了一层金色，夏威夷的黄昏变得格外美丽。

当天我们又飞回檀香山，在檀香山休息一夜以后，我们离开了夏威夷。飞机在空中飞行了6小时，我们到了洛杉矶。洛杉矶和夏威夷的时差有2小时，我们的时差快要倒过来了。第二天一早，我走出酒店，上街去吃早餐，那是一个台湾人在洛杉矶开的餐馆。餐馆里面没有雕梁画栋、对联和红灯笼，装饰简洁、明快、大方，少了好多难受的符号。我靠窗坐下，要了一个包子、一根油条和一碗豆浆。包子是肉包子，看样子好吃。咬了一口，那种发面和肉的口感，顿时让人从头到脚舒服了起来。难以想象，在洛杉矶的这个餐馆里，竟然吃到了湘西包子的老味道。这种味道是童年时就熟悉和喜欢的味道，从小走进记忆里的味道，终生好难忘记。有时候，记忆都没有了，味道还在。包子的肉馅是用刀切的，有肥肉，呈颗粒状，用大蒜、酱油等配料炒熟，包进包子。包子蒸熟以后，有一种特别的美味，这种味道可以激活湘西人的许多记忆，即使这种记忆已经沉淀了好多的岁月。这让我想到了湘西小城里以前的石板街，石板街上的包子铺，以及刚蒸出来的包子在街上飘得很远的那个味道。我们那地方卖包子，有两个名人，一叫长久，一叫幺瞎子，他们做的包子在小城里是名吃。包子蒸好以后，他们用竹编的簸箕装起来，顶在自己的头上，沿街叫卖。听到他俩的叫卖声，所有的孩子嘴巴里都会流口水。在深圳吃的包子都是绞肉机绞的生肉馅，那是两回事情。好久没有吃到这种味道了，洛杉矶的这个台湾老板，让我在这个早上回到了童年时候的湘西。在这里，包子的颜色、大小和形状，都是我们年少时在湘西看到的那个样子,说实话,有些东西是不能看的,例如湘西的肥腊肉和牛肉米粉,让湘西人看到就会想到吃。同样,油条和豆浆的味道一样的久远,这个餐馆保留了好多遥远的美食。这些遥远的味道,不管过去了好久,总会使人难舍。乡音不改,乡愁不断,这个台湾人不会是湘西人吧?以前,湘西有好多人去了台湾。

吃过早餐,我们去洛杉矶的环球影城。这是一个重要的主题公园,好莱坞需要我们仰视。走进环球影城,我们是去学习的,态度因此认真。把一些著名的电影变成引人入胜的旅游项目,是美国人的创意,从此,这些创意使得这些电影和公园一起在影响着全世界。一个白天,我们从大白鲨开始,然后去看了《人猿泰山》里的大猩猩,体验了大地震,飞越了美利坚,观看了未来水世界的特技表演和特效电影《终结者》,穿越了侏罗纪公园,最后走上了好莱坞星光大道,所有的项目让我们玩得不亦乐乎。就是在排队等候的地方,为了打发无趣的时间,电影《吸血鬼》里的人物和大家互动,也是一个妙趣横生的过程。看得出来,环球影城有一大批创意专家在动脑筋,然后让许多游客走进了这个引人入胜的电影世界。

第二天,我们去了迪士尼。洛杉矶迪士尼于1955年开业,是世界上第一个迪士尼乐园。真服了这些美国人,搞出来一个鸭子和一个老鼠,竟然让全世界的孩子们着了迷。我们湘西有的是鸭子和老鼠,但是卵用都没得。我们从美国大街走进去,然后坐了车,也坐了船,吃了汉堡包,逛了小小世界,以及看了好多猫啊、狗啊,还有白雪公主和小矮人的大巡游。在这个五颜六色的童话王国里玩了一天,意犹未尽,真佩服美国老头沃尔特·迪士尼,怎么可以把童话玩成这个样子。走出迪士尼乐园,突然想到了国内的许多神话主题公园,我们的神话经典竟然被某些同胞玩成了文化糟粕,粗制滥造的一堆鬼神形象和毫无新意的展现方式,以及让人反感的旅游体验,既对不起今人,更对不起祖先,丢人。

离开洛杉矶,我们去了美国边境城市圣地亚哥。这是南加州的海滨之城,也是非常美丽的一个城市,看得出来,这是很有钱的一个地方。作为美国西海岸重要的旅游城市,这里有很多著名的旅游景点,包括海港村、柏贝公园、艺术博物馆、动物园、西班牙村等等,其中巴尔博亚公园是美国最大的都市文化公园。1996年,这里的游客量为1400万人,旅游收入40亿美元,旅游从业人数123800人。同时这个城市还是美国第五舰队的基地,随眼看去,不时可以看见军舰、直升机和坦克,以及路过的军人。我们在这里只是稍作停留,很快就从这里出了美国边境,走进了墨西哥的蒂华纳。这个城市没有了圣地亚哥的豪华,但却有了浓郁的中美洲风情。不人的街巾上,店铺林立。有不少的店铺门口,都站着店员。见了中国游客,就会用汉语打着招呼:"进来看看，便宜。"这里的墨西哥人肯定知道，中国人喜欢便宜的东西。大街上有不少毛驴车，这些毛驴都被车主人焗了油，变成了黑白条纹的斑马，成为街上的景观，老远就可以看见。如果你要过去和毛驴照相，车主人要收10元人民币。这时候，我看见远处有中国游客用长焦在偷拍毛驴车。走近一看，却是深圳的老朋友，特区报的老赵。在深圳都不常见的人，没有相约，却在西半球见面了，格外亲热，聊了好久，临别时约好了，回到深圳一定要坐坐。

我们又回到了洛杉矶，从那里上了飞机，去拉斯维加斯。在这个城市里，我们住在金银岛酒店。当天晚上，我们看了两场大型演出。一场是MG.M酒店里的演出秀，一场是《白老虎》。这是一些眼花缭乱的演出。其中有《泰坦尼克号》的情节，古罗马战场的烽烟，还有满台的白老虎、外星人的飞碟、舞台上的洪水、巨大的恐龙、浴缸里的表演和无上装的舞蹈。强烈的视觉和听觉冲击，让满场的观众站起来长时间地鼓掌。舞台上的演出没有走进我的心里，倒是观众的掌声让我有了感动。

第二天的白天，我们和拉斯维加斯的市长见了面。入夜，我们去看老城和夜景，一城的灯火让拉斯维加斯变得光怪陆离。赌城大道挤满了顶级的酒店，米高梅酒店、百乐宫酒店、幻彩酒店、MG.M赌场、安可酒店，还有金银岛酒店和埃及金字塔酒店，一起在灯火里显示着自己的奢华。我第一次知道，酒店可以有这么大，一个酒店竟然有5000间客房，世界上最大的十家酒店有九家在拉斯维加斯。200多家赌场在这里等待着来自全世界的客人，不管是白人、黑人还是黄种人，所有的人都在这里亢奋。在这个赌城里，每天晚上有近百台秀的演出，每年有4000万游客走进拉斯维加斯，若干个大赌场、大剧场、大酒店和大娱乐场让这个城市闻名于世。在拉斯维加斯的酒店里吃饭，就可以买彩票号码赌博；在结账的服务台上面，都安装着老虎机，顺手就可以往里面扔硬币。据拉斯维加斯的市长介绍，这个城市试图用会议旅游、体育旅游等内容来改变赌城的形象，但是，这样的努力谈何容易。

当晚，我们又去纽约纽约酒店里看了一场音乐剧。听不懂英语，看了个大概，应该是有些美国人伤心难过的故事。反正住在大城市里的人容易多愁善感，每天都有好多麻烦。不像我们乡里人，天一黑就上了床，有婆娘的抱着婆娘，没有婆娘的抱着枕头，一觉就睡到大天亮。走出剧场，站在大街上又看了火山爆发和加勒比海盗大战，高科技把这些室外表演搞得气势磅礴和地动山摇。看完演出，回到酒店，穿过堆满老虎机的大赌场，在兔女郎端的盘子里拿了一杯可乐，然后装得若无其事地走进了房间，其实酒店里面到处都是诱惑。不久就睡了，梦里都是老虎机和旋转的轮盘。天亮以后，我们要去胡佛水库和科罗拉多大峡谷。

在大峡谷和西部沙漠里跑了一天，科罗拉多已经下了雪。白色的积雪覆盖在丹霞地貌的大峡谷上面，让美国的西部更加粗犷。我们在那里照了几张照片，匆匆忙忙地转了一圈，很快又回到拉斯维加斯，休息了一晚，我们飞去了盐湖城。当天，盐湖城的主人们在市政厅里面举行了欢迎仪式，一群孩子载歌载舞为我们进行了表演。当孩子们演唱了歌曲《茉莉花》以后，欢迎仪式到了高潮。我们和孩子们合了影，身后是中国国旗和美国国旗，我们站在天真烂漫的孩子们的中间，那个仪式从此难忘。

晚上，杨百翰大学的常务副校长设家宴招待我们，又是一个感动的时刻。校长家的别墅在杨百翰大学里面，室外有走廊以及雕花栏杆，摆放有不少植物和花卉，一式的格子门窗，简洁大气，是格外讲究的环境。餐厅里，有书橱和酒柜，都是古老的美式风格。长条桌上点亮了好多的蜡烛，餐具有着精美的欧式花纹。主人为我们准备了沙拉、面包、牛排和红酒以及咖啡。他们信奉摩门教，于是，餐前进行了祷告。祷告大意是：感谢主给我们提供了这么丰盛的食物，让我们拥有了强健的身体，阿门。然后才开始用餐。我听不懂英语，但我记住了校长全家人的笑容。

在盐湖城，我们专门去了这里最著名的家谱博物馆。这个博物馆成立于1894年，里面收藏着全世界最为齐全的家谱资料，整个博物馆共收藏着27.4万册图书，200多万卷微缩胶卷复印件，涉及3亿多的姓氏。其中收藏的中国家谱（包括支谱、族谱、通谱和总谱）共有17099种，地方志5043种，清朝户口册（东北）4375册，清朝科举资料1293册，还有一些墓志铭、传记、同乡会刊和古籍。该馆收藏的中国家谱总量超过上海图书馆和北京国家图书馆收藏家谱数量的总和。在这里，中国的家谱可以按照姓氏和以县为区域进行检索，里面有文字资料、影像资料和胶片资料，有200多台检索设备供读者使用。我在博物馆里检索了湘西一个县城的杨姓家谱，资料十分详实，难以想象美国人竟然收集了如此丰富的内容，让我们叹为观止。

两天以后，我们从盐湖城飞奥兰多。下午三点的飞机，我们中午就到了机场。在机场等了好久，五点还没有听到登机的消息。又过了半小时，有了广播，我听不懂，说是机长还没有来。狗日的机长，三点的飞机，五点半还没到机场，搞什么卵去了。过了六点，终于喊我们登机了，大家如释重负。飞机起飞以后，坐在飞机上往下看，盐湖城的夜景美得让人目不暇接。一边是雪山，一边是城市里的灯火，相互映衬着，一直璀璨到天边。正当我们透过舷窗看得入神的时候，就听见右边的发动机发出一声巨响，一个大火球顺着窗户向飞机的尾部滚过去，把我们吓得目瞪口呆。没多久，我们就闻到了飞机里有很大的焦糊味，空姐在机舱里焦急地奔跑，我们完全不知道发生了什么事情，盐湖城的美丽已经消失得无影无踪。整个飞机出奇的安静，所有的旅客没有发出任何声音，没有尖叫，没有哭泣，也许是都被吓懵了。过了一会，我们听到了机长的声音，说是没有太大的事情，请大家镇静。飞机继续在飞，这个航班是从盐湖城飞奥兰多的，飞行时间需要四个小时。我不知道以后还会发生什么，提心吊胆地坐在飞机里，那是一种煎熬。而且是那么长的时间，一分一秒都格外难过，那一会，真后悔，不该来美国。看着周围的美国人，好像都没有什么特别的反应，我在想，莫非美国人信奉上帝，没有一个人怕死。终于熬到了奥兰多的上空，差不多也是半夜了。我们看到了机场耀眼的灯光，那个时候的灯光和平时看到的完全不一样，就像看到了救星。当飞机在跑道上完全停稳以后，飞机里突然响起了雷鸣般的掌声，有些美国人已经热泪盈眶。我才知道，那些人比我还怕死。我不希望再有这样的经历，湘西的瞎子老二也给我算过命，说我命好。

我们在奥兰多停了四天，住在美国锦绣中华的汽车旅馆里。这个旅馆很好，四层楼的大建筑，围成了一个特大的四合院。四合院中间是一个同比例尺寸的游泳池，波光粼粼的水面让整个旅馆变得灵动。我住在一楼，湛蓝的水就在门口，走出门就可以直接到游泳池里游泳，一上岸就可以走进房间。这个旅馆住着很多旅客，但锦绣中华的景区里已经没有游客了。我们第一个晚上就去看了美国的锦绣中华，景区已经开始荒凉。当晚，景区里只有一台小型杂技晚会演出，转碟、柔术、蹬技表演种种，台下坐着两个美国老人团在观看，水土不服，中国走出来的第一个主题公园就要关门了。

我们只能去迪士尼乐园。奥兰多迪士尼是全世界最大的迪士尼，占地120平方公里，这里有3个主题公园和27个度假饭店，到处人流如织。未来世界、好莱坞影城、魔法王国以及三个水上乐园组成的娱乐王国，以及米老鼠和唐老鸭，美女与野兽和狮子王的诱惑，每年吸引着3000万游客来到这里度假，令人叹服。

在迪士尼乐园里，我去了恐怖塔，说是十分刺激，其实，这就是一个娱乐项目，哪有我们刚刚坐来的那架飞机可怕。走进恐怖塔，如同走进一个古老的欧洲建筑，里面阴森森地落满了灰尘。只有一个穿着古老服装的人站在那里，没有声音，他面无表情地为游客打开了一部电梯的门，我们走了进去。电梯开始上升，直到恐怖塔的顶部。突然，电梯里发出了一声尖叫，那是一种很凄厉的女人的叫声。电梯瞬间失控了，在那个完全黑暗的空间里掉了下去。电梯里有游客被吓得和鬼一样地尖叫了起来，听得出来，有人已经快要被吓死了。中途电梯急停了一下，然后又快速地落了下去。当电梯落到地面的时候，电梯门打开，有人脸色煞白，已经不能走路了。

然后，我们又玩了极速赛车，这是迪士尼和通用汽车公司联合开发的一个主题乘骑项目。其中最精彩的一块设计，就是在游客的排队区设计了一条通用汽车的生产线，排队的过程就是观看汽车流水组装的过程，创意很棒。

在迪士尼乐园里有一个中国的天坛，这个建筑大概是按照北京天坛2∶1的比例建造的。这个天坛临水而建，湖光山色，精美讲究，有着不一样的风景。天坛里有中国餐馆，中午，我们到那里去吃饭。走进餐馆，有服务员迎了过来。一见面，张总认识，那是两年前从张总那里跑走的演员，现在餐馆里打工。见到张总，人家有些尴尬。张总毕竟是老总，马上热情地和他打招呼。只是问近况，不再涉及以前的事情，算是有了交流。交谈中大家知道，这个演员因为身份不合法，已经两年没有回家了。他在美国遇到过持枪抢劫的劫匪，双手抱头趴到过地下。一个人在美国不是很容易，有些想家。

玩了三天下来，不得不佩服，人家的梦工场真的厉害。那几天我们白天进景区，看史迪仔、古菲狗、彭彭和丁满，玩黑暗乘骑以及考察100多个娱乐主题项目。一到晚上，就去考察迪士尼的主题酒店和欢乐岛。迪士尼的酒店各有各的主题，各有各的色彩，大气讲究，每一个酒店近乎无可挑剔。其中的优胜美地风格的酒店，房间是田园风格，走进酒店，如同走进了一处森林公园。整个酒店都进行了主题包装，粗大的仿木仿石都做得十分逼真。酒店的墙上挂着猎枪和锋利的刀剑，走廊里有熊和鹿的标本，凳子上铺着人造的虎皮，恍若走进猎人的家里。大堂里有间歇泉，怎么看都应该是从峡谷里流出来的溪水。泉水是人工温泉，热气腾腾的泉水让水雾在大堂里升腾。大堂里的泉水不断地往酒店外面的游泳池里流去，游泳池那里又是一处美丽的风景，天然得像一幅油画。

天鹅主题酒店则如同皇宫，精美的装饰和里面的油画都是一流的艺术品。白色天鹅雕塑和喷泉是酒店的主体标识，造型别致。这些经过精心布置的空间，人一走进去马上就会心旷神怡。我们一起去的曹总说，这是鸭子酒店。人家是蒙古族，笑声可以传得很远，听起来像长调。他把天鹅说成鸭子，而让我们大家一直记住了这个酒店。在脍炙人口的《狮子王》插曲《哈库拉·马塔塔》的音乐声中，有彭彭和丁满作伴，我们在奥兰多玩得十分开心，那是几个没有烦恼和忧虑的日子。

告别奥兰多，我们飞华盛顿，飞机很好，没有再折磨我们。我们在华盛顿，大使馆做了安排，所有的行程都有人陪同。在这个城市里，华盛顿纪念碑、杰斐逊纪念堂、林肯纪念堂，还有白宫、国会大楼、五角大楼、美国航空和航天博物馆、雕塑不倒旗都给我们留下了好多的印象。但印象最深的，一是水门大厦，五个穿得西装革履的共和党人，偷偷溜进民主党的办公室里安装了窃听器，造成了轰动全世界的水门事件；二是随处可见的海鸥和松鼠，这里的环境之好，难以想象这是一个大国首都的生态。华盛顿市区不大，人口也不多，上班的时候都不显拥挤，但影响着全世界。美国220年的历史，只有16年没有在外面打过仗，所有的战争指令都是从这里发出的，看起来这里的人却都很有礼貌。

一天以后，我们坐火车去纽约。火车上人很少，非常安静，经过费城，我们到了纽约。在纽约我们住在曼哈顿中国驻纽约总领事馆里面，出门就可以看见美军退役的无畏号航母，那是哈德逊河面上的标志。这里离百老汇和时代广场不远，交通十分方便。不过有人提醒我们，在纽约千万不要去坐地铁，那里是纽约最乱的地方。当天晚上，我们在世贸中心附近参加了一个当地华人的婚礼。参加婚礼的嘉宾多为纽约的富商和侨领，因此，婚礼十分隆重和喜庆。很难想象，即使是在美国，很多年以后，中国的婚礼文化仍然是那么传统和精彩纷呈。

第二天白天，我们去了华尔街和ABC广播公司，ABC是迪士尼旗下的公司，我们在那里做了专业的交流。然后我们去了华尔街，在街头上看了那头牛。很多人在摸牛屁股，并站在牛屁股后面合影，成为华尔街上的一大时尚。这让我想起了以前的湘西，大凡孩子读书成绩不好的时候，大人就会骂了，你看你读的什么卵书，都读到牛屁股后面去了。在湘西人的眼里，牛屁股，应该是比较落后的地方，但是在华尔街，牛屁股让好多人喜欢。尤其是后面的那两个牛蛋，被人摸得铮亮，没有一点灰尘。

吃过晚饭以后，我们去看音乐剧《西贡小姐》。这是百老汇的重要演出之一，阿兰·鲍伯利和勋伯格的作品，已经演了6年。我的校友王洛勇是一号主演，走进这个剧场，感觉我也沾了同学的光。集团张总说了，湘西土匪怎么可以有这样的同学。这是一个悲剧，发生在越战期间，讲述了一个美国大兵和一个越南痴情舞女生死离别的故事。战争让他们相爱，战后让他们毁灭。舞台画面震撼，感人至深，直升机在舞台上降落，然后在舞台上起飞，给人留下了很深的印象。这个戏是往心里去的，可以催人泪下，情感无法抵拒。在这个高等级的戏剧空间里，艺术审美成为一个极为神圣的过程。演出结束以后，剧场里响起了经久不息的掌声。这些掌声不是因为礼貌，而是因为感动。即使是最传统的戏剧结构，无论是面对东方还是西方，生离死别的情节同样具有强大的张力。那一夜，我好久不能入睡。

离开纽约，我们飞多伦多。到了机场，旅客排着长队在办登机手续。不知道要排多久，只怕误了航班，正在手足无措的时候，一个机场工作人员走了过来。这是一个黑人壮汉，身高至少超过1米90，体重超过300斤。人家说了，1件行李1块美金，可以提前代办。话音未落，我们就付了钱。黑人壮汉收好小费，一把提起来4个大箱子走了过去。

我们一人提一个都很费劲的箱子,在他那里就不算什么事情。这哥们力气很大,像非洲的野牛。登机手续很快就办好了,我们进了机场。有钱真好。

我有同学在美国,那天在纽约见了面,聊天时告诉我。有一次他生了病,周四生病,打电话给医院预约,预约以后,医院回复,要下周三才能看医生,周五化验,至少要10天以后才能得到治疗。治疗费和药费自己要付三分之一,如果住院至少还要2万美金。于是,他花了580美金买了一张往返中国的机票,到沈阳空军463医院看病,三天治好了以后,六天又回到了美国。

用了半个月时间,在美国匆忙地过了一路,这就是美国留给我的印象。我不了解美国,在拉斯维加斯的时候就有同胞告诉我,这里是天堂,也是地狱。

我们到了多伦多,第一站去看多伦多大学和多伦多电视塔。多伦多大学是加拿大最好的大学,世界排名在20名左右。建于1827年,我走进这所大学圣乔治校区的时候,这里已经有了170年的历史。学校里到处都是古老的维多利亚建筑,看一眼就知道这里的文化十分厚重。在我的心里,学校从来都是最重要的地方,教书育人,有教无类,那是人类文明和文化传承的摇篮。我不知道这所大学有多少学院,有多少教授和诺贝尔奖获得者,是否有湘西人在这里留学。湘西人在这里讲英语还会有湘西口音吗?据说这所大学博士、硕士就有几万人。我只知道，这里的一砖一瓦都让我仰望。离开多伦多大学，我们登上了多伦多电视塔。多伦多电视塔是世界上最高的电视塔，塔高553.3米，建于1976年。站在300多米高的观景台里，可以纵览多伦多城市风光和安大略湖全景。在观景台的地上，有一处安装着玻璃，好像那里开了一个洞，约有5米远的距离。透过玻璃可以看到塔的底部，恐高的人不敢往前走。倒是孩子们站在上面，又蹦又跳玩得十分开心。电视塔每年约有200万游客，是多伦多著名的旅游景点。

第二天，我们又去了尼亚加拉瀑布，这是世界上著名的大瀑布，与南美的伊瓜苏瀑布和非洲的维多利亚瀑布齐名。瀑布位于美国和加拿大交界的地方，一边是加拿大，一边是美国，风景优美。最大的瀑布在加拿大一侧，俗称"马蹄瀑布"。瀑布岸长675米，落差56米，尼亚加拉河从上往下奔腾而来，到了这里，突然就没有了路，于是，一头就栽了下来，然后在这里形成瀑布，波澜壮阔，气势如虹，蔚为大观。瀑布不远处有大酒店和大赌场，那里也是人头涌动，看得出来，赌场的生意也是特别好。

一天以后，我们飞到渥太华，从渥太华驱车到了蒙特利尔，那里已经开始下了大雪。厚厚的积雪，应该是从北极圈的上空飘飞而来，让渥太华和蒙特利尔变得格外冷。早上起床，推开窗户，可以看得很远。目光所及的地方，白茫茫的一片，只觉得这两个城市美得格外干净。渥太华是加拿大的首都，我们去了国会大厦和圣约翰大教堂。在蒙特利尔，这个城市一半讲英语，一半讲法语，我们去了唐人街，算是到了这两个城市。从迈阿密半岛上的夏天走进加拿大的冬天，从穿衬衣到穿羽绒服，我们跨越了整个美国。几天以后，我们到了温哥华，那里有一个重要的公园需要考察，这就是维多利亚的布查特花园。去这个花园，需要从温哥华坐船到维多利亚码头，然后再坐车走上一段路，才能抵达。这个花园老早的时候是一个废弃的矿山，因为开矿，破坏了这里的环境。为此，矿主的后人们为了恢复这里的环境，他们在这里建成了这座花园。走进花园，看得出来这里已经有了不短的历史。而且因为他们极其认真，才使得这个花园成为这个世界上最美的花园之一。这个花园有若干主题，意大利花园、法国花园、西班牙花园和荷兰花园，都与欧洲有关。从高大的乔木，到灌木，到草本植物，主题设计让布查特花园变得五彩缤纷。这个花园每年可以接待100多万游客，最远的游客来自澳大利亚和新西兰。以后，布查特花园又成为中国许多主题公园的标杆。

　　从温哥华到东京，要飞过太平洋。在太平洋的上空，我又想到了从盐湖城飞奥兰多飞机上的那个大火球，一路提心吊胆。12个小时以后，我们降落在成田机场，终于松了一口气。我们是东京时间下午7点到日本的，如果是温哥华时间，已经是凌晨 2 点了。在去银座的路上，人已经很困。到酒店办完入住以后，又过了三个小时，加拿大时间已经到了凌晨 5 点，走进房间，我们很快就睡着了，尽管银座的大街上还是车水马龙。

天亮以后，吃过早餐，我们去了日本中国旅行社。那里的老总姓庄，是香港中旅派去的高管人员，也是我们张总的老朋友，人家负责我们在日本的全部行程。走进日中旅，除了庄总，其他员工都是日本人。男员工见了我们都是 90°鞠躬，女员工则跪在地上给我们端茶，从来没见过这种礼貌，我是浑身不自在。上午，我们又去了东京的迪士尼，里面有不少的游客。看见地上格外干净，突然就有了想法。就想看看人家是如何完成卫生管理的，于是，故意丢了一个烟头。也不知道公园里的管理人员平时都在什么地方，一会就有一个工作人员跑了过来。他把烟头从地上捡起来，然后给我鞠躬，嘴里还不断地在说着什么。我听不懂，陪同的人做了翻译。说是人家在给我们道歉，他的工作没做好，让我们找不到地方扔烟头。这是完全不一样的服务模式和服务理念以及服务技巧，东京迪士尼的服务管理让我们佩服。

傍晚时分，我们乘坐新干线去了海边小镇热海。我们的酒店就在海边，站在房间里就可以看见大海。海岸上有礁石、沙滩、悬崖和苍劲的古松，风景极美。这里到处都是温泉，来度假的人不少。晚饭是在房间里吃的，有服务人员跪在地上为我们服务，热菜和倒酒。吃过饭，我们就去泡温泉。那地方分男汤和女汤，我走进男汤，却看见一个老太太站在里面发毛巾。日本男人光着屁股可以去拿毛巾，我不习惯，穿着短裤跑开了，我服了他们。我们湘西有专家说，经过考证，日本人是湘西苗族的后代，因为苗语和日语有相近的单词。听了几天，老子到现在都没听出来。

离开热海，我们就要回国了。出来快一个月了，格外想家。从东京飞香港，有专车来接，我们很快就回到了深圳。

回来以后，写了一篇考察报告，内容包括：文化主题定位，项目定位与创意，产品业态与特点，公园规模与产品结构，IP形象设计与开发，市场营销策略与推广，景区服务与管理，产业形态与模式，投资体量、节奏与规模，战略目标的制定与实现，游客的体验与感受，其他启示与提醒。湘西人从美国回来，竟然开始审视迪士尼和环球影城。

1998年就要来了。这一年，我记住了一句话，再凶猛的狗它也是狗，身上永远长不出狮子的毛。

第七年

1998年来了，这是虎年，应该是老虎下山的一年。

记得我在湘西文工团的时候，我有一个老师，原本是在乐队弹琵琶的琴师。不知从什么时候开始，老师突然喜欢上了画国画，尤其是喜欢画老虎。画完以后，一定要给别人看，看完的人都说了，像猫。画得不好的时候，就像杂交的猫。

无独有偶，我们景区为了迎接虎年，让工程园林部用植物在景区大门口也做了一只老虎。做好以后放在那里，怎么看，也像猫，而且像杂交的猫。不过，话说回来，在很多人的眼里，老虎和猫是差不多的。他们常常把猫当做老虎，也常常把老虎当成了猫。就这样，虎年跟着猫一起来了。

在虎年的员工同乐晚会上，我中奖了，而且中了大奖。在公司参加了七年的员工同乐晚会以后，我第一次中奖，我喜欢虎年。

新年就这样来了，因为中了大奖，我们的景区变得更加喜庆。我们在公园里举办了中国大型民间剪纸展览，让园区内多了很多红火的颜色。在传统民间剪纸工艺里，中国剪纸原本多见于窗花和贴画等等，尺寸都不大。但是这次剪纸展，却完全改变了中国剪纸的样子。5米高的剪纸财神、寿星、年年有余、老鼠嫁女和多子多福等等，5米高和50米长的剪纸《清明上河图》，成为新年里的亮点。同时，景区内还有广西苗族的斗马，吴桥的杂技，山西的锣鼓与社火，内蒙古的马术表演，儿童四驱车大赛，京剧票友会，南北美食一条街，把一个年过得欢天喜地。游客在这里过年，和任何地方都不一样。这里荟萃了天南地北的习俗，每个人都能在这里找到老家的影子。

过了年，老彭走了，他去了另外的景区，一边当经理，一边还喜欢跑到木工房里去锯木头。一次总经理找他，老彭没有手机，到处联系不上。于是派人满园子去找，终于在木工房里找到了他。老彭满头大汗地跑回来见了总经理，把总经理气得胡说八道："我一个月花8000块钱，就是请你来锯木头的？"老彭后来说："我为什么不能锯木头？当老总也可以锯木头。"照老彭的个性，如果他当了董事长，没人管，恐怕每天都会去锯几下木头。人家年轻的时候，不光发表了很多诗歌和文章，还自己一个人砌了一栋木房子。

这一年的任命又下来了。我被任命为策划部和市场部的经理。策划部很小，只有一个兵。但市场部就厉害了，这个市场部应该是国内管得最宽的市场部。不仅有市场营销，还有宣传策划、导游、美术设计与制作、闸口检票、票房售票等等。二狗那天来讲了话，人家做了总结，大哥现在厉害了，手底下有了七八十条人枪。也难怪，不管过去了好多年，好多湘西人的脑壳都是土匪脑壳，动不动就是人、就是枪、就是枪兵，二狗就是这种脑壳。

新年开始，我就这样当官了。不过，还没有当得几天经理，突然发现，官当得越来越大，看的笑脸也就越来越多了，经常可以听到好多肉麻的话。我就不明白，有些人为什么就那么喜欢捧领导。千万不要以为捧领导都有用，有一些湘西人偏偏不那么识抬举。老子就不喜欢听那些肉麻的话，捧领导，湘西人喊做捧卵泡儿，卵泡儿没捧好，会被湘西人瞧不起。好多湘西犟卵，都不太喜欢听肉麻的话，因为肉麻的话都是假话，和我玩得好的湘西老乡大多是这种人。二狗是犟卵，素者是犟卵，老彭也是犟卵。

过了年，我就和女张总出差了，到上海和苏州去考察。除了湘西，江浙沪是我很喜欢的一片土地。这里因为有了外滩、西湖、虎丘、水乡、运河以及越剧、评弹、丝绸和吴侬软语，还有梁山伯与祝英台的传说，白蛇传和西施浣纱的故事，使江浙沪的这片土地变得格外生动和美丽。我是在这里上的大学，所以这片土地完善了我的人格，让我在这里把自己的知识结构重新梳理了一次。尤其是上海,使我的人生定位开始变得清晰。

在上海,根据工作安排,我们只去看主题公园,而且去看那些已经关门或者将要关门的主题公园。主题公园,源于英语"Theme park"一词,最早出现于17世纪。作为人造景观的全新业态,主题公园把现代科技、自然、人文、民族风情、奇特文化等内容相互融合,成为一种全新的旅游休闲活动空间。300年来,主题公园在这个世界上已经占有了重要的位置。但是,主题公园在上海却是举步维艰。上海乃至长江三角洲,拥有中国最大的经济体量,最多的游客群体乃至最好的交通网络,但是却容不下主题公园。看看珠三角,主题公园已经做得风生水起,这让我们百思不得其解。

上海的环球乐园和美国梦已经关门了,苏州的福禄贝尔科幻乐园同样如此。我们走进这些园子的时候,好像走进了一片废墟。公园里到处长满了杂草,指示牌和路灯东倒西歪地立在路旁,风景已经消失得无影无踪,里面早就没有了管理人员。美国主题没有用,世界主题也没有用,所有的努力都无济于事,长三角成为中国许多主题公园的滑铁卢。这些主题公园从欢天喜地地开园到惨淡经营地闭园,从喜剧到悲剧,只用了短短的一年时间。

苏州吴江的福禄贝尔科幻乐园是这些主题公园的代表之一。福禄贝尔,德国幼儿教育之父。也许科幻与幼教有关系，就这样福禄贝尔成为乐园的名字。游客们肯定不知道这种联系，只知道这个乐园的名字不好记。这个园子最初设计的日游客接待量为15000人次，不知道是谁拍的脑袋，于是雇佣了3000员工。园子由台湾老板投资，投资额为1.1亿美金，约合人民币10亿元。这个公园建在交通很不方便的地方，离上海和苏州都有不小的距离。尽管公园的管理、服务和员工培训都达到了很高的水平，但是公园只有这些内容是不够的。科幻没能拉动市场，开业不久，福禄贝尔的游客量就成断崖式下跌，最少的时候，游客每天只有100余人。3000员工为100游客服务，想想是如何的情景。一年以后，福禄贝尔关了大门。

看到长三角主题公园这样的旅游现状，作为珠三角的同行，我们没有幸灾乐祸，而是警醒和心疼。考察之余，上海人民广播电台采访了我们，非要我们谈一谈主题公园在上海的情况。推辞不掉，只能谈了。结论只有一个，如果说主题公园在上海的经营情况十分糟糕，那只能是上海这个城市以及长三角对主题公园有着更高的要求和标准。采访结束，主持人问了，你们会来上海建公园吗？我们说，一定会来。

上海不是谁都可以来的，要不这里如何又叫做上海滩，这个地方的人不会轻易地把钱送给你。你要人家把钱送给你，你这个东西首先就要值这个钱。而且，你这个东西值不值这个钱，不是你说了算，而是人家说了算。你把公园做得玩也不好玩，看也不好看，谁跑到这里来玩？长三角这个地方的人做什么事情都格外讲究，从古到今，都有着一丝不苟的工匠精神。包括做一碗面条都是如此，上海的大排面、鳝丝面和烂糊面，苏州的大肉面、肉排面、奥灶面和爆鱼面，只一个浇头就有很多的讲究。你把公园做得这么烂，江浙人如何会去看？对江浙沪游客来说，看这些公园，不如到南京路上去逛街，长三角好玩的地方太多了。

没有可看的主题公园，那我们就去看其他的东西。苏州人把苏州园林做到了无可挑剔的高度，那我们就去看苏州园林。虽然，苏州园林我们已经看了许多遍，但是，不同的时间、不同的季节和不同的人去看，苏州园林有不同的样子。苏州园林值得认真去看，而且是值得认真地去看细节，在苏州园林的细节里，有文化，有人物还有故事。

张继的《枫桥夜泊》只有28个字，却让中国人记住了寒山寺和苏州。"月落乌啼霜满天，江枫渔火对愁眠。姑苏城外寒山寺，夜半钟声到客船。"从唐朝开始，这首诗就成了千古绝唱。一首诗，让一座寺庙闻名中外，而且在1000多年以后成为重要的文化IP，在旅游史上是不太多见的。

拙政园，中国四大名园之首，始建于明代正德四年（1509年）。其中有芙蓉榭、天泉亭、秋香馆、梧竹幽居、倚虹亭、雪香云蔚亭、荷风四面亭、小飞虹、小沧浪、西部花园、远香堂、鸳鸯厅、留听阁等园林景观，里面装满了苏州的历史和苏州的味道，成为世界文化遗产。我们的先辈以前取得名字都那么有诗意和意境，哪像现在取的这些名字，什么帝豪、豪苑、豪廷、帝景、金皇廷等等，一堆乱七八糟的东西，大多与发财、皇宫和风水有关。在拙政园里面，到处可以听到沈周、文徵明、唐伯虎和郑板桥的故事以及太平天国和李鸿章的故事，这里的亭台楼阁、小桥流水、垂柳落花和每一块石头都是见证。

狮子林则与一个重要的家族有关，这就是苏州的贝氏家族，贝聿铭先生是这个家族的荣耀。乾隆皇帝曾经六次到过狮子林，因此，狮子林对中国的皇家园林产生过重要的影响。狮子林不大，但地位很高，为苏州四大园林之一。其中的燕誉堂、花篮厅、卧云室、问梅阁、指柏轩、小赤壁等景点，既有中国园林的风韵，又有西方园林的色彩，还有禅宗法理的融合。不知道贝聿铭先生是否受到过狮子林的影响，反正，卢浮宫的玻璃金字塔、香港中银大厦在全世界产生了很大的影响。

离开上海的时候，好朋友来看我。人家的车头上正摆着牛逼的东西，一块纸质的牌子插在那里，上面印着中央电视台《笑傲江湖》摄制组，有点吓人。哥们正在拍电视剧，说是李亚鹏和许晴的主演，他主要是开车。开车好，不要去笑傲什么江湖，江湖还是很厉害的，能够笑傲的人不多。

回到深圳，台风又要来了。整个城市像一口锅，把所有的东西都闷在锅里，当这个城市快要闷熟的时候，台风从南海的海面上扑了过来。大风来了，暴雨来了，景区就关了门。游客不来，大家就坐在办公室里开会，就这样，一个新任务跟着台风一起来了。景区要换节目，公司要我完成大型歌舞晚会《绿宝石》的文学撰稿。这台晚会的编导是云南省歌舞团的周培武先生，人家是民族舞蹈的大编导，创作过大型舞剧《阿诗玛》，在中国舞蹈界有着不小的影响。就这样我和培武先生认真地讨论了几天以后，开始动了笔。这是一个关于云南的题材，那是一个如诗如画的地方，容不得半点粗心。台风很快就走了，我的写作任务留了下来，一个月以后，我完成了《绿宝石》的文学稿。

《绿宝石》一共分三个部分，第一部分，女人与孔雀；第二部分，男人与大象；第三部分，大象与孔雀。晚会是这样开始的：剧场内，迷人的艺术空间。西南边陲，四季如春，风华物茂，绿宝石一般迷人，恍若仙境。

在轻柔的音乐里，有了解说：在古老的东方，有一个神奇的传说，相传在中国的西南边陲，有一颗晶莹剔透的绿宝石。人只要走近这颗绿宝石，男人就会变得像大象一样善良和彪悍，女人就会变得像孔雀一样温柔和美丽。于是，在这里便留下了一个让人永远不能忘记的绿宝石的传说。

舞蹈开始了。低平台上，是女子双手的群舞，那是孔雀在嬉戏；高平台上，是男子双手的群舞，那是象群在漫步。

男人和女人，呈现出了天地间的精彩。

解说再继续：女人把温柔泡在了小河里，女人把情感注入了月光中，女人把人类繁衍的希望承担在双肩上，女人，一个与鲜花同在的美丽，使生命获得了幸福、美满和永恒。

在一个小时的时间里，围绕公主和王子的爱情故事，晚会分别呈现了女子的孔雀舞、女子的水舞、男子的象脚鼓舞、男子和女子双脚的舞蹈以及彝族的大裤脚舞、景颇族的银泡舞、瑶族的花帽舞以及傣族的宫廷舞、长甲舞和蜡条舞。如诗如画的意境，精美的服饰，优美的音乐，将绿宝石的传说推向了高潮。

这个晚会的灯光和舞美是中央歌剧舞剧院的鞠毅，解说是上海电影译制厂的乔臻，化妆是毛戈平，专家云集，使《绿宝石》的演出精彩纷呈。以后，中央电视台又来拍了专题片。有记者朋友看了，人家也是专家，做了总结，说：这是精品。

二狗带他女朋友来看《绿宝石》了，两人坐在贵宾席，二狗很有面子。看完以后，二狗说，要向我致敬，说是为湘西人争了光。完了告诉我，他也为湘西人争了光，只是没有你这个光厉害。二狗讲，那天我们一个老乡被人打了，人家一喊，我们又差点动手去打人。正要动手的时候，我想到了锦鸡打架的故事，然后，就把手收了回来，我这辈子，收手是第一回，我爹到现在还没有收过手。二狗开始讲故事，常德女孩在笑嘻嘻地看着他。我们那乡里多山，老早的时候，山上锦鸡不少。公锦鸡好斗，一个比一个雄，一个山上不能有两只公鸡，有了就要打架。这些公锦鸡，脾气暴躁，像我们乡长李雄野，也有点像我爹，看到婆娘就来劲。只准自己搞，不准人家搞，霸道，是好多雄性动物的天性。所以，有人专门喂养公锦鸡，放在山上，用来诱骗野生锦鸡。人工喂养的锦鸡十分听话，俗称媒子，我爹讲，那是什么卵媒子，那是骗子，专门骗死卵。要捉野生锦鸡的时候，就把媒子放在一个特制的笼子里，摆在山上。媒子一叫，山上野生锦鸡听到声音，就会飞扑过来。像我爹年轻的时候去赶边边场，和人家争代帕（苗语：代帕即女孩）。不问青红皂白，冲进笼子，就要和媒子去打架。野生锦鸡一进笼子，笼子上有开关，碰到开关，笼子就会关门。那个笼子做得格外扎实，锦鸡根本跑不出去。山上野生锦鸡大多都是因为好斗，然后这样进了笼子。媒子只是在笼子里叫了几声，那几声就是哄你过去打架。人家早就通了人性，听得懂人话，联手和人在山上一起放了套子，那个架你是打不成的。进了笼子，还想一个人搞，什么都搞不成了。捉到屋里，再雄的锦鸡，都被人家拿去下了酒，一斤包谷烧，让人家吃得好快活。所以，那天我们没去打架。讲完话，二狗得意地笑了起来："以前我们都是死卵，听不得声音，听到声音就要去打架，和猪脑壳差不多。"在深圳，湘西人学会了不打架，这是一个翻天覆地的变化。

晚上一起去吃饭，我们又叫了素者和向老大。刚刚坐下来，二狗身上的电话响了，这个狗日的买了手机。拿出来一看，诺基亚的手机，像块年糕拿在手上，我们又听到了二狗的普通话。电话是二狗的公司打来的，二狗讲了："老板明天坐灰机肥来，好的，我知道了。"看起来，二狗要开始接机了。在深圳，能够参加老板的接机，那是好厉害的一种待遇。

我也买了手机，摩托罗拉的东西，二狗认真看了半天，说是像猪腰子。

讲完话，二狗从衣服口袋里拿出来一个大本子，那个本子已经被他揉得皱皱巴巴的，像从土坛子里面扯出来的腌菜。问他是什么本子，他讲是电话本，上面记了1000多个电话号码。上面的电话太多了，看到名字他都想不起来在哪里认识了这个人。

菜上来了，我们要了酒。金门高粱，两杯一下肚，二狗的胆子就更大了，敢骂人。素者问他："敢骂你的老板吗？"二狗："现在不敢，再喝几杯就敢了。"好多湘西人都是这个样子，几杯酒下去，你只要听到他开始讲普通话或者是英语，你就要招扶，他这个时候，连阎王都不怕。

二狗继续在乱扯："大哥，你那天写了一首诗，我悄悄抄了下来，这几天都在看，好喜欢。"讲完这些话，二狗笑嘻嘻地又把一杯金门高粱装进去了。

向老大:"送我看一下。"

二狗拿出了电话本,极其认真地:"我给你念,清明时节的故乡。你老了 / 像外婆 / 一条大河 / 曾经飞过山歌 / 边城的渔船 / 从你梦中摇过 / 古道的马帮 / 从你诗里走过 / 歪歪斜斜的你 / 还站在这片烟雨里等我 / 你老了 / 像外婆 / 春花开过 / 秋雨打过 / 一把雨伞,曾经撑开过快乐 / 一条老街 / 始终在唱着那首歌 / 不管我走了好久 / 你都在这里等我 / 岁月如歌 / 花开花落。"看得出来,二狗有点想家了,念到后来,可以听到声音里的沙哑。

几个人半天没有声音。向老大也喝得差不多了,他终于开了口,一听,他狗日的开始讲普通话了,二狗讲过,天不怕地不怕,就怕向老大讲普通话。

向老大已经管不到自己了:"大哥,你那个台上的演员一个比一个长得漂亮,乖得像卵形,老子眼睛都看花了。"卵形也是用湘西普通话讲的,除了湘西人,没有人能懂。

二狗尽管喝了酒,常德女孩坐在旁边,还是不敢作声。他敢骂老板,但是,他仍然不敢讲台上的女演员漂亮。湘西好多男人都怕婆娘,到外面可以吹死牛,转到屋里都老实,二狗坐到那里装苕。

向老大又喊了:"有几个女孩长得像仙女,我看到二狗眼睛都看直了,坐到那里半天都不讲话。"

二狗不同意:"你到讲卵话。"

常德女孩一直笑着,人家装得若无其事。越是若无其事,二狗越不自在,第一回看到二狗像这个样子。我相信,总有女人可以管到湘西男人,哪怕这个男人是个土匪。

那晚上,我们几个人吃饭像过年,扯了好多卵谈。不过,用金门高粱酒泡过的话,没有人能够分清楚哪一句是真的。

公司又给我调房子了,三房两厅,可以看海,还可以看到香港的天水围。在深圳,我是第四次搬家了。来深圳的人,搬家是常事,不经常搬家不是深圳人。新房子在七楼,没有电梯,每天回家,像庙里的和尚,走到屋门口了还得爬个坡。

新房子在城区中心,周围有生态广场、铜锣湾商场、沃尔玛超市、小学、中学和大学,还有印尼酒家、永和大王、麦当劳等等。这里树多花多,在城区,可以呼吸到森林的气息。木棉花、凤凰花、簕杜鹃、紫荆花和桂花、玉兰花、茶花在这里轮流盛开着,荔枝、龙眼、芒果和菠萝蜜在这里轮流成熟着,南中国的春夏秋冬,精彩纷呈,在这里轮流陪伴着我们。这里有好多银行,不仅四大商业银行挤在这里,平安银行、招商银行、渣打银行、恒生银行也都挤在这里。当然,银行与这里的人有关。这里有钱的人不少,没钱的人更多。不过,在外人看来,这里都是有钱人。这里老总多,有管几万人的老总，有管几个人的老总；有甲方的老总，还有乙方的老总，反正都是老总。这里唱歌跳舞的多，专业演员不少，深藏不露的艺术家也不少，胡跳胡唱的大妈大爷更多。这里的餐厅服务员，讲四川话的多；开的士的司机，讲湖南话的多；这里的城管，讲东北话的多；菜场里面卖菜的，讲广东话的多，天南地北的人一起挤在了这里。

来这里已经七年了，突然发现，我和这座城市越来越亲近。对某些地方的喜爱已经无法说得清楚，这里的花草都寄托了情感，心都放在了这里。不再是信马由缰的年龄，即使远处还有诱惑。

泼水节又开始了，正忙得不可开交的时候，湖南卫视上门来找我，人家说是要拍在深圳的湖南人。我说深圳的湖南人可多了，不要找我。人家说，就要找你，莫名的没有理由。推不掉，就拍了。人家从《绿宝石》开拍，里面的解说词有一段是这样介绍男人的：男人的力量撞击在雄伟的大山上，男人的血液奔涌在伐木的号子里，男人的善良留在了女人的记忆中。男人，一个与太阳同在的生命，把智慧，把粗犷一起打进了鼓声里。湖南卫视的编导说，你写的这段话，其实和湘西男人的形象是一样的。

拍了《绿宝石》，就拍泼水节，这个节日也是我策划的，编导说，我们湖南人做了云南人的事情。人家一会拍泼水节大场景，一会拍我的镜头，我走到哪里，摄像跟到哪里，完全没有了自由。编导说，来这里真的是来对了，到处都是很美的画面。我给编导说，只是我挡了风景，破坏了镜头，大家都笑了。在这个爱谁就泼谁的节日里，湖南人在拍湖南人。

下午，编导要拍到家里去，说是需要一点人间烟火，夫人、女儿和儿子也成了拍摄对象。专题片拍了整整一天，人家很敬业，直到深圳湾两岸都有了灯火。编导走了，没有留下来吃晚饭，说是晚上还要加班。湖南人大多都是这个样子，不太注意身体。

没有多久，湖南卫视播了这个专题片，老家有朋友打来电话，在电视里看到你啦。第二天，二狗和疤子老二来了，一见面就讲，我现在是他们的偶像，看那卵样子就晓得，两个人讲的都是假话。

湖南卫视的事情过去了，公司又有了通知，到云南石林和楚雄考察火把节。这一年，是云南石林的第一届火把节。以前应该是村寨里自己去过火把节的，现在有了旅游，石林才有了大型集体庆祝活动。我们一行三人，从深圳飞昆明，然后转车到石林，第二天火把节就开始了。大型表演活动是在一处山野里，野外有平坝，成为大型表演场地，四周有丘陵，居高临下，就成了观众席。火把节开始的时候，彝家人穿着盛装，翻山越岭，从四面八方赶来参加节日。到处人山人海的，喜气洋溢。火把节有开幕式，开幕的时候县长要讲话，人家在坪坝里搭了一个主席台，县里的领导和嘉宾都坐在主席台上。《远方的客人请你留下来》的音乐一停，县长开始讲了话，县长欢迎了领导和嘉宾，讲了火把节的来历和意义，对各族人民致以节日问候以后，然后用当地方言大喊了一声："放雀!"放雀是土话，外地人听不懂，当地人知道是放鸽子。于是，县长一声喊，几百只鸽子在鞭炮声中飞了出去。到底是领导，想放什么就放什么，放鸽子喊成放雀，下属都不会放错东西。

表演开始了，那些来自各个乡里的表演队伍，开始展示自己的歌舞与风采。其中有撒尼跳乐的表演，羊皮鼓的表演，还有跳叉、跳刀、跳霸王鞭、跳老虎和跳狮子的表演，最后是阿诗玛和阿黑哥的大型广场表演。阿诗玛和阿黑哥站在两面巨大的羊皮鼓上，两面大鼓由若干壮汉用双手举起来，鼓面成为舞台。在音乐声中，阿诗玛和阿黑哥在鼓面上舞蹈，两个人的情感在升腾。而围绕着两面大鼓还有近千人的舞蹈，蔚为大观。如诗如画的表演，彝家人在山野里用阿诗玛的故事掀起了开幕式的高潮。

但是，火把节的真正高潮是在夜晚，那是彝家人自发的狂欢活动。从早到晚，那些男男女女们跳了一天的大三弦以后，意犹未尽。当石林的夜幕降临的时候，跑火把就开始了。所有的人手上都举着火把，火把用松木制成，长约2米。人们点燃火把，沿着田埂和小路从四面八方跑来，一条又一条火龙,在石林里蜿蜒,点亮了夜空。很快,人们举着火把向空旷的坪坝聚拢,大家把手里的火把堆在一起,在坪坝里燃起了若干堆篝火。人们围着篝火起舞,弹起大三弦和月琴,吹起笛子和口弦,彻夜在山野里狂欢。

第三天,就是盛大的斗牛活动。石林的斗牛就是水牛打架,打死架,不是西班牙的斗牛,而是和黔东南的斗牛一样。彝族和苗族都有斗牛的传统,这些斗牛都是膘肥体壮的大水牛,有专人饲养。这些水牛从不耕田犁地,专门打架。都是一千多斤重的大家伙,哪个放出来都不是好惹的。牛脑壳撞牛脑壳,就能撞出个你死我活。这里没有斗牛士,不要挥白手帕,也不要割牛耳朵,没有西班牙斗牛的那么多贵族礼节。吃饱了就来看斗牛,人山人海的都是热闹,各有各的看头。看完斗牛,还可以去看摔跤、斗羊和斗鸡,不是人比赛,就是动物打架,看的人还格外多。恐怕爱看热闹和好斗是人和动物的本性,所以,从古到今,在这个世界上,还有斗鸟的、斗狗的、斗兽的、斗蛐蛐的以及古罗马的角斗士,五花八门,有时候甚至是血淋淋的打斗场面,人都喜欢看。过节看打架,就成了一种节日习俗。就是有人在街上打架,都有好多人围观,和看牛打架差不多。

石林还有好玩的酒俗。在这里的好多寨子里,不讲辈分和年龄,不管老少,只要酒量大,你到这个寨子里头就最大。莫讲你爹会听你的,就是你爷爷都会听你的。几碗酒一下去,你酒量第一,你就是人家的爷爷人家的爹。我的一个云南哥们回来了,他老婆是这里的人。一顿酒喝下来,他酒量大,搞了个第一,他成了他岳父的爹。所以,一直到现在,这个寨子里头的人都听他的话,包括他岳母。再说了,酒一进肚子,人的胆子就大,就分不清辈分,就敢骂人,就敢到酒桌子上撒尿,就敢乱讲话。还可以装醉讲酒话,让人分不到真假。哥们说,不能喝酒或者酒量不大的人,尤其是男人,在这里没有什么地位,你就是当村长也没有什么卵用,讲话和猪叫差不多。

离开石林,我们赶到了楚雄,此时的楚雄,也是热闹非凡。楚雄火把节,有大巡游、彩车和方队,大巡游把楚雄彝族的服饰和歌舞乃至节日文化展现得淋漓尽致。同时,彝族的毕摩祭火,万人左脚舞狂欢是楚雄火把节最精彩的内容。彝族左脚舞始于1000多年前,具有悠久的历史。每逢节日,彝家人就会弹响龙头弦子,男女和声唱起左脚调,手牵手,肩并肩,几十人乃至几百人围成圆圈,跳起左脚舞,整齐划一,撼动山野。甩腿对脚,摆手转身,共同高歌,"喜欢也要来,不喜欢也要来,管你喜欢不喜欢也要来。"左脚舞成为火把节里格外生动的场景。

楚雄的火把节还是一个美食节。这里到处有食街,有集市、摊档和门店,煎的、煮的、蒸的、炸的,满目琳琅。街市上到处可以看见彝族的美食,羊八碗、炒核桃花、干炸芭蕉心、荞粑粑、泡椿、玉米饭、凉拌芭蕉、猪肉煮茯苓、水芹菜、凉拌树花、豆腐肠、凉拌青刺头、凉拌罗汉松枝头、炒皂角牙等等。有自己花钱吃的，有别人请客吃的，有开发票报销吃的，还有免费到处吃的，五花八门，应有尽有。云南这地方有人唱了，哪里有酒哪里醉，哪里有铺哪里睡，让好多男人都喜欢。

彝族还有跳菜的习俗，我们在云南的南涧看到了跳菜的大场面。相传跳菜始于古彝人在宫廷中的表演，盛行于唐朝，后来传入民间。有宴席跳菜和表演跳菜两种形式，根据场地大小可有数十人到数百人一起跳菜，场面恢弘。

跳菜一般两人一对，他们用头顶、用手托、用肩抬装满菜肴的托盘，用双手不断翻新花样进行表演。其中有"苍蝇搓脚""鸳鸯伸腿""金鹿望月""野鸡吃水"等各种动作，最精彩的表演要数"口功送菜"和"空手叠塔跳"。"口功送菜"的表演者，嘴里要咬着两柄大铜勺，一头放着一碗菜，头上还要顶着菜进行表演。而"空手叠塔跳"，头上的托盘里则要装着八碗菜进行表演。跳菜摆法也有讲究，常见摆法有"回宫八阵""四方形""梅花形""一条街"等，跳菜表演精彩纷呈。

回到深圳，我们就开始策划火把节方案，明年春节，我们将在深圳举办彝族这个最重要的节日活动。

写完活动方案，站在阳台上，看见了燕晗山，看着看着，秋天就来了。秋之燕晗，入夜就有了诗，那诗会顺着草尖流过来，弯弯曲曲的，让秋色变得更加生动。沿着小路走进去，秋天的气息会迎面扑过来。那种气息不是花的味道，而是竹林、芦苇、荔枝、菠萝蜜以及土地在秋夜里的呼吸，那种气息让人的肺腑变得通透，如同走进了那些人迹罕至的雨林。小路的两侧，小花小草缠绵在一起，一直让诗往远处延伸。远处的灯光星星点点地在闪烁，夜就有了更多的朦胧。如果那夜再下一点小雨，那就不仅有诗，而且还有梦了。如诗如梦的秋色，人容易陶醉。

正他妈地在胡说八道呢，二狗打来电话，他和素者、向老大还有疤子老二在一起，叫我和老彭一起去唱歌。问在哪里，说是一个量贩式KTV。什么是量贩式，二狗讲，没有小姐，就是坐在那里干唱。湘西大多数人，尤其是男人不会唱歌，所以不喜欢唱。听他们唱歌，人家讲是老牛喊崽。但是湘西人一旦会唱歌，那就不得了。老早有歌唱家何纪光，人家有《洞庭鱼米乡》和《挑担茶叶上北京》，闻名全国。后来还有宋祖英和阿朵，大家都知道。

我们几个就是送钱来的，没有一个唱歌在行。老彭是美声和民族唱法，当家的歌是《我的太阳》和《游击队之歌》。剩下的人全是通俗唱法，什么歌都可以唱，但没有一首歌像人唱的，不过，每个人都唱得很快活。二狗在这里格外有劲，看他那个卵样子，我想到了挪威剧作家易卜生笔下的人物培尔·金特。培尔一生传奇，年少离家时一贫如洗，到过妖国，进过疯人院，曾经有过钱，到老回家时又是一贫如洗。不过，不管过去了好久的时间，做了好多恶作剧的事情，爱情还在那里，等待还在那里。易卜生给培尔·金特写了一大段独白：我的流星兄弟 / 培尔金特向你致敬 / 你一闪而过 / 然后就永远消失在太空之中 / 难道宇宙里就没有人 / 深渊里就没有人 / 上苍里也没有人吗？如此说来 / 一个人的灵魂是可以凄惨地回到那虚无缥缈的灰色烟雾中去的 / 可爱的地球啊 / 你不会因为我白白地在你身上踩了一辈子而没有留下什么痕迹就生我的气吧 / 可爱的太阳 / 你浪费了你的光辉 / 你那灿烂的光辉徒然照在一间空屋子上 / 屋子的主人已经走了 / 没有人享受你所给予的舒适和温暖 / 可爱的地球可爱的大地 / 你们浪费了你们的营养 / 浪费了你们的温暖 / 白白地孕育了我！精神界是那么地吝啬 / 而自然界却是这样的慷慨！一个人为了活下去 / 一辈子要付出多么大的代价呀 / 我要攀登顶峰的顶峰 / 我要再一次看看日出 / 我要把上帝许下的这块福地看个饱 / 直到眼睛看疲倦了为止 / 然后让白白的雪花把我埋葬 / 在我的坟墓上写着 / 这里没有埋葬什么人 / 然后 / 再然后 / 就让它去吧。这一大段话，好像就是给二狗写的。二狗书读得少，他不知道易卜生和培尔·金特，他正在很认真地唱着《一剪梅》。

公司又有了大安排，要在ISO9002管理模式的基础上，编写中国主题公园的第一部《质量管理手册》，我还在想着培尔·金特，就进了编写组。从管理手册，到程序文件，到作业指导书以及记录表格，要做的事不少。首先我们确定了公司的质量管理方针，即"弘扬中国民族文化，创建世界一流景区"。这个口号有点厉害，世界一流景区应该是迪士尼或者是环球影城这种主题公园，我们做不做得到没人晓得。但首先是要有胆子把这个口号喊出来，并且毫不犹疑地还要把这个口号挂在墙上，我们好多时候做事就是从喊口号开始的。有了这个口号，就开始有了汇报的内容。

然后，我们完成了质量手册、程序文件和作业指导书的框架和条目，并很快把这些条目分解到各个部门。这些程序文件涉及行政、文秘、信息、人力资源、财务、市场营销、宣传推广、民俗文化、艺术表演、安全保卫、园林、工程、商品销售、餐饮服务、游客服务、管理输出、产品策划、后勤保障、环境卫生等内容，大家开始写文件了。以前没有人知道ISO9000这种东西，现在也只知道这是国外制造业的一种质量管理模式，应该适用于德国宝马、韩国三星或者是日本松下这种公司。是否适合主题公园的管理，能否照搬过来，谁也不清楚。大家都在胡写，拿来一看，300多个程序文件和作业指导书，哪有什么程序和关键环节的管理与控制，就是以前的规章制度。

于是，公司请专家来给大家培训，讲工作流程，讲工作流程的关键环节，以及控制办法和手段，每项工作都要有记录，有标准，包括合格与不合格的记录，不合格事项的整改措施和完成时间，还有内审与外审。人家专家为了证明自己是专家，故意问了，景区树叶上的卫生怎么处理。我们的部门经理回答，天上下雨以后，树叶就干净了。因为，在这个世界上恐怕都找不到景观绿化植物的卫生标准，在景区的管理实操过程中，景区植物的卫生从来都是依赖于大自然的自洁能力，以及植物浇灌过程中的喷淋与清洗。但是，专家就是专家，专家也要找台阶下来。专家说，如果不下雨呢？很多天不下雨呢？是不是景区植物卫生质量就会不合格？那我们需不需要去整改，这个关键环节如何去控制。大家一听，没人做声。看到大家不做声，专家有些得意。地上的卫生你们知道怎么去做，树上的卫生就不知道了吧！正准备继续吹毛求疵，我们有经理开口了，老师，我有些不明白，我们景区的树叶上有多少灰尘或微粒的时候，属于不合格，需不需要精准测算，是否要制定标准。经理的这一问，把专家问懵了。其实，在中国的主题公园里，在座的经理们都是管理专家。当初，就是这一群人开始了中国主题公园的专业化管理。最早，有日本专家不相信我们可以管理好主题公园，日本专家说了，中国人连洗手间都管不好，怎么可能管好主题公园。虽然，那个时候，我们还没有规范高效的管理体系，但是，大家知道，景区管理，重要的是做好细节管理，无微而不致。不知道如何管好公园，那么，我们就从管好洗手间开始，为此，我们在这里共同创建了洗手间文化。走进洗手间，里面有鲜花，有绿萝，有观赏鱼，有很好的通风系统和空调系统，干净整洁，没有水渍，没有异味，得到了日韩游客的高度评价。日本游客和韩国游客没有想到，他们在中国也看到了世界一流的洗手间，以后，这里的洗手间成为了国内许多旅游景区洗手间的标杆。

同时，在我们的景区里，大家都知道，在游客的眼里，我们的每一个员工都是风景，因此，我们高度重视员工的培训。在外宾的眼里，他们是中国的风景和中国文化的代表，在国内游客的眼里，他们是民族的风景和民族文化的代表。即使是在日晒雨淋的环境里面，他们也必须保持自身的仪容仪表和风貌。因为，民族员工是景区文化展示的重要组成部分，在他们的身上保存着重要的民族文化符号，不可替代，与生俱来。产品、服务与文化展示的最后完成，是在游客离开景区以后。

经过培训，各部门开始制定管理标准、服务标准和技术标准，例如公园里草坪上的草长到多高需要剪短，地上的垃圾在多长的时间里必须清扫。当然，员工的笑容与热情是没有标准的，游客需要的是真实和真诚。做好了，就是一个生动的、变化的和精彩的服务过程；做不好，就是一个生硬的、死板的、让游客难受的过程。一个员工的工作好坏，可以对一百个员工的工作好坏造成影响，一个个体可以对一个整体造成影响。一百个员工的努力工作，有时候弥补不了一个员工的糟糕表现。因此，亲情管理，关爱员工，是公司管理的重要工作内容。员工身体的健康，快乐的心情以及对企业的高度认同感，是做好服务与文化展示工作的重要保证。

其次，企业管理要处理好人工成本与服务工作的相互关系，恰到好处地完成标准设计。服务工作涉及品牌、形象、市场和收益，人工成本涉及企业的经营、发展、生存和利润。标准过严，成本过大，企业无法承受；标准过宽，管理缺位，影响游客体验。公园管理，硬件是基础，软件是灵魂。千万不要以为好玩，玩不好，旅游玩文化常常玩成喜剧，滑稽搞笑；文化玩旅游常常玩成悲剧，倒闭破产。

标准是死的，人是活的，制造业的标准与旅游景区的标准千差万别，大家做了好多调整。外请的专家懂标准，不懂旅游，里面的专家懂旅游，不懂标准，其实都是外行，就是这一群外行，让中国的旅游第一次有了标准。

管理文件终于写完了，拿上来一看，乱七八糟的一大堆。字体不统一，文体不一致，管理用语不统一不规范，错别字还有一大堆，有些文件，还有广东或者是其他什么地方的方言在里面，半天让人看不懂。五花八门的东西，张总看不下去，一把全部扔给了我，让我把这些东西从头到尾重新梳理一遍。

散漫惯了的湘西人与最死板的管理标准开始对话，放下了生动活泼的原生态习俗，拿起了现代企业的管理文本。如同不让湘西人去吃辣子炒肉，而让他们去吃沙拉和鱼子酱，完全是两码事情。不过湘西人既可以犁田，也可以骑马，还可以开车，跟到牛屁股后面还可以构思小说。不信你看沈从文，坐个船，走个路，听人家骂个娘，都可以写出好多的书。

管理文本梳理好了，张总很高兴。请国家旅游局的领导和我们的董事长给这本书写了一个序，然后，送到出版社去出版了。书名叫《质量管理模式》，这是中国主题公园的第一个管理文本。

几天以后，我抽空回了一趟湘西。那里的交通不方便，去一趟比去美国的时间还长。14个小时，我可以从香港飞到洛杉矶，同样的时间，我坐火车最多只能从深圳到娄底。我这次是回到我从小生活过的那个县城，那个县城离张家界不远，在沈从文的笔下叫"边城"。小城里有一条古老的石板街，约5华里长，三四米宽，铺就于清道光年间。一色的青石板被岁月打磨得极其光滑，石板上有许多生物化石，多为贝壳类，或大或小，或圆形或椭圆形，星星点点地散落在石板街上，让我的童年充满了好奇和疑问。听大人们讲，我们这个地方很久很久以前是一片大海，海走了才有了现在的这片土地。大海与崇山峻岭的交换，那该是多么壮观的一个情景，谁有这么大的力量，搬动了海与大地。一个近乎神话的解释，让我们的童年充满了浪漫的色彩。一块石板也许就有一个故事，何况是一条石板街。尽管大海已经远离了我们，但石板街却记住了大海。于是，在这条浪漫的石板街上，我们的日子也就十分生动了，踩高脚马、滚铁环、打陀螺、跳房子，让我们的童年忙得不亦乐乎。

这条石板街很窄，两边挤满了木房子，也许是拥挤的时间太长了，有的房子已经被挤得歪歪斜斜。狭窄的小街弯弯曲曲地往前延伸，街两边房子的屋檐几乎挨在了一起，只给这里的人们留下了一线天空。虽说房子里的光线暗淡了不少，但走在街上时却不怕日晒雨淋。一百年的风风雨雨，让小街变成了老人。古往今来，小街上的日子始终安静平和，满街的人几乎都认识，多为亲戚和朋友。夏日里只要有人从河边的水井里挑来凉凉的泉水走在小街上，乘凉的人就只管用木瓢到桶里去舀水喝个痛快，没有一句客气话，喝水的人高兴，挑水的人也高兴，好像是一家人，挑来就是给大家喝的。街上的店铺不多，而且很小，但却有着极其古朴的风情。铁匠铺、油榨坊和染布作坊的汉子们抽着大草烟，喝着大碗酒，讲着粗话，三句话里头就会骂一回娘。他们赤裸着上身，露出古铜色的肌肉，发出低沉的号子，一条街都感觉到了男人的震动。织布、织锦和织袜子的女人们则温柔得像棉线一样，一丝不苟地在编织着棉织品，为了打扮自己，打扮自己的男人和孩子，女人们把日子编织得五彩缤纷。走在街上，女人们见了面，一句"砍脑壳死的，你到哪里去？"就算是问候语，听习惯了这句话，大家还感到格外亲切。中药铺里的老板是小街上为数不多的读书人之一，每逢闲暇，邀上三五知己，围站在柜台边，手里拿着压药单的木条敲打着柜台，以为节奏，有滋有味地唱着汉戏，洋洋得意地在街边上炫耀着自己。

在这条石板街上，有一个小学校，小学校是这条街上最大的建筑群落，满街的孩子都在这里上学。学校门前有一对高大的石狮子，刻就于晚清，风雨已经把这对石狮子洗刷得十分苍老，虽然它们威风犹在，可不幸都成了孩子们的玩具。每逢课间，大大小小的孩子都往上爬，一定要把石狮子折磨得筋疲力尽才叫开心。石狮子倒无所谓，孩子们的衣裤却挂烂了不少。学校有一个操场，操场不大，可在孩子们的心里，那是世界上最大的广场。操场上有一棵千年樟树，粗大的树干需要十几个孩子手拉手才能合围，宽大的树冠如同天底下最大的雨伞，那是孩子们眼里最美的风景。这棵大樟树的存在，如同一个世纪老人在陪伴着我们，慈祥而又安宁。

在这个小学校里，孩子们开始知道大海高山，长江黄河，开始知道《诗经》《论语》，唐宋明清，开始知道山外边的天地。尽管连孩子们的老师都不知道多少，可是孩子们就是从这里开始与世界对话，从这里开始走到了山外边，走到了北京、上海，走到了日本、美国。这条小街上出的硕士、博士和教授，都是从爬那对石狮子开始的，这种结果就连老师做梦都没有梦到过。

不过，现在的小城不是这个样子了。有人发现，我们那个地方地底下有矿，而且是中国最大的锰矿。有矿，那就是有钱，老天爷和老祖宗在我们那个地底下放了好多钱。穷人有了钱，就会有好多的传奇，钱多了，老板就多了。难以想象，一夜之间，地底下竟然改变了地上面，好多光脚板开始穿皮鞋了，以前喝包谷烧的嘴巴开始喝人头马了。

我的一个老乡现在成了老板，但当初不是，当初穷得像卵形。当初包产到户的时候，人家欺负他老实，分了一片山给他。山上有树有草有岩头，就是没有田，只能种苞谷和红苕。好田好土人家都分走了，搞得他天天吃草烟，连包纸烟都买不起。一年到头，酸菜下饭，吃餐坨坨肉要等到过年或过生，眼睛都等鼓了。

可是，哪晓得山不转水转，轮到我这个老乡发财了。他那个山底下都是矿，打个洞，钱就出来了。人家那地下都是岩头，人家的岩头没有人要，他那个岩头一万多块钱一吨。不到一个月，他就开始吃和天下的烟了，和天下那是湖南最贵的烟。不过，和大下和不了寨子里头那些人，他那个寨子里的好多人眼睛都绿了。所有的人都没想到，当初，怎么就把最好的这块地分送这个卵人了。

湘西的岩头都是有故事的，尤其是那些岩洞。从盘古开天到明清两朝，故事都是一堆一堆地堆在岩洞里头。巴人的故事，土匪的故事，悬棺的故事，苗族起义的故事以及鬼神的故事，湘西人讲，那都是扯卵谈。碰到那些会扯的人，听他扯几天，你就可以写本书。现在有了矿，又多了好多卵谈和故事。

自从有了钱，好多老板就会经常接到会议通知。一辈子没开过几次会，现在可以经常开会。而且现在一开会，就会坐到第一排，前头摆个桌子，桌子上铺着桌布，上面放的有茶和矿泉水，以及名牌。见了面，就要送名片，一看名片，都是老总，每个人都有了不一样的身份和待遇。不过，有老板讲了，这哪是开会，这就是找个地方互相忽悠，找个地方讲鬼话。

我有个小学同学，小名叫猪脑壳，现在成了矿老板。开了个保时捷上了马路，一路要和人打招呼，一不注意，撞了个夏利。开夏利的司机还没开口，猪脑壳就把三万块钱摔了过去。对人家讲了，你拿这个钱去修车。话音未落，猪脑壳就开车走了。夏利司机半天讲不出话来，喜欢得差点晕了过去。

二痞子现在也是矿老板。秋高气爽的时候，到上海去玩耍。口袋里钱多，就去逛金店。店里的服务员一看来了这么个东西，其貌不扬的长相，凌乱的头发，不高的个子以及松垮的裤子，人家就不想招呼他。二痞子不管这些，对着长得最漂亮的那个女服务员，大声叫了小姐，人家很不情愿地走了过来。二痞子开口就要小姐拿最大的那根金链子，服务员不敢拿给他，怕他拿了金链子往外跑。二痞子看懂了小姐的心思，抬头问了："这根金链子好多钱？"小姐眼皮都没抬一下，说了："五万。"二痞子把银行卡拿出来扔给服务员，说："你先刷15万，然后拿三根链子给我。"店里的经理听见了二痞子的这几句话，马上热情地走了过来。不到一分钟的时间，店里的服务员态度都变了，大家脸上的肉都动了起来，从爷爷变成了孙子。包括最漂亮的那个女服务员，人家嗲声嗲气地喊了一声"老板"，搞得二痞子从脑壳麻到了脚后跟。二痞子买了三根金链子，一根送他婆娘，一根送他妈，一根他自己用。他那根最大，戴到颈根上像嫖客。走出金店以后，他站在南京路上面，对着外滩，讲了一句湘西话："狗日的，瞎子见钱眼睛开。"

玩了几天，二痞子要回家了，买了张机票准备飞张家界。到了浦东机场，里面的化妆品和香水买得太多了，人家不让他登机，要他托运。他不肯，几经交涉，仍然不行。二痞子火了，退了机票。跑到4S店，买了一辆奔驰，从上海开回了湘西。

在我们那个小县城里，自从有了老板，所有的家具店都开始卖高档家具。一天，一个矿老板走进一个家具店，问了，你这里的沙发哪个最贵？卖家具的女店主回了话，这个最贵。矿老板又问，多少钱？人家心一横，大起胆子回了话，10万。矿老板说，就买这个，沙发就被拉走了。卖沙发的女店主把10万块钱放在床上摸了一夜，比摸什么东西都舒服。

后来，又有人卖了南极白鹅绒的床上用品，一套28万人民币，也有人买走了，成了传奇。

猪脑壳偏起脑壳地讲了，在这里开矿，与读书多少没有关系，老子初中没毕业，与学历高低也没有关系，就是博士来了也没有卵用。在这里开矿，要的就是运气和胆子，还要看你屋里的祖坟埋得好不好。好多人在这里没有当成老板，就是没有运气。他们把钱打完了，都没有从地下打出矿来，老天爷只给他们留下了一堆烂岩头。山前山后，到处都是人在挖矿，但是，能不能挖出矿来，那要看老天爷瞎不瞎眼睛。这个世界上有那么多的岩头，有那么多的山，天晓得哪个矿放到哪块岩头下边。

其实，开矿哪有那么简单，在暴利前面，天老爷有时候也无能为力。看不见的地方到处都是危险，心狠手辣的人不少，一不注意就有可能拖枪动刀，地底下比地上面更加惊心动魄。

但是，猪脑壳不怕，他讲："要死卵朝天，不死万万年，怕卵。"猪脑壳自从成了老板以后，他皮包里的银行卡常常都是一个亿或二个亿的钱放在里面，他走进银行就是大爷，连行长都要来见他。他见面和我说了，我现在天天可以吃鸡霸腿和坨坨肉了，以前过年有时候都吃不到。他讲他还喜欢吃鸡翅膀和鸡脚杆，那是我们小时候最喜欢吃的东西，现在都吃酿了。讲到正上劲的时候，猪脑壳的巴宝莉皮带垮了下来，他急忙用手又把普拉达的裤子提了上去。穿了一身名牌，还是个土包子。

二狗讲了，我们喊的鸡脚杆，广东喊凤爪，广东人把猪脚喊成猪手，为什么不把凤爪喊成鸡手。那天，我到食堂喊买鸡手，阿姨听不懂，我讲，你们把猪脚喊成猪手，那鸡脚就是鸡手。阿姨听了，骂我器形。广东话，器形应该是神经病。

有专家说：湘西地质公园位于云贵高原东北边缘，地处我国第二阶段向第三阶段过渡的大斜坡地带，总面积2860平方千米。涉及吉首、凤凰、古丈、花垣、保靖、永顺、龙山7个县市，包括龙山乌龙山、古丈红石林2个国家级地质公园以及吉首德夯、花垣古苗河、永顺猛洞河3个省级地质公园，公园呈"7"字形分布，拥有记录扬子地台演化的完整沉积序列，"芙蓉统""排碧阶""古丈阶"3个全球地层年代和2枚寒武系全球层剖面"金钉子"，世界上规模最大的红色碳酸盐岩石林以及令人震撼的切割高原岩溶台地、峡谷等优势地质资源，是地质生态与民族文化相融合的完美典范。不晓得专家讲得对不对，在这片土地上生长的湘西人，他们的性格一定与这里的地质构造相关，但文化生态就不一定了。

以前这里是穷地方，穷地方容易留下老东西、老房子、老服饰和老习俗。现在有钱了，老东西就容易变成新东西了。再蠢的人都晓得钱的价值，但有些东西的价值却是人常常搞不清楚的，而且常常让一些所谓的聪明人搞不清楚，包括历史和岁月的价值。我们那个小城，以前到处有诗有画。弯弯曲曲的石板街，拾级而上的吊脚楼，水碾小桥，垂柳梨花，哪里都是风景。现在好了，有了钱，到处拆了旧房子，然后去建新房子。有哥特式建筑，也有徽派建筑，莫名的湘西民居，还有四方形的水泥建筑，到处贴着瓷砖，安着卷闸门。远看像炮楼，近看像洗手间，如同撕碎了一幅山水画，满眼看去，只剩下一些支零破碎的景物。我们那地方的人，以前用木头、砖头和岩头，甚至用泥巴都很会修房子，现在用水泥、钢筋和玻璃修出来的房子就不成了样子。虽然还有人间烟火，但却没有了原来的味道。大自然原本还是老样子，破坏性最大的就是那些所谓的新人文。没有钱是不行的，但有了钱未必就行。好多时候，就是因为有了钱，才做坏了好多事情，花钱也要看人。

我们那里有人讲了，湘西人不能出去。不出去的时候，好像没有几个厉害的角色。也难怪，湘西只有那么大个地方，只有那么几个位置。板凳少了不够坐，挤破脑壳也坐不到几个人。而一旦把湘西人放出去了，外面天大地大的，湘西人就有了用武之地。一个凤凰古城，从清朝到民国时期到今天，不仅出了沈从文和黄永玉等大师，而且还出了200多个将军。要是这200多人都挤在凤凰，最多只会出一个团长。民国时期，湘西不仅出了一个总理，还出了三个中将军长，永顺籍73军汪之斌军长、龙山籍71军向凤武军长、永顺籍110军向敏思军长。出去的时候大多是锅盖脑壳，回来的时候才有了好多西式头，闯深圳的湘西人，大多也如此。

回到深圳，又有了通知，跟着集团领导去云南，到宁蒗和中甸，与当地政府讨论泸沽湖和香格里拉旅游项目的合作事宜。我们一行五人，很快就走了。两小时以后，飞机到了昆明的巫家坝机场，在那里经停，转机去丽江。同行的有北京爷们，人家是领导，在香港和深圳工作了不少的时间，见多识广，能侃。见时间还早，就侃了起来，从北京侃到香港，从香港侃到澳门再侃到深圳。标准的北京方言，格外生动和精彩。在这个本来就十分嘈杂的候机楼里，人家的笑话是一个接着一个，大家都笑疯了起来，早就听不到候机楼里的其他声音。

我们的航班早已经开始登机，但我们谁也没听到广播。也不知道过去了多长的时间，也不知道机场广播了多久，当我们突然听到机场广播在不断叫着我们名字的时候，才发现机场里已经有很多工作人员在找我们。人家一找到我们的时候，看得出来，所有的人都十分愤怒。在不断的催促声中，我们以最快的速度通过特别的通道，上了专门等候的中巴，然后上了飞机。飞机上的旅客早就不耐烦了，终于看到了五个让他们最烦的人走了进来。在这个时候，我们也没有乱了规矩，任何时候都要让领导先走，我们要始终跟在后头。这一次，走在前面的领导看到了最不好看的表情，一路点头微笑着走了过去，我们很高兴地跟在后面。飞机向丽江飞去，那里有东巴。

到了丽江，这里让人入迷。我们住在古城里，酒店是一片精致的纳西族民居。入内是小桥流水，雕梁画栋，照壁飞檐，格外安静。宁蒗县的领导在这里等我们，约好第二天一起去泸沽湖。晚上，我们在当地主人的陪同下，去一处大排档吃晚饭。说那里有当地名吃，驴肉火锅。走到店里，人家已经安排妥当。藕煤炉上，放了一口大铁锅，满满的一大锅驴肉，早就炖得热气腾腾，老远就有扑鼻的香味飘过来。我们还没坐下来，食欲就上来了。主人说了，饿了，大家要攒劲吃，里面还有好东西。问是什么样的东西，人家说了，你们先吃，吃了再讲。还没吃，那口锅子里头的好东西，就把大家的胃口都吊了起来。倒上酒，碰了杯，讲了几句客气话，性子急的就动了筷子。没有扒拉几下，就有好东西被夹了出来。北京爷们看一眼，人家就开了口："我操，这他妈是驴的那个东西。"到了这时候，主人就讲了："里面放了两条驴鞭和四个驴蛋，我喊老板专门跟你们留的。上回昆明有个老板过来，吃了一餐，五十多岁的人，两个驴蛋，管了他半个月。"哥们说："完了，今天吃了这东西，肯定完了，我的力气本来就大。"不远处有女人的笑声传过来，哥们迫不及待地看了过去。看了半天，不紧不慢地来了一句："没有一个好看的。"

在不断的玩笑声中，吃完了晚餐。这顿饭吃得十分野蛮，除了一大锅驴肉，每人前面的地上放了一小碗蘸水，以及几瓶白酒以外，就没有了其他的东西。我们用小凳子围坐在炉子旁，酒碗放在地下，灯光昏暗，在升腾的烟雾里，其实是看不清锅子里面的驴肉的，只是凭感觉把驴肉夹了上来，然后送进嘴里。这让我想到了茶马古道上的那些马锅头，在那些大江大河之间的晚餐。喝了酒，吃了肉，讲完了女人以及男人和女人的那些事，然后油油腻腻地倒在帐篷里，第二天继续在高原上赶路。

去结账，说是179块钱，便宜得让人惊讶。北京爷们又说了，要是让驴知道了，它们一定会骂大街。你们这些人也太不是人了，179块钱废了我们两兄弟。

吃完饭，沿着古城里的小街一路走回来。入夜的丽江，除了流水以外，没有了声音。走了很长的一段路，才听到纳西古乐从一处院子里传来。这是几位老先生的表演，古乐声和溪水声一起来自明清。真希望这里的夜晚不要有更多嘈杂的声音，不要被不伦不类的低端开发所毁灭，有些文化需要安静。

丽江云流如画，大风如歌，远处的玉龙雪山在这里守护着一片净土。推开窗，风裹着花香而来，而天的高处，可见一段星河，北斗高悬的方向，应该是长江第一湾。

第二天，我们去宁蒗。一天奔波，当晚，我们住在宁蒗县城。宁蒗是彝族自治县，汇聚了小凉山彝族浓郁的民族风情，所以，在这里少不了唱歌跳舞和喝酒。我们景区里的摩梭员工都来自这个县，而且还有不少摩梭员工已经从深圳回到宁蒗，因此，知道我们来了，他们都赶来看我们。说不完的话，如同亲人。

天亮以后，我们驱车去泸沽湖。泸沽湖，这是一个让我期待了好久的地方，那是女儿国。不是因为传说，而是因为在我们的那个景区里，有一片摩梭的木楞房。那里有苏里玛酒和猪膘肉，还有女儿房、祖母房、玛尼堆和跳锅庄，所以早就熟悉和十分亲切。有人说，月亮住在那里，因此，使人入迷。

泸沽湖，位于云南和四川的交界处，是摩梭人聚居的地方，约有3万多摩梭人在这里环湖而居，繁衍生息。自古以来，因为摩梭人是男子不娶、女子不嫁的母系大家庭的氏族结构，祖母或母亲是家长，有"走婚"的习俗，所以，关于走婚，就有了好多的故事和传说。这些故事都与摩梭的舅舅们相关，格外生动和好玩。当然，这都是以前的故事。舅舅晚上去走婚，住在女方家里，白天回到自己家里来做工。自己的孩子放在别人的家里抚养，自己在家里养着别人的孩子。舅舅们去走婚，有暗号的，人家会偷偷地开门。不方便开门的，舅舅只好爬墙了。爬墙进屋，有摔进猪圈的，也有被狗撵的，不一而足。因为要走婚，所以舅舅们的身体都特别好，飞檐走壁的走婚，腿脚一定要灵活。不过，现在摩梭人已经改变了老早的婚俗，好多摩梭舅舅已经不走婚了。深圳也有摩梭的舅舅，人家吃着猪耳朵，喝着五粮液，雄赳赳地在自己的家里做着父亲，不要爬墙了。

到了泸沽湖，不远的地方就是狮子山。狮子山是摩梭的神山，形状像非洲草原上的雄狮，俯瞰着泸沽湖。每年有转山节，是摩梭人最隆重的节日。狮子山和泸沽湖是云贵高原上最神圣的组合之一，看得出来，完美的山水相依，老天爷在这个地方花了不少的心思，否则这里不会如此美丽。

走到湖边，有猪槽船在那里等着我们。猪槽船是摩梭人独特的水上交通工具，因形状像猪槽而得名。船上有青年男子负责划船，还有一个漂亮的摩梭姑娘为我们导游。风和日丽的天空，使泸沽湖变得格外透亮，在如诗如画的意境里，我们的猪槽船向湖中间的小岛划去。岛上有寺庙，那是朝圣的地方。一路是倒影，水天一色，摩梭姑娘在水面上为我们唱起了她们的情歌。姑娘一唱情歌，泸沽湖更加动人。只是听不懂人家唱的是什么内容，坐在船上的人着急。姑娘做了翻译，歌词大意是这样的：阿哥哟，月亮才到西山头，你不要慌慌地走，火塘是这样的温暖，玛达米，我是这样的温柔。人海茫茫难相爱，相爱就该到永久，玛达米。听懂了意思，男人们的力气一下就上来了。坐在猪槽船里学唱摩梭情歌，人家摩梭姑娘唱一句，这些哥们唱一句。唱着唱着，就感觉自己在泸沽湖上开始了走婚，有哥们讲了，今天晚上可以爬墙。摩梭姑娘在船上又说了，我们摩梭女孩喜欢个子大的男子。听到这句话，北京爷们高兴坏了，他1米88的个子，应该是摩梭女孩的首选。

果然，当晚我们在泸沽湖边的一个度假村里举行联欢晚会的时候，四个摩梭女孩就把我们的北京爷们请了上去。看来人家喜欢大个子，还是一句真话，这让我们好羡慕。人家说是一起跳锅庄，一起唱玛达米。女孩们说了，我们手拉着手一起跳，如果你看中了姑娘，你就可以偷偷地去抠姑娘的手心。如果姑娘喜欢你，她也会抠你的手心，你们两个就可以走婚了。北京爷们喜笑颜开地站在那里，听得入迷，正准备跳锅庄抠手心走婚，以及和姑娘一起唱玛达米。谁知道站在他身后的两个姑娘突然把他扳倒在地，猝不及防的时候，另外两个姑娘也扑了上来。四个姑娘一起用力要脱爷们的裤子，还没走婚，就被脱裤子，这下惨了。爷们奋力挣扎着，拼命抓着自己的裤子，大庭广众之下，不能让自己的裤子被女孩们脱掉了。好在爷们穿的是牛仔裤，扎的是大皮带，裤子终于没有被脱下来。其实，女孩们也不是真要脱北京爷们的裤子，北京爷们恐怕也不怕人家脱他的裤子。裤子脱了，大不了就是走一次婚，重要的是每个人脱得都很开心。说实话，脱裤子是一件很容易的事情，但是，却在很多场合脱不下来。最后，爷们提着裤子跑了回来，我们全都笑趴在沙发里。

离开泸沽湖，我们去了摩梭的寨子。正是中午时分，随意而建的寨子，错落有致。绿树掩映的木楞房，高高低低的篱笆和弯弯曲曲的小路，以及不少人家的炊烟，远远看去，竟然是如此让人着迷。经过主人的同意，我们走进了一户人家的祖母房。里面坐着三个祖母，这是三姐妹，从小到老，一辈子没有分开。祖母房是摩梭人家的中心，一家人在这里吃饭、待客、敬神、商量家事，还有孩子13岁时在这里举行成年礼。祖母房主要由两根立木支撑，左为男柱，右为女柱，两根立柱必须出自同一根大树。树梢部分为女柱，有开枝散叶的意思，树根部分为男柱，有扎实稳健的意思，其中很多讲究。这户人家有一个女儿和一个舅舅在招呼着我们，为我们介绍他们家里的情况。主人为我们准备了酥油茶、苏里玛酒还有饵块以及糌粑，虽然他们话说得不多，但我们明显感觉到了他们的真诚和热情。

很喜欢泸沽湖，匆匆忙忙地又要走了。真希望有些人不要添乱，不要增加一些莫名其妙的景物，自以为是地去改变大地与自然，因为这里原本就格外美丽。

两天很快就过去了，我们和宁蒗县领导交换了意见以及明确了合作意向以后，经丽江去中甸。一路有中甸的朋友陪同，第一个景点看虎跳峡。虎跳峡的路不好走，在峭壁上刚开的毛公路，到处是乱石，一路的颠簸。车不能开到江边，看虎跳峡，必须步行到谷底。下车以后，我们顺着小路去虎跳峡，路更难走。没走好远，就可以看到虎跳峡了，站在上面往下看去，那景象让我们开始兴奋。难以想象，云贵高原在这里只给长江留下了一个很小的通道，让长江挤成了一团，像老虎一样在峡谷里咆哮。狂暴的江水汇聚成无数个大浪在这里不断地拍打着巨石和峭壁，使整个峡谷摇晃和震动。然后，摔碎的江水在不远处又汇聚成洪流，不屈不挠，沿着峡谷奔腾而去，一泻千里。在虎跳峡，我们不知道老虎是否可以从这里跳过去，但是，我们在这里知道了长江的性格。

告别虎跳峡，我们去中甸。中甸是迪庆藏族自治州的州府所在地，海拔有3000多米，那里又叫东藏。迪庆，藏语意为"吉祥如意的地方"，是云南省唯一的藏族自治州。一路上，风景仍然很美。虽然也是深秋，草原上的花早都谢了,但是,这个时候的草原在阳光的照射下是一片金黄色。草原上的牦牛、马群和高大的青稞架,还有白色的藏族民居以及远处的雪山和深蓝色的天空,无可挑剔的组合,令我们入迷。下午,我们在中甸住进了酒店,主人叮嘱,当天不能冲凉,以防高反。这才让我们意识到,这里的海拔和拉萨差不多。

晚上,县里举行了晚宴,有歌舞表演,藏族姑娘给我们献了哈达。州里和县里领导都来了,县长叫阿堆,藏族汉子,热情豪爽,名字好记,可以记住一辈子。人家说了,县里的所有资源都可以拿出来和我们合作,包括白水台、碧塔海和香格里拉大峡谷。这里还是藏族、傈僳族和普米族的聚居区,到处都是浓郁的民族风情。阿堆县长还说,中甸还有冬虫夏草和松茸等土特产,我们的牦牛都是吃虫草长大的,因此,我们的牦牛干巴也是云南最好的名优产品。州里领导也介绍了,我们还可以去德钦看一看,那里的梅里雪山是藏族的神山。那个晚上,喝酒的醉了,没喝酒的也醉了。

第二天,一个副县长陪我们去松赞林寺。噶丹·松赞林寺是云南省最大的藏传佛教寺院,又被誉为"小布达拉宫"。该寺依山而建,整个建筑集中了藏族造型艺术的精华。金顶铜瓦、宝角飞檐,高大神圣。一起去的副县长很年轻,不到30岁,姓孙,从省里下来到这里任职。人家以前做过旅游,曾经是云南省的优秀导游,所以,他给我们的介绍十分精彩，使迪庆给我们留下了更加深刻的印象。小孙县长的介绍是从《消失的地平线》这本书开始的，这是一本 1933 年由伦敦麦克米伦出版社出版的图书，作者是英国的詹姆斯·希尔顿。故事开头大致是这样的，一架失事的飞机迫降在中国的藏区，那是一个三江并流的高原。这架飞机上一共有四个人，分别来自英国和美国。迫降以后，有人告诉他们，必须找到一座喇嘛寺才能生存下去，这座喇嘛寺叫香格里拉。然后，这四个人经过了好多磨难，终于找到了香格里拉。最后他们发现，香格里拉是一个完美幸福的地方，是一片净土。因为这本书在欧美等国有一定影响，所以，香格里拉酒店在自己的每一个房间里都摆放着这本书，希望通过客人阅读，让更多的人知道香格里拉。看起来，英国人和中国人都有着一些共同的想象与爱好，总希望在这个世界上存在着一些世外桃源，可以让人类去逃避现实。只是所有的人看了这本书以后，都不知道香格里拉在哪里，到处在打听和寻找。

围绕这本书，小孙县长和一位云南方面的专家在经过认真研究和考证以后，得出了一个重要的结论，认为迪庆就是詹姆斯·希尔顿笔下的香格里拉。论据大致如下：迪庆是藏区和高原，这里有喇嘛寺、雪山、草原、峡谷，同时这里是金沙江、澜沧江和怒江三江并流的地方，而且是喜马拉雅山脉由西向东偏北的方向。这些书中描写的地点和地理特征，无一不与迪庆相吻合。这个结论得到了许多专家的认可，这以后迪庆就正式改名为香格里拉了。迪庆得到了这个影响巨大的 IP 以后，为自身以后的旅游发展打下了更加扎实的基础，小孙县长功不可没。

看完松赞林寺，小孙县长又有了精彩故事。说是在"文化大革命"时期，松赞林寺被拆，藏民们把所有的木料都搬回了自己的家里。"文革"结束以后，这里要复建松赞林寺，藏民们把木料全部从自己的家里搬了回来，一根都不少，令人赞叹。在这里的草原上，曾经举行过佛教的大法会，参加法会的藏民有 40 万之多。藏传佛教有六字箴言，唵嘛呢叭咪吽，原意大概是，珍宝啊，莲花。我为中甸祝福，扎西德勒。

以后，我们又骑马去了碧塔海。碧塔海，湖面海拔 3538 米，是云南海拔最高的湖，由雪山溪流汇聚而成，湖水碧蓝。在云南，大凡是湖泊，人家都叫海，所以，中甸有好几个海，如此说起来，这里应该和大理一样，大理有洱海，都是沿海城市。只有昆明人老实，把自己家门口的湖叫成了滇池。

碧塔海很美，没有海浪，甚至安安静静地没有一丝涟漪。天在水里，水在天上，湖水与树林之间都是倒影。我们骑的马都是山地马，个子不大，力气不小，这些马沿着茶马古道可以走到西藏、印度和巴基斯坦。我们从中甸到碧塔海往返一共走了 4 个小时，一路上有草甸、湿地、湖泊、森林和牦牛群，都是景色。据说，这里还有云豹、黑颈鹤、藏马鸡和棕熊等野生动物，只是我们没有看到。回到中甸，阿堆县长笑嘻嘻地站在酒店门口等着我们，这是我们今天看到的最后一道风景。

告别了中甸和阿堆县长，在返回丽江途中，我们去了白水台，这是纳西族东巴文化的发源地。在这块白色台地上诞生的文化，难怪是如此圣洁。

白水台海拔 2380 米，成因是水中的碳酸氢钙经太阳照射，水分蒸发后形成碳酸钙白色沉积物，不断覆盖地表而形成的白色自然景观，约有 3 平方公里，是我国最大的泉水台地之一。在这个世界上，如此独特的景物是不太多见的，在一片青山绿水之中，彷佛是什么人在这里用汉白玉完成了梯田与瀑布的雕塑，而且花了几千年的时间和功夫，否则不会这样的壮观和精美。在我的印象里，这很像土耳其的棉花堡，应该都有很多乳白色的传说和故事。白水台在亚洲的东方讲述着中国的故事，棉花堡在亚洲的西方讲述着土耳其的神话，这是大自然在亚洲大陆上镶嵌的两块玉石，从茶马古道到丝绸之路，让这个世界变得更加美丽。

到了丽江，我们上了飞往深圳的飞机，一起带走的是我们对泸沽湖和香格里拉难以磨灭的印象。

忙了一年，又到了年底，老彭工作的新公园开业了。这是一个全新的主题公园，里面有冒险山、魔幻城堡、飓风湾、漂流河、水公园，还有金矿镇、4维电影、实景表演，如此种种，一个以设备娱乐为主的公园，摆在了这个民俗专家的面前。这个时候的老彭，不仅是文化专家，也成了旅游专家，除了普通话一如既往地讲得不好，剩下的那都不是什么事情了。一个周末，二狗、素者和湘西的老乡们一起相约去了这个景区。惊险刺激的太空梭、完美风暴以及矿山车让二狗和素者们玩得不亦乐乎。二狗的女朋友也来了，他们一起去看了实景表演。实景表演是抗日的故事，需要游客参与，二狗和他女朋友都成了演员。二狗演了一个日本兵，以为可以去抢花姑娘，谁知道只喊了一声"八嘎牙路！"就被一枪打死了，而且死了两次。素者对二狗讲，你硬白演了。二狗讲，什么白演了，老子不敢抢，怕她骂，二狗的女朋友站在旁边笑了。

从管理民俗文化景区到管理参与性、趣味性和娱乐性为一体的主题景区，从管理磨秋到管理过山车，从管毛驴车到管海盗船，其实是一个不小的跨越，但是老彭却跨得非常从容和有条不紊。老彭是这个公园的管理总监，管着一大堆部门。玩到下午，素者看到老彭从景区里走了过来，手上拿着一个对讲机，照样是一脑壳汗水，素者喊了一声，好雄。

老彭的新景区还没有玩够，公司又有了安排，要我们去巴西。深圳是冬天，巴西是夏天，从北半球到南半球，还有12个小时的时差。到广州办好签证，从香港经停迪拜，然后飞里约热内卢，在空中飞行了25个小时以后，我们一行7人到了巴西。

第一站是里约热内卢，这个南美城市给我留下了很深的印象。这个城市离海很近，坐在宾馆的床上就可以看见大西洋，到处都是海滩。而且这里一边是街道，一边是大海。海滩上到处是人在踢足球和打排球，难怪巴西的足球和排球在世界上很厉害。不过，游人是不可以随便走上海滩的，在那里随时都可能被抢劫。

也许是人种的关系，街上拥有魔鬼身材的女孩很多，大概是因为有了白人、印第安人和黑人的混血基因，深邃的眼睛，高高的鼻梁，金发或黑发，翘臀长腿性感，是一道很美的风景。里约热内卢依山傍海，海边住的是有钱人，大多是别墅和楼房，并且有花园。穷人都住在山上，远远望去，五颜六色的房子又小又矮，密密麻麻地挤在一起，拾级而上，一直挤到山顶，这就是巴西的贫民区。那里的孩子都想从里面走出来，成为球星或者成为有钱人。住在海边上，是好多穷孩子的梦想。所以，到了下午，陪同我们的朋友说，我们该去看看巴西的足球了，于是，朋友带我们走进了马拉卡纳足球场。这个足球场曾经是世界上最大的足球场，最多时可以装进去20万球迷。那天没有比赛，朋友带我们去看球场里面的博物馆。博物馆不大，走进去，迎面看到的是四张大幅照片，这是四星巴西的全家福。朋友指着照片说，这上面的球星绝大多数都是穷孩子出身，因为足球改变了他们的命运，他们是穷孩子的偶像，也是榜样。离照片不远的水泥地面上，有很多球星的脚印，其中有贝利、济科、苏格拉底、罗马里奥、罗纳尔多的脚印，这些脚印撼动过世界杯。再往前走，我们在博物馆的另一个展厅，碰上了一个穿着巴西队服的中年人。这人约40岁，1米8左右的个子，身材很好，在熟练地颠着球，一看就是个足球运动员。他看见我们，很热情地打着招呼，把球颠得更是好看，让人眼花缭乱的。朋友说，他可以和我们合影，但要给钱。朋友说话的声音很轻，却在我的心里反响很大，我突然很同情眼前的这个中年人。这个人是更多巴西孩子的缩影，他们绝大多数人是成不了球星的。尽管他们挣扎过、努力过、付出过，但最终他们还是会回到那些山上去。我和他合了影，给了他10个雷亚尔，然后走出了博物馆，站在街上，可以看见远处的基督山。在里约热内卢，其实，基督离穷人很远。

我们上了基督山，这是里约热内卢的城市标志。基督像落成于1931年，站在山上，可以俯瞰里约热内卢。陡峭的山峦，弯曲的海岸线，浩瀚的大西洋，让里约热内卢变得格外迷人。基督像是法国人完成的，他们把基督留在了这里，把穷人和富人都一起留在了基督的脚下。

1763年至1960年，里约热内卢是巴西的第二个首都，同时也是世界著名的旅游城市，整个城市因为自然景观被列入世界文化遗产。里约不仅有足球，还有巴西狂欢节、桑巴舞以及桑巴女郎，还有风景名胜面包山、科帕卡巴纳海滩和著名的天梯教堂，还有服务极好的巴西烤肉餐厅，是南美洲最重要的城市之一。

离开里约热内卢，我们去伊瓜苏。伊瓜苏在巴西、阿根廷和巴拉圭三国交界处，城市不大，但因为有一个瀑布很大，而在全世界有名。接我们的导游姓林，台湾人，到巴西已经20年，去的时候是小姐，现在是女士，很热情。经她介绍，我们跟着她去看巴拉圭的第二大城市东方市。真的是去看，不让下车，说是当地黑社会很厉害。只能隔着边界上的一条河远远地去看这个城市，可以想象能够看到什么。远远望去，东方市掩映在一片绿色之中，高高低低的楼房，五颜六色的，十分鲜艳。经不住诱惑，还是下了车，以边界上的铁丝网和东方市为背景，照了几张照片。别说是看见黑社会，就连人都没看见，我们就匆匆忙忙地离开了那里。

下一站，我们去看伊瓜苏大瀑布。伊瓜苏瀑布在巴西和阿根廷的交界处，有人说，看了伊瓜苏瀑布，我们的很多瀑布就变成了一个抽水马桶。伊瓜苏瀑布是世界上最大的瀑布，站在瀑布边上，看着一条河，从4000米宽的断崖上倾泻下去的时候，撼人心魄。汹涌澎湃的瀑布，让伊瓜苏出现了世界上最壮丽的风景。在这个两国交界的地方，伊瓜苏瀑布最好看的部分属于阿根廷，但是最好看瀑布的地方却在巴西境内。自己看不到自己的好东西，对于阿根廷来说，这是一件很难过的事情。每年200多万游客，全部站在巴西境内来看阿根廷的风景，风景是自己的，但门票钱却是巴西的。巴西人在瀑布边上修了栈道和观景台以及餐饮购物点，而阿根廷那边什么都没有。巴西这边人潮涌动，阿根廷那边冷冷清清。在我们看瀑布的时候，导游林女士指着瀑布说了好几次，看，那就是阿根廷，一个游客都没有。我不知道阿根廷的感受，我同情阿根廷。只有小鸟在这里格外自由，这里有很多小鸟，很多的树枝上都悬吊着成串的鸟窝，密密麻麻的随处可见。鸟群一会从巴西飞到了阿根廷，一会又从阿根廷飞到了巴西，算是阿根廷有了动静。还有一些小鸟在瀑布里面的崖壁上筑窝，这些小鸟一会从外面飞进瀑布，一会从瀑布里面飞出来，完全不在意巨大水流的冲击，成为伊瓜苏瀑布上的天使。

　　离开伊瓜苏，我们经停圣保罗飞玛瑙斯。玛瑙斯是巴西亚马逊州的州府，因此，一路上我满脑子都是亚马逊的热带雨林，以及印第安人、食人鱼还有大嘴鸟等等。住进酒店以后，我们到玛瑙斯的中心区去逛街。中心区不大，四周房子也不高，但是很古老。有广场，广场中心有雕塑，雕塑与建筑的风格大多都与葡萄牙有关，毕竟葡萄牙人在巴西折腾了300多年。广场旁边的一个高处，有一个建筑十分显眼。不知道是什么，问起来也就随意。但是，陪同的导游很认真地告诉我,这是玛瑙斯歌剧院,世界十大歌剧院之一。导游说话的声音很轻,却让人惊讶。我虽然从事艺术专业多年,我也知道悉尼歌剧院、美国大都会歌剧院、巴黎歌剧院、蒙特卡洛歌剧院和维也纳国家歌剧院等等,但是,真不知道在玛瑙斯有如此重要的艺术建筑的存在。玛瑙斯歌剧院建于1896年,当时耗资1000万美金,那是很大的一笔钱,据说玛瑙斯人穷尽了财力。100多年前,因为橡胶业的发达,玛瑙斯成为巴西的"黑金之都",并因此出现了这个艺术高点。剧院有685个座位,大厅内有雕刻精美的大理石柱,这些大理石柱来自意大利。雕花栏杆来自西班牙,水晶吊灯则来自法国,只是地板用了巴西的红木。欧洲与南美的经典结合,使这个艺术空间光彩夺目,这就是玛瑙斯歌剧院。玛瑙斯告诉我们,出去旅游,无论走到哪个城市,都要懂得尊重。因为这个剧院,玛瑙斯让我仰望。

晚上去吃晚餐,进了一家中餐馆,恐怕这是玛瑙斯唯一的一家中餐馆。餐馆不大,一个老板,两个服务员。看见我们来了,人家很热情。说是餐馆里有鱼可以清蒸,而且便宜,80人民币就可以蒸一条。我们跑过去一看,养在鱼池里的都是银龙鱼。人家不说,我们还以为是观赏鱼养在那里。几十条银龙鱼放在里面,一条大约有三五斤重,上上下下地游动着,十分好看。但是,在玛瑙斯却变成了食物,这是东半球和西半球的审美差异和文化差异。这个差异,形成了太大的心理障碍，我们几个人谁都跨不过去。银龙，我们不知道这种鱼在巴西的名字，但是在中国人的称呼里，顾名思义，应该与龙的形象有关。不同的民族有不同的饮食习惯，有时候，食欲会破坏文化认知，其他时候，文化认知又会影响食欲。对我们来说，这种鱼再便宜也不能吃。我们谢绝了主人的好意，与钱无关。

从玛瑙斯再坐船，在亚马逊河的支流黑水河里走一个小时，就到了亚马逊阿里亚乌度假酒店，也称森林之塔酒店。黑水河的颜色呈铁锈色，很黑，从来没有看见过这种颜色的河流，让人恐惧。森林之塔酒店建在森林里，由法国人设计，到处都是粗大的原木，下面的架空层离水面有5至30米高。酒店由八个圆形木建筑组成，每个建筑有两层或三层，里面有若干个房间。这些房间或大或小，分别是餐厅、大堂和客房，还有商店和游泳池等。酒店里到处都是印第安人的艺术雕刻，动物的、人体的、植物花草的，还有文字或造型怪异的图案，色彩艳丽，粗犷古朴，密密麻麻的木雕把酒店装饰得浑然天成，彷佛是一种不经意的组合，给我们留下了难以磨灭的印象。每个建筑之间都有廊桥连接，这些廊桥在树林里弯弯曲曲地往前延伸，居高临下，可以看见黑水河和热带雨林，还有金刚鹦鹉。

黑水河很宽，据说最宽处有几十公里，那是黑水河和亚马逊河的交汇处，那里的河水颜色黑白分明。整个酒店好像浮在水面上，到处是风景。下午，我们划船到河里去钓食人鱼，钓食人鱼对鱼竿的要求不高，但鱼饵要用牛肉。钓鱼的那条河在酒店后面，穿过一大片树林，树林里有很多树屋，或休闲或度假，是一个好去处。这里的河面不宽，水面很平，两岸都是雨林。雨林里除了可以听见不知名的鸟叫声以外，没有其他声音。我把鱼竿放了下去，很快就有鱼在咬鱼饵，鱼竿动得很厉害，似乎是一群鱼在咬。我迫不及待地把鱼竿拉了起来，结果什么都没有钓到，连鱼饵也没了。如此三番两次，手上慢慢有了感觉，直到食人鱼把鱼饵咬紧以后，才把钓竿拉起来，终于把食人鱼钓上来了。那天下午，我们七个人一共钓上来五十多条食人鱼。我们把小鱼放回了河里，大的拿回了酒店做鱼汤，据说汤很鲜，但我不敢喝。食人鱼个头不大，但嘴巴不小，特别是牙齿很锋利，看着就恐怖。

吃完晚饭以后，我们从餐厅出来，只见房子上和廊桥上爬满了小猴子。这种小猴很迷你，成年猴也只有两三个拳头大，在中国没见过。这种猴的毛色是棕色和白色相间，尾巴比身体还长，对人很友好而且很斯文，就像毛绒玩具，让我们喜欢得不得了。只要你愿意，伸出手去，小猴就会爬到你的身上和头上来。离开酒店的时候，真的有点舍不得，尤其是舍不得这群小猴子。我住过很多酒店，这个酒店是独一无二的。

离开玛瑙斯，我们经停巴西利亚，然后飞抵萨尔瓦多。

从 1549 年到 1763 年，萨尔瓦多是巴西的第一个首都。可以想象，首都应该是一个什么样子，奢华、大气和至高无上。这是一个滨海城市，这个城市曾经是西班牙和葡萄牙的殖民地，因此，走进萨尔瓦多，如同走进了欧洲的某个城市，例如巴塞罗那，例如里斯本。这里集中了巴西十六世纪到十八世纪的建筑精华，因为欧洲文化和南美文化在这里相遇，这个城市的很多建筑都与欧洲文艺复兴时期的建筑风格有关。萨尔瓦多，一座城成为世界文化遗产，这不太多见。

萨尔瓦多紧靠大海，建筑物既有欧洲建筑的富丽堂皇，也有南美建筑的五颜六色，相互依托，与大西洋形成了很美的景观。在这个地方待的时间不长，但萨尔瓦多的两个教堂却给我留下了很深的印象。第一个教堂是圣佛朗西斯科教堂，这个教堂建于 1732 年，典型的巴洛克建筑风格。看外观，这个教堂不大，完全没有科隆大教堂和巴黎圣母院那样的气势。到了教堂门口，也没有引起我的兴趣，我的目光一直落在教堂外面那些古建筑的上面。朋友说，进去看看吧。我问，好看吗？朋友说，值得一看。就这样，我走进了这个教堂。一进去，是一个露天中庭，有蓝白两色陶瓷壁画装饰的长廊环绕，极具非洲色彩，不大，但很讲究。这应该与十六世纪葡萄牙人贩卖非洲黑奴，导致非洲文化进入萨尔瓦多有关。再进去，才是教室，只要你走进去，金碧辉煌的教堂就会让你看得目瞪口呆，教堂里面的金色和中庭的蓝白色形成了极其强烈的对比。这个教堂是巴西最著名的"黄金教堂",整个教堂被黄金雕刻所覆盖,我从未见过如此璀璨夺目的教堂,叹为观止。另一个教堂就是萨尔瓦多主教堂,这个教堂建于十八世纪,也是巴洛克风格。教堂有两座钟楼,教堂屋顶有耶稣会的图徽,里面供奉着圣福兰西斯哥·夏维尔等圣像。这个教堂还有一个宗教博物馆,其地下室藏有耶稣降世图。巴西人说,这是全南美最灵验的教堂,南美人都会到这里来祷告和许愿。走到教堂外面,到处是售卖许愿用品的摊位。这些用品既可以献给教堂,也可以拿回家去,我突然觉得,这很像中国的寺庙。我走到一个摊位前,有绸带,有挂件。卖东西的是两个小女孩,一个是黑人,一个是白人,很热情,说这些东西很吉祥,很平安,于是,我买了几件。其中几件献给了教堂,还有两件拿回了家,现在一直挂在我的小车里。我和两个小女孩合了影,我记住了这两个教堂,也记住了萨尔瓦多。

又到了里约热内卢,我们在这里与巴西告别。然后飞越非洲大陆到迪拜,在迪拜停了两天,经香港回到了深圳。巴西,离我们非常遥远,那里不但有浓郁的南美风情,还有非洲和欧洲文化的交相辉映,这是一个十分浪漫的国度,让我们依依不舍。

这一年,我记住了一句话,变老很容易,长大却很难。

第八年

1999年来了,这一年是兔年,应该很温和。在新年的员工同乐晚会上,我又中奖了,中的又是大奖。

在这个喜气洋溢的新年里,向老大的女儿出生了,这是湘西人在深圳的第二代。我们赶去祝贺,见到向老大的时候,已经30岁的人了,还是老样子,没变。用素者的话讲,有的人,长相着急,显老。实际上,这样的人好,几十年不见,一见如故,好认。二十岁就像五十岁,老沉,稳重,一次成型,变化不大,让人重视,以雕塑般的形象走完一生,不可多得,向老大就是这种人。那天我们喝了好多酒,兔年养女儿,大喜。

向老大的女儿长得很可爱,让素者羡慕。老彭插话了,不要羡慕,你抓紧时间也生一个。婴儿生下来原本是一样的,除了哭,就是吃和睡。但是,长大以后,因为各自成长文化环境的不同,并且,这种文化激活了他们各自身上遗传的基因，于是，他们长成了完全不同的样子。生命可以繁衍，但不可复制。老彭的道理比较高深，二狗不太听得懂，但在不断点脑壳。素者笑着对二狗讲："你晓得简卵，只见到那里点脑壳。"二狗讲："我听懂意思了。"不管听不听得懂，大家都相信，向老大女儿的普通话一定比我们讲得好。

我想起了罗素的一句话：人生下来的时候只是无知，但并不愚蠢，愚蠢是由后来的教育造成的。

新年到了，我们的火把节开始了。红红火火的节日，竟然惊动了云南，石林的领导们跑到深圳参加火把节，成了新闻。在这些客人的眼睛里，没有明星唱歌，没有斗牛、摔跤和跳菜，也没有放雀，一定是一个莫名其妙的火把节。难以想象，一天玩下来，深圳的这个火把节却让他们格外喜欢了。只一个火把节点火仪式和跑火把大狂欢，就让客人们兴奋异常。人家彝族的领导说了，我们祖祖辈辈做火把节，为什么没有他们做得好。

说实话，我们也找不到答案。把中国的民俗文化做成文旅产品，其实要有所取舍，要用跨民族的语言讲好这个民族的故事，才能更好地去展示这个民族的风采。在中国传统文化和在地文化里面找到当代语言和世界语言，不是一件容易的事情，比湘西人讲好普通话还难。注重文化的主客共享，注重跨文化价值和跨文化传播，绕开文化障碍，相当于二狗去考北京大学。

石林来的领导不管这些事情，他们四大班子的领导一起到了深圳。回到石林就开会，很快做了决定，要我们给石林做一个火把节方案。人家没有提出任何要求，只有一句话，你们认为怎么好，就怎么做。20万一个方案，公司同意了。

我开始策划火把节方案。对方都是彝族的专家，在他们的面前谈彝族的文化和历史，谈十月年和海菜腔，谈毕摩文化和老虎崇拜，湘西人都是外行。但是，湘西人胆子大，我们不和彝族的专家们讨论彝族文化。我们把彝族的火把节文化拿来与巴西的狂欢节文化、德国的啤酒节文化、西班牙的奔牛节和番茄节等节日文化进行比较。在时间、地点、活动内容和责任分工不变的前提下，我们讨论的重点是，如何注重节奏与情感的控制，手段与技术的运用，现场画面的组织与视觉冲击，文化色彩与审美语言的使用，包括节日亮点、人的兴奋点和卖点的营造。我们换了一个平台，把彝族专家变成了外行。很快，一万多字的方案就出来了。

石林的领导看完方案以后，非常满意。只希望这个方案尽快在石林落地，于是，我们一行二人又飞去昆明，当天就到了石林。上次去参加火把节，还没有人认识我们，这次我们在石林成了贵宾。除了领导在等着我们，还有六个阿诗玛参与接待。不一样的时间，和不一样的人在一起，石林有了不一样的形象。情景一交融，这里就出现了不一样的石林。

我们开始工作了，这是一次小心翼翼的工作过程。在人家的地面上，我们可以做得好看好玩，但不能乱来。我们选择了石林若干个最美的立面作为节日活动的场地背景，极为注重撒尼人的服装色彩、道具色彩和环境布置色彩与石林的色彩关系，包括空间线条的过渡关系。碰到问题的时候，就把工作放一放，到彝族的老祖宗们那里去找灵感。人当然要有审美愿望，但是，人还得要有审美能力。千万不要把人家老祖宗的精华弄成糟粕，再把这些糟粕当成宝贝一样的传下去。然后出了事，还要人家的老祖宗去背锅。湘西人，走到哪里都怕人家骂娘。

好在我们去石林的时候是春天，石林的春天很美。到处都是美的色彩和美的画面，给我们的场景处理和布置、场地调度和现场编排带来了很多的便利。参加接待的六个阿诗玛都是舞蹈小编导，编舞就是她们的事了。完成了方案的交底，我们就要回家了。每年的农历六月二十四，是彝族的火把节，石林还有四个月的准备时间。

一周后，领导通知我们去泰国考察泼水节，这是一个四人工作小组。香港中旅集团给我们做了行程安排，泰国中旅负责接待。第一站飞曼谷，那里的泼水节还没有开始。一大早，我们就去了湄南河上的水上集市。集市在湄南河边的运河里，运河两岸是水乡民居，鳞次栉比，在水上形成了街市。在街市中间的水面上，有许多卖水果和旅游纪念品的小木船迎面停靠，船上的泰国草帽、花衬衫，新鲜的芒果、莲雾、香蕉、木瓜，让水上街市有了好多斑斓的颜色。街市上，木船不少，游人不多，随处看去，浓郁的东南亚水乡风情令人痴迷。当地人在热情地招呼我们，我们听不懂泰语，所以，人家说话，我们听起来像唱歌。在我们的耳朵里，这个水上集市到处都有音乐。真喜欢这里的水上集市，一边可以观光，一边可以购物，一边可以体验民俗风情。时间过得很快，还得去下一个景点，我们上了岸，然后走进了曼谷的卧佛寺。

曼谷到处都是佛寺，随处可见高大的宝塔和金色的屋顶，成为这个城市的文化符号。在卧佛寺里，我们第一次看见了星期佛。星期佛一共有八尊，佛像不大，通高只有30或40公分，有莲花座或华盖，造型各异，极其精美。八尊佛分周一到周日七尊佛，另外一尊则是公共佛。周一到周日出生的人可以分别去为周一到周日的星期佛沐浴，不知道自己是周几出生的人则去浴公共佛。在曼谷，菩萨都有了分工和岗位职责。

之后，我们又去了大皇宫，看了玉佛寺。玉佛寺，又名翡翠佛寺，是一座皇家寺庙，始建于1785年。因其内有一尊66厘米高的翡翠佛像而成为泰国最重要的佛寺。翡翠佛像上有披风覆盖，一年三换，分别代表夏季、冬季和雨季，必须由国王亲手更换。更换披风，是玉佛寺里最隆重的仪式。玉佛寺有2000米的长廊，长廊里有178幅以《罗摩衍那》史诗为题材的精美壁画，为我们在无声地讲述着《罗摩传》。这座寺庙是曼谷的佛教圣地，也是泰国国家形象的象征。

看完了菩萨住的地方，我们就去看人间凡尘。泼水节，又叫宋干节，是人家最大的节日。曼谷有规模盛大的选美活动，活动地点在仑披尼市区公园。吃完早餐以后，我们很快就到了那里，大概是为了看美女，公园里已经有了不少的人。没多久，公园里就热闹了起来，美女们的彩车过来了，有三五十辆之多，五彩缤纷的车队成为公园里最好看的风景。彩车不大，由一人拉着，一辆车上，坐着一位美女，类似于我们以前的黄包车大小。彩车装饰极其精美，整个车身都用鲜花装饰，车上有拱形花门，五颜六色，造型优美，公园里香色四溢。选出来的美女都十分漂亮，衣着华丽，婀娜多姿，妩媚逼人。草地上，搭有若干帐篷，供美女们化妆、休息和更衣。只是看得久了，突然想到了我们昨天刚刚看过的人妖，总有好多相似的地方，这就有点让我们分不清楚了男女。

两天以后，我们飞去清迈，那里的宋干节就要开始了。清迈是泰国北部最大的城市，早在13世纪，孟莱王就定都于此，是一座历史悠久的文化古城。这里有古城和护城河等文化遗址，还有很多著名的寺庙。其中位于清迈以西16公里处的双龙寺，建于1383年，据说内藏佛祖的舍利子，被人视为圣地。这里海拔1667米，站在山顶，可以看到清迈全景。

　　远远看去，清迈是一座彩色之城，其内大多是两层木板民居，色彩艳丽。不多的几处高层建筑，不是酒店就是寺庙，格外显眼。街头巷尾随处可见寺庙和佛堂、咖啡馆和艺术小店，还有不少的景观餐厅和美食。这座城市到处都是让人可以坐下来享受生活的去处，人家把日子过得浪漫和温馨。在这里最有名的酒店应该就是美萍酒店了，因为邓丽君在这个酒店与世长辞。走进这个酒店，一定是因为邓丽君的缘故，大堂色彩凝重，总台后面的背景是一片黑色组成的图案和花纹。人站在那里，就会肃穆，没有人大声喧哗，只是办理入住或退房手续。或进来或出去，大堂里都没有太大的声音。走到酒店后面的花园，那里更加安静，莫非酒店里的声音让邓丽君一起带走了。记得邓丽君《小城故事》这首歌吗？说的就是清迈的故事。在清迈，小河里流的都是音乐和诗歌。

　　宋干节到了，这是泰国的传统新年，一大早，清迈就开始沸腾。这里的街道本来就不宽，人山人海地挤在一起，更加热闹。街上到处都摆放着白色的大水桶，里面装满了清水，几乎每个人手上都拿着一个很长的塑料制成的水枪，压力很大，开始相互打水仗，一起庆祝节日的到来。街上还有不少的青壮男子，开着皮卡车，车上有大水箱，里面装满了水,沿街和别人泼水。说是泼水祝福,其实是打水仗,在街上不断地掀起高潮。尤其是男女之间打水仗,男人是格外有了力气,哪还有多少宗教内容。只有寺庙的僧众和信徒相互泼水祝福,敲响钟鼓,互致问候,辞旧迎新,才有了更多的节日意义。看得出来,宋干节,让所有的人都玩疯了。

入夜,我们就去了清迈的美食街。吃着烤虾、烤鱼、芒果糯米饭、沙拉和冰激凌,喝着啤酒,和清迈人一起欢度新年,兴高采烈。在清迈的夜市,一定要去尝尝泰北烤肠。烤肠是把猪肉绞成肉末后,放入咖喱辣酱、箭叶橙、葱末和香菜搅匀,然后灌进肠衣将其烤熟,切成块状,配上大蒜、香葱、辣椒、生菜一起食用,口味酸辣,是清迈当地有名的小吃。

泼了水,过了节,清迈的地陪带我们去考察附近的苗族村。苗族和僳苏族、喀伦族、拉胡族、阿卡族是泰国现存的山地民族,僳苏族和拉胡族与我国云南的傈僳族和拉祜族是否相关,没有考证,不得而知。去苗族村,路不好走,虽然不远,但走了不少时间。到了村里的时候,已近中午。村口有一排摊档,有村民在那里卖旅游纪念品,满目琳琅。这里的村民都穿着民族服装,有点类似于黔东南某些苗族支系的服饰,以黑色为主,上面绣有色彩艳丽的图案。村里有人可以用汉语和我们交流,不知道是如何学会汉语的,也许是因为历史上曾经有过重要的文化交流。在昆明附近的富民县,就有这样的苗族村，叫小水井村。因为19世纪基督教的传入和影响，当地苗族村民在牧师的指导下组成了唱诗班，并且一直传承下来。他们演唱的《弥赛亚》《哈利路亚》和《茨冈》等作品，听一次就会受到一次洗礼，他们的声音格外干净和高贵。如果不看他们，只听声音，你一定以为是欧洲美声的合唱。他们合唱的水平之高，令人惊讶。看过了村子里的民居和村民的歌舞表演，地陪带我们去这里的罂粟地。走到地里，罂粟花还在盛开着。第一次看见罂粟花，难以想象，怎么可以有如此丰富的颜色和形状。我们湘西在民国以前，也是盛产鸦片。难怪从小就听老人们说，罂粟花开的时候，我们这里就有了最好看的风景。只是不能理解，这么美丽的物象怎么就与那么可怕的东西衍生在一起，这个世界上如何会有那么多不可理解的组合与搭配。人的搭配好像也如此，其实，这个世界上如果没有坏人，罂粟就不会是毒品。

离开清迈，我们去清莱，首先去看皇太后花园。皇太后花园以前是行宫，是已故诗纳卡琳皇太后晚年居住的地方，现在已经成为泰国著名的旅游景点。走进去，里面没有金碧辉煌的皇家建筑，全部建筑均为竹木结构，既有泰国的建筑文化符号，又有欧洲的建筑风格。没有威严的皇家气派，只感觉到格外平易近人。里面的花卉争奇斗艳，凭栏向四处看去，到处都是美景。皇太后在世时，一定是耗费了不少的心血，每一处的花圃和花架都经过了精心的设计。竹架、小车、木船、摇篮和土罐都成了花盆，让各种的花卉在里面绽放。其间，引人注目的还有一大片沙地，白色的沙粒格外干净，一眼看去，很像日本的枯山水。太后在沙地上种上了许多的仙人球，大大小小的仙人球，小如网球和高尔夫球，大如篮球和气球，林林总总，疏密相间，竟然形成了完全不一样的景色。在许多的花草中间，突然看到这一大片仙人球，让我们格外喜欢。把柔软的色彩和冷峻的形象放在一起，如此大的反差处理，在花园里是不太多见的。以后，我一直没有忘记这一片颜色。

告别了皇太后花园，我们到了美赛。这是泰国和缅甸交界的一个边境小城，一条不宽的美赛河把这里划成了两个国家。河上有桥，桥的两头是两国的口岸。口岸不大，各有一个国门立在那里，上面有文字，应该是缅甸文字和泰国文字，反正我们都不认识。两国的边民可以自由来往，我们不能过去，只能站在河岸边上看一看，河对岸是缅甸的大其力镇，算是到了缅甸。吃过午饭，我们到美赛去逛街。城不大，街也就不长，但格外有味道，走了没有多远，我们就感觉到了这个地方和其他的地方不一样。街上有不少的小店铺，不注意时，还以为人家在卖工艺品。认真看了以后，才发现，人家的摊档上摆放的全是鸦片枪。一排一排地堆在那里，狗日的，又是第一回看见，街上卖这种东西。鸦片枪有竹制的，也有木制的，还有金属制的，有古铜色，有白色还有竹木色。看我们几个是中国人，人家问都不愿意问，问也没有用，中国人早就不要了这种东西。在那里多看了几眼，只是因为好奇。

我们走了，要去金三角。没有好久就到了那里，我们的车就停在了湄公河边。湄公河从西双版纳一路下来，到了这里水面已经更加开阔。河岸上没有多少建筑，只有一个简陋的水码头，可以拾级而下走到河边。河边有石头，女人蹲在石头上洗衣洗菜，看见我们来了，有些好奇，老是看着我们这几个从中国来的男人。不知道是看中了谁，反正这几个人身上背着挎包，挂着相机，有人身上还有腰包，里面肯定装有美金，穿着牛仔裤和波鞋，其中一定有老板。人家还没看够，有一只小木船靠上了码头，地陪打过招呼，我们就上了船。这种小木船船身不宽，约有1.5米，但很长，从船头到船尾，恐怕有10米左右。船上装有很大功率的柴油发动机，一启动，就会发出巨大的声音，在湄公河上面可以飞奔起来，犹如F1快艇。坐在船上，木船以很快的速度，一路拍打波浪过去，我们很快就到了老挝。上岸一看，岸上什么都没有，在一大片树林里，只有两间茅草房，说是商店，里面有旅游纪念品和矿泉水。外面树上的高处，挂着一面老挝国旗。有了这面国旗，只要你一上岸，不管你走了好远，你就到了老挝，这是另外一个国家。

在老挝停留了30分钟，我们又上了湄公河，我们坐在船上看缅甸。缅甸一侧，可以看见金碧辉煌的大建筑，一问，说是泰国老板在那里建赌场。泰国是全民信奉佛教的国家，国内禁赌，所以，泰国的老板把赌场建在了缅甸。过河就可以去赌，方便三个国家的人。我们就这样把金三角看完了，然后从清迈飞芭提雅。金三角有名，一定是因为毒品，以及与毒品相关的故事与传说，如果没有毒品，这里就是泰老缅三国边境上的一片农村。

飞机只飞了一小时，我们就到了芭提雅。在我的印象里，这里最多的就是人妖、酒吧以及酒吧女郎，还有色情服务和色情表演。从越战开始，这里就是美国大兵们的度假胜地。据说只要一休假，美国大兵就会来到芭提雅，到了芭提雅就会到处去发泄。也不知道这些人在军舰上憋了好长的时间，每个人都像炮兵一样地上了岸。这让我想到了日本电影《望乡》，这是一部关于二战的电影，讲述二战期间日本女性悲惨遭遇的故事。太平洋战争爆发以后，那是在东马来西亚的山打根，当地的一个小城。城里有日本人开的妓院，妓院不大，妓女不多，却偏偏碰到了日本士兵上了岸，而且这是一队望不到头的人马，如同荒原上的千百头饿狼。可想而知，这么少的妓女，碰到这么多的男人，碰到这么多从战场上死里逃生下来的男人。这些男人已经很长时间没有看到过女人，听到他们的呼吸声，就会让这些妓女们不寒而栗。果然，妓院门口，数不清的大皮鞋开始拥挤，每一个柔弱妓女的身后，都是一群男人疯狂的背影。士兵们来不及脱掉裤子，就开始争抢女人。到处都是女人们的尖叫和哭喊声，那声音，震动了山打根。妓女不够用，不分老幼，连老板娘都上了床。也难怪人家会这样，在那些炮火连天的日子里，所有的士兵都不知道自己的明天会在哪里。睁开眼睛，看见的就是地狱之门。每天面临的都是死亡，并且别无选择。《望乡》，给我们留下了无法忘却的镜头和画面。日本士兵如此，美国大兵也是如此，快活一回算一回。回到深圳，二狗讲了："为什么要去侵略别人，要到人家的国家去打仗，为什么要去过那种活一天算一天，挤了半天还轮不到自己搞的日子。不打仗，可以天天搞，今天搞完了，明天还可以继续搞。"二狗都明白的道理，为什么这些人不明白。两次世界大战以及数不清的战争，让这个世界几乎每天都在上演着生离死别的悲剧，但是，人类却很难吸取教训。包括越南、朝鲜、莫斯科和柏林，伊拉克和阿富汗，包括珍珠港、中途岛和诺曼底，包括卢沟桥和台儿庄。虽然这些地方都曾经有过战火纷飞，并且，都曾经让我们撕心裂肺。但是，在这个世界上，战争依然。

在芭提雅，中国人在这里主要是看。所有的中国游客都会去看蒂芬妮人妖的表演，其实人妖的表演很难看。看完演出，人妖还会站在剧院外面和游客合影留念，一张合影10块钱人民币。那一晚，在我们身边，一个讲着西南口音的小个子男人不去合影，有可能是四川人或者是贵州人，就被两个人妖抓了过去。人妖个子大，男人个子小，个子小，力气也小，就被人家抓过去蹂躏。一个人妖抓住了这个男人的一只手，然后把这个男人的手按在人妖的乳房上，不管你愿不愿意，就被照了相。一个人妖10块钱，两个人妖抓他，小个子男人就付了20块钱。人家一边付钱，一边在骂："狗日的，两个人抓到我手拐子和斜夹窝照相，动都动不得，这哪是照相，这是抢钱。"这人个子小，有点像我们的二狗兄弟，让人同情。

欧美人在这里那就是搞了，他们到这里就是为了和泰国的小姐们上床。他们很少去看人妖表演，蒂芬妮的剧场里几乎看不到欧美人的影子。在那些灯光斑驳和色乱情迷的酒吧里，到处都可以看到那些牛高马大的白人男子，搂着娇小玲珑的泰国小姐，厮磨耳语和拥抱。经不住酒精和女人肉体的反复刺激，芭提雅的夜晚变得火爆和狂野。因为欧美人喜欢搞，所以，他们把这个曾经荒凉的海滨搞成了一个灯红酒绿的大城市。

离开芭提雅，我们的行程就结束了。看过了热闹，从曼谷飞香港，10天的行程，我们很快回了家。

回到家，没多久，公司叫我去买房。房子是公司卖的，在华侨城，微利房，三房两厅，90多平米，总价21万。天哪，说不定是我在泰国给菩萨磕了头，菩萨在深圳显灵了。

一直以来，深圳的房子越建越多，这个城市每天都在发生变化，但是因为我们买不起房，所以这些房子好像与我们也没有太大的关系。八年时间，突然就有房子要卖给你，而且你还能买得起，不是菩萨显灵，那是什么。交了首付，办了按揭，月工资7000多，每月按揭700多。二狗说，你拿的不是铜脸盆，你拿的是金盆子，他又想到了他爹的那个铜脸盆。在深圳，有了户口就成了深圳人，有了房子，那才是成了真正的深圳人。不过，在深圳的湖南人他就是有了房子，他还是会说自己是湖南人。中国人在哪里，最怕的就是四处漂泊。漂泊，顾名思义，是漂浮在水面之上。没有户口，没有房子，那就是泡在水里的人。没过几天，又有了房子的消息。说是在南头有一批微利房出售，一手新房，总价也是20万左右。有人牛逼，说了，南头太远，不去。

有人讲，香港不好玩，那一定是穷人；讲香港好玩的，那一定是有钱人。其实，深圳也差不多，没有钱，再好的房子都是风景。不过，既然来了深圳，湘西的这一群男人都知道应该怎么去做。有一些苦，是需要男人单独去吃的。

又到了周末，湘西老乡又见面了。吃了湘菜以后，去看演出，北京人艺的话剧《茶馆》，老舍的作品。喜欢看的，不喜欢看的，看得懂的，和看不懂的，都坐在一起。一个剧场里的人和《茶馆》里面的人物差不多，三教九流全坐在这里。这些人各有各的审美取向，一些人甚至还分不清楚美丑,只要有钱,买了门票,就可以看戏。看完演出,二狗记住了秦二爷的台词:"有钱呀,就应该吃喝嫖赌,胡作非为,可千万别做好事。"台词很凄凉,二狗说是这几句话听起来格外难过,难得二狗的心里有了这样的反应。虽然《茶馆》的背景对二狗来说有一些遥远,他完全搞不清楚与《茶馆》相关的那些历史事件,但是,他仍然被老舍拨动了感情。王尔德说了:"悲伤是人类所能企及的最高情感,生命的奥秘就是痛苦。快乐是给美丽的身体,痛苦是给美丽的灵魂。"《茶馆》,二狗没有白看。

在深圳忙了一个月,又要去考察,从宁夏的银川开始,经中卫、武威、张掖、酒泉、嘉峪关到敦煌,从戈壁到大漠,穿过河西走廊。我们一行四人从深圳飞银川,在银川,有两个景区绕不过去,于是就停了下来。这两个景区一是镇北堡影视城,二是西夏陵。

镇北堡影视城绕不过去,倒不是因为在这里拍了好多电影。虽然我知道,影视城里有明城和清城,还有塞外的景观,大漠的部落。中国好多不错的电影都是在这里拍的,包括《一个和八个》《牧马人》和《红高粱》等等。其实,在这个世界上,到处都有电影电视的外景地,电影电视拍完以后,大凡是人工搭的景,好看的可以留下来的场景并不多。以前,曾经跟过摄制组,跑过外景,也到过好莱坞和日本京都东映太秦映画村这种地方,对外景有一些印象。在我的印象里，外景有自然景观、历史名胜古迹以及人工搭的场景。人工搭的场景只能远看，不能走近。在画面里很好看，拍完电影以后就不成了东西。那是非常粗糙的一些场景，经不得细看。所以，我愿意去外景地，但很少会去影视城。

镇北堡，让我绕不过去，却是因为张贤亮先生。宁夏作协主席，一个大作家，不仅写出了不少好作品，例如《灵与肉》《绿化树》《男人的一半是女人》，人家还做了一个闻名全国的5A景区。他把一些粗糙的和一次性的景观，打造成为游客流连忘返的影视城，自己是董事长，这非常了不起。在文化和旅游的两大领域内，先生为什么可以自由地去经营和跨越，这样的人是不太多见的。在先生这里，人家把男人分成了两半，看来很有道理。张贤亮先生是江苏人，年少时与长江有关；后来是宁夏人，中年后与黄河有关。也许是因为有了长江文化和黄河文化这两种文化的影响，南人和北人各有所长，集于一身的先生才把文化和生意同时做得如此了不得。镇北堡，始建于明弘治年间，公元1500年；毁于清乾隆年间，公元1740年，是明清两朝的边防要塞。因为有了张贤亮先生，这里让我肃然起敬。

在银川，又去看西夏陵。这是西夏帝王陵，12个西夏王有9个葬在这里。西夏陵背靠贺兰山，前面是银川平原。后面山势雄伟，前面开阔通达，可能与风水有关，然后西夏王朝把这里选定为王陵。9座王陵，加上若干座王妃墓和随葬墓，占地50多平方公里。据记载，辽宋时期，王陵有碑亭、月城和宫城，宫城内有献陵和塔状陵台等建筑。陵台以夯土筑成，七层八角，逐层内收，每层内收处为檐木结构，挂有瓦当、滴水和屋脊兽。夯土台外部有砌砖包裹，陵台外形呈塔状。看得出来，当年应该是有不小的规模和恢弘的气势。不过，以后又经过八九百年的风吹雨打以及人为的破坏，如今去那里，我们只能看见几堆黄色的夯土陵台以及一片残垣断壁和瓦砾枯草，难怪有人讲这里是"东方的金字塔"。西夏王朝昔日的辉煌，在贺兰山下，只留下了一个全国重点文物保护单位和几堆黄土。

西夏王朝，是党项人在中国历史上建立的一个政权。历经十帝，计190年，后被蒙古国所灭。西夏陵附近有历史博物馆，那里面有很多关于西夏王朝的历史记载和故事。从李元昊称帝开始，西夏王朝与辽、北宋和金等政权之间以及王室内部发生过无数次的厮杀，直至亡于蒙古。血雨腥风的故事，叱咤风云的人物，都已经作古，如今站在这里，莽原上已经非常安静。

在博物馆里，我记下了这么几段文字：西夏建国定都兴庆府（今宁夏银川市），其疆域东尽黄河，西界玉门，南接萧关，北控大漠，方二万余里。包括今宁夏、甘肃大部，陕西北部，青海东部，内蒙古西部和蒙古南部的部分地区。

唐末，夏州党项首领拓跋思恭，率部参与平定黄巢起义，因功被唐王朝封夏国公，授定难军节度使，赐李姓，从此以夏、绥、银、宥、静五州之地不断向西开拓。公元1038年，嵬名元昊称帝，自号"大白高国"，仿唐宋官制定律令，设军司，传十主，历190年，于公元1227年为蒙古所灭。

嵬名元昊，又名李元昊（唐室皇姓）、赵元昊（宋室皇姓），生于公元1004年，小字"嵬理"，史称其"圆面高准，身五尺余"，"性雄毅，多大略"，晓浮图学，通番汉文。

远处的贺兰山，里面有3000年前至10000年前的岩画，记录了远古人类的生活场景。同时，贺兰山还有野生的岩羊群，游人可以近距离接触，也是一个旅游的好去处。

告别银川，我们去沙坡头。沙坡头，在中卫，位于黄河前套，南临黄河，北接腾格里沙漠，附近有长城遗址，据说，唐代诗人王维就是在中卫一带写出了千古名句"大漠孤烟直，长河落日圆"。站在这里，往远处看去，彷佛可以看到张骞出使西域的旗幡，丝绸之路上的驼队，从萧关、玉门关到嘉峪关和阳关，戈壁大漠，那是何等粗犷的一种存在。如果说，江南是一个柔美的女子，这里就是一个虎背熊腰的男人。沙坡头，是腾格里昂起来的沙漠之首，一直在这里守望着黄河，守望着黄河上的羊皮筏子，以及黄河边放羊的花儿。王维远去了，他把一首千古绝句留给了我们，留给了黄河，留给了腾格里，留给了沙坡头。我不希望这里有太多的人烟，只怕再也看不到唐诗里的意境。那孤烟一直，与夕阳相伴，让好多人难舍。

我们在这里住了两天，每天都有当地的朋友陪我们。白天，我们在这里逛了高庙，高庙，始建于明永乐年间，距今也有了600年的历史，这是中卫最重要的一处古庙。高庙三教合一，其中最著名的建筑是高庙地狱，内有地狱宫，里面有许多栩栩如生的塑像，再现了十八层地狱的场景，是我国四大鬼城之一。

然后，我们在中卫还吃了黄河大鲤鱼、手抓羊肉、拉拉粉和扁豆子面，那是宁夏的美食。晚上，沙坡头好安静，除了黄河的流水，没有了太多的声音。朋友们怕我们不习惯，搞了一个小歌会。一个女孩在歌会上唱了宁夏民歌《幺骡子》，我记下了几句词，"想你想得上不了炕，炕楞上画了个人模样，白天里想你穿不上个针，到夜晚想你吹不灭个灯……"到这个时候，我们才知道，西北也有好温柔的地方。

下一站，我们去武威，武威有雷台。武威和雷台都是好勇猛的名字，只是以前知道的人并不是太多。

雷台，据载，始建于前凉，为前凉太宗成王张茂所筑的灵钧台。时至今日，灵钧台尚存有雷祖殿、三星斗姆殿、北斗七星殿、南斗六星殿等明清古建筑。高台建筑，是我国古建筑形式之一，盛兴于春秋、战国至秦汉时期，各国诸侯出于政治、军事、享乐或宗教祭祀的需要，建造了大量的高台建筑，例如铜雀台、金虎台、冰井台、凤凰台和东岳台等等，雷台也是其中之一。但是，让雷台真正闻名于世的是1600多年以后，在这里出土了一匹铜奔马。今天的雷台长106米，宽60米，高8.5米。铜奔马只有34.5厘米高，45厘米长，面对着雷台，铜奔马实在是小得微不足道。但就是这一件小小的稀世珍宝，改变了硕大的雷台在中国文化界和旅游界的地位。多亏了1969年在雷台下面发现了这一座汉墓，而在汉墓里面发现了这一匹铜奔马。专家们说，这匹铜奔马又叫马踏飞燕，或又叫马超龙雀。反正这是一匹飞马，与鸟有关，鸟是什么鸟，没有定论，是中国青铜艺术的极品。没有这匹铜奔马，哪有如今的雷台。

在这里，我们看了博物馆，也看了汉墓以及汉墓里的出土文物。不由感叹，我们的先人当初是如何的创意，把一匹奔马的造型置放于一只飞鸟的身上。那个时候肯定是没有艺术院校的，也没有教授或者是美协。我不知道这个前人长相什么样子，他也没有留下姓名，以及任何记载。但是，他在我的心里就是那一匹铜奔马，虽然他不是美协会员，但他是当今中国旅游的形象。

匆匆忙忙地又走了，我们去张掖，那里又名"金张掖"，有丹霞的颜色。河西走廊，其实也是一路的风景，沿着祁连山西去，唐高僧玄奘应该是走过这条路的，因为张掖是丝绸之路上的重镇。

在张掖，当地的朋友首先陪我们去看丹霞地貌，那是人家的骄傲。据说，丹霞一词源自曹丕的《芙蓉池作诗》，"丹霞夹明月，华星出云间"。对丹霞地貌，专家有定义"以陡崖坡为特征的红层地貌"，并把形成丹霞地貌的红色砂砾岩层命名为丹霞层。丹霞地貌在中国分布很广，广东丹霞山、四川蜀南竹海、贵州赤水、江西龙虎山、福建武夷山都是丹霞地貌。记得我第一次去韶关丹霞山的时候，好多人都被丹霞山峰以及丹霞赤壁所震撼。北宋有居士云游至此，见丹霞山"色如渥丹，灿若明霞"，因此感叹"半生都在梦中，今日始觉清虚"。而在张掖，这里的丹霞地貌又是另外的风景。张掖的丹霞分冰沟丹霞和七彩丹霞，这些丹霞岩石都有生命，还有年龄，日出日落，在这里陪伴着人类繁衍生息。我们去的时候，也是下午，天很蓝，没有云彩，阳光照射过来，让那些地貌变得极为好看。有羊群从远处走来，丹霞夕阳，如同唐宋的牧归。难以想象，岩石的颜色怎么可以如此绚烂，莫非是上天在这里留下了一片霞彩。

看了丹霞地貌，我们去看大佛寺。大佛寺原名迦叶如来寺，始建于西夏永安元年（1098年）。明永乐九年（1411年）敕名宝觉寺，清康熙十七年（1678年）敕改宏仁寺，因寺内有巨大卧佛像故名大佛寺，又名睡佛寺。大佛寺现存大佛殿、藏经阁、土塔等三处古建。大佛殿内卧佛长34.5

米，为中国现存最大的室内卧佛像。殿内有彩绘泥塑31具，为西夏遗物。藏经阁内珍藏着明英宗颁赐的6000多卷佛经，保存完好。

张掖历史悠久，好多历史故事都与月氏、戎、狄、乌孙和匈奴相关，并且与汉武大帝、霍去病有关。西去的汉军，南来的胡骑，应该留下了好多的故事。西魏废帝三年（554年），张掖改为甘州，王维、陈子昂、高适、岑参在这里均留下著名诗作。《甘州破》《甘州子》《八声甘州》《甘州曲》流入中原，成为唐时的教坊大曲。在这里，和当地的朋友们聊天，朋友讲到了岑参的诗句，"故园东望路漫漫，双袖龙钟泪不干。马上相逢无纸笔，凭君传语报平安"。一不注意，人家讲的都是一千年前的事情。

继续往西，路过酒泉，然后到了嘉峪关。嘉峪关始建于明洪武五年（1372年），由内城、外城、罗城、瓮城、城壕和南北两翼长城组成，全长约60千米，号称天下第一雄关。嘉峪关横穿沙漠戈壁，北连黑山悬崖长城，南接天下第一墩，是明长城的西端起点，东边是山海关，为长城三大奇观之一。站在嘉峪关前，就会想到王昌龄的《出塞》，"秦时明月汉时关，万里长征人未还。但使龙城飞将在，不教胡马度阴山。"就会想到卫青和李广，以及他们挥师西去的背影。

嘉峪关内有箭楼、敌楼、角楼、阁楼和闸门14座，还有文昌阁、关帝庙、牌楼和戏楼等场所。戏楼有对联，"离合悲欢演往事，愚贤忠佞认当场"。看起来，明清时期的嘉峪关，文臣武将们在这里吟诗会友，听戏唱文，生活应该十分丰富。左宗棠在这里南征喀什，西征伊犁，威震陕甘。林则徐禁烟被贬，在这里写下诗作："严关百尺界天西，万里征人驻马蹄。飞阁遥连秦树直，缭垣斜压陇云低。天山巉削摩肩立，瀚海苍茫入望迷。谁道崤函千古险，回看只见一丸泥。"让嘉峪关有了更多的史话。

有敦煌的朋友陪我们在嘉峪关，玩了一天。人家说了，秦始皇和洪武皇帝也太不像话了，不管是秦长城还是明长城，都把我们敦煌扔在了外面。也难怪，王之涣写了那首凉州词，"黄河远上白云间，一片孤城万仞山。羌笛何须怨杨柳，春风不度玉门关。"在王之涣的笔下，凉州是今天的武威，已经是荒凉的边塞，何况是敦煌，又西去了一千公里。从武威，到张掖，到酒泉和嘉峪关，然后到敦煌，在古时就是从凉州到甘州到肃州、瓜州然后到沙州，一路该有多少的坎坷。

看了嘉峪关，让人不由地感叹，中国古人实在是太擅长修城墙了。筑城围寨，把自己围起来。强盛时，什么人都打不进去；弱小的时候，什么城墙都挡不住敌人。今天的许多地方还有城墙，例如南京、西安和平遥，当年连我们那个小县城都有城墙。厉害的时候，什么人都不敢来攻城；不行的时候，连土匪都挡不住。长城从来没有挡住过塞外的战马，却为后人留下了闻名于世的人文景观。

过了玉门关，终于走到了敦煌。从嘉峪关到敦煌，我们的汽车在戈壁滩上跑了差不多400公里。走敦煌，一路都是大戈壁，汽车在里面跑100公里，有时候都看不到一处房子或者是一个人。除了骆驼刺，戈壁上几乎没有任何草木。这还是在600多年以后，到这里我算明白了，秦长城和明长城为什么会把敦煌扔在外面，那是因为没有一支军队能够穿过如此荒凉的大戈壁，从这里杀向长安。

敦煌有鸣沙山、月牙泉和莫高窟，我们很快就去了。走进鸣沙山，目光所及处，都是沙漠。沙很干净，在沙里或坐或躺，站起来身上都不会有尘土，鸣沙山沙化得非常厉害。骑骆驼去月牙泉，泉水极为清澈，泉边有寺庙，亭台楼阁，绿树掩映，是一个好去处。据说这里有铁背鱼、五色沙、七星草，是为月牙泉三宝。离开月牙泉，我们上了鸣沙山，没有风，也就没有沙鸣。骆驼把我们送上山的高处，放眼看去，沙丘起伏，犹如海浪，直至天边。然后，沙海与蓝天相接，写就飞天的神话。

在敦煌住了一夜，第二天去莫高窟。看过龙门石窟、云冈石窟和大足石刻，早该看莫高窟了。莫高窟位于敦煌东南的25公里处，始建于十六国的前秦时期，现存洞窟735个，壁画4.5万平方米，泥质彩塑2415尊，是我国宗教艺术的宝库。汽车从敦煌一路过去，经过了当地的村子。认真看去，发现好多房子都没有屋顶。一问才知，这里很长时间都不会下雨，好不容易下一次，当地人还喜欢去淋一淋。这里的朋友跑到山东去，说山东太潮湿，如果说山东太潮湿，那广东人就更不敢作声了。多亏了这样的气候，保存了莫高窟。

每年的农历四月初八，莫高窟有浴佛节，是敦煌民间的重大传统节日。莫高窟的洞窟以前是没有门的，以后才有了门。以前的洞窟可以随便看，以后才有很多洞窟游客看不到。我的敦煌朋友说了，他在小的时候，大凡是浴佛节要到的时候，附近的百姓们就会提前一两天来到莫高窟，每家每户各选一个洞窟住下来，在里面生火做饭和睡觉，想看哪里看哪里，这让我们听得目瞪口呆。不会有人在里面画上几笔，让里面又多了一个飞天吧。

我们到这里的时候，早就不是以前的样子。好在有当地朋友，总算让我们看到了一些重要的洞窟。看过之后，莫高窟让人惊叹。莫高窟前后营建有一千年之久，历经十六国、北朝、隋、唐、五代、西夏、元等朝代，就壁画艺术而言，其内容涉及宗教、绘画、音乐、舞蹈、体育和建筑等诸多领域，西域乐舞、敦煌飞天、反弹琵琶、贵族燕乐以及大量的壁画形象史料，具有极高的研究价值。

当然在莫高窟是绕不过王道士和藏经洞的，以及英国人斯坦因、法国人伯希和、日本人橘瑞超和俄国人鄂登堡。

1900年，一个藏经洞的发现，导致四万件文献流失。这些资料多为写本，其中不少是孤本和绝本。内容涉及四世纪到十一世纪中国古代的政治、经济、军事、文学、史地、医药、科技、民族、宗教、艺术等领域，那是中国文化史上的一次浩劫。在大英博物馆的墙壁上，有一幅中国的壁画，上面是三尊佛像，栩栩如生。这幅壁画应该是从中国的墙壁上整体铲下来，然后运到了伦敦。大英博物馆里有很多中国的文物，其中肯定也有不少莫高窟的文物。

我的先生余秋雨在他的《文化苦旅》中写有《道士塔》和《莫高窟》，我写不好，有空看看先生写的，也就可以了。王道士没了，只留下一座道士塔，其实我相信这个世界上还有很多的王道士。甘肃做了一台大型歌舞《丝路花雨》，与莫高窟有关，很好看。好看，当然需要非常好的灯光，好的灯光离不开好的灯光师，但是，再优秀的灯光师有时候也抵不住一个拉闸的电工。再好的演出，都怕有傻×拉闸。历史可以假定，但不可以重来，要不是生活所迫，谁会把自己修炼得一身功夫。原来以为，人容易被骗，不是因为愚蠢，而是因为真诚，后来想想，还真是因为愚蠢。在这个世界上，好多重要的事情都是少数人完成的，从公元366年的乐樽和尚直到二十世纪的常书鸿先生，都是如此。不是每个人站在莫高窟前面都会沉思，好多人只是来看一看。感谢那些历经千辛万苦的大德高僧，为我们留下了这个辉煌无比的宝库。好多人都喜欢敦煌飞天、反弹琵琶,正如罗伊·克里斯特的《爱》:"我爱你,不光因为你的样子,还因为,和你在一起时,我的样子。……别人都不曾费心走那么远,别人都觉得寻找太麻烦,所以没人发现过我的美丽,所以没人到过这里。"

再往西去,就是雅丹地貌和魔鬼城,还有楼兰,那是让我们深爱的地方。

湘西人走到了更西边,回到深圳好多天,还在留恋西域的风情。老想着再去新疆、青海和西藏,去看一看喀什的高台民居,伊犁的马和喀纳斯的湖,去看一看青海湖、塔尔寺还有布达拉宫和雍布拉康,一直到二狗来了。

二狗来了,好事情就来了。二狗来找伴,约一个周末去澳门。来深圳八年,一直没有去过澳门。澳门就要回归了,应该去看看。大家都愿意,就忙着去办通行证。拿到了通行证,我们从蛇口上船,一个小时以后,几个湘西人走进了澳门。

到了澳门,我们先去妈阁庙,据说当年葡萄牙人就是从这里上岸的。二狗讲,我们湘西人也从这里上岸,后面有向老大和疤子二佬,几个人站在那里先照了一张上岸照。二狗又讲了,这张照片拿回去可以吓素者。素者有了女朋友,这次没来。

我们一路走进老城,到了大三巴牌坊。这里游客很多,都是自己的同胞。大三巴牌坊原本是圣保禄大教堂正面前壁的遗址，在中国人的眼里变成了牌坊。古往今来，中国好多人都喜欢立牌坊，什么功名牌坊、状元牌坊、忠孝牌坊、贞节牌坊等等。后来不再立牌坊了，但已经养成了立牌坊的习惯，常常用嘴巴都要去立一座牌坊。

离开牌坊，我们去逛老街。这里的店铺不大，但沿街林立。各类牌匾旗幡，中式欧式，成为风景。没走好久，几个人都饿了，二狗一声招呼，我们进了街边的一家正宗葡国餐馆。靠窗一坐，叫服务员点了菜。要了猪脚姜、咖喱牛腩，还要了猪扒包、牛肉包的，二狗要了一份牛排，人家问，几成熟，二狗说，五成熟。要等上菜，几个人就坐在那里开始讲鬼话，正讲得有劲的时候，二狗的牛排上来了。五成熟的牛排，看起来上面还有红色的嫩牛肉，二狗眼睛都看直了。这狗日的什么时候吃过五成熟的牛排，吓得马上喊服务员拿回去做个八成熟。我们正吃得高兴的时候，二狗的牛肉又上来了。八成熟，二狗还是吃不了，没办法，人家拿回去做了个十成熟。吃完饭，二狗做了总结："还讲是日本的牛肉，还不如老子转去吃碗牛肉粉。"

二狗又雄赳赳地上了街，疤子二佬跟在后头讲了："老子第一回看到有人那么吃日本牛肉，还放了好多油辣子。"

再往前走，二狗的眼睛开始发亮。街两边，一色的店铺，全都在卖着手表、皮带、钢笔和金首饰。走过去认真看了，都是二手货，问过老板，老板说，都是人家没钱了，在这里当的。问了就知道了，澳门有赌场，那都是输光了的人在这里当掉的物品。手表里面有不少名表，其中还有劳力士、江诗丹顿和百达翡丽。二狗认不到这些牌子，他讲他读小学的时候，他们校长有一块上海的全钢手表，120块钱，那是全校最贵的手表。

碰到我们几个湘西人，卖表的老板开了口。店老板拿着一本小书，好认真地对着二狗讲："你看下这上面写了什么字，这是百达翡丽的广告语，没人能拥有百达翡丽，只不过为下一代保管而已。你知道了吧，这种表，上面有钻石，有黄金，只要是百达翡丽，永远都不会贬值。"二狗有点听呆了，他没太听懂。老板又说了："百达翡丽创始于1839年，佩戴者有英国女王、爱因斯坦、居里夫人、毕加索、柴可夫斯基、托尔斯泰，还有约翰·列侬。这是世界十大名表之首，训练一名百达翡丽制表师就需要10年时间。"二狗已经目瞪口呆，他第一回晓得，这里的一块手表比深圳的一套房子还贵，奢侈品开始给湘西人留下了印象。以前，这几个湘西人只晓得佐丹奴、宝狮龙和金利来，就以为是大名牌了。现在他们开始晓得纪梵希、爱马仕、阿玛尼和香奈儿，没有白来澳门。

逛了街，也到了黄昏。我们几个去赌场。澳门葡京赌场，大门是一个虎口，有点吓人。走到虎口，二狗摸了摸自己腰杆上的皮带，认真地讲了话："我们到这里要试到点，不要乱搞，我这根皮带是到东门买的，10块钱，卖二手货都没有人要。"

走进去才晓得，几个土包子什么都看不懂。到处是人在拥挤着，眼睛里就是扑克牌、转盘、筹码，花花绿绿的一大片，不晓得这里面的人都在赌什么。湘西人只晓得麻将和骰子，没办法，几个人就去玩老虎机。两港币玩一次，二狗搞了五下，他讲，他的那根皮带已经没有了。

老虎机不好玩，几个人一商量，到赌场里面四处去看看，转了几圈以后，我们就上了楼。楼上人不多，据说是大赌的人才会上来，没想到看热闹的人也上来了。没人问，我们就进去看人家玩。看不懂，只晓得这里的筹码最小的都是一万港币一个，就把我们几个马上吓下了楼。不要人家往外撵，好自觉地就往下跑了。

走出赌场，天已经完全黑了下来。城市里的灯都亮了，澳门变得璀璨起来。海面上到处都是星星点点的灯火，让那里的夜晚有了童话的味道。站在葡京的门口，隔海看过去，对面是氹仔，绿树掩映的地方，是澳门的机场和大学。

我们顺路还没走好远，就碰到了不少站街女，其中有小姐和我们打着招呼。我们晓得，和这些人不能说话，一说话就会有麻烦。二狗偏偏开了口："一次好多钱？"话音未落，他就被十几个小姐围住了。小姐们不知道等了好久，终于等到了一个老板,虽然这个老板是个小老板,但总比没有老板强。二狗不断地在女人堆里挣扎,试图能够跑出去。可是谈何容易,十几双手抓住他,有几个小姐身上都贴了过来,二狗完全不能动了。看到二狗走了桃花运,我们几个往远处跑去。这个时候,看见我们跑了,只听到二狗在后面大喊:"我没有钱,我没有钱。"好远的地方都能够听到他的声音。又过了不少时间,二狗终于跑了回来,疤子二佬已经笑得睡在了马路上。二狗这个人我们都晓得,他喜欢和女人坐在一起扯谈,但不敢和女人一起上床。说实话,人的有些缺陷是永远改不了的,会成为一辈子的弱点。

离开澳门的时候,澳门文化中心已经建成,四百多年过去了,我们已经开始听到《七子之歌》的声音。

回到深圳,又开始忙了起来。根据年度工作计划,我们去东莞、肇庆、佛山、顺德和江门开展市场促销,珠三角是我们非常重要的游客市场。珠三角发展很快,几年时间,到处都有了高速公路,我们出去已经十分方便。我们的境外市场是日本、韩国和东南亚,境内市场除了深圳,就是珠三角。这里的企业实在是太多了,台资企业、港资企业,以及日资企业,还有本地老板的企业多得数不胜数,仅一个东莞就有好几万家。珠三角生产的电器、灯饰、服装、鞋帽、钟表甚至是磁带和光盘,已经挤满了中国的大街小巷,只要有需要,这里都可以源源不断地生产出来。因此,这里聚集了数以千万计的打工人群，这就是我们庞大的游客市场。有人在这里卖白粥、肠粉和小笼包都可以发财，何况我们。

在珠三角，千万不要以貌取人。穿得西装革履的人不一定是老板，而是文员或者是中介或者是酒店里的服务人员，好多穿短裤和拖鞋的人才是老板。这些老板大多衣冠不整，走到五星级酒店门口人家不让进。这些老板买我们景区的门票，那叫洒洒水。他们和我一样，喜欢看热闹，只要热闹好看，有没有文化人家无所谓。

珠三角的游客又分企业团队、学生团队和当地的居民或村民团队以及自驾游的散客。当地的居民或村民团队一般是春节、三八节、暑期和其他黄金周过来，学生团队是春游和秋游过来，企业团队是年底奖励旅游过来，散客就随便来，各有各的讲究。

我们分头促销，一个小组负责企业和村委会，一个小组负责旅行社。涉及下半年和明年的游客市场，包括市场调研和市场的销售政策。市场不是那么好玩的，大家就抓紧工作了。珠三角的行政区划和很多地方不太一样，东莞没有区和县级区划，只有三十几个镇。虎门、长安、厚街、常平、黄江，哪一个镇拿出来都不得了。而且很多时候只要找到村里，村里就有好多钱。老板不喜欢穿西装，所以我们走进办公室最先找的一定是坐在沙发上穿着T恤喝茶的人。在这里促销，最先找谁，十分重要，那是一门学问。走到人家的地方,先和老板喝功夫茶,然后再谈生意,老板一高兴,当时就可以签合同。

在珠三角促销,还可以一边看风景,一边吃美食。在这里,天上地下,飞鸟虫鱼,没有人家不吃的东西。厚街的烧鹅濑粉、虎门的白沙油鸭、东莞的冼沙鱼丸、鲜虾荷叶饭、肇庆的德庆五福鸡、西江第一碟,还有顺德的双皮奶、凤城鱼皮角、龙江煎堆、清炒桂花鲈、大良野鸡卷、均安煎鱼饼等等。更不要讲到人家的老火靓汤了,以及广东厨师们做的扇贝、大虾、生蚝、石斑、叉烧、烧鹅和脆皮烧肉。脆皮烧肉又有多种做法,冰烧、红皮、光皮和泡泡皮,蘸上叉烧酱、酸梅酱和甜面酱种种,那都是上等的极品。不要忘了,还有广州酒家的早茶。

吃饱了,风景也就看饱了。一路上,我们看了肇庆的七星岩和佛山的祖庙,并且还看了东莞的可园、佛山的梁园、番禺的宝墨园,还有顺德的清晖园。第一次看岭南园林,才知道中国不仅有江南园林和北京的皇家园林,还有岭南园林,三大园林流派各有精彩与奥妙。岭南园林多见灰塑与砖雕的处理,其工艺达到了很高的水平。可园始建于道光三十年(1850年);梁园始建于嘉庆元年(1796年);清晖园始建于天启元年(1621年);宝墨园始建于清末,重建于1995年,都有不短的历史。还没去好好看看广州、中山、开平、潮州、汕头和梅州,在这些地方,岭南文化、客家文化、潮汕文化、五邑文化和港澳文化，无一不是精彩纷呈。湘西人在这里知道了天高地厚。

转了这一大圈，口袋里又有了好多意向与合同，秋游到年底，至少会有20万人的学生团和企业团过来，我们喜笑颜开地回到了深圳。

秋天又来了，我们去欧洲考察，从香港飞巴黎，第一站到法国。小时候，因为诺曼底登陆，开始知道法国。以后，因为莫里哀、狄德罗、卢梭、雨果、司汤达、大仲马和小仲马、巴尔扎克、福楼拜、莫泊桑、罗曼·罗兰、莫奈、雷诺阿、塞尚、高更和罗丹，在我的心里，法国的上空，有一条星河。躲在乡下被子里看过的《三个火枪手》《茶花女》和《巴黎圣母院》，曾经让几个湘西的孩子入了迷，以至于昏暗的煤油灯点燃了蚊帐。现在终于要去法国了，好多天的快活，天天都是好心情，一直都没有骂过人。虽然在法国，我们已经看不到茶花女、羊脂球以及爱丝梅拉达和敲钟人卡西莫多，但是，巴黎圣母院还在，钟楼还在，塞纳河还在，这就足够了。

我们一行五人从香港经新加坡飞巴黎，到巴黎的时间是上午，法中旅的老总派人来接我们，在欧洲的行程由法中旅安排。巴黎是每一条街道都收藏着故事的城市，一个小小的咖啡馆也许就与伏尔泰、萨特、海明威有关。十月的秋天与巴黎格外和谐，让每一片树叶都变得浪漫，红色的和金黄色的树叶掉在草地上都是旋律。塞纳河边有不少休息的椅子,坐在椅子上看着塞纳河,以及看着站在桥上拉着小提琴的年轻男子,就着蓝天和远处的巴黎圣母院,听听音乐,喝喝咖啡,如此就值得到一次巴黎。

第一站,去了埃菲尔铁塔,上去有观景台,在那里看了巴黎的全景。下来就去了卢浮宫,卢浮宫人不多。到了那里,我先给湘西的哥们打了一个国际长途。哥们是画家,国画画得好,是中国美协会员。我打电话的目的只有一个,就是告诉他,我到了卢浮宫。不会画画的到了卢浮宫,会画画的坐在家里,主要是想让他骂娘。没说两句话,人家就骂娘了。长途电话贵,骂娘也得抓紧。等他骂完了,问个好,我就开始看卢浮宫。走进去,就要上一处大台阶,台阶的正面就是著名雕塑胜利女神像,这是古希腊时期留下来的作品,1863年发现于爱琴海北部的一座小岛。展翅欲飞的胜利女神像既是卢浮宫的三宝之一,也是当今的稀世珍宝。继续往前走,几个高大的展厅里挂满了古典油画,大多都是世界级的珍宝和世界级的珍藏。《宰相洛兰的圣母》《方片A的作弊者》《织花边的少女》《皮埃罗》《蓬帕杜尔侯爵夫人全身像》《伊莎贝拉黛丝恬肖像》《自由引导人民》等诸多经典让我们叹为观止,尤其是站在《蒙拉丽莎》的油画前面,我知道我那位湘西哥们为什么要骂娘了。只要一个人脑子没有毛病,不管这个人来自哪个国家,站在这里都会被震撼。然后再去看雕塑，那些世界上最美的雕塑作品都摆放在了一起。年轻的萨提尔在吹笛子，蹲着的阿芙罗狄蒂，凡尔赛的戴安娜，阿尔勒的维纳斯都在这里，最后，终于看到了米洛的维纳斯，不再是石膏像。看完卢浮宫，没来的会骂娘，来了的也想骂娘。

夕阳西下，天边还留下一大片晚霞。塞纳河上的游船和景色慢慢地幻化成了莫奈的印象，落日余晖中的巴黎有了更多的诗意。高大的法国梧桐掩映着古老的建筑和这里的大街小巷，无数的落叶让人对这座城市有了更多地眷恋。又到了吃晚餐的时候，离卢浮宫不远，我们走进了位于圣日耳曼大道旁的一条小巷，里面有一家 LeProcope 餐馆。据法中旅的同事介绍，这是法国第一家咖啡馆，也是世界上最早的咖啡馆之一。其始于 1686 年，距今已有了 300 多年的历史。这里是伏尔泰、巴尔扎克、莫里哀、雨果、肖邦、卢梭经常光顾的地方，拿破仑曾经在这里用他的帽子抵账。走进餐馆，还可以看见这顶帽子，只是不知道是不是原物。坐下来，我们要了洋葱汤，吃了烤肉和牛排以及法棍。对于湘西人来说，这里不是吃饭的地方，法式大蜗牛还不如一盘香菜炒牛肉丝。只是这个餐馆里面有很多大师们的信件和手稿，坐在这里可以和大师们对话。湘西人如果只是为了吃，千万不要来巴黎。

在巴黎我们又看了凡尔赛宫和子爵堡，还看了红磨坊的演出。子爵堡给我留下了十分深刻的印象。法国子爵堡位于巴黎东南55公里处，始建于1658年，建成于1661年，这个城堡在法国的建筑史上占有重要的位置。中国游客在法国一般不会去这个地方，我们是在香港中旅的朋友介绍以后前去参观的，当我们站在这个城堡前面的时候，感到了朋友们的介绍极为认真。这个城堡有很多故事，这些故事曾经在法国惊动过天地。子爵堡的主人是尼古拉斯富凯子爵，他是法国国王路易十四的财政部长。而建造子爵堡的是法国十七世纪的三位顶级艺术大师，建筑师路易乐福、园艺师安德鲁勒诺特和室内设计师查尔斯勒布朗，他们三人的联手让这个城堡影响了整个欧洲。子爵堡从城堡到园林凝聚了法国十七世纪的建筑精华，从建筑的精美和奢华到园林的布局和造型，以及城堡与花园的审美关系，无一不是匠心独具，令人叹服。1661年的8月17日，这位子爵在城堡里举行了盛大的庆祝晚宴和焰火晚会，宴请了国王路易十四和法国的贵族们，庆祝子爵堡的落成。面对着从未有过的豪华，那一晚，没人知道路易十四是如何度过的。只知道，他回去没有多久，这位子爵就进了监狱，一直到死。这位天真浪漫而又有些奢侈的法国子爵，也许至死都没有弄明白他到底在哪里激怒了国王路易。子爵堡被查封，子爵堡变成了路易十四的城堡。

后来子爵堡不够用了，路易十四又让法国的这三位艺术大师按照子爵堡的风格设计建造了凡尔赛宫，由此，法国又多了一个珍贵的世界文化遗产。岁月远去，子爵和路易十四都不在了，但子爵堡和凡尔赛宫还在。直到今天，很多世界的奢侈品牌还会用子爵堡来做广告，很多世界电影明星也会来这里拍电影，例如迪奥，例如奥森·威尔斯、李奥纳多·狄卡皮欧、罗杰·摩尔、苏菲玛索、乌玛瑟曼等等。

又一个下午，我们从凯旋门沿着香榭丽舍大街散步到协和广场，秋天是香榭丽舍最美的季节。旁边的蒙田大道、乔治五世大街和佛朗索瓦一世街有不少奢侈品商店，还有酒吧和咖啡店。客人们悠闲自得地坐在街边的靠椅上，享受着下午的巴黎时光。走到半路，有法国小姐走过来找我要烟抽，给了她一根芙蓉王，点燃烟，人家说了谢谢，然后朝着远处的草地走去。大街两旁的草地上，有不少法国艺术家们的雕塑作品，虽然我们读不懂这些作品的内容与含义，但是，这些作品让巴黎的秋天变得更加优雅和沉稳。难以想象，在这条大街上曾经走过凯旋的拿破仑军队，也走过入侵法国的德军，法国大革命期间，法国人民在这里把路易十六送上了断头台，血雨腥风的历史好像与现在的巴黎并没有太多的关系。

在巴黎，每一个公园，每一座剧院或者每一座博物馆、艺术馆、图书馆，塞纳河上的每一座桥，甚至每一个咖啡馆、每一条小巷，或者是路边的每一条凳子，有时候，都会让人流连忘返，不经意之间，到处都可以碰到点点滴滴的浪漫与美好。窗台上盛开的小花，梧桐树下的手风琴，巴黎圣母院的钟声，塞纳河边走过来的情侣，都是巴黎永远的音符。

我们在看完巴黎迪士尼和高卢公园以后，然后去看奥赛博物馆，看完这个博物馆，就要离开巴黎了。奥赛博物馆是一家国立博物馆，位于塞纳河左岸，与卢浮宫隔河相望。这个博物馆原址是1900年万国博览会的火车站，后改建成为博物馆。这个博物馆收藏了大量的现实主义、印象主义、象征主义等现代派大师们的作品。其中有梵高的《自画像》《向日葵》《阿尔的教堂》，高更的《沙滩上的塔希提女人》，米勒的《拾穗者》《牧羊女》，马奈的《草地上的午餐》，雷诺阿的《红磨坊的舞会》《城市之舞》，安格尔的《泉》，罗丹的《思想者》《地狱之门》，莫奈的《蓝色睡莲》等等。有人说，卢浮宫是神的艺术殿堂，奥赛博物馆就是人的艺术殿堂，巴黎就是这个世界上人神共享的艺术殿堂。

匆匆忙忙地就要走了，去比利时。巴黎，我还会再来，让巴黎给我们再好好讲讲那些文学艺术大师们的故事。

到比利时，先去了滑铁卢，比利时边境上的一个小镇，与法国人有关。滑铁卢距布鲁塞尔约有20公里，因为拿破仑，这个小镇闻名于世。实际上，这个小镇相对于法国、英国、荷兰和瑞士等国的那些美丽的小镇来说，并没有太好看的景色。从巴黎到布鲁塞尔就会经过滑铁卢，但通常不会引起大家的注意。我们是专程去的，只因为拿破仑和那一场 14 万人的英法大战，拿破仑让 6 万将士倒在了这里。这个小镇里有很多家旅游品商店，卖的商品都与拿破仑有关。水杯、图片、纪念章和钥匙扣等等，到处可以看到拿破仑的头像，因为所有的外来人都是冲着拿破仑来的。尽管不远处就是胜利者威灵顿纪念馆，威灵顿，英国的公爵，但很少有人知道他。正如维克多·雨果所说，滑铁卢是一场一流的战争，但得胜的却是一个二流的将军。如果没有临战之前的那一场大雨，道路没有泥泞，法军能够准时开炮，欧洲的历史有可能改写。1815 年的那场大战，距今已经快要 200 年了，人们走到这里来纪念的不是胜利者，而是失败者。失败者因为这场大战而名垂青史，并且以自己的失败充分证明了一个道理，那就是一流的将军不会因为失败而沦为二流。有时候，失败并不影响伟大。

我的一个老朋友说过，我们可以记住很多美国总统，但副总统你能记住几个，所以第一很重要，这话很有些道理。小镇外的不远处，有一座人工堆成的小山，高 41 米，远看有点像金字塔，叫铁狮峰。山顶有一头铁铸的雄狮，头朝南，对着法国在咆哮。据说，这头铁狮子是为了纪念欧洲联军的胜利，用缴获的法军枪炮熔铸而成。而在小镇里，尽管已经失败，拿破仑的铜像仍然默默无声地站在一个圆形基座上。虽然铜像只有几十公分高,但这位高傲自大的法国皇帝,还是那么悠然自得地在傲视着欧洲的大地。铁狮峰和威灵顿公爵只是一个陪衬,这应该感谢比利时。

下午,我们到了布鲁塞尔,一下车,直接去了大广场。据说,这是欧洲最漂亮的广场,走进去,四周都是高大的哥特式和文艺复兴时期的建筑,每一栋都有了几百年的历史,我们如同走进了中世纪。广场上有老太太在卖花,那一片鲜花成为这个广场上最鲜艳的颜色。旁边有天鹅餐厅,是马克思和恩格斯曾经生活过的地方,他们在这里写成了《共产党宣言》。

沿着一条小街往前走,街两边都是店铺。大多卖的都是巧克力、比利时挂毯和小尿童于连的铜像,前店后厂,生意还十分好。走到一个小十字街口,就可以看到布鲁塞尔的城市标志小尿童。这尊铜像完成于1619年,高约53厘米,整天顽皮地在撒尿,据说,圣诞节的时候,人家撒出来的是啤酒。走出来,已经到了吃晚饭的时候,路边上有好几家餐馆,都是当地人在用餐。他们坐在路边上,每个餐桌上好像都放了一口小锅,里面煮着食物,所有的人都围着那口锅在吃。也不知道里面是些什么东西,看起来有点像各种颜色的浆糊。湘西人一路看过去,没有一点食欲。

第二天一早,我们看了原子球以后,驱车去阿姆斯特丹。途中要看两个微缩公园,一个是比利时的迷你欧洲,一个是荷兰的马杜洛丹小人国。马杜洛丹小人国位于海牙，建于1952年，占地1.8平方公里，距阿姆斯特丹美丽的郁金香花田不远。这个公园大约在5万平方米的面积里，以1比25的比例，微缩了130多个荷兰的名胜古迹和重要的景观，里面有荷兰的王宫、机场、运河、教堂、铁路与火车站以及高速公路、足球场等等。机场的跑道上有南方航空公司的客机模型，这是一个中国的形象。马杜洛丹小人国不仅是一个高科技的动感公园，也是一个可以让成年人入迷的公园。所有的景点都做得格外精美，高速公路上的汽车、跑道上的飞机和乡间小路上的拖拉机都是电动自控模型。船闸在不断地开合，让轮船通过水坝；火车在铁轨上奔驰，并不断经停每一个小站；足球场内正在比赛，高潮迭起；王宫里正在举行欢迎仪式，仪仗队整齐地从我们的面前走过。这是一个荷兰的童话，让我们爱不释手。深圳后来之所以有了微缩公园，可能与这个公园有关。

小欧洲则位于比利时布鲁塞尔公园，南面是原子球，北面是百年宫，这里是比利时著名的风景区。小欧洲占地25万平方米，同样以1比25的比例，微缩了300多个欧洲的风景名胜，同时里面还微缩了第一次世界大战的战场和墓地。1986年建成开放，在这里可以看到维苏威火山的喷发、柏林墙的倒塌以及阿丽业娜火箭的发射等等。两个小时可以看完一个欧洲，从英国到法国，再到意大利、奥地利、德国和希腊等欧洲各国，格外方便。再后来，我们还看过澳大利亚堪培拉的小人国，这是英国人卡尔顿家族在澳洲为思念英国而建的公园。1979年建成，最早是私家园林，现在对外开放。这个公园的园林与景点关系的处理极其讲究，尤其是植物色彩的过渡格外梦幻。乡愁也可以微缩，并且微缩出一个浪漫的彩色空间。然后，在日本又看过东京附近的东武世界广场，里面有中国的故宫和长城。这个公园加上总经理只有6个职员，我们去见总经理的时候，总经理正在景点里整理小汽车，那一刻，人会有一种感动。自己也在微缩景区工作，因为不能割舍，而有了小人国的情结。

离开海牙，我们去阿姆斯特丹。荷兰的首都是阿姆斯特丹，但国家机关包括世界法院都在海牙，这和很多国家不太一样。在我的印象中，荷兰是一个郁金香的王国。然而，秋天是看不到郁金香的，在荷兰只能看见梵高的向日葵、风车、木鞋以及运河两岸的大街小巷，有轨电车和运河上的游船。

下了车，就往洗手间跑。走进去一看，这里的小便池都安装在墙上很高的地方。为什么要安装在这么高的地方，不踮脚，个子矮的人，例如二狗，那东西根本放不上去。感觉人家是故意跟个子矮的人过不去，要是二狗他爹来了，1米55的个子，只能尿在地下。而且，卫生纸卷安装的位置也很高，二狗肯定也取不到。也难怪，荷兰人的平均身高全球第一，男子平均身高 1.825 米。二狗屋里平均身高最多 1 米 6，他要是来了，坐在马桶上两脚踩不到地。再说了，这里的自行车都很大，看起来又笨又重，但是与荷兰人很配。

走进市区，阿姆斯特丹和威尼斯一样，都是水城。到处可见运河，也就到处可见小桥，造型各异的小桥成为这个城市的一道风景。运河纵横交错在这个城市的大街小巷里，使两岸的建筑变得生动，并且充满了灵性。这个城市很老，完整地保存着百年以前的风貌。走进去，如同与一个世纪老人见面。一个人如果是在孩子的年龄就离开了这里，无论他什么时候回来，这里都是他从小最熟悉的那个样子。在阿姆斯特丹，随处可以看到 ××× 的标志，包括这个城市的市徽、旗帜、雕塑、门牌、商标、街上的栏杆以及纪念品等等。据说，这三个 ×，分别表示为水灾、火灾和黑死病，全部来源于灾难。三个 ×，表示三个提醒和三个警惕。原本是诅咒，以后，因为人类在大自然面前获得了更多的自由，所以，三个 × 现在成为这个城市的标志。

在阿姆斯特丹，一定要看梵高，荷兰是梵高的祖国。在阿姆斯特丹，有梵高博物馆。里面珍藏着梵高的 200 多幅画作，那都是梵高黄金创作时期的作品，约占他全部作品的四分之一，其中最著名的作品包括《向日葵》《罂粟花》和《麦田群鸦》。另外，博物馆还收藏有梵高的手稿、画稿和书信等等。这是一个专题博物馆，只属于荷兰和梵高，走进去，不是朝圣，而是走进了梵高的世界，去了解他对这个世界的解读以及这个世界在梵高那里的样子。看完梵高博物馆，我知道，梵高是不能模仿的，模仿也没有用。没有梵高的眼睛，如何会有梵高的世界，千万不要胡扯。

有时间，一定还要在这个城市里去坐坐船，换一个角度看看阿姆斯特丹。我们是在第二天的下午，坐船去逛的阿姆斯特丹。人坐在船上，是需要仰视这个城市的。一路上，头上有桥洞，水上有倒影，让这个城市有了更多的诗情画意。这里的水面上有不少的船屋，船屋造型大同小异，但都十分精美。船头是上下船的通道，中间是船屋，透过窗户可以看见室内，其内、灯光、窗帘、花草、沙发以及餐桌、椅，布置都十分讲究。船尾，则是一个二人世界，那是喝咖啡或红酒的地方，两把椅子，一个小台，置放在花丛里，喝着咖啡，看着风景，不浪漫都不行。据说，住在船屋里大多是艺术家、文学家或情侣，难怪如此温馨，好羡慕人家的这种生活。

看了城市，就去看乡村，这里有名的乡村是风车村和羊角村。其实，这些乡村现在已经是旅游景点，保存着荷兰原始的乡村文化与风貌，供游客了解与参观。风车村有风车屋和巨大的风车，以风为动力，用作各种材料或物料的加工。走进风车屋，可以看见巨大的木结构组成的加工物件，有上下两层楼。楼上应该是动力部分，楼下应该是加工部分。根据加工的需要，木结构各有不同，例如造纸、碾磨绘画颜料、锯木和榨油等等，都是有所区别的。远远看去，风车屋和大风车与附近的海面、田野以及乡村木屋，构成了梵高和高更笔下的风景画，金黄色和湛蓝色把这里的秋天涂抹得格外动人。看过风车，就可以去看木鞋商店、木鞋作坊和乳酪作坊，这里展示的是荷兰十八世纪的乡村风情，古朴、原始和本真。荷兰的乳酪品种繁多，其中有艾登乳酪、高达乳酪、烟熏乳酪、胡椒乳酪、茴香乳酪、蓝霉乳酪等等，这个国家是一个乳酪生产大国。这里的木鞋更是色彩艳丽，图案精美，让人喜爱。大家都买了不少木鞋和木制玩具，带回家给孩子，给朋友。我的同事买了两头可以发出叫声的木制玩具牛，是荷兰奶牛的造型，说是回去送给刚出生不久的女儿，十分高兴。

　　荷兰还有足球，足球给这个国家带来了荣誉和快乐，也给这个国家带来了遗憾。荷兰曾经二次获得过世界杯的亚军，成为足球史上的无冕之王。只要是球迷都会知道，荷兰有克鲁伊夫，荷兰三剑客巴斯滕、古力特和里杰卡尔德，博格坎普等等世界著名球星，阿姆斯特丹有世界著名的足球俱乐部阿贾克斯，那是荷兰的骄傲。

　　荷兰还有一个闻名于世的场所，这就是阿姆斯特丹的红灯区。里面有性博物馆、性用品商店、性剧场、玻璃窗里的性服务，以及到处可见有菜叶标识的咖啡馆，那是合法抽大麻的地方。入夜时分，从欧洲各国来的男人们蜂拥而至，如同欧洲的野马，挤满了这里的每一条小街巷。妓女们在玻璃门里搔首弄姿，勾引着所有路过的男人。不断地有男人走进那些玻璃门内，匆匆忙忙地去完成男女之间的交易。走出来的男人，然后又若无其事地挤进了运河两岸的人流里。

阿姆斯特丹是一个古老的城市，也是一个现代的城市，同时还是一个色彩斑驳的城市。

沿着荷兰到德国的高速公路，我们一路南下，很快进入了德国。中午时分，我们到了科隆，去看科隆大教堂。走到那里，教堂前面有广场，广场上游人不少。一个来自南美的现代乐队正在广场上表演，电音传得很远，肯定惊动了上帝。这座教堂是典型的哥特式建筑，据说从动工到落成，一共用了632年的时间。难怪，巴塞罗那的圣家堂，其设计者高迪已经去世了100多年，那座教堂还没有完成。看起来，建一座教堂不是一件容易的事，尤其是按时上下班的欧洲人。记得我在巴黎住在宾馆的时候，就碰上了垃圾车来清运垃圾。大约是下午4点多钟，两个工人开始工作，到了5点，应该是到了下班的时间。垃圾刚清理了一半，两个工人就扔下车子走了。一直到了第二天的早上，我出宾馆的时候，还没有人来上班，垃圾车还停放在那里。垃圾车的车厢还高高的朝天停放着，没有复位。在欧洲，科隆大教堂和巴黎圣母院、梵蒂冈圣彼得大教堂并称为三大宗教建筑，是世界文化遗产。二战期间，科隆老城被盟军炸毁百分之九十，但是，他们留下了科隆大教堂。在上帝和信仰面前，炮弹有时候也会睁开眼睛。

很快我们就到了波恩，去看波恩大学。欧洲不大，但国家很多，所以感觉是一会就到了一个国家。走进学校，满地落叶，容易让人怀旧。波恩大学是德国最著名的大学之一，马克思、贝多芬、海涅、尼采、德国皇帝威廉二世、法国总理罗贝尔·舒曼都是这里的学生，同时，约瑟夫·戈培尔也是这里的学生。马克思写下了《资本论》和《共产党宣言》，创建了马克思主义。尼采写下了《悲剧的诞生》和《权力意志》，他的哲学思想和美学思想给萨特、弗洛伊德、茨威格、萧伯纳乃至鲁迅都带来了重要的影响。而约瑟夫·戈培尔，他也留下了不少的名言："谎言重复千遍就是真理。""我们信仰什么，这无关紧要；重要的是只要我们有信仰。"同一个学校的学生，他们走向了完全不同的方向，并且，都影响了这个世界。让我们一起来听听贝多芬的交响乐《命运》和《英雄》，这个世界和人类原本都非常复杂。我们在这里没有停留太多的时间，但是，波恩大学让我肃然起敬。

下午，我们到了科布伦茨，这是德国的一个小城。因为这里是莱茵河和摩泽尔河汇合的地方，这里又被称为"德国之角"。河岸边，有一座威廉皇帝纪念碑，这是德国统一的象征。离"德国之角"不远处的一座小山上，是埃伦布赖特施泰因要塞，这是德国历史上最强大的堡垒之一。科布伦茨还有科布伦茨火车站、史特臣岩宫、圣卡其托教堂和18世纪建成的科布伦茨剧院，以及老堡，这是13世纪选帝侯水堡。这些历史名胜古迹一起成为莱茵河中游人文景观世界文化遗产。莱茵河古道是一条美丽的风光带，从这里开始，一路的风景让人目不暇接。

告别科布伦茨，沿着莱茵河古道，我们去法兰克福。一路上，莱茵河两岸的小镇让人美不胜收。小镇依山傍水，拾级而上，在青山绿水之间，以白色、蓝色和黄色为主色调的德国民居，在莱茵河两岸形成了迷人的风景。天黑以后，我们到了法兰克福，城里也是一片灯火。

法兰克福，位于德国的美因河畔，这是一个另类的城市，与欧洲的其他城市都不太一样，整个城市都是现代建筑。因为二战的33次大轰炸，这座城市被炸成废墟，所以，在法兰克福不太容易找到名胜古迹。但是，这里有世界上最大和最重要的图书博览会，这就是一年一度的法兰克福书展，有人说，这是世界出版人的奥运会。城市可以成为废墟，但历史和文化不会成为废墟。法兰克福是大文豪歌德的故乡，只要有歌德，这里就足够了。歌德在这里完成了《浮士德》的初稿，《浮士德》在欧洲与《荷马史诗》、但丁的《神曲》、莎士比亚的《哈姆雷特》被称为四大古典文学名著。歌德25岁完成了《少年维特之烦恼》，45岁时，他与席勒相遇并成为好友，两位文学巨匠合力把德国古典文学推向了高峰。歌德用了58年的时间完成了诗剧《浮士德》的时候，他已经82岁。他说："主要的事业已经完成，我是否做什么或将做什么现在已经完全无所谓了。"其实，这个时候的歌德已经对欧洲文学和世界文学产生了重要的影响。在法兰克福的市中心，有歌德的故居。我们用了一个下午的时间，到那里去参观。在那里，我们仰望了歌德，歌德提醒我们："读一本好书，就是和许多高尚的人谈话。"法兰克福，有一座欧洲文学的高峰。

还有一个人出生在法兰克福，这就是安妮·弗兰克。这是一个犹太女孩，1929年出生在这里。因为纳粹的迫害，她躲在阿姆斯特丹的一个密室里写下了《安妮日记》，从1942年6月写到1944年8月。日记记下了两年的悲惨经历和纳粹的暴行以及自己长大的过程，18万字。1945年，安妮15岁时死于贝尔根·贝尔森集中营。《安妮日记》的发行量超过3000万册，并成为传世之作。安妮·弗兰克的故事让人伤感，但也使人坚强。

晚上，德国中旅的周总请我们去吃火锅，中国人开的餐馆，十分地道。我们喝了德国啤酒，那里的黑啤让我们格外喜欢。因为啤酒和歌德，还有安妮·弗兰克，法兰克福给我们留下了很深的印象。人类不喜欢战争，但一定喜欢啤酒。

好了，不讲法兰克福了，我们要去慕尼黑。慕尼黑是德国的大城市之一，仅次于柏林和汉堡。慕尼黑可以看的地方很多，这里有啤酒节，在全世界都有影响。第二次世界大战期间，慕尼黑被盟军轰炸过71次，但是仍然留下了许多古迹。其中包括维特尔斯巴赫王宫，即巴伐利亚王宫，玛利亚广场和市政厅等等。这座城市有3000多家画廊，50多座博物馆，4座歌剧院。同时这里还有世界著名足球俱乐部拜仁慕尼黑，宝马和西门子的总部，慕尼黑爱乐管弦乐团、巴伐利亚国家管弦乐团、巴伐利亚广播交响乐团等全球知名的三大管弦乐团，可以看的地方很多。但是第一站我们却去了慕尼黑奥运村，这是1972年举办20届夏季奥运会的地方。虽然已经过去了27年，奥运村的设施仍然保护得很好。这里的场馆使用了大量的张拉膜屋顶，形成了独特的运动场馆景观。我们走到这里的时候，这里已经非常安静，游人很少。但是，27年前，巴勒斯坦"黑九月"组织成员在这里杀害了11名以色列运动员和官员，让慕尼黑惊动了全世界。以后，以色列情报和特殊使命局摩萨德展开了报复行动，报复行动被称为"上帝的复仇"，有11个"黑九月"头目成为暗杀目标。9年以后，这11个人全部毙命。

慕尼黑曾经是德国纳粹党的总部所在地，希特勒在这里发动了第二次世界大战。从巴伐利亚王国开始，这里从来都没有缺少过刀光剑影。但是，这并不会影响人类对于美好生活的追求。茜茜公主和理查·施特劳斯出生在这里，德国的啤酒节在这里，音乐和快乐都在这里。第二天的下午，我坐在巴伐利亚王宫花园里的长椅上，里面也是满地的落叶，夕阳照过来，整个花园里更加金黄。在一个圆形的亭子里，一个穿得西装革履的青年男子在那里拉着小提琴，琴声悠扬地传过来，在那个下午，人的感情开始摇晃。

晚上去皇家啤酒馆，吃德国的猪肘子。这里人很多，里面有民间乐队表演。我们每人要了一份，猪肘子烤成了金黄色，配上土豆泥、酸菜、面包片和啤酒，十分诱人。我的一个哥们吃完了一个整的猪肘子，让我佩服得五体投地。

就要离开德国了，因为不顺路，没有去柏林，其实很想去。年少时，看过苏联电影《攻克柏林》，是苏军打下的柏林，很激动，一直想到柏林去看看。只是不明白，当年苏军攻打柏林的时候，盟军到哪里去了？后来才知道，柏林战役以后，艾森豪威尔说过，之所以让给苏军进攻柏林，是因为他明白，此战会使盟军至少付出十万名士兵的生命。不久前，刚看过汤姆·汉克斯主演的美国电影《拯救大兵瑞恩》，为了保住一个普通母亲的最后一个儿子，牺牲了不少母亲的儿子，让人感动。人的生命与价值，在不同的人心里，千差万别。在这个世界上，士兵可以成千上万，但母亲的儿子不多。

我们很快到了奥地利的萨尔茨堡。这里是莫扎特的故乡，也是世界著名指挥家赫伯特·冯·卡拉扬的故乡，同时，还是电影《音乐之声》的外景地。萨尔茨堡是一座山城，萨尔茨河穿城而过，依山傍水，鳞次栉比的街巷古老而又美丽。老城、教堂、要塞、喷泉以及米哈贝尔花园，甚至是小街上的每一块石板，彷佛都有音符在跳动。粮食胡同的9号，莫扎特1756年出生在这里，那里的游人络绎不绝。

入夜，我们走在河边，远远看去，山野里有好多的灯火，似乎是星星掉在了草丛里，格外梦幻。不注意，就可以听到莫扎特的《小夜曲》，卡拉扬指挥。萨尔茨堡因为有了莫扎特，有了卡拉扬，还有《音乐之声》和歌剧《费加罗的婚礼》，而让全世界知道了这里。虽然这座城市不大，但是这里有《魔笛》。

萨尔茨堡每年夏天都有音乐节，这是世界上久负盛名的音乐节。一个音乐节，就会有来自世界各地的100万观众，那是了不起的音乐盛典。萨尔茨堡是音乐之都，一个人决定了一座城的地位。这个地位与金钱无关，与相互吹捧无关，与评委也无关。

从萨尔茨堡去哈尔施塔特，这是奥地利的一个小镇，也是世界文化遗产。据记载，哈尔施塔特从公元前900年就开始开采盐矿。难以理解的是，这些矿工们是通过什么样的途径，获得了让人羡慕的审美灵感，然后建成了世界上如此美丽的小镇。虽然这里有美丽的山水湖泊，但是只有人才能够完成这般的童话。一个小镇都美得让我们流连忘返，何况还有萨尔茨堡和维也纳。竟然有人怀疑欧洲人的审美能力，说是人家的眼睛有毛病，把中国最丑的女人都找去做了老婆。我常常无言以对，不知道达芬奇的《蒙拉丽莎》是如何完成的。看看哈尔施塔特，我们应该怀疑的是自己的眼睛，甚至要怀疑自己的脑子。喜欢美的对象和找到美的对象，是两件事情。

与哈尔施塔特再见以后，我们到了维也纳。维也纳有美泉宫，有斯蒂芬大教堂，有霍夫堡王宫，有维也纳城市公园，还有金色大厅和维也纳国家歌剧院。舒伯特、老约翰·施特劳斯、小约翰·施特劳斯都出生在这里，同时，海顿、莫扎特、贝多芬也生活在这里，因此，人们说，维也纳是世界音乐之都。

在维也纳，我们去了美泉宫和金色大厅，还有城市公园。公园里有莫扎特和施特劳斯的金色塑像，施特劳斯金色塑像后面是一个白色拱门，拱门上有天使浮雕。前面是小施特劳斯的塑像，站在塑像面前，任何时候似乎都可以听见《蓝色多瑙河》的旋律。小时候，看过电影《多瑙河之波》，从德国到奥地利、匈牙利、克罗地亚、塞尔维亚、罗马尼亚到乌克兰，我知道那是一条非常美丽的河。多瑙河，就是小施特劳斯的音乐，在欧洲大地上流淌。

美泉宫曾经是罗马帝国、奥地利帝国、奥匈帝国和哈布斯堡王朝家族的皇宫，现在是世界文化遗产。相传1612年，罗马皇帝马蒂亚斯在这里狩猎，发现了美丽泉，美泉宫因此而得名。美泉宫是电影《茜茜公主》的外景地之一，这里是茜茜公主最早进入皇宫的地方，也是她终身最不喜欢的地方，然后是她最后逃离的地方。宫殿只能看看，而且看起来很美，包括凡尔赛宫、西班牙大皇宫、克里姆林宫等等，但不适合普通人居住。

金色大厅很有名，是因为每年的新年音乐会。我们去的时候，里面没有任何演出，看了一眼空空荡荡的剧场，走出来，把音乐留在了那里。说实话，我不懂音乐，但是看过许多交响乐团的演出，其实，好多时候，因为我们坐在里面，交响乐团的演出也是对牛弹琴。

在奥地利小城克拉根福住了一晚，然后我们到了意大利的威尼斯。一路上，我们在法国用了法郎，在荷兰用了荷兰盾，在德国用了马克，在意大利，我们用美金换里拉。500美金换了85万里拉，在威尼斯我已经成了百万富翁。只是上一个洗手间，就要一千里拉，大概是人民币5块钱。人家告诉我，里拉和人民币的汇率大概是先减2个0，然后除以2。装着一口袋的里拉，我们走进了这座水城。

威尼斯是一座没有汽车的城市，即使意大利有法拉利、兰博基尼和玛莎拉蒂。除了乘坐贡多拉，在威尼斯的大街小巷里只能走路。这是一座需要慢慢看的城市，越慢越有味道。威尼斯是一座泡在水里的城市，包括上帝都一起被泡在了水里。每一个小门和每一个窗户都有着久远的历史，包括那些斑驳的墙体和水边的码头，这里的故事可以从罗马帝国以及十字军东征开始讲起。这里有黄金宫、彩色岛和玻璃岛，听到名字就觉得有好多的童话色彩，其实里面没有童话。

我们花了一天的时间，坐了船，也走了路。在河道两岸还逛了集市，一路逛，一路还老在想着莎士比亚的威尼斯商人。莎士比亚在喜剧《威尼斯商人》剧本里塑造了一个吝啬鬼的形象，这个形象集贪婪与狡诈于一身，让这个集市有了好多的喜剧气氛。集市上有很多旅游纪念品，领带、皮夹、钥匙扣、军刀、皮带、徽章、冰箱贴等等，造型各异，满目琳琅。卖纪念品的老板很热情，不断地给我推销，就怕我们不买。认真一看，领带上印有图案，都是色情内容。这种领带不会有人系在脖子上，但可以收藏。不太能理解别人的设计理念，也许在人家的眼睛里，人体原本就是一种美的存在。只有你们这些人看到裸体才会大惊小怪，偷偷摸摸的时候，说不定，比人家还淫荡。我买了皮带和皮夹，准备送给家人，但不知道产地。同事讲了，这些东西有可能是罗马做的，也有可能是米兰做的，还有可能是东莞做的。但不管是在哪里做的，你是在意大利人手上买的，那就是意大利的产品。临走的时候，老板笑嘻嘻地收了里拉，然后，不断地和我再见，这是一个很好的威尼斯商人，从胡子里都可以看到他的善良。

威尼斯每年都有狂欢节和电影节。虽然这个城市经常被水淹,但并不影响别人狂欢和看电影。威尼斯狂欢节最著名的就是脸谱与假面,戴着脸谱和假面狂欢和舞蹈,是狂欢节的特色。在莎士比亚的笔下,威尼斯商人夏洛克虽然很贪婪,但人家没有假面。在假面背后,很多人也许比夏洛克还贪婪。下午,我们到了圣马可广场,这里还有圣马可教堂和总督宫。圣马可大教堂始建于公元829年,重建完成于公元1071年。这座教堂既有哥特式装饰、文艺复兴时期的装饰,还有东方拜占庭艺术、古罗马艺术和古希腊艺术风格,据说这是世界上最美的广场和教堂。广场上游人如织,以及还有铺天盖地的鸽群,鸽群或飞在天上成为风景,或落在广场上,与游人嬉戏成为交流。正在这里玩得开心的时候,同行的朋友告诉我们,这里的广场上还有不少的小偷,一定要注意自己的钱包。虽然,鸽子在欧洲象征和平与友谊,并且这里还有圣洁的教堂,那里面装满了仁慈与爱,但并不影响小偷在广场上偷东西。

威尼斯的电影节是欧洲三大电影节之一,张艺谋的作品《秋菊打官司》《一个都不能少》在这里先后获得过金狮奖。在这些获奖作品中,我还看过黑泽明的《罗生门》和安东尼奥尼的《红色沙漠》,这是很重要的两部作品,威尼斯电影节奠定了威尼斯在世界电影史上的地位。

据说，若干年以后，由于海平面的不断上升，威尼斯会消失。不过，我相信不会，人类一定有办法可以保住威尼斯，因为这个世界不能没有威尼斯。

离开威尼斯，我们到了佛罗伦萨。这里是但丁的故乡，也是欧洲文艺复兴运动的发源地，同时也是世界著名的艺术之都和歌剧的发源地。《神曲》从这里开始启蒙，让欧洲人走出了黑暗的中世纪。佛罗伦萨，这是一座千年古城，这里没有满城的餐馆和商店，没有拉客仔，不需要缴交古城保护费，也不需要买门票，百花大教堂和米开朗基罗广场没有闸口。

我们首先去了米开朗基罗广场，广场位于佛罗伦萨东南的一座小山上。广场上有《大卫》雕塑的复制品，从这里可以居高临下眺望佛罗伦萨。远远看去，这是一座玫瑰色和米黄色交织的城市，百花大教堂的圆顶和钟塔，在蓝天白云的映衬之下，让这座城市变得格外圣洁。阿诺河静静地穿城而过，河上有桥，最著名的就是维琪奥桥，也称老桥。这座桥建于1345年，是佛罗伦萨最老的桥。桥上有两层建筑，这是从乌菲兹宫通往碧提宫的走廊，也是阿诺河上的一道美丽的风景。

下山以后，我们到了碧提宫。碧提宫最早是美第奇家族的居住地，现在是美第奇家族博物馆。在文艺复兴时期，美第奇家族在意大利是最显赫的家族之一，曾经出过三位教皇和两位法国皇后。因为这个家族的资助,米开朗基罗和达芬奇在这里完成了大量的壁画和雕塑作品。因此,后人说到,没有美第奇家族,欧洲文艺复兴运动一定不会如此精彩。时至今日,美第奇家族仍然是佛罗伦萨的骄傲。

佛罗伦萨是意大利文艺复兴诗歌和绘画的摇篮,但丁在这里完成了《神曲》,达芬奇、米开朗基罗和拉斐尔在这里完成了大量的作品,包括举世闻名的雕塑《大卫》,奠定了佛罗伦萨在世界文艺领域里的重要地位。并且,这里还有始创于1339年的佛罗伦萨美术学院,这是世界上第一所美术学院,也是世界美术学院之母。在这个学院里,有许多教授和大师,其中有达芬奇、米开朗基罗、美第奇、瓦萨里、佛朗西斯科、提香、切利尼、莫迪格尼安尼、大卫、安格尔、阿尼戈尼、基亚、布隆奇诺等等,没办法再往下排序,在这个世界上,这都是如雷贯耳的一些名字。

晚上,几个土包子去吃佛罗伦萨牛排。我们一坐下来,我的一个同事里有一个湖南老乡,就从背包里拿出来一瓶橄榄菜,另一个同事拿出来一瓶老干妈。这一下就配齐了中国味道,就着这种味道,我们去吃佛罗伦萨的牛排。服务员一边笑着,一边摇着头从我们的面前走过去,看那神态,人家肯定是服了我们。说实话,佛罗伦萨牛排里面几乎是生的,湖南人根本就吃不下去,湖南人喜欢吃的是红烧牛腩,而且还要放辣子。

吃完牛排，我们去住旅馆。旅馆在老城里，是一栋老房子，至少有了几百年的历史。在一楼办了手续，然后上了三楼，里面有一个很老的电梯，估计米开朗基罗用过。电梯只能进一个人，很小。我们五个人分五次上了楼，然后去找各自的房间。弯弯曲曲的楼道，在昏暗的路灯下往前延伸，不知道前面有多远，越往前走越害怕。我的一个同事住在最靠里面的一个单间，屋内有一个很小的窗户，可以看到外面若隐若现的亮光，阴森森地十分吓人。人家提心吊胆地睡了下去，就怕听到中世纪的脚步声，半夜起床，踢倒了放在房间里的行李箱。箱子里发出了奇怪的叫声，把他吓得半死。静下心来，自己壮了胆，想了半天，箱子里有什么东西在叫。打开箱子一看，原来是他在阿姆斯特丹给自己女儿买的那两头玩具牛，震动以后，牛就会发出叫声。某些时候，玩具也可以吓死人，在半夜里，牛叫和鬼叫差不多。

到罗马了。我从小看过两本书，一是《斯巴达克斯》，二是《教父》，然后看过电影《罗马假日》，还喜欢看意甲足球，这就是意大利和罗马留给我的最初印象。今天，当我走到罗马面前的时候，罗马像一位慈祥的老人在等待着我们，和我们对话，让我们去亲近他，令人感动。《罗马假日》拍摄于1953年，40多年过去了，这里还是那样的高贵、庄重和沉稳。想想我们自己的许多古城和古镇，匆忙之中，早已经变成了灯红酒绿的夜总会。如同一个纯真美丽的姑娘胡乱打扮一番，浓妆艳抹之后，成为了一个小姐，让人抓狂。

我们在西班牙广场的不远处下了车，然后去逛街。西班牙广场建于1495年，因《罗马假日》电影而闻名。这里有台阶，台阶下有雕塑与喷泉。广场四周有街道，街上有不少商店和茶馆，司汤达、巴尔扎克、瓦格纳、李斯特和勃朗宁都在这附近居住过。离广场不远的小街上有服装店，我们走了进去。我在里面买了一套西装，花了85万里拉，马上又成了穷人。

好喜欢《罗马假日》这部电影，因为天使到过这里。于是，我们沿着电影的外景地一路玩了过去。先后去了罗马城，看了母狼育婴雕塑，这是罗马的城徽。去了罗马许愿池，站在2000年前的人工喷泉前面，我们抛了硬币，许了愿。然后到了科斯美汀圣母教堂，这是罗马很小的一座教堂，如果没有《罗马假日》这部电影，肯定没有多少人知道这里。在这个教堂里，我们把手放进了"真理之口"。这是一块雕刻着海神头像的圆盘，据说把手放进他的嘴里，如果说谎手就拔不出来。不过，我在那里站了半天，看见很多人都把手放了进去，然后又拔了出来，我相信，这里面一定有很多说谎的人，"真理之口"并没有真理。

我们又到了罗马斗兽场。斗兽场建成于公元80年，距今已经有了1900多年的历史，里面可以容纳9万观众，围墙高约57米，人站在那里，需要仰视。这是古罗马帝国的标志,每一块石头都记录着古罗马贵族的血腥与残忍。走进去,居高临下,可以看见观众的看台和关押角斗士以及猛兽的坑道。虽然现在这里已经是世界文化遗产和名胜古迹,但当初斯巴达克斯究竟是从哪一条坑道冲杀出去的,始终让我好奇。这里的历史十分沉重,随便看一看,都会使人压抑和惊心动魄。

走出斗兽场,在一处空地上,有人放着音乐,在那里进行现场表演。两只用彩色纸片做成的米老鼠,没有人的操作,竟然在音乐里可以起舞,活泼可爱。一定是一种魔术的处理,只是外行看不明白。在沉重的斗兽场外面,这里让人快乐和好奇。米老鼠可以卖给游客,5美金一只,莫名其妙的好玩,然后就有同事买了。拿回酒店一看,米老鼠再也不会跳舞,变成了两块纸片。同事知道,他上当了。

逛了罗马,我们到了世界上最小的国家梵蒂冈。国家很小,但教堂很大,圣彼得大教堂是世界天主教的中心。梵蒂冈有教皇、国务院、银行、火车站、广播电台和报纸,还有宪兵和国防卫队。这里有米开朗基罗的壁画《最后的审判》和天顶画《创世纪》,还有波提切利和拉斐尔的作品,宗教、艺术和文化的光芒在这里交相辉映。

站在梵蒂冈大广场的上面,我又再次想到了马里奥·普佐的长篇小说《教父》以及后来的电影。一个人在人性与宗教之间,很多时候虽然会身不由己,但充满智慧。教父说了：我花了一辈子，就学会了小心，女人和小孩能够粗心大意，但男人不行。我拒绝做大人物的玩偶。巨大财富的背后，都隐藏着罪恶。痛苦和恐惧不是死亡，还有挽回的余地。如果你认为我不知道其中的真相，那就是在侮辱我的智慧。欧洲还有很多小国家，包括摩纳哥、卢森堡和列支敦士登，都可以去走一走，国家虽小，但收获会很大。

没有看到意甲的足球比赛，我们就离开了意大利，从罗马飞雅典，去希腊。从古罗马到古希腊，走到更为古老的地方。飞机起飞以后，让我惊喜地发现，这架飞机，后面有一半的座位可以抽烟。这是意大利航空公司的飞机，应该说，对于烟鬼来说，这是世界上最好的航空公司。一路上可以痛痛快快地抽烟，时间不长，很快就飞到了雅典。

到机场来接我们的是台湾留学生，一个小女孩。司机是希腊人，听不懂英语，看见我们，大家一起在傻笑。在酒店放下行李，我们就去希腊总统府，正赶上总统卫队的换岗仪式。换岗的几个哥们，穿着老式的服装。他们头戴红色的圆帽，右边下垂着一绺黑色的流苏。身着裙装的短大衣，白色的高筒袜，夸张的皮鞋上有一个硕大的绒线球。他们把脚抬得老高，像电影里的慢镜头，一步几拍，彷佛是在做游戏。要是来一个特种兵，三五秒就可以把他们干掉。

离开总统府，我们到了雅典奥林匹克竞技场，这是1894年第一届现代奥运会的举办地。人类应该感谢雅典，这是现代奥林匹克运动的发源地,因为有了雅典,人类才有了四年一届的盛会。据说,古代奥运会比赛的运动员都是裸体,为什么后来穿了衣服。穿了衣服以后,少了好多闻名于世的雕塑作品。

晚上去吃希腊烤肉,我们请客。烤肉很好看,但很咸。喝了很多啤酒也没有用,吃到最后,嘴里好像全部都是盐。司机和导游吃得很高兴,他们习惯了希腊的味道,人家不怕咸。司机一直在微笑,看得出来,他对我们很友好。

第二天一早,司机来了,他带来了他的小儿子,说是他们全家都喜欢中国人,一定要让我们看看他的儿子。司机的儿子8岁,长得很漂亮,黑色的卷发,深邃的眼睛,高高的鼻梁,很有礼貌还有一点腼腆,可爱极了。一路上有孩子作伴,路上就有了更多的乐趣。

我们先去雅典卫城,帕特农神庙建于公元前447年,伊瑞克提翁神庙建于公元前421年至前405年,我们与2500年前的建筑去见面,异常地惊喜。这里有苏格拉底、柏拉图、亚里士多德和赫拉克利特,还有阿里斯托芬、埃斯库罗斯、索福克勒斯、欧里庇得斯,每一位大师都是西方文明的高峰。柏拉图的《理想国》,亚里士多德的《诗学》,赫拉克利特的名言"人不可能两次踏入同一条河流",都是希腊哲学的经典。阿里斯托芬的《阿卡奈人》,埃斯库罗斯的《阿伽门农》,索福克勒斯的《俄狄浦斯王》,欧里庇得斯的《特洛伊妇女》，使他们成为了古希腊的戏剧大师，世界戏剧史从他们开始讲起。这里还诞生了古希腊神话，普罗米修斯、宙斯、雅典娜和阿波罗，让希腊的天空神采飞扬。

下午去爱琴海，海边有女神庙的废墟遗址，到处都是公元前的文明。站在海边，导游说了，300公里外就是埃及，那是东方，再远的地方就是印度和中国，那里有金字塔、泰姬陵和长城。

看过希腊，从雅典飞香港，很快到了家。回到深圳，澳门已经回到祖国。抓紧时间，终于写完了小说《二叔》，这是一个湘西老人的故事，也是一个装在心里的故事。时间久了，始终放不下来，写完了，也就轻松了。小说是这样开的头：二叔死了，他知道没有人给他送花圈，所以，他死在了开花的时节。/二叔死的那天，没有雨，也没有人为他哭灵。只是那满坡满岭的野花都开了，红的，白的，黄的挤在一起，我相信，那座山便是二叔的归宿。二叔属于那一片土地，他应该拥有一堆黄土。/按照寨子里的习惯，人死了，活着的人是要大吃一顿的。那鸡、那鸭、那猪、那羊，那香气扑鼻的猪肝，那油腻腻的肥肉，还有那大碗大碗的包谷烧，让人馋得只咽口水。可是，二叔一辈子没讨婆娘，自然，没有儿女来操办后事。于是，那许多活着的人便开始操心这个事了。也难怪，死个人，有什么了不起，连皇帝他娘都要死，何况是死了二叔，无非是一堆黄泥巴打发他走。可是，这些活人却不能不吃，人不能白死。否则，就这样让二叔冷冷清清地走了，对不起二叔，二叔在土里也不会安稳。我大伯讲的这个理，男的女的老的少的似乎都赞成。/可是，二叔穷，穷得无牵无挂。没有遗产，自然也就没有遗嘱，没有钱留送大伯买肉喝酒来过瘾。终于，大伯开口骂人了。"这个杂种，人死了，都还不让你快活。不吃就不吃，不吃肉有什么了不起！老子把你甩在山上，不埋，让豺狗吃你的肉！"/在这个日子，只有她一个躲在坡上哭得很伤心。她也老了，她是二叔的嫂子，叫二翠，可原来不是。年轻的时候，她和二叔好，用二叔的话讲："她是块嫩豆腐，惹人。"现在二叔死了，二叔死的时候，她不在，据说二叔眼睛不闭，她坚信，二叔在等她。尽管她现在有了儿女，可心还被二叔揪得痛。可是，直到今天，她还讲不清她到底爱二叔什么，反正见了二叔，她就走不来路。……

写得很累，好在终于写完了，我把稿子寄了出去，然后，把这件事情放了下来。

1999年就要过去了，这一年记住了一句话，自己的梦只能自己做，与别人无关。

第九年

2000年,中国人把千禧年炒来了。时间过得真快,看几个春晚,人就变成了老东西。明星都变成了老东西,何况我们,所以做什么事情都要趁早。人要老,哪个都没有办法。不过,人老不怕,怕得是人老了没有老了的样子,变成了老混蛋。人是会老的,但人类不会老。

今年是龙年,龙腾虎跃的样子。过了年,今年的招调工就开始了。根据市里的安排,今年不招调保安、服务员、演员等等工种,因为这类工种市里已经饱和。今年主要招调的是调酒师、厨师、茶艺师和果树栽培技术员,为了今年鱼跃龙门,解决户口,二狗他们都开始学茶艺了。湘西一下就出了好几个茶艺师,一见面,就准备给我们泡茶。在二狗的眼睛里面,只有泡茶最简单,放一把茶叶,把开水往杯子里面一倒就可以了。再说,在厨房里,烧开水是最容易的一件事,没有人不会烧开水。然后,他们几个一商量,大家一起报考了茶艺师。上面发下来一本复习资料，看了资料才知道，原来泡茶还有茶道、茶经和茶的美学。二狗问了，泡茶还有美学，什么卵是美学。不就是喝几口水，还搞得这么麻烦，是哪些卵人吃了饭没有事，搞出那么多东西来。

骂归骂，书还得看，不然进不了户口。今年还是算好的，没考你跳舞，没考你跳芭蕾舞。就你那个卵样子，要是考跳舞，腰杆长脚杆短，考一辈子户口都进不来。二狗只是始终搞不明白，这个城市要这么多茶艺师搞什么卵，到哪个茶馆去上班。

当然，你还可以去考调酒师和厨师，反正人家今年不要司机、保安、演员、售货员等等，说不定，明年只招调电工或者是油漆工，我看你们怎么办。中国的好多事情是搞一年算一年，赶到了就是好事情。

二狗给我们泡了一天的茶，上午泡了铁观音，下午泡了普洱茶。从洗茶开始，又是闻杯子，又是品味道，一泡二泡的，搞得不亦乐乎。只是看他那个卵样子，怎么都不像个茶艺师。但是，这个城市不看样子，也不管你到哪里上班泡茶，只要你考及格。

二狗很快就要去考试了，他讲他要把题目的答案抄到肚子上，我们为他祝福。

正在这个时候，疤子二佬却要回去了。他没有学历，也没有专业，除了脑壳上有个疤子，其他没有任何特长。虽然今年好多人只能考茶艺师，可他考茶艺师都没有资格。没有单位，他就是个社会闲杂人员。他的画越来越不好卖，游客越来越聪明，300块钱的画，游客问100块钱卖不卖。其实，他舍不得离开这个城市，这个城市每天都在变化。他知道这个城市会越来越好，他好想在这里找到属于自己的那个窗户，哪怕这个窗户很小。他渴望在这个城市里有自己的房子和户口，他努力了好久，但是没有卵用。他知道，在这里只有努力是远远不够的。他是个寡鸡蛋，孵不出鸡崽崽。尽管，他的身边人山人海，但是，他却扔不掉自己身上的孤独和无助。他每天看到大马路上来来回回的奔驰、宝马和奥迪，再看看自己骑着一辆二手摩托，在大太阳下面像一只野狗在跑，也不知道要跑到什么时候才是尽头，他就想骂自己的娘。他一直爱着这里，他爱着这里的繁华，可是，这里的繁华与他的关系不大。在他看来，好多时候，这里的市场不叫市场，那叫赌场。好合好散，是需要忍受好多痛苦的，但是，再痛苦，他都决定离开这里，从此不再回来。

他已经买好了回家的机票，从深圳飞长沙，这是他第一次坐飞机，想从天上看看地下像什么样子。然后，在飞机上屙一回天尿，转一点运气。他讲，在没有飞机之前，能够到天上屙尿的，只有神仙。现在有了飞机，老子也可以到天上屙尿了。回去以后，他准备也去挖矿，当矿老板。猪脑壳都发财了，从小他比猪脑壳聪明，他相信自己也能发财。二狗讲，如果你发财了，我也回去，跟你当枪兵。

新年伊始，又要和公司签订经营目标责任书。以前曾经听人说过，你要公司的钱，公司要你的命，但是，张总好像不是。财务倒是把账算得很清楚，就怕你拿到太多的年终奖，有点心狠手辣的样子。反复了好几天，最后明确了经营指标，包括门票收入和演出票的收入。公司开了大会，喜庆的音乐，大红的背景，张总热情洋溢地讲了话。所有的部门经理与公司签订了经营目标责任书、安全目标责任书和廉政责任书，脑壳上都有了紧箍咒。说实话，有些大班椅屁股坐上去舒服，但是，脑壳会痛。

张总收好了三个责任书，就要出差了，叫我跟他去西安。西安是老城，和雅典差不多，到处是遗址和废墟，瓦当上面都是图案，那上面的图案叫做青龙、白虎、朱雀、玄武，不叫东南西北。西安的机场在咸阳，咸阳是秦国的都城，飞机降落以后，我们从秦国的都城走进了长安。长安，是西安古时的名字。据说，走进西安城，一路上都可以踩到秦砖汉瓦。总以为始皇帝和李世民是一伙的，好好想一想，他们两个人其实相差了800年。

到西安，有好多朋友，朋友一多，做什么都方便。进了西安城，就去老孙家，从老孙家开始了解西安。朋友们说了，吃饱了肉夹馍和羊肉泡馍，冉去看陕西历史博物馆。十三个朝代在这里建都，从西周到明清，几千年的跨度，到里面随便看一看，都得要一天，所以，我们先去了老孙家。老孙家的东西很多，朋友们要的东西也很多，就怕不够吃，人家很热情，个子大，声音也大，老远就可以听到他们的招呼。难怪陕西出秦腔，又叫乱弹，听起来气势磅礴；华山底下出老腔，应该叫老乱弹，那更是气壮山河。去老孙家，主要是去吃馍，馍是死面，吃一个馍，相当于在广东吃五个馒头，实在，像西安人。老孙家是一个百年老店，始创于1898年，那是光绪二十四年。不过，西安的朋友说了，在西安，100年的东西，算不得什么。在陕博里面，动不动都是唐朝以前的东西，那都是祖宗们留下来的珍宝。

西安的故事很多，中国人了解西安恐怕都是从西安的故事开始的，我也是如此。但是到了西安，这里的朋友和我们讲的不再是西安以前的故事，讲的都是西安现在的笑话。人家说了，你一个外地人，你来西安不吃面不吃羊肉泡，不吃凉皮不吃肉夹馍，不喝胡辣汤不看美女，不去夜总会不去酒吧，只去看兵马俑和大雁塔，还一口普通话，你来西安干撒？

在西安，原来一直想不明白，百思不得其解，唐代的人为什么会以肥为美。看看唐代的仕女图或者仕女像，虽然很富贵，但胖了也不是太好看。半天下来，突然发现，身边的朋友一个比一个胖。后来想明白了，这地方出胖子，看习惯了，胖子也会产生美感。也是，看了一天以后，这几个胖子朋友越看越好看。胖得那么匀称，而且胖得那么大气。

西安出面条，出全中国最麻烦的一种面条。这面叫"biang biang"面，在电脑上汉字打不出来，那个字的笔划比一碗面条还多。到底是古都，总要搞几个电脑认不到的字。不过，西安的朋友们说了，走进陕西历史博物馆，认不到的字多了去了。到了那里，果然如此。盉、銎、簋、甗、辖、曺、鬲、罍，到处都是认不到的字。再说了，走进陕博，人家又分单元，什么"东方帝国""大汉雄风""盛唐气象""告别帝都"，看一下标题，就知道这里的历史有多么厚重。兵马俑展现了先秦的大风，雁鱼铜灯照亮了西汉的长夜，彩绘陶俑留下了北魏的文化，唐代的壁画记录了盛唐的风情。镶金兽首玛瑙杯、鎏金银竹节熏炉、《马球图》、《宫女图》、《客使图》和《狩猎出行图》，让我们在这里流连忘返。

几天时间，在朋友们的陪同下，我们还先后去了兵马俑、华山、华清池、法门寺、大雁塔、碑林和西安城墙。秦始皇、汉武帝、唐太宗、武则天、唐明皇、杨贵妃，阿房宫、未央宫、长乐宫、大明宫，在中国的历史上，这些名字如雷贯耳。唐僧从这里走到印度，丝绸从这里运到罗马，欧洲的使者带来了地中海的珊瑚，阿拉伯的驼队运来了波斯的乐器。东方和西方的文化在长安相融，然后，中国从这里走向了盛唐。这就是西安，人家还有钟楼和鼓楼，虽然没有了晨钟暮鼓，但是只要站在这里，就知道这里曾经大气磅礴。

在西安，还有一个故事让人难忘，这就是唐明皇和杨贵妃的故事。去了一趟华清池，看了梨园，也看了"西安事变"抓老蒋的地方。据讲解员介绍，除了后面的骊山和她本人，这里的东西都是假的。但是，这个故事却是真的，白居易的《长恨歌》，白朴的《梧桐雨》，洪昇的《长生殿》，还有我的老兄翁思再先生刚刚写出来的京剧《大唐贵妃》，里面有《梨花颂》，其中唱道：梨花开，春带雨，梨花落，春入泥……从唐朝到元朝，从清代到当代，我知道了，什么叫做千古传诵。

从西安回到深圳，台湾的团队游客突然大幅上涨，让我喜出望外。从平日每天的一两个团的游客，突然增加到了十个二十个团的游客，这一变化出乎了我们所有人的预料。一打听，才知道，台湾刚刚大选结束，那边答谢旅游，所以，台湾团队蜂拥而至。这让我想到了1948年，在湘西的那些小县城里，国民党选国大代表，也是如此答谢选民。这边给投票的人两个包子，那边就给投票的人一碗阳春面，选民不管这些事，谁给的多就投谁的票，真是有传统。

好事总是容易成双，正在高兴的时候，国家旅游局又来了好消息，国家增加了五一黄金周，喜从天降。很多人都说我运气好，当初和我签订经营目标责任书的时候，怎么就没有想到这些好事情。肯定有人难过，恨不得和我重签一份责任书。但张总很好,我高兴,他也很高兴,人家是明白人。

二狗来了,他来告诉我,五一黄金周,他要去新马泰旅游。来的时候,人家上面穿着一件鳄鱼牌T恤,下面穿着牛仔裤,脚上穿了一双耐克波鞋。突然牛逼起来了,半天想不起来他的名字,这个样子很难和二狗这个名字连起来。我告诉他,去新马泰,可以看人妖,可以去云顶。他问我,云顶是什么地方,我说是赌场。二狗说了,你以为我是光去看人妖和赌场的,我告诉你,我要去考察新马泰的风情和文化,我要去新马泰照相,然后把照片寄送我爹,老子要吓他一回。他从县城拿个铜脸盆转来有什么卵了不起,讲了一辈子,老子出国,而且是到泰国、新加坡和马来西亚,他连名字都不晓得。他只晓得马王溪、太平和新寨那几个乡里的寨子,那就是他的新马泰。

二狗的手机响了,老板找他,人家现在是老板的心腹,他又匆匆忙忙地走了。

过了五一黄金周,我的经营指标已经完成了全年指标的60%,部门搞了庆功宴,狂欢了一天。晚上去歌厅唱歌,什么《懂你》《笑脸》《好汉歌》《后来》和《冬季到台北来看雨》,被大家唱了无数遍。

二狗从新马泰回来了,他们招调工的考试成绩也出来了,三个人全部合格,从此这个城市多了两个茶艺师和一个果树栽培技术员。果树栽培技术员因为小时候栽过果树,所以报了这个专业考试。考试的时候，什么都不懂，人家就把各种化肥胡乱配了一次，把考试的老师搞笑了以后，然后，老师就让他过了。其实，这种考试和搞笑差不多。虽然没有茶馆让二狗他们去泡茶，但是他们自己已经开始喝茶了，所有的人都皆大欢喜。

同时，素者的女儿也出生了，湘西人在这里又多了一个下一代。看见素者的时候，他本来就不大的眼睛，因为高兴得喜笑颜开，眼睛已经看不到了。湘西的好多男人，都喜欢有个女儿，从不会重男轻女，素者就是这种男人。湘西话把外公喊成嘎公，当嘎公因为有女儿，命好。女儿顾家，素者讲了，你要是养个儿，像二狗那个卵样子，跑到哪里去了你都不晓得。二狗不服气，你倒讲卵话，老子这个月才给我参寄了1000块钱，他喜欢得像卵形，这个月又养了两头猪，准备过年的时候做腊肉。

素者的生意越做越好，他不仅开了服装店，而且开始连锁，并且又有了服装厂，老婆是董事长兼总设计师，他是总经理兼服装模特。素者在深圳买了房子，现在又有了女儿，将来还可以当嘎公，从早到晚，他都是一屁股的劲。湘西的几个老乡好好地聚了一回，吃了一回潮州菜。但是，现在好多湘西人在深圳不喜欢吃饭了，尤其是女孩。以前的人怕没有饭吃，现在的人怕吃饭。人家女孩讲了，吃多了人会胖，人一胖，人家讲我们长得像坛子，丑。二狗讲，老子不怕，他把一份烧鹅吃完了。

吃完饭，又想到湘西了。在湘西吃的东西很多，大多以酸辣为主。辣子有很多种吃法和做法，酸菜也有很多种吃法和做法，这一定与湘西以前缺盐有关。酸萝卜、酸白菜、酸藠头、酸大头菜、糯米酸辣子、玉米酸辣子、酸鱼、酸肉、酸汤，要么酸，要么辣，即使是酸萝卜，还分片状、条状和颗粒状，又酸又辣的菜吃多了会上瘾。

湘西还有很多小吃。比如米豆腐，很多人都知道芙蓉镇米豆腐，因为当年谢晋先生在湘西拍过电影《芙蓉镇》，由刘晓庆和姜文主演，因此，芙蓉镇开始有了名气。走进芙蓉镇，满街都卖"正宗刘晓庆米豆腐"，哪家正宗没人知道，反正刘晓庆成了这里的大 IP。湘西米豆腐用大米做成，也有用玉米做的。煮熟凉拌都可以，放点臊子、酱油、姜葱、胡椒和油辣子，吃进去，可以从脑壳舒服到脚后跟。这里还有油粑粑、糖徹、糍粑和牛肉米粉，另外，还可以见到其他地方都有的馄饨、面条、油条等等，这是全中国的通用小吃。湘西有一种饭，叫"社饭"，那是当地最好吃的一种饭，在其他地方极少见到。这是早春"过社"吃的饭，一年就吃那么一两回，用腊肉、大米、糯米一起煮成。再加上一种野菜，叫"社菜"，加上一种野葱，叫"胡葱"。这个饭还没吃，只要煮，就会香了一条街。

在湘西的一个小县城里，有人开了个店，叫"美国麦当劳"。没有英文,没有麦当劳叔叔,只有一个用汉字写成的大招牌。里面不卖汉堡包和巨无霸,人家只卖面包夹肉,夹卤肉和卤猪耳朵,还配酸菜和辣子。管你是什么麦当劳,只要好吃就行。我们那里的人讲了,真正的麦当劳,还没有这个麦当劳好吃。

还有一个露天摆馄饨摊的中年女人,已经卖到了下午五点,在那个小县城里,这是快要收摊的时候。这时候,她忽然听到有人喊:"下五碗饺儿"。饺儿即馄饨,她喜出望外,快收摊了还来了个大生意,连忙就煮。等到煮好的时候,吃馄饨的人不见了。五碗馄饨是吃也吃不下,端也端不走,被这些狗杂种骗了,气得她破口大骂:"哪个牛卵日的喊我下的饺儿!"骂了人家祖宗八代,人家也听不到,五碗馄饨就摆在那里了。二狗讲,那是疤子二佬屋的亲戚,一看就是个猪脑壳。

我有一兄长,喜欢养斗鸡。为了让他的斗鸡英勇善战,每天都给斗鸡炒蛋炒饭,让他的斗鸡吃了以后力气大。用他婆娘的话讲,他儿子从来没吃过他炒的蛋炒饭,他晓得他的斗鸡是吃什么长大的,他根本不晓得他儿子是吃什么长大的。

湘西菜原来是没有 IP 的,以前的湘西人也不晓得什么是 IP。说不定你讲 IP 的时候,被旁边女人家听到了,人家会骂你好痞。自从 IP 成了一种时尚,大家玩 IP 上了瘾,不晓得是哪个策划大师，玩出来一个土匪 IP，大家就一起开始卖土匪 IP 了。在湘西的历史上，土匪横行过 600 年，横跨明清两朝到民国，以前只见过怕土匪的，没见过卖土匪的。赚钱不怕丑，大家开始卖土匪 IP，什么土匪腊肉、土匪猪肝、土匪牛肉、土匪干锅，跟着土匪一起出来了。这些土匪吃的东西，二狗和他们乡长李雄野喜欢吃，好多干部也喜欢吃，人家不仅喜欢吃腊肉，而且喜欢吃肥腊肉。这些土匪菜，又红又油又辣，放的都是土匪辣子，土匪辣子，尖而细长，辣得有劲，一口腊肉一口酒，好多人都喜欢吃。吃进去，先辣嘴巴，后辣屁股。二狗讲了，是哪个狗日的想出来这个主意，聪明。

说实话，湘西吃的东西有的人喜欢，有的人不喜欢。但是，和湘西人吃饭却是一件很好玩的事情，几杯酒一下去，好多人就会讲普通话，就会抱到人家喊兄弟。吃饭的时候，碰到外地来的人，尤其是碰到北京和广州来的人，或者是香港和台湾来的朋友，搞不到两杯包谷烧，湘西人一定会讲到湘西的"万物有灵"，讲到湘西的"放蛊""赶尸"和"阴差"，讲到神堂湾里面有簸箕大的癞蛤蟆。虽然人家没见过，包括他祖宗和他老太都没见过，但是，人家一定要讲，而且要用湘西普通话讲，用北京的卷舌音讲。草鬼婆，应该是黑巫术。从小，人人就会告诉我们，草鬼婆，专事放蛊，叮以把毒蛇、蜈蚣和癞蛤蟆一类的东西放到人的身上去。一旦被放蛊，人就会死，而且无药可救。《乾州厅志》记：苗妇能巫蛊杀人，名曰放草鬼。遇有仇怨嫌隙者放之，放于外则蛊蛇食五体，放于内则食五脏。被放之人，或痛楚难堪，或形神萧索，或风鸣于皮肤，或气胀于胸膛，皆致人于死之术也。因此，我们从小就怕，好怕碰到草鬼婆。如若碰到草鬼婆，马上就要把手放在口袋里头，把大拇指放在食指和中指之间，不能让草鬼婆看到。然后，嘴巴要悄悄地念咒语："草鬼婆，草鬼婆，你有草鬼我有药。"后来，我下了乡，一个人跑到牛屁股后面去打发日子。我的住户对我讲，我们那个寨子里头就有一个草鬼婆。虽然寨子不大，只有几十户人，但自古就有"无蛊不成寨"的说法，于是这个寨子也就有了草鬼婆。这个草鬼婆住在水井旁边，搞得我挑水都怕。有人讲了："草鬼婆放蛊，三年必须放一个，放了，被放的人就会死，不放，她就会死。"不过，谁也没看到她放过蛊。那个草鬼婆有男人，好佩服她男人，敢和草鬼婆上床。而且，那个草鬼婆还为她男人生了四个儿女。《永绥厅志·卷六》有记载：蛊婆目如朱砂，肚腹臂背均有红绿青黄条纹。家中没有任何蛛网蚁穴，能在山里作法，或放竹篙在云为龙舞，或放斗篷在天作鸟飞。按此记载，那草鬼婆的男人亦非等闲之辈，不然，哪敢和草鬼婆来往。沈从文先生也有描述：湘西女性在三种阶段的年龄中，产生蛊婆、女巫和落洞女子，穷而年老的，易成为蛊婆；三十岁左右的，易成为巫；十六岁到二十二三岁，美丽单纯性情内向而婚姻不遂的，易落洞致死。三种女性的歇斯底里，就形成了湘西的神秘之一部分。这神秘背后隐藏了动人的悲剧，同时，也隐藏了动人的诗。先生有了提醒，草鬼自然不能当真，那是湘西的一段历史以及某些女性曾经有过的悲惨遭遇。不过，我相信，虽然是扯卵谈，但草鬼婆的卵谈一定还会扯下去。

相传，湘西还有"阴差"。所谓阴差，就是到阎王那里当差，专门在阳间替阴曹地府勾魂的人。我在老家的一个寨子里，曾经见过一个老头。寨子里的人都说他是阴差，而且，说得活灵活现。据说是1949年，他大睡了四天，不吃不喝，谁也叫不醒。四天以后醒了，说是去了一趟广州，勾了国民党南京政府一个高官的魂。那时候，没有电视，听不到广播，谁也无法证明此事的真假。一个月以后，有人说是看到了一份报纸，在这个老头睡的那几天里，南京政府的戴季陶在广州死了。你相信吗？只有天晓得。后来，这个阴差也死了，不晓得是其他哪个阴差跑来勾的魂，反正这个阴差从阳间也到阴间去了。

至于所谓的"赶尸"，香港的电影电视经常有，大家都看过，一群僵尸在电影里乱跳，那些画面肯定是扯蛋的，当不得真。据说，赶尸在湘西确有其事。每逢战事，湘西有青壮男子在外战死，就有人请巫师前去赶尸。古时的湘西，山高水险，为了能够让在外面死去的亲人回到家乡，神秘职业赶尸匠便应运而生。赶尸，相传是昼伏夜行，白天，僵尸在赶尸驿站靠在房门后面的墙上休息，到了晚上，就在巫师的引导下赶路。如何赶尸，说法不一，一说是死去的将士，有巫师作法，以云锣和摄魂铃开道，可以排队随巫师一起步行回家。一说是赶尸的队伍，头尾是活人，中间是死去的将士，然后，用木棍将活人和死人的手脚分别连在一起，让活人带着死人一起走路。还有一种说法就是由专门的背尸匠背运尸体，把死在异乡的人背回家来，如此种种。赶尸之前，尸体要经过防腐处理，才能在山路上完成较长时间的搬运。同时，赶尸还要经过巫师的神秘包装盖尸布，因此，也就有了更多的传奇色彩。在赶尸过程中，巫师会不断地提醒死去的人们，口中念动咒语："我们回去了，我们回去了，你娘在等你，你婆娘也在等你，注意看路啊，前面有沟，旁边有坎，手拉到手，脚挨到脚，千万莫达了啦！"达，湘西话是摔的意思。活人与死人的交流，让人感动。我曾经写过一首《回乡曲》，其中有几句："长长回乡路，长长思乡曲，活着回家多少回，死了也要回家去，回家去，回家去，死了也要回湘西。"大概就是这一过程的写照。沈从文先生在他早期的一篇文章中曾经写道："经过辰州（今沅陵），那地方出辰砂，且有人会赶尸。若眼福好，必有机会看到一群死尸在公路上行走，汽车近身时，还知道避让在路旁，完全同活人一样。"辰砂是朱砂的一种，可以防腐。总之，在湘西吃饭，边听边吃，听饱了也就吃饱了，相不相信随你，人家反正是在扯卵谈。喝酒以后，不扯卵谈还能扯什么。

我们湘西人讲，喝了酒以后，好多人就变成了酒癫子，就喜欢讲酒话讲鬼话，喜欢充骚。总之，喝了酒以后就要不断地讲，还要抱到你的脑壳讲，对到你的耳朵讲，就怕你听不到。愿不愿意听是你的事，人家讲的就是那几句酒话，说不定一高兴，把婆娘都送你了。人家婆娘到哪里，人家不晓得。当然，讲完了也就忘记了。第二天再见面，好像人家昨天都没见过你，昨天的事情已经忘得一干二净。有人讲了，遥不可及的不是明天，而是昨天。

和湘西人在一起，就这么简单，人家天真烂漫的，不喜欢掩饰，只图个快活。我的一个老兄，过年了，喜气洋溢，三家人一起吃年夜饭。酒喝多了，刚说了一句："我要拉尿。"话音未落，男女老少都没反应过来，老兄就在饭桌子前头拉好了。

我们的一个乡长给上级领导汇报工作，他讲，今年我们乡的重工业、轻工业和文化事业都有了显著变化。领导很惊讶地问，你们乡有重工业？他说有啊，打铁。那轻工业呢？理发。文化事业呢？办了个卡拉OK。人家学会了扯卵谈，扯起来都不怕扯出麻烦了。

我屋住的那条街，有一个当地名人，叫三麻子。小时候出天花，留下一脸麻子，在家排行老三，因此得名。他不喜欢人家帮他喊成三麻子,于是,他把麻子一分为二,自称广林子,为此又多了一点仙气。三麻子从小习武,冬天常在雪地里练气功,可以上刀山下火海,赤手到滚烫的油锅里去捞铜钱。他曾经当过神兵,和川军打过仗,自称刀枪不入。谁知一战下来,中弹负伤,又成了跛子。每回碰到人家笑他的时候,他都会自言自语地说:"狗日的川军子弹蘸了狗血,我们的法术才失灵的。"都是些大角色,一辈子没认过输。

二痞子的老表,笔名西水号子,从小喜好文学。这个老表,讲话有点结巴,我们那里讲是有点卷,讲湘西话都卷,要是讲湘西普通话那就更卷。因为卷,所以不太喜欢讲话,什么话都喜欢用笔写出来。天长日久,竟然经常在报纸上发点豆腐块块了。然后又开始发表一些散文和短篇小说,终于成了作协会员,成了他们那个地方的名人。为了让更多的人晓得他现在已经是作家,于是,他做了一块"作家协会会员"的牌子,蓝底白字,和"光荣军属"的牌子差不多大小。他把这个牌子挂到他屋大门外边的显眼处,只要从他屋门口过路,就可以看到那块牌子,就晓得人家现在已经是作家协会会员。如果外出开会或采访,门口也会有告示,让街坊或者是登门的客人都晓得,作协会员每天都很忙。名人,不是想看就可以看到的。他逢人就讲,他认得到莫言和韩少功,后来,那街上有人讲,他们也认得到这两个人,而且,人家还认得到易中天,只是那些大作家认不到他们。

又是一个小镇，小镇上的人都有小名，如"狗巴""大面糊""小面糊""老哈""新鲜货""腊货""麻狗"等等，乱叫而成，说是好养。不要小看了这些名字，湘西的第一个博士就出在他们当中。从考入中国科技大学开始，到北京航空航天大学，再到美国麻省理工学院，小镇是他们的摇篮。也难怪，这个小镇的名字叫里耶。据老彭考证，里，在土家语里为老虎；耶，在土家语里为神，连起来就是老虎神，或者是神老虎，总之是十分了不起的地方。所以，以后在这里发现了三万多枚秦简，发现了中国最早的乘法口诀，让秦朝变得更加透亮和清晰。

我的三个同事下象棋，他们都是色盲。激战正酣之际，红方自己把自己的车吃了，绿方一看不对，一定要把红车抢回来，看棋的同事说了一句公道话："不能悔棋。"

我隔壁二哥，切菜伤了手指，好友三毛慌忙提醒，快用自己的尿来消毒，不会感染。二哥用尿冲洗了伤口，顿时感觉轻松了不少。然后，他对着自己那东西很感慨地讲了一句："老二，你跟了我三十年，今天我才晓得你也是个医生。"

在湘西，还有人打三棒鼓。打三棒鼓是手脚并用，脚踩手敲，一边打一边唱还要一边舞刀，而且是一下要舞三把刀。有时候，又是舞的三根鼓棒，上面串着铜钱，只要一舞起来，就有了金属碰撞的声音，老远都可以听得见。湘西的三棒鼓,打不好的是三个人打,打得好的是一个人打。我们这个人厉害,长得像猴子,手脚灵活得很,从来都是一个人打,街上的人都讲他是猴精猴怪。每到黄昏,家家户户都吃完了饭,正是要到处看闹热的时候,人家到街上就架起了三棒鼓,看到围了一大圈人,然后就又打又唱了起来:"变千变万莫变牛,给姐变个花枕头。白日跟姐守床铺,夜里跟姐睡一头。"唱的人有劲得很,但听的人就讲了:"又到扯卵谈。"

我们街上有个老太太,街上的人都喊她二婆。年轻的时候人家长得好看,找的男人也好看,在那个小城里让好多人都羡慕。后来二婆老了,痴呆了,男人也死了,她一个人在那个城里孤孤单单地过着日子。突然,有一天,二婆找不到了,好多街坊邻居都帮忙去找。几天以后,人们终于找到了二婆。她坐在他男人的坟前,跟着他男人一起去了。二婆痴呆以后,她连她儿子都认不出来,但她找到了她男人的坟。

从古到今,湘西男人都是这样,他们嫉恶如仇,爱憎分明。他们不怕喝酒,不怕打架,不怕死,只要人家不骂娘,什么事情都敢去做。讲到湘西人不怕死的事情那就太多了。1795年的苗族乾嘉大起义,湘西人和朝廷打了起来,震动了乾隆皇帝和嘉庆。苗族起义英雄石三保在花垣县雅友黄瓜寨被清军包围,史上有记载。张孝铭《战争与非遗》写黄瓜寨会战:四月初二晚,福康安与和琳率领清军主力,兵分三路大举进攻苗族起义首领之一石三保家乡黄瓜寨。天尚未明,随着清军进攻的开始,数十里苗山内枪炮声、呐喊声、风雨声搅成一片。本地义军加上各周边苗盟的援军约有四五万人,正面决战的至少都有二三万人。在石三保和石柳邓率领之下,与清军展开了空前激烈的战斗。四月初六,清军多路合围,一路绕由剑坡上山从西北面攻上黄瓜寨。至九日晚,清军动用了劈山炮、猪儿炮以及各种枪箭,轮番轰击进攻义军据守阵地。十日午后,展开了最后的决战,黄瓜寨失守,石三保带领一干人马从黄瓜寨后山滚石撤走。清军分头搜捕,黄瓜寨一带房屋遭放火焚烧,剿杀苗民无数,并将所有被俘的义军和龙老登等6位头领全部杀害。

以后,永顺县又有彭春荣彭叫驴子拉队伍上山,有人说他是土匪,也有人说他是农民起义。1944年蒋介石悬赏十万大洋要其人头,最后被国民党14个团围剿,直至悬赏大洋55万元之多,他至死没有投降。

湘西的故事是写不完的,如果说湘西是一部小说,那这部小说就会格外生动;如果说湘西是一部传奇,那这部传奇就会格外精彩。一个外国姑娘到了我们的一个县城里,看见有人在地摊上卖茶苞。茶苞,一种长在油茶树上的乳白色果实,可当水果食用。人家姑娘认不到,就问这是什么水果。街上有厌恶卵跟她讲了,这是卵苞,她就买了回去。走到住的地方,人家问她买了什么,她拿起茶苞说:"卵苞,卵范。"

湘西是一个让人流连忘返的地方，也是一个好玩的地方。让这么一群好玩的湘西人走进深圳，深圳自然就有了好多湘西的味道，包括文化、习俗和品格。

又要去欧洲了，在我们确认了行程以后，深圳已经是夏花盛开，又到了簕杜鹃怒放的时节。

我们从香港飞法兰克福，从法兰克福开始，我们一路去了海德堡和新天鹅堡。这两个城堡是德国著名的城堡，新天鹅堡还是迪士尼乐园里公主城堡的原型，那是魔幻王国里面的童话城堡。但是这些外表美丽的城堡，其实里面到处都发生过刀光剑影和悲欢离合的故事。例如海德堡，既是一个美丽的古城堡，也是一个饱经沧桑的古城堡。海德堡城堡始建于13世纪，坐落于国王宝座山顶上，距今也有了800年的历史。在海德堡的历史上，这个城堡曾两次被法国军队包围和炸毁，现在，海德堡被炸毁的一只角还塌陷在崖壁上，给这个城市留下了残缺之美。古堡的下面，则是海德堡城市。歌德说：因为这里很美，"他把心遗失在了海德堡。"马克·吐温则说，海德堡是他到过的最美的地方。而海德堡城堡，则如同暴风雨中的李尔王站在那里，高贵、无助和悲怆。海德堡城市中间有清澈见底的内卡河，河上有古桥，桥头有桥头堡，桥上有希腊女神雅典娜的雕像，让古桥更加灵动和飘逸。两岸的建筑依山傍水，拾级而上，城堡、教堂、民居，哥特式建筑和巴洛克建筑相依相伴，错落有致。在绿树掩映之间，五颜六色的建筑，河流与老街交替成为风景，海德堡的景色，美得无可挑剔。

当天住在海德堡，早上起床后去吃早餐。走进餐厅，有不少当地的德国人在用餐，每个人都在大声地说话，到处都是噪音。第一次在海德堡看见了欧洲的嘈杂，没有了伦敦和巴黎的绅士风度，大大出乎了我们的预料。一直听说，欧洲人在公共场所从来不会发出太大的声音，看来是某些同胞经常地在忽悠我们。我相信，在欧洲有安静的地方，也有嘈杂的地方，和中国一样。

经过弗莱堡，我们到了欧洲乐园。欧洲乐园位于德国的鲁斯特，1975年开业。这个公园以欧洲18个国家的文化作为自己公园的主题定位，其中有德国、意大利、法国、瑞士、希腊、英格兰、俄罗斯、奥地利、西班牙、葡萄牙、冰岛等国的文化主题分区，形成了不同的文化反差，呈现出欧洲各国不同的文化色彩，是全球最受欢迎的十大主题公园之一。公园里的景点或原大或微缩，既有中世纪的欧洲城堡，也有五彩缤纷的童话建筑，从空间过渡到色彩过渡以及游客动线，都规划得十分合理。里面有原生态的欧洲原始作坊的展示与表演，还有许多非常现代的娱乐设备和设施。乐园里有12部过山车，主要都是德国马克公司的产品，还有奔驰的赞助，包括欧洲最大最高和最快的银星过山车，还有过山船、动漫影院、室内过山车、丛林漂流，以及还有很多充满趣味性的摊位游戏，让很多年轻的游客忙得不亦乐乎，到处可以听到女孩们的尖叫。当然还有不少的乐队或其他的现场表演，包括滑稽的、幽默的、惊险刺激的表演，或者妙趣横生，或者让游客捧腹大笑。里面还有环园的小火车，不大，但很长，造型如同欧洲王室的专用火车，豪华和精美。小火车供游客免费乘坐，其中的站名叫做德国站、俄罗斯站、西班牙站、英格兰站等等。看到站名，游客就可以知道自己到了这些国家的主题区。站台上有小丑表演，与游客互动，这是一个用心的安排，让游客没有了等车的枯燥。我们在乐园里看了一整天，然后，离开了德国，把车开进了瑞士。

我们在苏黎世、洛桑和日内瓦转了一圈，在那一片安静优美的山水湖泊之间，找到了国际奥委会、国际足联、联合国若干机构和许多国际明星选择瑞士的理由，然后，从因特拉肯坐火车去少女峰。少女峰，是阿尔卑斯山的主峰之一，海拔有4000多米。去少女峰，途中还要换两次火车，很多地方非常陡峭，但风景很美。没有到过那里，难以想象那里的美丽。在那些陡峭的地方，铁轨上有巨大的铁钩，可以钩住火车车厢下面的链条，有点像自行车的链条结构原理，安全可靠，这就是有名的"齿轮火车"。齿轮火车爬完了少女峰最陡峭的那一段路程，我们又换了最后一次火车。这一段路没有那么陡峭，因此，火车没有了齿轮。景色仍然很美，很羡慕瑞士，国家不大，但是，占有了欧洲最好的风景。一路上可以看见野生的鹿群，在山野里奔走。路上有火车站，那是真正的小站，一个小站只有两栋木屋，不长的站台像走廊。木屋以红黄色为主，有黑森林为背景，格外醒目。火车到了终点站，车站在一处隧道里。下了车，必须在隧道里步行一段路，才能到达山顶。隧道外面是绝壁，人无法走上去。

这一段隧道只有7公里，从1898年开始，一共用了14年的时间，到1912年才最后完成施工。这里的火车站是欧洲海拔最高的火车站，难以想象，100多年前，工人们是如何艰难地打通了这条隧道，然后让我们今天能够十分轻松地走到了这里。隧道里到处可见钢钎打凿的痕迹，可以想象当初的艰辛。里面有当初的照片和文字介绍，照片里的那些形象让后人敬仰。步行到头，在悬崖绝壁之上，有人工开凿的窗口可以走出去，一出去，山顶有观景台，站在上面就可以看见阿尔卑斯山顶终年的积雪和冰川，以及德国和法国遥远的风景。那些大景色，是瑞士和欧洲的形象，让人迷醉。难怪奥黛丽·赫本和卓别林最后都留在了瑞士。

下了少女峰，就到了瑞士小镇格林德瓦尔德，人们把这里叫做"世界最美的神仙小镇。"我们在这里做了停留，感觉这里的居民应该就是神仙，否则，怎么可以住在这么完美的地方。

离开因特拉肯,我们去了琉森。瑞士琉森,据说是瑞士最美的城市。中世纪的教堂、塔楼,文艺复兴时期的宫厅、邸宅以及百年老店、长街古巷与湖光山色相互映衬,令人痴迷。琉森又名卢塞恩,1178年建城,随处都是一个世纪、两个世纪甚至三个世纪以前的古建筑。很多著名作家和音乐家都在这里居住和写作,其中德国作曲家瓦格纳在这里创作了名曲《西格弗里德》,马克·吐温写下了《浪迹海外》,列夫·托尔斯泰写了《琉森游记》,朱自清写了《欧洲印象》,奥黛丽·赫本的故居在这里,索菲娅·罗兰的别墅也在这里。在卢塞恩近郊的布尔根施托克的小教堂里,奥黛丽·赫本在里面举行了婚礼,从此,卢塞恩成为了"蜜月之城"。

走到卢塞恩,就能强烈地感受到瑞士的美。卢塞恩的湖水倒映着这个城市的建筑,卡佩尔桥、八角水塔、耶稣会教堂、旧市政厅、古奇古堡酒店、霍夫教堂以及白天鹅和数不清的海鸥构成了一幅秀丽的画卷。不过,琉森让我最难忘的不是这片山水,而是狮子纪念碑。这个纪念碑是世界上最著名的雕塑之一,在琉森不大的一个公园里。去公园要穿过一条古街,街不长,两边都是手表店,橱窗里满目琳琅。走进公园,不远处,可以看见,在一块天然石壁上,雕刻着一头长10米、高3米多的雄狮,痛苦地倒在地上,折断的长矛插在肩头,旁边有一个带有瑞士国徽的盾牌,这就是那个著名的雕塑。这个雕塑是为了纪念1792年,为保卫法国路易十六家族，全部战死的786名瑞士雇佣兵，雕像旁有文字在讲述这个凄美的故事。那个时候，瑞士是个穷国，很多男子迫于生计，到欧洲各国去当雇佣兵。他们告别了亲人去面对死亡，用生命去养家糊口，雇佣军制度，让多少家庭妻离子散，家破人亡。生离死别的时刻，眼泪流出来都可能是红色的。美国作家马克·吐温曾经说过，濒死的琉森狮子是世界上最悲壮和最感人的雕像。美丽的国度曾经也有过悲惨的岁月，大自然的美丽掩盖不了人类历史的血腥。

这个雕像让我记住了琉森，同时也在我的心里刻就了更深的印象，在这个世界上，有些人真的很残忍。

离开瑞士，穿过奥地利，我们进入匈牙利。傍晚时分，我们到了巴拉顿湖，住在湖边的一个度假酒店里。这是匈牙利最大的湖，匈牙利人把这里叫做"匈牙利海"。不知道是什么原因，很多地方的人都喜欢把湖叫成海。

酒店临湖，风景很美，早上起来散步，突然看见湖边有几树救兵粮。树上的果实已经红了，格外显眼。湘西也有救兵粮，只是这里的果实比湘西的更大，也难怪，这里的人都比湘西的人大，其他的东西大一点也是正常的。在湘西，夏秋之际，山上的救兵粮就会红了。最早吃到嘴里，有些酸涩，深秋以后，有了霜打，格外清甜。关于救兵或救命，我们那里有不少故事和神话传说。饥荒年间，饿了可以充饥，自然可以救命，因此，又被人叫做救命粮。救兵粮是一种多年生刺状灌木，高约2至3米，夏有繁花，秋有红果。童年时，我们三两结伴，常去采摘，当作零食，救兵粮就留在了我们的记忆里。在匈牙利看到救兵粮，也就格外亲切。这里的救兵粮，现在既不救兵，也不救命，和湘西一样，成了风景。

离开酒店，我们去了湖边的弗莱德小镇。小镇游客不多，十分安静。这里商店不少，多为小木屋。一眼看去，这些木屋色彩艳丽，或高或低，造型各异，门前牌匾旗幡，活泼可爱，沿湖一字排开，形成街市。我们走进了一处店铺，里面只有一男一女两个店员，看样子是一对夫妻。这个店是一个旅游纪念品商店，目光所及处，到处都是让我们爱不释手的商品。一个可以旋转的柱状货架就在跟前，上面贴满了冰箱贴。五花八门的冰箱贴让人喜欢，我们走过去就开始挑选。正在挑选的时候，一根陶瓷勺子形状的冰箱贴也许是贴得不稳，突然掉在地上，摔成了两截。我们选好冰箱贴以后，连同这根摔坏的陶瓷勺子一起付钱。店主说什么都不收这个冰箱贴的钱，只说是他没有贴牢固，是他的过失。几番推辞，只好作罢。临走时，店主用包装纸把摔坏的冰箱贴包好，送给我们。回国以后，我用胶水把断掉的勺子已经粘好，然后贴在了冰箱上面，勺子上面有三个字，匈牙利。这是匈牙利人留给我的第一印象，我不知道这个店主的名字，他在我的心里已经成为匈牙利的形象。

走到小镇尽头，就到了湖边。湖边有码头，以及很长的木栈道。靠近码头处，有很多帆船和游船，在山水和霞彩之间，平添了一大片洁白的颜色。水面上，有不少天鹅、野鸭和我们不认识的水鸟，让巴拉顿湖变得更加灵动。我们走过去，水鸟就会迎过来，歪着头看着我们，十分地友好。

司机来了，我们告别了巴拉顿湖和湖面上的水鸟，两小时以后，到了布达佩斯。也许是苏联的关系，我从小就知道匈牙利和布达佩斯，今天终于到了这里。在我的记忆里，这是一个遥远的国度，原本是很难走到这里的。也难怪，20岁以前，我连长沙都没有到过，只听说过橘子洲头和爱晚亭。我的同事第一次到长沙，还闹着要去颐和园，被人家骂成"乡里宝"。

下了车，就看到了多瑙河，然后坐船，去看多瑙河两岸的风景。记住多瑙河，应该是小时候看过罗马尼亚电影《多瑙河之波》，以后就有了印象。在布达佩斯，多瑙河两岸的景色让人目不暇接，到处都是感人的音乐形象，彷佛可以听到《蓝色多瑙河》的旋律。

布达佩斯的名胜古迹，大多分布在多瑙河两岸。其中有布达城堡，城堡内有国家图书馆、国家画廊和布达佩斯博物馆。奥匈帝国的桑多尔宫现在是总统府，河边有马加什教堂和渔人堡，还有匈牙利国会大厦、匈牙利科学院、国家歌剧院和艺术宫等等，河面上还有著名的链子桥，那是布达佩斯的标志。下了船,我们去了英雄广场和渔人堡。英雄广场始建于1896年,已经有了100多年的历史,经历过一战和二战,这里有了更多的纪念意义。广场上有千年纪念碑,为了纪念匈牙利民族定居欧洲1000年。纪念碑是一座圆柱形石碑,顶端有天使。碑的基座部分是群雕,其中有骑着高头大马、手持兵器的7位部落首领,两组驾驭战车的勇士,高大雄伟,一往无前。纪念碑后面是柱廊,里面有匈牙利历代国王和民族英雄的雕像。这个国家同样有好多英雄的故事,虽然我们不了解这些故事,但是,只要我们站在纪念碑前面,默默地行着注目礼,就是对英雄们的纪念。

渔人堡是一处古城堡,原本与渔民有关,后来与历史有关,与美有关。其位于多瑙河边的城堡山上,站在上面,可以俯瞰布达佩斯如诗如画的风景。城堡邻近马加什教堂以及希尔顿旅馆,它们相互形成关系,塔楼、护墙、雕像、城堡,二战几乎被摧毁,在饱经沧桑以后,成为历史和文化的结晶。

2014年的秋天,我又到了布达佩斯,为了一个沉重的雕塑,专门走到了多瑙河边。在布达佩斯,多瑙河并不汹涌,很多时候还十分安静。要看的雕塑就在岸边,100多只摆放不太规则的鞋子放在那里,有男人的鞋,也有女人的鞋,但是没有穿鞋的人,不知道穿鞋的人去了哪里。有几只鞋子旁放着鲜花,不知道是谁放的,花已经开始枯萎。这就是在世界上都有影响的雕塑《铁鞋》，为了纪念被纳粹杀害的犹太人，2004年，匈牙利雕塑家鲍乌埃尔·久洛完成了这个雕塑。据说，1944年，法西斯分子杀害犹太人的时候，匈牙利物资匮乏，鞋子奇货可居，他们杀了人以后，还要把鞋拿去交易。因此，死去的犹太人是脱了鞋子以后才被杀害的，他们光着脚死去。死去的人一定还有父母和儿女，那是在多瑙河边的生离死别。站在多瑙河边，看着这个雕塑，很多坚强的男人也会掉泪。这是一个悲剧雕塑，撕心裂肺，那一刻，多瑙河不再美丽。

顺着多瑙河北去，我们到了斯洛伐克。斯洛伐克不大，但国家名称变化很大。斯洛伐克曾经是罗马帝国的要塞和奥匈帝国的属地，以及匈牙利王国的首都。曾经叫斯洛伐克，再后来又联合了捷克叫捷克斯洛伐克，现在又改回了斯洛伐克，但是，不管怎么改，布拉迪斯拉发都是这里最重要的城市，是斯洛伐克的首都。这个城市不大，只有40多万人口，位于多瑙河畔，与奥地利隔河相望，但名字不好记。城内有两处名胜，一是布拉迪斯拉发城堡，二是布拉迪斯拉发老城。布拉迪斯拉发城堡始建于公元9世纪，最初是古罗马城堡，曾经有11位匈牙利国王和8位皇后在这里加冕。城堡在冷兵器时代既是皇家的要塞，也是防御工事。居高临下，可以俯瞰整个城市和多瑙河，在蓝天白云的映衬之下，布拉迪斯拉发和多瑙河令人心旷神怡。

走下山，去老城，首先要走过赫维兹多斯拉夫广场，其实就是一条林荫道。城市不大，林荫道也就成了广场，领队不说，我还以为是一段街市。三五十米宽的林荫道，二三百米长，两边都是商店，怎么看都不像广场。走过这一段林荫道，最先可以看到的就是斯洛伐克国家歌剧院，这是一处新古典主义风格的建筑，最早建于1776年，后来又做了改造。走过这里，我们就进了老城。老城很老，古典、端庄和典雅，如同欧洲的很多城市，保留了几百年的美丽和风采。城内的街不宽，建筑鳞次栉比，一路都是商店和餐馆，游人不少，但不嘈杂，有序和温馨。再往前，就是大广场，这是布拉迪斯拉发最大的广场，约有一个运动场那么大。上面有不少雕塑和喷泉，还有市政厅，四周都是建筑，不高，大多为三到四层。希腊和日本的大使馆都在这里，大使馆没有花园，没有围墙，没有站岗的士兵。分别从一个小门洞走进去，不注意，还以为是临街的两个小商店或餐馆。老城里最让我喜欢的就是随处可见的雕塑，随性、轻松、快乐，到处充满喜感，好羡慕这个民族的幽默。法国大使馆门前有一个"掉队的士兵"，街头上有一个"好客的先生"，都是一些好玩的形象。老城里最重要的一处雕像就是铜雕《水道工古米》，这是一个工人形象，也是一个平民形象，远离了欧洲传统的英雄和帝王的创作题材，让人感到格外亲切。古米趴在下水道的井盖旁，注视着每一个过路的行人，甚至可以趴在地上偷窥人间的风景,有人说这是黄铜的幽默,也是斯洛伐克的顽皮。这个铜雕和布达佩斯的雕塑《铁鞋》一样,一个悲剧处理,一个喜剧呈现,在两个不同的国家,一起闻名于世。

到了克鲁姆洛夫,这是捷克的一个小镇。这个小镇位于捷克南部波西米亚地区,始建于13世纪,700多年以来,先后属于三个家族,如今只有14000人。站在小镇外面的高处,远远望去,就会惊叹这个小镇的美丽,据说,这是世界上最美丽的几个小镇之一。小镇中心是一座山,山不高,上面是一座城堡,叫古堡塔,是捷克的第二大城堡,仅次于布拉格城堡。几百年的时间,让整个城堡装满了三大家族的故事。山下,伏尔塔瓦河呈马蹄形绕着这座山远去,小镇里的所有建筑都依着这座山,傍着这条河而建,几百年来,不离不弃,色彩依旧,情感依旧,美丽依旧。走进小镇,钟表店、花店、面包店、玩具店和工艺品店等等,让石头铺就的小街小巷变得满目琳琅。再往前走,就到了伏尔塔瓦河边,那里又是一片风景,古老的木桥,垂柳,鹅卵石和流水,与13世纪到16世纪的古建筑里的那些餐馆和酒吧相映成趣。走上山顶,就到了古堡塔,这个古堡塔是文艺复兴时期的结晶,直到今天,里面仍然富丽堂皇。黄金马车、大熊标本和家族胜利的旗帜,无一不在叙述着过去的辉煌。我不知道当初是谁在这里做了设计,也不知道小镇里是不是有过什么规定。只要在这个小镇里随便走走,即使看见一个门牌,一盏路灯,我相信都有了几百年的历史,没有人会随意去做出改变。几百年过去了,小镇还是当初的路面,即使整修,那也是小心翼翼。没有人会随意去挖开下水道,这里糊上一块水泥,那里再糊上一块水泥。我们已经不知道是谁安装的门牌和路灯,但当地人一定知道如何去保护,在这个小镇里,门牌和路灯都是老人,这些老人在默默无声地告诉后来者,什么叫做历史。几百年过去了,每个家族都在非常认真地守护着这个小镇上的色彩、诗意和美。尽管小河里已经不是昨天的流水,但一定是昨天的传承,风吹过来的时候,仍然可以闻到昨天的气息。临到中午,我们去吃午饭,小镇有广场,旁边有一家唯一的中餐馆,叫"上海餐馆"。饭菜不好吃,与上海无关,只是我们在餐厅坐下吃饭的时候,服务员提醒我们注意,千万不要让椅子的靠背擦碰到身后的墙壁,墙上有壁画,已经有300多年,这让我们惊讶。吃过饭,我有了更深的体会,在欧洲的很多城市,轻易不要去吃中餐,国内最糟糕的一批所谓的厨师恐怕都在欧洲炒菜。

克鲁姆洛夫整个镇是世界自然和文化双重遗产,一个小镇,成为双遗产,这非常不容易,因为这需要很多代人的共同付出。一个人只要到过这里,就会记住克鲁姆洛夫。

一天以后,我们到了捷克首都布拉格。首先到了布拉格城堡,这个城堡,里面是捷克的总统府,外面有一个不大的广场。广场上有乐队在演奏，其中不仅有电吉他、萨克斯，还有贝司、电子琴和架子鼓，带着音响，声音可以传得很远。人家这样做，也许是为了挣钱，同时，让总统上班的时候可以听到他们动人的音乐。是不是噪音我不知道，反正没有警察把他们赶走。然后，我们去了黄金巷，这恐怕是世界上最著名的一条小巷。这条小巷位于布拉格城堡之中，离圣维特大教堂不远，这里曾经是王室的黄金工匠们住的地方，因此而得名。巷子不宽，长约二三百米，房子也不高，可颜色却格外艳丽。走进小巷，里面如诗如画，如同走进了迪士尼的童话王国。巷子里都是商店，主要是卖纪念品和手工艺品，16号房子是木制玩具，19号是花园小屋，20号是锡制的布拉格小士兵，21号是手绘衣服，12号曾经住过捷克作家玛兰纳。22号是一个蓝色小屋，像海的颜色，里面是一个书店。这个小屋曾经是卡夫卡的工作室，他在这里完成了《乡村医生》和《致科学院的报告》，而让这条小巷闻名于世。这间房子实在是太小了，看到这个房子就让我们想到了卡夫卡的名言："笼子在等待着一只小鸟，而我这只鸟却在等待一只鸟笼。"当年，卡夫卡用20克朗租下了这只鸟笼，今天，这只鸟已经展翅高飞在布拉格的上空。而在小巷的另一端，则是著名的卡夫卡咖啡馆。走进去就能看见墙上的卡夫卡画像，他的眼睛里装满了忧郁和孤独。只要我们愿意，卡夫卡就会与我们在咖啡馆里对话，即使已经等了太久的时间。"生命之所以有意义是因为它会停止。"卡夫卡的话让我们震颤。走出黄金巷，顺着山坡下来，很快就可以走到卡夫卡博物馆。这个博物馆分两部分，一部分介绍卡夫卡生活的现实世界，另一部分介绍卡夫卡小说里的世界。卡夫卡曾经很认真地说过："心脏是一座有两间卧室的房子，一间住着痛苦，另一间住着欢乐，人不能笑得太响，否则笑声会吵醒隔壁房间的痛苦。"也许这个博物馆就是卡夫卡的心脏。博物馆的大门外，有两个男人的青铜雕像，裸体站在一个小水池里，这个水池看起来大体是捷克的地图。铜像的臀部可以转动，两个男人面对面站着尿尿，这是捷克前卫艺术家大卫·切尔尼的作品。我不知道是什么意思，莫非是大卫·切尔尼与卡夫卡面对面的交流，在一个自由的空间里，现代主义的文学与艺术的汇聚。

看完博物馆，我们就到了伏尔塔瓦河边，迎面就是查理大桥，这座桥闻名于世。查理大桥建于1357年，上面有30座精美的圣像雕塑，是巴洛克艺术在欧洲留下的精品。我们走到桥上的时候，正是下午时分，桥上有不少游人，或情侣，或孩童，或画师，络绎不绝，桥下有游船来往，悄无声息地搅动了水面，阳光斜照过来，伏尔塔瓦河泛起了梦幻一般的波光。这个时候，查理大桥、伏尔塔瓦河和两岸的建筑组成了布拉格最迷人的样子，到处都有了爱的颜色。难怪有人说："没有到过查理大桥，就没有到过布拉格。"卡夫卡在他生命里留下的最后一句话就是："我的生命和灵感全部来自伟大的查理大桥。"一座与卡夫卡生命相关的桥，成为布拉格的灵魂和形象。

过了桥，就是老城广场。广场四周都是餐馆和商店，临街摆满了桌椅，头上是彩色的顶棚，遮风避雨，旁边是鲜花和栏杆，随处可坐，温馨舒适。里面有烤肉、咖啡、啤酒和冰淇淋，全是诱惑。我们坐了下来，要了烤肉和冰淇淋，比中餐好吃。只是结账的时候，人家只要欧元，不要克朗，哪怕是刚给你找的克朗，再送就不要了，让人难以理解。这使我想到了捷克的长篇小说《好兵帅克》，为什么在这个广场上碰不到那么好玩的人物。帅克，一个滑稽的形象，在讽刺和嘲弄的过程中，让我们获得了好多的快乐。

结了账，我们去看布拉格的天文钟，这是布拉格的著名旅游点，就在我们刚才坐过的餐馆对面。这座钟楼建于1410年，钟也好，桥也好，包括街道和建筑也好，到处都有了五六百年的历史，格外沉稳和厚重。这座钟非常精美，由天文表盘、耶稣和十二门徒、日历钟盘三部分组成，讲究极多。每天中午12点自鸣报时，12位耶稣门徒就会从钟里面走出来，6个向左转，6个向右转，我们走到这里的时候，人家早就转完了。这是一个让绝大多数人都看不懂的钟，我也看不懂。虽然人家都在看，我相信，能够看明白的不多。当然，不懂要学会装懂，装懂，有时候也是一种技能。在我们的周围，好多人就是因为装懂而成了专家。成了专家以后，还敢到处胡说八道，就有可能成为大咖。

布拉格是一个了不起的城市，这座城市成就了两个了不起的人物，一个是卡夫卡，一个是米兰·昆德拉。米兰·昆德拉的长篇小说《玩笑》《笑忘录》和《不能承受的生命之轻》在这个世界上影响了好多人。他在《笑忘录》里面留下了这样一个故事：华约的军队已经入侵了捷克，苏军的坦克已经开在了布拉格的大街上，母亲还在惦记着花园里的花，女儿责备母亲，你看都什么时候了，你还在关心花，母亲没有回答。好多年以后，女儿发现，好多东西都是暂时的，革命、热情、坦克和枪炮……而花的价值反而更长久。有人说：卡夫卡就是布拉格，布拉格就是卡夫卡。其实，布拉格还有米兰·昆德拉。

依依不舍地离开了布拉格，我们到了卡罗维发利。卡罗维发利，依山傍水，位于一段河谷之间。城不大，多为巴洛克、拜占庭和新古典主义时期的建筑，有不少的雕塑、长廊和酒店，保存着奥匈帝国的华丽。这是一个干净讲究的地方，值得留恋和情感寄托。这个小镇在欧洲有名，原因有二。一是有温泉，二是有电影节。卡罗维发利的温泉，据说在欧洲独一无二，差一点就有了长生不老的功效。这里有若干个泉眼，其中有磨坊泉、鲁萨尔卡泉、瓦茨拉夫公爵泉、莉布舍泉和岩石泉，温度从 $46.9\,°C$ 到 $65\,°C$。温泉，是这个小镇地下的精灵。小镇里到处都是温泉的出水口，不少出水口有雕塑和回廊，造型各异又精美，是卡罗维发利的艺术结晶。温泉不仅可以泡，而且可以喝，外泡内喝，各有所长，不是延年，就是治病，中国好多温泉也是如此。因此，这里成为欧洲各国的王室、贵族和达官贵人们的度假胜地，肖邦、屠格涅夫、莫扎特、歌德、果戈里、贝多芬、席勒、普希金都曾经是这里的客人。小镇有商店，专门卖瓷壶，瓷壶又像瓷杯，壶上有把，既是壶的把，也是壶的嘴，设计独特，造型优美，色彩艳丽，放在商店里格外显眼。不过，温泉难喝，感觉很怪，在我看来，好像是在喝洗澡水。真难为了卡罗维发利，喝温泉水，原本是人家开发的旅游产品。

卡罗维发利的电影节，始于1946年，是国际A类电影节，曾经有过两年一届，也有过一年一届，只要人家愿意，就可以改动。捷克和斯洛伐克都分成了两个国家，何况一个电影节。这里的普普酒店是卡罗维发利最著名的酒店，每年的电影节期间，巨星们都在这里下榻。并且这里还是詹姆士邦德007系列《皇家赌场》的外景地，据说也是东欧最豪华的酒店。中国电影在这里获奖很多，但获奖不大，其中有《白毛女》《梁山伯与祝英台》《智取华山》《祝福》《边寨烽火》《大闹天宫》《女大学生的宿舍》《良家妇女》等多部电影，直到1988年谢晋的《芙蓉镇》在这里获得了大奖。这部电影改编于古华的同名小说，原本取材于湘南。谢晋把这部电影的外景地选在了湘西，也许是湘西那些古镇小街里的人物和故事，以及湘西的山水和人文形象更有特点与特色，在欧洲形成了更大的文化反差，因此走进了欧洲，在捷克产生了重要的反响。感谢谢晋先生，曾经的湘西王村因为芙蓉镇而成名。

离开卡罗维发利，我们经慕尼黑飞香港。到家的时候，我们的泼水节已经开始了。走进办公室，桌上放着每天的游客报表，报表的数字很好看，我拿出计算器，开始测算部门年底可能拿到的奖金。远处有葫芦丝的声音传过来，《月光下的凤尾竹》格外好听。

二狗和他的女朋友来了，我陪他们到傣寨去参加泼水节。走到傣寨，活动已经开始了。人们敲响了铓锣和象脚鼓，打着花伞，穿着盛装，在泼水场上跳起了盛大的夏光舞和孔雀舞。二狗跟着队伍一起跳，他跳的是土家族的摆手舞，手和脚一律是顺边。然后，从西双版纳请来的佛爷开始为游客们赐福。大家把泼水盆举在头上，盘腿而坐，在佛爷的诵经声里，傣族小卜少把撒满花瓣的清泉倒进龙槽，开始浴佛。浴佛以后，佛爷为游客们点洒圣水。二狗坐在游客里面，双手合十，格外虔诚。他的嘴巴好像在动，不晓得在那里念了些什么，后来说是为他的女朋友在祈福。

人山人海的广场，泼水开始了，所有的人都疯了起来，泼出来的水在四处飞溅，让人睁不开眼睛。二狗把满满的一盆水倒在了他的女朋友头上，爱谁就泼谁，他把他的女朋友一下从头到脚泼透了。二狗讲，人这一辈子，一定要带自己的女朋友去参加一次泼水节。两个人可以泼他个透湿，然后紧紧地抱在一起，那就是过年。有人说过，一只鸟，落到哪里都是树，两只鸟，落到哪里都是家。看到二狗和他女朋友的背影，可以感觉到了他们的幸福。二狗告诉我，他今年就要结婚了，真好。

二狗回去了，他在这个城市开始了新的生活。他读书不多，但这个城市仍然为他留下了平台，这个城市的包容，让二狗有了不小的空间。他已经升职为经理，年底可以买微利房，他讲普通话开始卷舌了，这个人已经注定离不开这里。

暑期就要结束了，女儿要去北京读书。全家做了安排，利用这个机会，夫妻二人带着岳母、儿子一起送女儿进京。岳母、女儿和儿子都是第一次去北京，自然有了不少的惊喜。

全家人坐着绿皮火车一路往北，两天以后，到了北京。中央电视台有好朋友，人家接了站，从早到晚做了安排，让我们省了不少的麻烦事。朋友很忙，正在做晚会，就叫一个外省来的歌手整天跟着我们。这小哥们刚刚进京，才开始漂着，自然不敢大意。看故宫，上长城，到颐和园以及天坛，包括吃饭和用车，人家陪得是一丝不苟。看得出来，北漂不容易。走进故宫，看到人家一路陪着，总让我想到电视剧《宰相刘罗锅》和《康熙微服私访记》里面的音乐和画面，恐怕在北京做事，首先得学会点头哈腰。

这个时候的北京已经有四环了，记得二十年前我第一次到北京的时候，只有二环，住在西四，都觉得很远。后来，我到上海去读大学，又到中央戏剧学院来学习，那是第二次进京。那次进京，我把北京认认真真地走了一遍。中央戏剧学院在棉花胡同里面，胡同不大，两边都是四合院，如果不是专门去找，外人很难知道在这个胡同里，存在着中国如此重要的艺术院校。棉花胡同离新街口不远，感觉走到新街口就差不多到了北京郊区。我们住在学院的招待所里，离学院很近，穿过胡同就是学院。每天吃过早餐，就去上课。早餐每天都是大馒头，两个馒头，配半盆子大白菜。白菜是从菜窖里取出来的，稍微一煮就成了白菜糊。吃得不好，但并不影响我们走近戏剧，表演系的女孩子越吃长得越漂亮。那个时候，北京的天仍然很蓝，天上不时有鸽群飞过，老远就能听到鸽哨声。走出胡同，外面就是大街，街口有餐饮店，里面的大包子、油条、烧饼还有炸酱面是一种诱惑，常常去吃，以后去北京，就成了一种惦记。

在中戏，徐晓钟先生和谭霈生先生给我们上了课。徐晓钟先生是院长，也是著名导演，《麦克白》和《培尔·金特》等剧目是他的导演代表作，他给我们讲了戏剧导演的舞台处理。谭霈生先生则给我们讲了布莱希特的间离戏剧，讲了

《大胆妈妈和她的孩子们》。两位先生在我们和莎士比亚、易卜生、布莱希特之间搭起了一座沟通的桥梁，让我们走进了剧中人物的世界。

前两次去北京都是冬天，因此，北京给我留下的都是冬天的印象，以后去得多了，才知道了北京春夏秋冬的样子。没有课的时候，我们就三五结伴去逛北京。北京很冷，到处都结了冰，我穿着羽绒服和大头鞋上了长城，进了故宫。那个时候的故宫，里面没有一个游人，走进去，除了有风的声音从头上掠过以外，听不到太多其他的声音。太和殿可以随意进出，金銮殿里的东西还在，虽然，"建极绥猷"的牌匾还悬挂在头上，只是没有了皇上，也就没有了威严。上朝已经是一件十分遥远的事情，这里的人曾经叱咤过 600 年的风云，现在，他们要么在十三陵，要么在东陵和西陵。太和殿没人的时候，想多了，反而让人害怕。

以后又去了颐和园，穿着大头鞋走过了昆明湖，湖面上的冰层很厚，到处有人在滑冰和嬉戏，第一次在冰面上走路，对于南方人，倒是很好玩的一件事情。从十七孔桥走过来，经过知春亭，穿过东宫门，就到了德和园。这里有老戏台，是慈禧当年看戏的地方。现在无戏可看，也就格外冷清。老佛爷坐过的奔驰，像一台手扶拖拉机，就摆放在这个院子里。如同一个孤独的老人坐在那里，早已经物是人非。在那个寒风刺骨的上午，我们走了过去。车很好，二代奔驰，据说是老佛爷不许司机坐在她的前面开车，因此，这辆车从此就没有再开过。这就是奔驰的不对了，为什么不在司机前面再设计一个座位，难怪老佛爷不喜欢坐车。

走出颐和园，我们步行穿过圆明园遗址，一直走到北京大学的门口。遗址很大，看得出来，破坏也很大，这个时候，圆明园只剩下了一点废墟。遗址里面有民居和农户，人家在里面种菜、养猪和喂鸡，下午时分，炊烟袅袅，昔日的皇家园林，已经变成了一片田园。路过民居，一侧有猪圈，猪圈用石头围砌而成，石头上清晰可见龙凤雕刻，不用问，这是圆明园以前的石刻，只是现在与猪混在了一起。但凡是中国人，都应该难过。站在遗址之上，突然有了感动，感谢傅作义先生当年打开了北京的城门。要知道，抗日战争时期的长沙会战，三年时间，把长沙打成了废墟，长沙从此找不到古迹。

又是一个星期三，我们没有上课，大家一起去了中南海。看了丰泽园和瀛台，丰泽园曾经是毛主席在中南海的居住地，瀛台则是戊戌变法以后囚禁光绪的地方，到处让人情感起伏。这让我想到了一个故事，说是某地有一处道观，其内只有一个年老的道人，有人上前询问："为什么就您一个人了？"答曰："小的时候，师父带着师兄们下山抗日去了，一去再也没回来。"中国的好多故事都格外沉重，不知道有时候更好。

就要离开北京了，离开北京，就不怕再讲普通话。在北京，我讲话已经非常认真和努力，但是，三山不分、京津不分、蓝男不分，还是有很多的发音让北京人听不懂。到上海和深圳就不怕了，大家讲话都差不多，只要不搞错阿拉伯数字，反正是乱七八糟的发音，湖南人都听不懂湖南人讲话。

回到深圳，又进入9月淡季，我们去北欧考察。第一站从香港飞赫尔辛基，到那里是早上。这个时候，北欧的天气已经转冷，而且，那天下着小雨，至少与香港有20℃的温差，让人有了不小的寒意。赫尔辛基很安静，大街上除了有轨电车来来回回地有些响动以外，没有太多的行人。这是非常美丽的一个城市，每一栋建筑都不可以错过，可以认认真真地欣赏和阅读。匆忙之中，我们去了赫尔辛基大教堂和岩石教堂，去了总统府、市政厅和奥林匹克运动场。一路过去，直至走到波罗的海边上，我们对这个城市有了最初的了解，这是一座森林城市，也是人类与大自然和谐共处的城市典范。难怪赫尔辛基会被评为全球最宜居的城市之一，以及全球幸福感排名最高的城市之一。

吃过午饭，我们又去了西贝柳斯公园。这座公园没有大门，就在一大片苍松翠柏之中，不远处就是一片湖，在雨中，这个公园格外安静。银白色的类似于管风琴的雕塑耸立在公园的中央，没有发出声音。在这个雕塑的旁边，同样是银白色的西贝柳斯头像雕塑也立在那里。两个银白色的雕塑安放在一片绿色之中，十分显眼，它们在共同纪念着芬兰著名的音乐大师让·西贝柳斯。在这两个雕塑之间，我相信一定有音乐在传递，例如西贝柳斯的代表作《芬兰颂》《图内拉的天鹅》等，只是我们听不见。沿着公园前面的湖边，我往更远的那片绿色走去，小雨已经停了，这片绿色更安静，一个人都没有。穿过一座长长的木桥，我们走进了伴侣岛。这个岛到处可以看见小松鼠和蘑菇，偶尔还有几处古老的木建筑，上面长满了青苔。这是赫尔辛基有名的民俗风情岛，原始古朴，不加雕凿地在展示着芬兰的风情与文化。一群不知名的小鸟一直跟着我们在飞，我们走到哪里，小鸟飞到哪里，十分好客。当我们停在一段木板围成的篱笆前面的时候，那群小鸟就落在篱笆上看着我们。我把手伸过去，一只小鸟还很认真地在注视着我，可爱至极。我突然发现，这群小鸟站在篱笆上面，如同西贝柳斯的线谱出现在我们的面前，小鸟上上下下地移动跳跃，我听到了音乐在响。西贝柳斯走了，但是他把音乐留给了芬兰，留给了我们。这个下午，音乐感动了我。

离开赫尔辛基，我们坐邮轮去斯德哥尔摩。这是北欧的两个如诗如画的城市，相距不远，坐邮轮大约需要17个小时。傍晚时分，我们登上了维京邮轮。维京两个字，源于维京人，北欧海盗，曾经肆虐过欧洲，因此，维京又为贬义词。但是，人家无所谓，维京照样成了邮轮的品牌。邮轮很大，上下十二层，中间的一长排免税店好像步行街。另外还有餐厅、酒吧、剧场、赌场、泳池等。登上甲板，在秋天落日的余晖中，可以看见赫尔辛基路德大教堂的圆顶，还可以看见海湾小岛上的芬兰堡。芬兰堡是赫尔辛基昔日的军事要塞，从空中俯瞰，这是锯齿形的一座城池，构筑在六个小岛嶙峋的岩石上。外面是高大的城墙，凸出部分，相互倚角，互为照应。里面有军营、教堂和炮台，在冷兵器时代，易守难攻，是一处用心的设计。过去是要塞，今天，已经成为世界文化遗产。远远看过去，风吹雨打了250年，仍然沉稳和坚固。开航不久，晚餐开始。我们坐在船头，在饱览波罗的海美景的同时，我们开始了丰盛的晚餐。各种各样的鱼类，各种各样的欧洲甜点与美食，在餐厅里摆得满目琳琅，让人看得眼花缭乱。好像从这个时候开始，我们已经不再那么惦记湘西的辣子炒豆豉了。芬兰的烟熏三文鱼、卡累利阿派、鱼馅饼、烤肉肠、驯鹿肉和蓝莓派等等美食，开始有了腊肉和香肠的味道。

一夜航行，天亮时已经进入瑞典。波罗的海慢慢变窄，形成了一条峡湾。海边茂密的森林点缀着为数不多或红或黄的别墅与小屋，偶尔可以看见一个人或一条狗在海边漫步，或者一部小车停放在花草掩映的小路旁，在一片宁静中，美得让人陶醉。蓝色的大，蓝色的海，绿色的森林，阳光泼洒过来，我们的邮轮走入了仙境。临近中午，我们看见了斯德哥尔摩。哥特式的塔尖，巴洛克式的穹顶，层层叠叠的老房子，以及游艇、帆船和海鸥，用红色、黄色、绿色和白色映衬着一湾海水，瑞典人在这里留下了最美的人文与山水。这是一个美丽的国家，也是诺贝尔的家乡，金厅和蓝厅在等待着我们。斯德哥尔摩的市政厅，每年颁发诺贝尔奖的地方，获奖者是一大串了不起的名字。其中文学奖就有梅特林克、泰戈尔、罗曼·罗兰、萧伯纳、海明威、萨特、川端康成、贝克特、马尔克斯等等，他们一起闻名于世。当我们下了船，走上码头的时候，如同朝圣一般走向那里。

斯德哥尔摩这个城市最早给我留下印象是因为诺贝尔和瑞典乒乓球名将瓦尔德内尔，还有我开的第一部汽车是沃尔沃，这种车产于瑞典的哥德堡，而瑞典人最早是驾着哥德堡号帆船到达中国广州的。然后，知道了 1650 年，52 岁的笛卡尔邂逅了 18 岁的瑞典公主克里斯汀，发生在斯德哥尔摩街头那个浪漫而又凄美的爱情故事。

但是，这次又给我留下印象的是斯德哥尔摩的瓦萨沉船博物馆。实际上，我不是很刻意地去看这个博物馆的，一个博物馆就装着一艘船，有多少可看的？不过，当我走进这个博物馆以后，这里很快地改变了我。这是一艘共有五层甲板的木制军舰，安装着 64 门大炮。整条船雕刻极其精美，有金色的雄狮，有古罗马的士兵、威武的骑士、美人鱼和裸女以及不少欧洲的神话人物，豪华威猛。这条船是瑞典人

1625年遵照国王古斯塔夫二世的旨意建造的。本来就是一艘单层战船，可是当国王得知自己的死敌丹麦已经拥有双层战船的时候，便不顾自身造船的技术能力，下令把瓦萨战船改为双层。1628年，船终于造成了，在一个阳光明媚的日子里，国王和他的臣民们在斯德哥尔摩海湾隆重庆祝瓦萨战船的下水。不过，这艘船一共只走了几百米，一阵不大的海风吹来，就沉到了海底。也许是重量的问题，也许是高和宽的比例关系问题，反正是沉了。这一沉，就沉了333年，直到1961年，才打捞出来。技术不行，权力再大也没用，没有能力，国王说的话也是废话。瓦萨战船终于沉了，几百年以后，瑞典少了一艘木制军舰，而多了一个艺术珍品。在这个博物馆里，古斯塔夫二世成了笑话。

　　告别了瑞典，我们去了挪威。挪威有峡湾，闻名于世。我们坐着汽车，在那一片山海之间折腾了好几天，看了不少的峡湾。看着看着，怎么越看越像我们湘西的河谷，以及河谷两边的峭壁和山崖。湘西人真不适合看山，山在湘西人的眼睛里，既是家门口的风景，也是自己的形象。湘西人的祖先，都在山里面长眠。

　　离开峡湾，回到奥斯陆。奥斯陆有维格兰雕塑公园，同样闻名于世，让我们有了兴趣。我们慕名前去参观，去的那天，枫叶正红，让奥斯陆的秋天变得更加好看。这个公园始建于1910年，当时，挪威著名的雕塑大师古斯塔夫·维格兰找到挪威政府，提出了一个要求，"给我一片绿地，我要让它闻名于世"。挪威政府答应了他的要求，把奥斯陆的弗罗古纳尔公园给了他。于是，维格兰把自己的后半生扔在了这个公园里，他花了30年的时间，用铜、铁等金属和花岗岩完成了600多个人物雕塑。从生到死，维格兰用雕塑把生命的过程展示的十分精彩。公园里有一条850米的中轴线，正门、石桥、喷泉、圆台阶、生死柱都位于轴线上，雕塑从石桥开始，一直延伸到生死柱。在这条轴线上，我们可以看到人类的童年、少年、青年、中年到老年，可以看到父子之间、夫妻之间和人类之间的喜怒哀乐、悲欢离合、亲情与爱。整个雕塑群，表情丰富，造型生动，叹为观止。在公园最后也是最高处的生死柱那里，维格兰完成了雕塑公园的主题。121个裸体人物雕塑，构成了17米高的生死石柱。人们在这根柱子上挣扎着、努力着、拥挤着、相互搀扶着挤进天堂，柱子顶端的婴儿和骸骨雕塑形象地展示了人类的生死两极，让我们震动。

我走进这个公园以后，正好在生死柱前的喷泉边，碰到幼儿园的孩子们在老师的带领下，到这个公园来参观。看着孩子们天真无邪的神态，我不知道他们在维格兰面前能理解多少人生的意义。他们的生命刚刚开始，没有必要去触碰那些啰嗦的问题，不了解最好。刚刚开始的生命可以有很多美好的想象，真应该为孩子们祝福。而我在离开这个公园的时候，有些思考变得沉重。

最后一站我们去丹麦，丹麦有安徒生，所以有童话。我到哥本哈根那天，是在海边看了小美人鱼铜像以后，一路步行到安徒生大街的。小美人鱼铜像位于哥本哈根的长堤公园，这是世界著名的雕塑之一，如同卢浮宫里面的维纳斯、米开朗基罗的大卫和布鲁塞尔街头的小尿童，闻名于全世界。哥本哈根的建筑鳞次栉比，五颜六色，在蓝天和大海的映衬下，格外艳丽，红色、蓝色、黄色、绿色，构成了五彩缤纷的童话空间。跟随着童话走进这个城市，在经过阿美林堡王宫广场和菲特烈五世国王的骑马铜像后，我站在了安徒生的铜像面前。站在这里，可以认真地去倾听《海的女儿》《卖火柴的小女孩》《皇帝的新装》和《丑小鸭》的故事，那一刻，哥本哈根变得格外浪漫。

安徒生是一个乡下鞋匠的儿子，他十四岁来到哥本哈根以后，曾经做过歌剧演员，也做过编剧。因为生病，没了嗓子，因此，哥本哈根的歌剧院里少了一个普通的歌唱演员，但这个世界上却多出了一个伟大的童话作家。当初，不知道安徒生是如何去审视这个世界的，他竟然用童话给全世界的孩子们带来了那么多的欢乐。在他的眼里，那个曾经是北欧海盗出没的大海，怎么可以珍藏着让世界着迷的小美人鱼。而在蓝天之上，一只让全世界都知道的丑小鸭已经变成了白天鹅。在安徒生大街的那些拐角处，我在寻找小女孩划亮火柴的地方，在火柴的亮光里，我们是否可以看到小女孩眼里的烧鹅、圣诞树和她的外婆。

在哥本哈根的市中心，有丹麦最有名的趣伏里游乐园，这个乐园是丹麦的又一个童话世界。这个公园1843年开业，应该是世界上最早的主题公园之一，在丹麦影响了祖孙好几代人。公园里有一段中国的长城，还有中国塔，中国塔建于1909年，看得出来，中国的古建筑在那个时候对欧洲的主题公园就有了影响。趣伏里是欧洲最受欢迎的公园之一，迄今为止，共接待了二亿七千万游客。虽然，这个公园不是全年开放，但从来没有出现过年度亏损。而中国是在一百多年以后才出现主题公园，比趣伏里晚了一个多世纪。

当我坐在哥本哈根飞往赫尔辛基航班上的时候，看着北欧空中的云彩，我莫名地产生了这样的问题。我们的思维习惯是不是容易产生神话，不然的话，为什么我们的神话很多，而童话很少。看看丹麦的安徒生童话和德国的格林童话，我们好不容易才有了神笔马良和葫芦娃。

从北欧回来，忙完国庆黄金周，我们提前三个月完成了全年的经营任务，正在高兴呢，两位张总却有了矛盾。集团与山东合作，派一个团队去管理曲阜项目。女张总去山东做总经理，为此，一个张总要我去山东，一个张总要留我在深圳。女张总对集团领导说了，如果我不去山东，她就不去，深圳的张总则坚决不放人。这是两个好人，一位是缅甸归侨，从美国回来；一位是北京大姐，从军工转行，为了一个湘西人，让他们翻了脸。这个湘西人的五年工作，在两位张总那里有了总结。中国有老话，士为知己者死，我第一次无法做出选择，等待着他们最后的决定。那种等待很快乐，只是让张总们难受了一段时间。

在这五年的时间里，我参与编写过《质量管理手册》和几本画册，撰写了全部景点和民族的介绍文字，完成了大型歌舞晚会《绿宝石》的文学稿，完成了节日活动和主题活动的全部策划文案，以及景区新项目改造的策划方案，完成了若干份考察报告，撰写了许多新闻宣传稿件，先后在《中国旅游报》《中国文化报》，香港《大公报》《文汇报》《商报》，广州《南方日报》《羊城晚报》《粤港信息日报》，深圳《南方都市报》《深圳特区报》《深圳商报》《深圳晚报》《晶报》等报刊发表。同时还负责市场、宣传、策划、票务、游客服务的管理工作，张总不放人，当然有理由。

到了最后，书记开了口。书记对张总说了，为了他个人发展，你也应该放人。他去山东是做副总，你不可能永远让人家在你这里做经理。再说了，一个人哪有这么重要，从来没见过，一个人走了，天会塌下来。其实，道理谁都懂，这种道理在张总那里就不是什么道理，只是人家舍不得放人。

张总终于同意放人了，临走前，要我和他再去一趟山西，看几个地方，碰到好人，谁都会依依不舍。我们从深圳飞太原，从太原开始一路北上。首先去了河边村，那是阎锡山的老家。然后去了五台山、恒山和悬空寺，到应县看了木塔，最后到了大同。

山西了不起，为我们保留了那么多的古建筑。日本曾经有专家说过，在中国，已经找不到唐朝以前的木结构建筑。中国多亏有山西，让日本专家的断言成为笑话。在山西现存的唐代木结构建筑中，有建于公元782年的五台县南禅寺正殿，建于公元831年的芮城县广仁王庙，建于公元857年的佛光寺东大殿。其中，佛光寺成为我国现存的最重要的唐代木结构建筑，佛光寺的唐代建筑、唐代雕塑、唐代壁画、唐代题记成为"四绝"。二十世纪八十年代，有人在东大殿的大门后面，发现了唐朝游人在佛光殿里的留言。留言的游人当初绝对想不到，一千多年以后，他留下的文字竟然会成为今天的重要文物，同时，他的留言还为后人考证这扇唐代大门提供了重要的依据。其实，包括佛光殿梁柱下的题记，这都是唐朝游人当时留下来的"到此一游"，今天看起来，这些"到此一游"，早已经价值连城。有些普通人的留言，如果在恰当的时间里面写在恰当的地方，就有可能名垂青史。今天的某些游客，好像对此没有太多的研究，到处乱写，被人追责。

应县离五台山不远，我们很快到了这座小城。应县县城不大，但是，木塔很大，站在不同的方向，都可以看到木塔。在蓝天白云下面，木塔格外显眼。远远看过去，高大的木塔四周，到处有燕子在飞，密密麻麻的燕群，成为应县最为灵动的风景。木塔建于辽清宁二年（1056年），塔高67米，这是中国最老的木塔，也是世界最高的木塔。木塔纯木结构，无钉无铆，塔上供奉着释迦牟尼的佛牙舍利。900多年的时间，风吹过雨打过炮轰过地震过，木塔仍然屹立在这里，这非常地了不起。我们走上木塔，粗大的木头结构，让我们感受到了木塔的雄伟和牢固。炮弹打中的地方，有木头断裂，因为没有影响整体结构，也就没有修复，作为历史证据，有意留在了这里。据导游介绍，这座木塔，一共被12发炮弹打中。不知道是木塔建得太好，还是大炮打得太差，木塔没有被打掉。真佩服我们的祖先，在冷兵器时代，就把木塔建得如此牢固，不然，今天我们已经不可能再看到辽代的应县木塔。

　　终于到了云冈石窟，大同，已经等了我们很久，看石窟，是很重要的一个内容。云冈造像，健硕，敞亮，端实，从容，大度，不似两晋的秀骨清像，也不似后来的佛像慈眉善目，满脸悲悯。也许那个时代里的人们，对世界有更多自信，对人生、人性有比较明亮的理解。在大同，我们对北魏的文化有了更多的了解。从内蒙古的和林格尔开始，鲜卑人建立代国，都于盛乐（今和林格尔）。然后，一路南下，带着蒙古高原上的胸怀和视野，走进了大同，建立了北魏政权。同时，也形成了开放和包容的北魏文化。

有可能我们的民族史有意忽略了北魏拓跋政权非凡的历史地位，在很多内容的描述上给予了轻描淡写。但是，北魏的孝文帝却没有这种狭隘的自尊，十分决绝地向先进的文化靠拢。他颁布法令，禁胡服，禁胡语，强制胡汉通婚，他甚至把都城从平城（今大同）迁入中原文化核心地洛阳。他不但在文化上，而且在地域上、血缘上把汉族鲜卑完全融入在一起，难分彼此。如此博大的气魄，至今仍然从石窟的造像中扑面而来，令人感动。

拓跋氏以气壮山河的气派促使鲜卑人与汉民族结合，鲜卑文化的进入，使汉文化产生了更为强大的生命活力。没有北魏，绝不可能有我们以后为之骄傲的大唐。在大同，我们应该非常认真地去仰望云冈石窟，仰望北魏。

回到深圳，很快就和深圳的张总告别，跟着山东的张总去了曲阜。在曲阜，开始管理孔庙、孔府、孔林，还有周公庙、颜庙、寿丘、少昊陵、尼山孔庙和《论语》碑苑，其中有一处世界文化遗产，四处全国重点文物保护单位，寿丘是黄帝的诞生地，少昊陵是黄帝的第五个儿子少昊的陵地，到处都是厚重的历史和文化，我在那里担任副总经理，从此诚惶诚恐。

临行时，已近年底。二狗来送行，最后讲了，你搞了这么多年才当老总，人家印个名片就成了老总，不是总经理，就是董事长，回去可以吓死人，招商引资都是大老板。不过，你这个老总是真老总，他们那些老总是卵老总。

　　当老总，有车了，有专车了。到山东没有多久，我们去济南买了两台车，一台桑塔纳2000，一台别克商务车，虽然不怎么样，但那也是车。我从小就喜欢车，尤其喜欢开车。但在我童年的时候，我们那个小县城一共只有两台大卡车，一台罗马车，一台苏联产的嘎斯车。开车的司机是县城里的大名人，和县长一样，家喻户晓。在那个时候，就是开手扶拖拉机的人，都是爷。你想坐拖拉机，就得巴结他。拖拉机再慢，总比走路强，所以，开拖拉机的人表情都不太一样，有点像领导。我很想开车，但我知道那是在做梦。

　　万般无奈之际，13岁那年，我的一个同学他哥在县城里的马车社赶马车，被我们几个小兄弟盯上了。一阵嘻皮笑脸之后，得到了他哥的同意，可以参加赶马车，那天我们快疯了。马车，是我们县城那个时候重要的交通工具。这是一种二轮大马车，由两匹马拉车。中间叫辕马，边上叫尖子。主要是把各种日用百货运送到各个公社去，近的有三四十公里，远的有五六十公里，在绵延不断的崇山峻岭之中，马车要从早走到晚。赶车是大人的事，我们主要是喂马和坐车，还有就是陪大人聊天，人家还管吃住。现在看来，那个时候的大人们脑壳都进了水。每次出行，都有二到三驾马车，一路浩浩荡荡。如果碰到运布匹，我们的马车就成了软卧和头等舱，那就是过年。春夏秋冬，花开花落，一路上都是风景。很多年过去了，我的那个小县城已经没有了马车。但是，那些赶车的大人们还在，大人现在是老人，我们总是会想起他们，想起从前的日子。尤因夫人曾经说过，时隔多年，你终于回到故乡，这才发现你想念的不是这个地方，而是你的童年。人很怪，买了两台车，竟然想起了那么多的往事。

2000年就要过去了，这一年，我记住了一句话，人一辈子遥不可及的不是明天，而是昨天。

第十年

这是2001年,21世纪来了。做生意的人们又疯狂地炒作了一阵,卖了好多烟花和鞭炮,卖了好多门票,又过年了。过了年才发现,什么都没有改变,与自己没有什么关系,只是人又老了一岁。

曲阜下雪了,冬天的雪和夏天的水,一个洁白,一个透亮,总是让人喜欢。看见下了雪,忍不住去看那片景色,一大早,我去了孔林。孔林亦称至圣林,位于山东曲阜。公元前479年,孔子去世,弟子们将他葬于鲁城北泗水之上。尽管当时"墓而不坟",但孔林却从那时候开始拥有了历史。其后约2500年,经秦汉,历唐宋,到明清,重修、增修13次。于是到了今天,孔林围墙长达7.25公里,占地面积2平方公里,终于成为世界上规模最大、时间最长、内容最丰富的私家墓地。

远远望去,雪花覆盖的地方,一片肃穆。最近处,是孔林的神道，两行古柏整齐地排列在神道两旁，如同秦汉的武士在守护着这处圣林。风吹雨打，昂然挺立，一守千年，至死不改。走进孔林，落叶无数，没有了夏日的繁茂。通透的林子里到处都是积雪，白茫茫的一片，显得格外朴素与苍凉。一眼望去，数不清的墓碑，"墓古千年在，林深五月寒"。严冬时节，一个人走进孔林，望着汉墓群、元墓群、明墓群，面对着这些远去的古人，面对着那位曾经呐喊过、沉思过，周游列国而撼动过世界的人，如何开始生命的对话，那感觉只有自己知道，生怕惊动了他们。历经2500年，有10余万孔氏后人被安葬在这里。无论他们是否经历过"焚书坑儒"的日子，还是经历过明清祭祀大典的岁月，生命的终结都是如此的安静。70多代子孙以孔子为中心，在25个世纪里以同样的方式走到一起，在2平方公里的土地上展示了生死轮回的沧桑，并且，展示得如此和谐与完整，在这个世界上，孔林是独一无二的。

沿环林路东行，不远处，在许多墓碑中有一块高大的墓碑十分显眼。墓碑文字为"奉直大夫户部广东清吏司员外郎东塘先生之墓"，这就是清代著名戏剧家孔尚任的陵墓了。孔尚任在曲阜的石门山，倾注一生心血，以一把《桃花扇》，为后人留下了一个千古绝唱。直到今天，当我们还在为侯方域和李香君的爱情故事感叹的时候，孔尚任已经静静地长眠在孔林了。不可否认，在孔子的后裔中孔尚任是出类拔萃的。离开孔子，无论是中国文学史还是中国戏剧史，孔尚任都应该占有地位。但是，离开孔林，孔尚任无论葬在哪里，恐怕都不会出现今天的情景。每天，都会有成千上万的后人从他的墓前走过，让这位清代著名的戏剧家永远不会孤独和寂寞，这应该感谢孔子。

当我来到孔子墓前的时候，四周空无一人。孔子的墓位于一片古柏林中，一条长长的甬道往前延伸。甬道两旁有文豹、甪端和翁仲等石像，静静地在守护着圣人的墓地。在白茫茫的雪地上我不敢多走一步，只怕破坏了那份圣洁和安宁。子贡守墓时种下的一株楷木早也死去，只剩下一段不高的树干，彷佛是一只虬劲而又苍老的手拽住了那片土地，莫非是子贡与孔子的千年厮守。"有教无类"的结合，亲密无间的师生情意，即使是在雪花纷飞的寒冬，仍然热烈非凡。孔子的墓在孔林里格外高大，墓前共有两块墓碑，一为元代所立，一为明代所立。东侧是其子孔鲤的墓，正南则是其孙孔伋的墓，"携子抱孙"的格局，显得极其温馨和圆满。站在孔子的墓前，即使是在2500年以后，人们仍然可以感觉到"子在川上曰"的那份沉稳，聆听到周游列国时关于"仁者爱人"的述说。透过春秋战国的硝烟，我们仍然可以被"我欲仁，斯仁至矣"的那位老人所感动。难怪一群诺贝尔获奖者面对着巴黎的埃菲尔铁塔，面对着卢浮宫、巴黎圣母院和凯旋门等一大堆闻名于世的名胜古迹，面对着雨果、萧伯纳、萨特和巴尔扎克，仍然想到了东方的孔子。于是，1988年，这群诺贝尔获奖者发出了巴黎宣言："人类要在21世纪生存下去，必须回到2500年前的孔子那里去寻找智慧。"这是宣言，也是提醒，是一群高智商的人在提醒着人类。我们要去寻找什么样的智慧？他们没说。我只知道，孔子2500年前的思考，仍然影响着人类的未来。

冬天走进孔林，走进一个冷冷静静的空间，面对洁白无瑕的世界，那种感悟是极其特别的，也许这是人生的一种大感悟。

在三孔里面，到处都是文物，一个十三碑亭，里面就摆满了历代皇帝留下来的御碑。十三碑亭始建于唐朝，现存金代碑亭2座，元代碑亭2座，清代碑亭9座，其中有御制碑亭5座。十三碑亭中，现存最早的是两幢唐碑，分别立于公元668年和公元719年。因此，这里从来没有小事。景区里的一次清洁卫生，就闹出了"水洗三孔"的事件。最早是北京一家报纸的报道，很快媒体就搞大了这件事情。孔子影响到哪里，这件事就影响到哪里，包括台湾和日本。当事人还没反应过来，网上的新闻就已经铺天盖地。

所有相关的人都到了曲阜，包括许多的记者。除了当事人和当地的一部分人以外，其他的人都认为这是一件真事。当很多人特别是有权力的人，都希望这是一件真事的时候，没有人能够还原最初的事实。我不是当事人，但我知道这不是一件真事,所以,我试图去说出一些事实的真相。后来发现,人怎么可以如此天真,那是任何人都无法做到的事情。

当大家都相信假话的时候,尤其是喜欢听假话的时候,而且,某些人好不容易制造了这么一个惊天动地的事件出来以后,你讲真话有什么用。没有人相信真话,因为没有人需要真话,大家只需要那些耸人听闻的假定情节。其实,三孔还好好地摆在那里,但是,人家就是没有看见。有些人,甚至看都没看三孔一眼,就有了结论。在很多企业里,讲真话的人只能去扫地,讲假话的人才有可能去当经理。我不知道在其他地方,是否也是如此。更为可怕的是,还有一部分亲历者,他们要么不讲话,要么也在讲假话。电影《罗生门》里,有这样一段台词:"撒谎是人之本性,在大多数的时间里我们甚至都不能对自己诚实,但那是因为人们太脆弱了所以才撒谎,甚至是对自己撒谎。"我相信有些人是因为脆弱而撒谎,但更多的人不是,他们是希望把外来的这些人赶走,因为外来的这些人触碰到了他们的利益。在这个历史文化名城里面,有些人即使姓孔,在他们的身上,同样看不到礼仪之邦的人应有的举止和行为。

事情一下子没有结果,也就无事可做。曲阜离孟良崮和台儿庄很近,所以开车去了那里。去孟良崮是一个晴天,虽是到了早春,大地还没有动静。除了地里的麦苗和山上的柏树,枝头上还看不到一点绿色。下车后,需要步行上山,路上看不到一个行人。几十年过去了,当年炮火连天的战场,已经格外安静。如果我们不讲话,偶尔只能听到一两声鸟叫,半天才从好远的地方传过来,那是唯一的声音。想一想,死去的人也就死去了,活下来的人也会死去,天大的事情都会成为历史,只是需要一点时间。人,到了这种地方,容易释然。人都会离开,只有孟良崮还在,岁月还在。

到了台儿庄,更是如此。一座古城,一场大战,打到最后,找不到一栋完整的建筑,只留下那条千年的运河一直在奔流,从隋朝奔流到今天。站在博物馆里,人无法不被震撼。这是一个可歌可泣的地方,无论有多少炸弹从头上倾泻下来,我们这个民族都会视死如归,一往无前。日本人以为他们有了飞机和大炮,我们就会后退。看看台儿庄,所谓的水洗三孔有多大的了不起。林肯说过:"你可能在某个时刻欺骗所有人,也可能在所有时刻欺骗某些人,但不可能在所有时刻欺骗所有人。"

孔老夫子有名言,"有朋自远方来,不亦乐乎"。我相信,阴影也是这个世界的一部分,任何事情都有结束的时间。

春天来了,不管有好多麻烦和波折,花一如既往地要开。三孔里面的好多古树都是从清朝长过来的,见多了大小人物,也就见多了世面,挺拔沉稳。这里石碑不少,高高大大的石头,上面刻满了碑文,多为帝王们对圣人的评价,都由赑屃驮着,看起来十分重要。但是,走进来的那些人大多不看上面的文字，也就成了摆设。好多人都在认真地寻找着水冲的痕迹，地上的水印都有可能成为证据。只是那梨花和槐花到底忍不住了，漫山遍野地怒放开来。

终于，集团来了通知，不管那些事，抓紧时间做一台演出。我马上去了上海和杭州，找到老师和同学们，从剧场设计开始，到剧场建设、剧本创作、灯服道效的设计与制作，一直到演出的落地。曲阜的城市不大，但是因为三孔的存在，这个城市的建筑起点很高。最好的宾馆阙里宾舍是戴念慈先生设计的，孔子研究院是吴良镛先生设计的，都是大家的作品。研究院里的一个"高山流水"的背景，黄杨木雕，那也是钱绍武先生的制作。在曲阜，但凡是像样的建筑，都是非常认真的结果，开不得半点玩笑。

三个月以后，领导们通过了杏坛剧场的设计方案和《杏坛圣梦》的剧本，这是一个惊人的速度。剧场五月一日招标，五月二日动工，土建开始了。然后，我们马上进入了音乐创作、服装设计、道具设计和演出队伍的组建。我去了深圳、成都和绵阳，在这些地方，去找舞蹈演员，同时在山东的济南、青岛开始公开招聘。

在绵阳，有朋友相邀，说是到绵竹去看看。那里有绵竹老街，以及有着百年历史的剑南春老酒坊，还有演员。我们是下午去的，天还冷，四川盆地的寒意让整条老街没有多少行人。看了一条街，街上有店铺，卖着年画和白酒之类的东西，没有一点生意。没有生意，人家似乎也不急，见了我们，也没人招呼。只在关帝庙里有人喝茶和打麻将，算是陪二爷打发时间，不让他老人家寂寞。走在街上，满街的酒味，只感觉一条街和这里的人，以及日子都被泡在了酒里，搞得日子过起来很慢，还有点醉人。这里没有拥挤嘈杂，不要打卡和开会，不要赶着去上班，让人羡慕。我们在这里泡了一下就离开了，不能泡得太久，怕以后不习惯。演员没看见，倒是对绵竹有了印象。

跑了一圈回到曲阜，作曲从杭州赶过来讨论音乐。从杭州到曲阜要坐一晚上的火车，早上到兖州，还得转车，才能到曲阜。一大早，我去兖州接站，作曲是老朋友了，自然要热情。早早的，我和司机就站到了出站口，等着作曲的到来。作曲的哥们毕业于上海音乐学院，年纪不大，作品不少，以后还是京剧《大唐贵妃》的作曲之一。哥们出来了，穿着一条内裤，从火车站走了出来，看得出来，他很冷，身上有些发抖。一问，坐卧铺，长裤在火车上被人偷了，只剩下一条短裤。我们急忙把哥们招呼上了车，到曲阜第一件事是去买裤子。曲子还没有讨论，裤子就不见了，什么都不怕，就怕哥们的曲子有了更多的哀怨，而没有了鲁国古乐的悠扬和沉稳。

一段夜以继日的工作以后，我们的演员队伍终于到了。除了山东当地的演员，还有来自甘肃、四川和广西的舞蹈演员，一二百演员从天南地北走到了一起。编导团队也从上海赶了过来，我们很快开始了节目的排练。演员多了，什么形象的人都有。最早的排练，我到了现场，里面正在排练。排练场外面有施工工地，我发现有几个民工模样的人跑了进来，于是，我对现场的管理人员说了，请外面进来看排练的工人出去。刚说完，现场的老师就说了，那是他们的舞蹈演员。没多久，济南又送模特演员过来了，上海歌舞团的编导老师看了以后，大声地对我说，那几乎是在大喊，这是演员吗？也难怪老师在抱怨，有几个模特，人高了，五官的位置也远了，看到那些演员的形象，人真得会抓狂。我对编导老师说了，可以把这些演员放在舞台的最远处，当道具用，距离远，观众就看不清楚。没有办法，我们的晚会就是这样地开了头。

　　剧本定了，四句话，四场戏。学而时习之，不亦乐乎；发乎情，止乎礼；四海之内皆兄弟；有朋自远方来，不亦乐乎。一个序，一个尾声，完成了剧本的结构。最后为孔子写了一段结束语，那是画外音：我的马车远道而来，越过纷争的世界，走近宫殿与寒舍。险峻的山梁，回荡着我困厄的弦歌；延伸的平原，遗留下我逡巡的车辙。这是一条仁者之道，成圣之道，人与天地万物为一体之道，非道弘人，而是人能弘道。我的马车有些疲惫了，然而，遥远的未来在呼唤，仁，远乎哉！我欲仁，斯仁至矣！然后完稿。

这边在排练，但是，灯光、音响、服装、道具、舞美的设计还在上海和杭州，因此，三天两头，我就往这两个地方跑。那一段时间，上海和杭州变得越来越重要。住在西湖边上，没有走过西湖，最熟的地方是杭州火车站。排练在赶，工程也在赶，慢慢地剧场也开始有了样子。

两个月以后，北京申办奥运成功，那是一些很喜庆的日子，我们终于开始了第一次排练合成。看了一遍，我没有做小结，只是要求大家继续抓紧时间排练。不过，我心里已经有底，这台晚会完全可以放在孔子的故里。

八月初，我们去欧洲，从香港飞伦敦。伦敦可看的景点很多，一条泰晤士河，就有了不少的风景。塔桥、大笨钟、伦敦眼、国会大厦，还有大英博物馆、白金汉宫、哈利·波特主题乐园。时间紧，很匆忙地看了一遍，最后到了柴思胡同，对这里有了更深的印象。1773年，在伦敦柴思胡同的乔纳森咖啡馆，英国成立了第一家证券交易所。今天，这个建筑还在这条胡同里，在伦敦，这是一处毫不起眼的建筑。普通的游人，如果没有人介绍，就是走到了这里，看都不会多看一眼，当然不会知道在这个建筑里，曾经发生过震动欧洲的事件。200多年以前，在欧洲有一个声名显赫的家族，这就是罗斯柴尔德家族。这个家族在伦敦、巴黎、维也纳、法兰克福和那不勒斯都开有银行，是金融史上最具有传奇色彩的国际银行集团。为了使自己更具有竞争力，这个家族在欧洲建立了庞大的情报收集系统和快递系统。所以，1815年，当拿破仑和威灵顿在滑铁卢大战的时候，这个家族比英国政府早两天知道了大战的结果。当时，如果拿破仑获胜，法国将主宰欧洲，英国公债就会大跌；如果欧洲联军获胜，英国将主宰欧洲，英国公债将大涨。因此，当罗斯柴尔德家族知道这个结果以后，他们利用时间差，在伦敦证券交易所首先大量抛售英国公债，引起市场恐慌。人们以为欧洲联军已经战败，只用了几个小时，英国公债的价格就跌到了原价的百分之五。然后，这个家族又开始大量买进英国公债。两天以后，当滑铁卢的信鸽把英国战胜的消息传到伦敦的时候，这个家族已经成为英国政府最大的债权人。以后的两个世纪，这个家族一直控制着欧洲乃至世界的金融业。并且，这个家族有一个严格的规定，严禁家族的后人向外界透露家族的资产情况，所以，直到今天，依然没有人能够说清楚罗斯柴尔德家族到底有多少财富。在伦敦，抽空可以到柴思胡同去走走，那里面还有很多故事。

看过牛津大学、温莎城堡和温莎小镇以后，我们驱车到了斯特拉福德，又是英国的一个小镇，不过，这是莎士比亚的故乡。到小镇的时候是中午，我们一行三人，有一个司机兼导游陪同。当我们一下车，导游就指着我们面前的一栋二层小楼说："这是哈佛的故居。""哈佛？"我们有些疑问。导游又有了补充："对，就是以他名字命名的美国哈佛大学的那个哈佛。"到了这个时候，我才知道，这是怎样的一个小镇。不仅走出了莎士比亚，还有哈佛。这个小镇不大，一条不宽的马路把哈佛的故居和莎士比亚的故居连在了一起，它们之间的距离大约只有300米。哈佛故居的旁边就是教堂和学校，学校是莎士比亚童年读书的地方。说实话，这个学校看起来与世界上的许多学校差不多，何以走出这样的巨匠来。我曾经学过编剧，最早是在湘西的一个文工团。我的老师曾经告诉我，是人不写戏，写戏的不是人，那意思是说编剧太难了。我的老师是地区的权威，那是我年少时的偶像，他说的话让我不太容易理解。直到见了省里的专家，我才开始理解老师那句话的含义。省里专家那真是专家，我的老师成了学生。那时候不分年龄，不管老少，只要是上面来的都是老师。不过，我不知道省里专家写了什么戏，老师给我说了半天，我也没有留下印象。后来，我还见过所谓的国家级专家，好像他们也没写出什么好戏来。当然他们很大牌，但是如果不介绍，你仍然不知道他们。而莎士比亚不需要介绍，凭借着他的作品，全世界记住了他，并且已经记住了几百年，这是多么了不起的一件事情。一辈子写戏，在中国能整出个一级编剧就已经很厉害了，那还没有多少人知道，常常还得靠自己到处宣传。不知道莎士比亚是什么级？莫非像迪拜，五星级酒店不够豪华和气派，再弄出个七星、八星的酒店来。要知道，几百年来，《哈姆雷特》《罗密欧与朱丽叶》《李尔王》和《麦克白》在全世界震撼过多少人。而这个没有职称的编剧就是从这个地方走出去的,面对着这个裁缝的儿子,人有时候会无地自容。莎士比亚,那是我们无法企及的高度。这个小镇让我难忘,我的老师是对的,不是什么人都可以做编剧。下一站,我们要去剑桥,那里也有三位巨匠,牛顿、达尔文和霍金。

剑桥太老了,像一位德高望重的老人,谁站在这位老人的面前,都会恭敬和尊重。在这里,看过桥,看过船,看过垂柳和云彩,一个匆忙的游人,永远找不到徐志摩的感受,衣袖、云彩和感情好像没有太多的关系。离开剑桥,去了约克,看了火车博物馆和约克大教堂,逛了约克老街。在约克火车博物馆里,我们看到了英国最古老的火车和英国王室最豪华的火车,以及种类最齐全的火车,这个博物馆让人叹服。然后,我们去爱丁堡参加艺术节。爱丁堡艺术节是盛典,也是一次艺术洗礼。每年 8 月,艺术节都会如期举行。走进爱丁堡,给人留下最深印象的就是那些拿着风笛,穿着裙子的苏格兰男人。到了爱丁堡才知道,男人穿裙子也会这么好看。当然,中国人可能不能穿,有男人穿过,不太像人。风笛的声音很独特,听到风笛的声音,你彷佛会感觉到是无数只夜莺从大西洋上飞过来,飞进了爱丁堡的大街小巷和古城堡,一直可以飞到你的心里。

艺术节的表演无处不在,来自世界各个国家的艺术家让爱丁堡成为艺术表演的海洋。包括来自中国的艺术家们,他们的精彩表演,让苏格兰有了东方的色彩。剧场、广场、街头,到处都是表演。演员、舞者、导演、音乐家、街头艺人和观光游客狂欢在同一个空间里,没有距离地让情感相互去撞击。每天晚上,在爱丁堡城堡前的表演是艺术节最重要的表演内容。这里有8800个座位,票价20镑,需要提前一年订票。其中有风笛乐队的表演,有各国军乐团和艺术家们的歌舞表演。晚会最后是全场观众的互动,不分国籍,不分肤色,不管认识或者是不认识,大家手拉着手,一起合唱苏格兰民歌《友谊地久天长》,那是全天的高潮。参加这样的互动,面对爱与和平的祈祷,灵魂会升腾。去看看爱丁堡艺术节,那是完全不一样的体验。

从爱丁堡飞都柏林,我们走进了爱尔兰。首先到了莫赫悬崖,这是欧洲最高的悬崖,悬崖下面,就是大西洋。这里拍过很多电影,是著名的旅游景点。然后到了阿黛尔小镇,这是爱尔兰最美的小镇,也是爱尔兰有名的茅草屋小镇。商店、餐厅、修道院、小街和城堡都在花园里,每一个建筑以及建筑的门窗,几乎都爬满了绿色的植物,这些植物盛开着知名的或不知名的花朵,让这个小镇美得无可挑剔。晚上,我们在城堡里用餐,那是烛光晚餐,有乐队和合唱队伴唱。烛光和城堡,有了好多的惊喜和浪漫。第二天一大早,我们去参观健力士黑啤博物馆。这里原来是黑啤酒厂,以后有了新的酒厂，这里就成了博物馆。这个博物馆每年接待大约60万游客，每个游客在这里都可以免费喝一杯健力士的黑啤。健力士黑啤，始于1759年，创始人阿瑟·吉尼斯用每年45镑的租金，租下了圣詹姆斯门酿酒厂，经过200多年的努力，终于创出了世界第一的黑啤品牌。而且，这个酒厂一租就是9000年，要知道中国到了今天，还只有5000年的历史，房地产商在国内买地皮，再有本事也只能买70年。好羡慕爱尔兰这两个签约人，一签就是九十个世纪。健力士黑啤又被叫做"吉尼斯黑啤"，因为创始人为阿瑟·吉尼斯，以后健力士黑啤又开创了吉尼斯世界纪录，在全世界有了更大的影响。

喝了黑啤，我们去都柏林圣三一学院参观。这所大学建于1592年，在欧洲非常有名，我是慕名而去的。这所大学距今已有400多年的历史，走进这所大学，犹如走进牛津和剑桥。古老的建筑物里面，不知道装着多少遥远的故事，每一栋教学楼里，都有可能走出了不起的人物，让英格兰和爱尔兰在这个世界上占有重要的地位。到这里去参观，主要是去看圣三一学院的老图书馆和手写版《凯尔经》，这是爱尔兰的国宝。我是中午去的，图书馆下午两点才开放，门口有人排队，我也就跟在队伍的后面。在欧洲，一定要学会排队，这是与文明相关的一个行为，插队的人，在欧洲让人反感。看外观，老图书馆这个建筑并不显眼，就是一个长方形的大盒子。图书馆的大门很小，只有两扇小玻璃门，远不及我们在国内常见的某些图书馆建筑豪华排场，里面好书不多。不过，这个图书馆与大英图书馆、牛津图书馆齐名，里面装满了爱尔兰的宝贝。

到了开放时间，我跟着队伍走了进去。走进去就是一个小房间，在这个房间的中央，平放着一个正方形的玻璃柜，里面只有一本书，这就是《凯尔经》。这部《圣经》福音书手抄本，是公元800年左右由苏格兰凯尔特修士绘制，语言为拉丁语。为了保护这部《圣经》抄本，房间里光线很暗，只在玻璃柜里的角上有两个小射灯，让我们可以看见1200年前的手写巨著。虽然看不懂，但是可以感受到信仰的神圣与崇高。离开这个房间，走上一层很窄的木质楼梯，我们就走进了图书馆的大厅。人一进去，这个大厅就让我们开始仰望。事前根本不知道，面前的这个图书馆，我们经常可以在很多报刊或书籍里看到它的图片，这是世界上最美的图书馆之一。这是一个很长的单层大厅，大厅中间摆放着长条桌椅，用于看书。大厅两侧的藏书间则是双层，里面珍藏着20万册最古老的精装书籍。藏书间里还摆放着专用的木梯子，方便取放摆在高处的图书。据说，大厅以前也是双层，后来因为发生了一次火灾，把中间的地板烧掉了。准备再次修复的时候，专家们发现这个大厅没有地板更漂亮，于是，在修复的过程中，有意去掉了中间的地板。很庆幸，这次火灾没有让图书受损，也很庆幸，因为这次火灾，让这个世界多了一个美丽的图书馆。

从都柏林飞法国南特，去看一个非常重要的公园，这就是法国著名的主题公园狂人国。相传，在法国的历史上，有一个遥远的记载，曾经有一个贵族城堡，叫"雷恩狂人国"，是贵族们用以娱乐和狂欢的地方，让好多人喜欢。于是，公园的创始人利用了这个概念，在南特做了如今的狂人国。狂人国以法国的历史和文化为主题，虽然每年只营业7个月，但在世界上却产生了不小的影响。现在看来，狂人国的概念用得很好，这里的项目，都是一些疯狂的创意，也是一群疯子们的作品。第一个晚上，我们先去看这里的大型夜秀的演出，这是一个周末的演出，每周演出两个晚上。这场夜秀始于1978年，是一场实景演出，应该是中国大型实景演出的祖宗。中国的一些人善于模仿，把狂人国的演出形式搬回去，换一个中国的主题或概念，做几台大型实景演出，然后在国内就成为了大家。观看夜秀的人非常多，观众进出像赶集。观众座位有14000个，我们去的时候，里面已经座无虚席。那是一个非常壮观的实景演出空间，再现了法国100多年前的人文与风情，包括波澜壮阔的英法战争和第二次世界大战，撼人心魄。据说演员有4500人，包括2500名专业演员和2000名自愿者，服装用了25000套。其中有法国田园的劳作与歌舞，儿童与鹅群在乡间小路上的嬉戏，战马的奔驰与英法战争的场景，以及最后盛大的狂欢与焰火，让法国人看得手舞足蹈，兴高采烈。

　　第二天的白天，我们去看公园。走进去，里面也是100多年前的法国直至古罗马场景的复制与再现，包括许多中世纪的场景。这群疯子，把最传统的历史事件与人文风情作为公园里的主题，用最现代的技术与手段，选取生动活泼的实景演出方式和场景复制手段，大到战场，小到作坊，无一不是精心制作，让观众们走入了一个引人入胜的文化旅游空间。这里的演出，可以从早看到晚。从《凯旋》——这是古罗马帝国的一个故事——开始，里面有人与人的格斗，人与狮子的格斗，古罗马战车的比赛——到《维京海盗》《长矛的秘密》《黎塞留的火枪手》《幽灵鸟舞会》《圆桌骑士》等等。其中有北欧海盗的打斗以及火烧战船和战船沉降的场景处理；英法战争和圣女贞德的故事表现，大型城墙的下沉和大型城堡的原地旋转，以及炸点与烟火的现场处理；三个火枪手的题材，大型马术表演；猛禽与仙鹤的表演，再现了天空中的神奇；以及《圆桌骑士》里的大型圆桌在水中的沉降，都给我们留下了极为深刻的印象。狂人国，是一个打开了法国历史画卷的表演王国。

　　回到酒店，因为是周末，到处找不到吃的东西。最后到了一个加油站里，买到了当地的比萨，算是打发了晚餐。

　　看完狂人国，我们离开了南特，从这里飞尼斯。尼斯是法国最美的城市之一,我们的酒店就在市中心,走出去不远就是地中海。海边,有很多座椅,让游人休息。坐在那里,可以看地中海的风景,海上的游船,以及不断从空中飞过来的客机。身后是尼斯的大街,大街上的建筑多为白色,在绿色植物的掩映之中,与地中海的蓝色十分地和谐。从四面八方看过去,都是浪漫的情调和景色。

在尼斯和戛纳之间,有一个著名的香水之城,这就是格拉斯小镇,我们专门去了这里。因为这个小镇的存在,让全世界的女孩身上有了更多迷人的香色。这个小镇有三十多家香水生产厂,大多建于十八世纪,距今都有了二百多年的历史,香奈儿5号就产自这个小镇。法国约有一百五十个鼻子(鼻子,即香水配制专家),这是世界顶级的专家,他们可以鉴别出最复杂的香味组合,其中五十个鼻子就在格拉斯工作。这里可以为个人配制专用的香水,大约300欧元可以配制100毫升,参加戛纳电影节的影星们常常到这里来配制。每年法国乃至世界各地的香料都会源源不断地被运到格拉斯,这些香料有草本,有木本,有花卉,还有动物的香料。在这里经过专家们的配制,然后生产出世界顶级的香水。走进格拉斯,彷佛这个小镇都是用香水泡出来的。这里到处都可以闻到薰衣草、玫瑰花和莫名的香料的味道,一座小镇,四处分芳。我们在格拉斯买了不少的香水、香皂甚至是香料,于是,我们把格拉斯的味道一直带回到家里。有了格拉斯的味道，家也就变得更加温馨。

离格拉斯不远，就是埃兹小镇。这个小镇始建于公元前550年，至今保留着中世纪的风貌，城墙、房屋和小巷都是石头建成，古朴，遥远，其间应该有不少的故事。小镇依山而建，山上的建筑错落有致，簕杜鹃到处在盛开着，使那些古老的石头有了更多的色彩。站在山顶，可以看见地中海，远处是一如既往的美丽。这里有一条著名的"尼采之路"，据说，尼采在这里获得了哲学灵感。天才就是天才，人家随便走在什么路上，都可以完成重要的哲学思考。不过，好多名人的故事，其实都是后人编出来的，也有这样一种可能，尼采睡在床上获得了哲学灵感。

再往西，又是一个小镇，叫安提布。我们是从尼斯开车过去的，大约有15公里。一大清早，吃过早餐以后，我们就沿着法国南部的蔚蓝海岸一路西行。南边是地中海，北边是普罗旺斯，在这如诗如画的风景里，加上香水和葡萄酒，让人陶醉。在法国南部，有许多小镇，安提布就是其中之一。这里的小镇都有几百年的历史，里面格外安静，人一旦走进去，就会走进一些遥远的日子。弯曲的小巷，高高低低用石头铺就的小路，斑驳的石头墙和百叶窗，透过窗口，可以看见窗户里精美的窗帘，以及外墙上那些盛开的鲜花。每一个窗户都经过了主人们精心的打扮，不是繁花争艳的春天就是秋天。阳光从屋顶上洒下来，小镇就变成了一首诗。这是一首老诗,是用羽毛笔写出来的。安提布是毕加索最后住过的小镇,因此,安提布有毕加索美术馆,毕加索最后的那些美术作品都收藏在这里。也许是因为毕加索选择了安提布,这是一个世界级美术大师的选择,所以,很多亿万富翁也就选择住在了这里。在看过安提布小镇以后,陪同的人员说,带我们去看看这些亿万富翁们的游艇。于是,我们又沿着海湾继续往前走,海湾里停满了大大小小的游艇,一眼望不到头。这是一些普通的游艇,或大或小,杂乱无序地挤在一起。四周看不到一个人,和小镇里一样,不知道这些法国人现在究竟还躲在哪里。除了海浪在轻轻地拍打着海岸,听不到任何的声音。再往前走,又是一个海湾,快到跟前的时候,有一道很高的围墙,站在外面,完全看不到里面的样子。这里开的有大门,车不能进,我们下了车,步行走了进去。一走进大门,就走进了亿万富翁们的世界,这个世界让人惊讶。至少是五百米长的一个码头,一字排开停泊着十几艘高大的游艇。每一艘都有150米到160米长,甲板上还有四层舷窗。蓝色、白色或乳白色船体,在阳光下格外晃眼,这是世界上最顶级的游艇,分属于法国、俄罗斯、意大利和中东的一些富豪,据说,这些游艇可以抵达全球任何一个港口。码头上停放着法拉利和兰博基尼等豪车,有油罐车在加油。游艇上有工作人员在打理,其中有一些金发女郎身着比基尼,丰乳翘臀,在搬运食品和擦拭甲板。打杂的都是美女，也许这就是法国特有的浪漫和奢华。在那些富豪目光所及的地方，到处都是柔美性感的线条。再看看停在外面的那些游艇，那不叫游艇，那就是一些帆板和渔船。前一天，我在尼斯的时候就想明白了，法国南部不能随便来，但还是来了，来了就会受刺激。离开了安提布，前面还有戛纳。

终于到戛纳了，这是我们已经熟悉了好久的一个地方，因为戛纳有电影节。在戛纳没有电影可看，对戛纳的电影也就没有了印象。在戛纳的滨海大道上，有很多酒店。这些酒店大多为白色建筑，造型古朴，布局讲究，有精美的阳台、雕塑、无边泳池和热带花园，成为海边的风景。我们在这里吃了中餐，虽然不懂法语，但还是记住了戛纳的菜，只觉得戛纳的菜应该比戛纳的电影更有味道。据介绍，红酒焖牛肉、烩什锦、布丁鸡蛋、咸干鳕鱼是这里最有名的菜了，戛纳的菜大多用百里香、洋苏草、牛至、月桂、龙蒿叶、迷迭香、香葱、白蒜和橄榄油为配料，做出来的菜，看看颜色，闻闻味道，就是一种享受。戛纳的菜我们吃起来不是太习惯，但这些菜倒是很好看。从餐具、刀叉还有菜的色彩和摆放的形状，可以让我们记住好长的时间。坐在这里用餐的人好像都不喜欢讲话，也许是害怕别人听到他们的声音。因此，餐厅很安静。

吃过饭，我们走上了滨海大道。不看电影，总是要去看看电影宫，戛纳电影节期间，那里是明星云集。电影宫外观朴素，朴素得像一部黑白电影，没有电影节的时候，这里看起来就是一个普通的电影院。从滨海大道的路边到电影宫的大门距离很近，大约只有三五十米，在电影节期间，这段距离就是铺放红地毯的长度。这么短的距离有什么好走的，没有经验的演员，可能还没有适应这里的灯光和氛围，就把红地毯走完了。而且，不是大明星，自己拍的电影也没有几个人看过，就是走了过去，也没有什么人知道刚刚走过去的这个人是谁。在戛纳去走红地毯，走得好也就算了，走得不好还要挨骂。据说，我们的演员在戛纳获奖的不多，但在这里走红地毯的人不少，都喜欢花钱到这里来陪人家走路。陪同的人员说了，看这里还不如看海滩，戛纳的海滩比电影宫好看。

我们沿着海滩一路看了过去，法国人很开放，可以看的，不可以看的，他们不仅相互看了，而且，都给我们看了，那里的海滩一定不能多看。前面还有天体小镇阿德格角，我们不敢过去。告别戛纳，我们去了摩纳哥。这是世界上第二小的国家，仅大于梵蒂冈。但是这里有闻名于世的蒙特卡洛大赌场、歌剧院、F1赛车，海面上都是游艇和游轮，密密麻麻地拥挤到远处。街道上都是豪车，还有川流不息的游客和赌徒，感觉这个国家就是用钱堆出来的。这是一个挥金如土的地方，人家是来玩的，我们是来看的。

晚餐在老城里，很惊讶如此有钱的摩纳哥人，在这么小的一块国土上面,还保留着那么一处老城和小街。吃饭的餐厅,是意大利人在摩纳哥开的一家比萨店。餐厅很小,但很有情调,粗笨的桌椅,传统的厨房,用心的装饰与传统艺术的点缀,无一不在闪烁着意大利古老人文的光泽。吃过晚餐,夕阳从地中海的远处照射过来,以黄色为主调的老城变成了一片金黄。

从尼斯回到曲阜,9月26日就是孔子国际文化节,9月28日是孔子诞辰2552年的纪念日。为此,杏坛剧场的施工和《杏坛圣梦》的排练进入了最后的冲刺。终于,9月16日,我们在杏坛剧场里面完成了《杏坛圣梦》的彩排,那是一个让好多人都激动不已的日子,好多委屈和好多辛苦在这一天都有了结果。在曲阜,我试着用热情去记录所有的事情,希望感受到更多明亮的色彩。其实,很多时候,大家都差点一蹶不振。5月1日开标,9月16日剧场落成彩排。四个半月的时间,从没有一块砖、没有一个演员,到建了一个剧场,三千个座位,做了一台演出。而且,我们终于在规定的时间里把这件事情做完了,总感觉有点像在做梦。在孔子国际文化节的开幕式上,《杏坛圣梦》完成了首场演出。演出以后,《杏坛圣梦》在曲阜有了很大反响,在山东也有了很大的反响。

到曲阜差不多一年了,一年时间,应该有个小结。山东曲阜,孔子故里,我在这里朝圣一年。一年时间,没做多少事，就是守护孔庙、孔府和孔林。守护三孔，就是守望孔子，守望孔子，就是高山仰止。高山仰止，那是一个神圣的过程。子曰，仁者不忧，知者不惑，勇者不惧，我什么都不是，也就只能一丝不苟地在这里认真工作。时间长了，总要做点事。正好领导们有了安排，我就请了几位老师和先生来帮忙，围绕圣人的四句话，做了一台大型演出《杏坛圣梦》。演出以后，山东有了首肯，省里来的专家讲了很多好话。中央电视台《东方时空》栏目来采访，问到为什么会选择孔子的题材来做晚会。我说，我们哪敢选择孔子，孔子在我们面前是一座高峰，我们只是在这座山峰脚下捡了块石头给大家看看。曲阜实在是太过厚重了，任何一个物件都不容易搬得起来，包括曲阜这座城市的情感。我刚到山东的时候，山东省的旅游广告词给我留下了极深的印象。"黄河在这里入海，泰山在这里崛起，孔子在这里诞生。"一个省的形象和国家形象连在了一起，这样的地方并不是太多。曲阜城东有一处鲁国故城遗址公园，3700多年以前的古城墙，绵延向北，城高约七八米，城墙最宽处60多米。横贯孔林南墙而西再向南，几千亩绿地，树木苍翠，幽静处可以听到鲁国遥远的声音。想当年周公封于鲁，制礼作乐，后来春秋战乱，风起云涌，孔子为恢复周礼，奔走呼号，流离颠沛，终成圣人。"齐一变，至于鲁；鲁一变，至于道"，鲁成为中华传统文化之源，至今独领风骚。如此，怎么敢胡说八道。

一年时间,我们在这里还做了曲阜明故城的开城大典,孔庙的祭孔大典和实景表演《鲁国古乐》,在孔子的诞生地尼山做了祭山大典。虽然在这里做事不多,但朋友却不少。在孔子的后裔中,至少有六代人成了我的同事,宪、庆、繁、祥、令、德,72代到77代,当然这六代人也成了我的朋友。同时还有孟子、颜子的后代,柴姓、姬姓、周姓、刘姓等中国古代贵族的后裔,一并都成了我的同事和朋友。"有朋自远方来,不亦乐乎。"来了,就可以喝孔府家酒,吃孔府家宴,就可以住在戴念慈先生设计的阙里宾舍,听鲁国古乐。"四海之内皆兄弟",到曲阜喝酒,一定会"放雷子"。放雷子,就是一大杯白酒一口干。干完了,你会一辈子忘不了。礼仪之邦,有时候也不讲理,但是,不讲理的时候,大多都是喝多了孔府家酒。曲阜这地方,总得要来一次。

孔子国际文化节以后,我们回到深圳休假。深圳的一个好朋友开了口,需要一个出国考察计划,找到我,自然不好推脱。这个朋友是个老板,而且是个大老板,喜欢吃醉虾,带女秘书,喝茅台。其实他也是从湖南的一个山脚下出来的,整天用花T恤配牛仔裤,搞得像一个泰国老板。人家要做一个旅游大项目,这个项目的考察内容与范围,用他的话讲,涉及美国、日本和欧洲,想想也容易,抽个空,就把计划做好了。

考察项目包括:第一个项目是欧洲乐高乐园,乐高在全球一共有四家主题乐园，1968年在丹麦Billund建成了第一家乐园，1996年在英国温莎开了第二家，2002年将在德国建成第四家乐园。第二个考察项目就是巴黎高卢游乐园，这是欧洲五大游乐园之一，1989年4月30日开业，共有五大主题区，即古希腊村、罗马帝国、中世纪村、17世纪建筑区和摩登时代，同时还有20多个剧场演出法国经典剧目。第三个项目是南特狂人国，狂人国位于南特和昂热之间，是法国最受欢迎的主题乐园之一。该乐园以实景演出为主，从古罗马的竞技场，到维京海盗入侵的村庄，再到英法战争的中世纪城堡，直到三个火枪手的波旁王朝，还有晚间的大型表演，精彩的演出让游客应接不暇。这个考察计划还包括位于德国鲁斯特的欧洲乐园，这个乐园里展示着欧洲各国古老而又迷人的风情。还有大阪环球影城、东京迪士尼乐园、日本富士急乐园、日光江户民俗村、夏威夷波利尼西亚文化村、洛杉矶迪士尼乐园和洛杉矶环球影城。另外还要考察的项目就是拉斯维加斯的演出与酒店娱乐设施，拉斯维加斯以赌博业、旅游业、购物和度假产业而闻名于世。从1990年到2000年期间，拉斯维加斯每年大约接待3890万游客。这个城市不再是赌城的代名词，它已经具有美食、艺术、娱乐以及一个多元化旅游城市的所有要素。

最后需要考察的就是奥兰多迪士尼以及奥兰多的人型度假村，这是世界旅游的一个庞然大物。奥兰多迪士尼世界位于美国佛罗里达州的奥兰多市郊，1971年开始营业，是世界上面积最大的迪士尼乐园。奥兰多迪士尼世界总占地面积124平方公里，拥有4个超大型主题乐园，分别为未来世界、动物王国、魔法王国和好莱坞影城，另外还有两个水上乐园，32家度假饭店以及784个露营地。

考察内容则包括，文化主题定位以及项目的文化次主题定位。项目的市场定位以及消费群体的定位，吸引客户的对策以及产品的策划创意。乐园的业态以及特点，项目的规模、产品结构与市场结构、游客结构、收入结构、利润结构的相互关系，收益模式与净资产利润率的保证。项目IP形象的设计、推广以及衍生品的开发。营销推广方式与品牌影响力的形成，景区服务标准、管理标准和技术标准的制定与实施。投资体量、节奏与市场规模，投资回收周期和投资回报率。游客的体验与感受，游客动线与游客容量的设计和安排，发展过程中的问题与得失，其他重大因素对旅游市场的影响等等。

看了考察计划，老板朋友很高兴，情不自禁地讲了一句话，牛屁股后面长大的人也可以做这种项目考察计划了，了不起。他准备下个月带着女秘书出国，一再嘱咐我，千万不要告诉他老婆。出了门，老板和女秘书坐着大奔走了，大马路上没有留下一点痕迹。

两天后，湘西的老乡们又聚在了一起，好久不见了，仍然是讲不完的话,包括二狗他们讲的痞话。老彭来了,他在我们里面德高望重。回到家,又认真看了老彭和他好朋友写的《梯玛歌》,老彭的好朋友也是一位德高望重的老先生,湘西大学里的教授。梯玛,土家语,巫师,梯玛歌又叫做梯玛神歌。老彭和他的好朋友有了好多记载:世界有三层,一、地上;二、天上;三、地下。地上,是人生活的地方;天上、地下,不是世界上唯一有思想、有创造力的人的生活地方,只是人的想象空间。这个想象空间,被人肆意琢磨,捉弄了自有人类以来的100万年。

人为什么要肆意琢磨,捉弄这个想象空间呢?因为人有期望和恐惧。期望什么?期望生活得丰衣足食,儿孙满堂,福寿安康。但是人的期望总是那么渺茫,而恐惧又无处不在。因此,人们做着噩梦,在梦里开始知道,天上有人(神),地下有人(鬼)。他们相信是鬼给人带来恐惧,盼望着有神来解救,盼望神给人们带来美好生活。

于是,就出现了一个特殊的人群,代表人,上能和上天沟通,下能和地下交流的通天彻地的巫师。

巫师起于何时?三星堆出土金杖,金杖上的鱼、鸟、弓箭所代表的巫术象征,金杖图饰的头戴五副法冠的巫师,人头鱼的金饰件,高大的气宇轩昂的立体大铜人⋯⋯这些成熟的巫师、法器、服饰、宗旨,都说明了巫的产生,比三五千年不知要早多少千年。

上天有什么呢？有光明，有神仙。地下有什么呢？有黑暗，有鬼怪。在天上，在地下，他们是在怎样的生活？让我们去看看湘西人的老祖宗们对天地的理解。

我们剥开《梯玛歌》，去审视巫师的神灵世界。老彭译释的这本《梯玛歌》是湘西保靖县马王乡恶搓向宏清梯玛为恶搓尚氏一家操办的一场"服司妥"。服司妥，土家语，是梯玛以户为单位操办的巫祀活动。主旨为人消灾驱邪（招魂）和祭祖渡嗣（求子）。服司妥方言叫"做土菩萨"或"还神愿"。一场服司妥，一般要办三晚三天。

一开始是"安正堂"，梯玛用土家语恭请四位天上大神：阿沙，威！梦珂啊条！泽杀，威！纳美啊朝！直译是：悬崖，啊！马群跑啊！河流，啊！天路走啊！

老彭问：这怎么翻译？

梯玛迟疑地：我也搞不清楚。

老彭问：唱了几十年，你是怎么想的呢？

梯玛很久没说话，半天才开了口：开始，我有点莫名其妙。到天上去请大神的时候，怎么是悬崖和流水呀？问师父，师父一鞭子打来，骂道：师父的师父就是这么教的，要问，问你太爷师父去，他到墓坟里等你几十年了！

老彭问：这四个大神都是住在天上的吗？你唱的时候是不是一直都看着天上？是不是天上有什么东西？

梯玛想了好久，突然有了醒悟：啊！我晓得了，唱这里的时候，我就这样唱着，反正是师父这样教的。不晓得就让他不晓得吧，但是师父教的是眼睛一直要看到天上。那一定是天上的景。什么景呢？阿沙，威！阿沙，是石头；威，在土家族语言里没有什么意思，就是一种语气，语气，语气……我现在想起来了，就是：悬崖，吥唊！那个吥唊，不就是吥唊，好陡峭啊！不就是吥唊，好高，好大啊！现在，我想，当时师父骂我，我不敢作声，现在想来，他是要我们自己去琢磨，去领会啊！

老彭继续写了下去：天上有悬崖，天上有河流，天上有马群啊！我们走出屋去。奇怪的是，我们三人都望着天空。这晚的天空也奇怪，有月亮，有大风。有时天空很亮，有时天空很黑。移动着大片云翳，像陡峭的悬崖，几丝小云在大云前面飞奔而过，像奔腾的马匹。被云挤逼的蓝天，真的像河，波浪翻滚……老梯玛坐下了，我和朋友站着，我不知道这个画面停顿了多久，一个人坐着，两个人站着。我想，大概是几千年，抑或是几万年吧。于是，天上有了——

悬岩陡，

马群跑，（似平地逍遥）

水流急，（浪滔滔）

乃登天之道。

括号里面是梯玛的肢体语言。

这是一道风景，悬崖上有马群在跑，那马，可能是贴着崖壁,可能离开了崖壁,在空中。流水湍急,那是天上的道路啊,是通天之道啊!

老彭后来和他的朋友把这一段请神词译为:

(巫师意欲上天请神,一手舞着八宝铜铃,一手舞着司刀,抬头瞪眼望着天空,天空上——)

悬崖陡,

马群跑,(巫师的肢体语言:似平地逍遥)

水流急,(巫师的肢体语言:浪滔滔)

乃通天之道。

(巫师坐上了他的"海都宝马"和他的同僚登天,在天上路途中的遭遇——)

银白丝丝雨,金黄烂泥道,

山路陡峭峭,麂子不敢跑。

一十二回骤雨浇,几经啊辛劳,

一十二回炸雷轰,几经啊煎熬。

(巫师和他的同僚登天之后的遭遇——)

看见河流啊,改走水道,

竹筒猛水(山区暴涨暴落之水),水咆哮。

狂飙直下水,犹如猛虎跳。

遇树树折断,遇土土崩掉。

哎呀呀,手要抓好,脚要蹬牢。

那是什么船啊,直通通,水上漂,

人把树筒抱啊。

莫要急飞，莫要乱飙，

你跟紧，他跟牢，我们相依靠。

当巫师在请"头王太公""洞庭侯主太""龙头带管三所""巴沙老母"这些天上大神的时候，老彭的记录已经惊天动地了。巫师不懂其中的好多意思，他只管跳和唱，只管做巫祀。梯玛们只管一代又一代的口手相传，注释和整理都是老彭的事了。所以，老彭一认真就是大学者。这应该是湘西人最早对这个世界的认知，从这个样子开始，不管是清晰还是朦胧，湘西人就那么一直走了过来，而且还会继续往前走。从与神对话开始，湘西人与世界也开始了对话。五千年的时间，无论湘西在地文化如何地发生演化，湘西人一定可以找到与今天对话的窗口。老彭的《梯玛歌》对我们有好多启示，那是我们湘西土家族文化的经典。同时，湘西苗族还有巴代文化，巴代雄和巴代扎，那是苗家人对自己民族巫师们的称呼，他们对这个世界也有很多精彩的对话和解释。

年复一年，人事更替，我们开始知道华为和中兴的名字。深圳人有了变化，深圳湘西人也有了变化。向老大的女儿已经会讲话了，但她已经不会讲湘西的普通话。逛街的时候，碰到向老大，老大给自己的老婆买了迪奥香水。被他老婆骂了，乡里婆娘用什么卵迪奥香水，浪费钱。向老人在深圳买了房子，房子可以看海，他偶尔会去垃圾场看看，那里有下属负责。

中秋那天，我们几家人一起在一个海鲜酒家吃饭，好久没见面，还格外想念了。大兵也来了，一见面，狗日的开口讲广东话。你好，他说是"雷猴"；谢谢，说是"吾乖"；我很喜欢，说是"鹅候中意"；什么事，叫"咗咩"，话还没说完，就被素者打了出去。普通话没说好，广东话又来了，这个死卵。

12月，中国加入了WTO，据说，汽车会越来越便宜，在美国买奔驰只要两万美金。不过，二狗讲他等不起了，他买了一辆夏利，金色，像他爹的那个铜脸盆的颜色。他那个乡已经通了公路，他打算开车回老家。他准备跟他爹讲，这是他从深圳拿转来的铜脸盆。二狗已经当了助总，虽然二狗没有学历，但是，他的老板说了，博士都没有二狗好用。

又要过年的时候，二狗把他的常德女朋友带回去了，并且给他爹买了一箱酒鬼酒和10条芙蓉王的烟。在他们那个乡里，二狗是第一个买了私家车的。他到屋里的那一天，他爹放了好长一挂炮竹，一个寨子都听到了炮竹的声音。从早到晚，他爹都坐到夏利车上不肯下来，看到车子就会笑。他爹早就忘记了他屋里的那个铜脸盆，二狗拉着他爹去赶了场，他爹到了场上，见人就打招呼。经常脚痛的人，现在脚杆根本就不晓得痛了。他爹讲了，老子只要坐到车子上，脚杆就不痛。

吃了肉，喝了酒，二狗他爹带着二狗和二狗的女朋友去上祖坟。爬了两个坡，到了他爷爷的坟前。二狗他爹讲了，爹，我今天把你的宝宝孙带来了。我们屋里祖坟积了阴德，开了天眼，光宗耀祖了。今天，我跟你倒的这杯酒，点的这根烟，是你宝宝孙带来的，我一辈子都没见过，你老人家也没有见过。现在，我两父子就到这里先搞一杯，先过个瘾。昨天，我们杀了年猪，两百多斤重，今天，我帮你拿来一个后腿，你好生看下子。你这个孙，现在深圳，当了老板，一个月有一万多块钱，我两父子一辈子都没见过这么多的钱。这些纸钱也是你宝宝孙带来的，有一万的，还有一亿的，你老人家攒劲用。那天二狗他爹讲了好多话，好感人。

10年时间，我终于成了一盒万金油。懂一点所谓的文化，也懂一点所谓的民俗，还懂一点艺术，一点旅游，包括旅游产品、旅游市场和旅游管理。我的知识结构原有好多内容缺失，早先是湘楚文化的影响，根深蒂固地信了鬼神；而后是吴越文化的熏陶，有了江浙的语言；以后又有了岭南文化和港台文化的浸泡，开始喜欢了无厘头；最后到了山东曲阜，让齐鲁补了最为重要的一课。人最怕的就是浪费日子，原本日子不多，钱没有了可以再赚，钱再多也买不回日子。在我们这群人中间，有人开始而立之年，有人已经到了不惑，还有人开始知了天命。人一辈子总会有波折，总会瞎几次眼睛，但不会太重要。即使我们的前面只有一条路，我们也只能用自己的方式往前走。

匆匆忙忙地，写了十年日记。这个十年是人生极为重要的十年，既是对青年时期的小结，也是对老年生活的铺垫，决定着生命质量。这个时候如果比较像样，老年时大致也会如此。

我们仍然会生活在这片土地上。这里，民俗有村，欢乐有谷，世界有窗，中国有风韵。住在这里的人们，每天都在用世界语言讲述着自己的故事。

图书在版编目（CIP）数据

深圳湾日记 / 吴建伟著. -- 上海：上海文艺出版社，2021.10
ISBN 978-7-5321-8098-1

Ⅰ.①深… Ⅱ.①吴… Ⅲ.①日记—作品集—中国—当代 Ⅳ.①I267.5

中国版本图书馆CIP数据核字(2021)第204649号

发 行 人：毕　胜
策 划 人：杨　婷
责任编辑：汪冬梅　王　凯
封面设计：袁银昌

书　　名：深圳湾日记
作　　者：吴建伟
出　　版：上海世纪出版集团　上海文艺出版社
地　　址：上海市闵行区号景路159弄A座2楼　201101
发　　行：上海文艺出版社发行中心
　　　　　上海市闵行区号景路159弄A座2楼206室 201101　www.ewen.co
印　　刷：上海雅昌艺术印刷有限公司
开　　本：889×1194　1/32
印　　张：14
字　　数：250,000
印　　次：2022年1月第1版　2022年1月第1次印刷
ISBN：978-7-5321-8098-1/ I.6412
定　　价：78.00元

告 读 者：如发现本书有质量问题请与印刷厂质量科联系　T：021-68798999